方卫平学术文存

第三卷

儿童文学的中国想象
——新世纪儿童文学艺术发展论

方卫平 著

山东教育出版社

图书在版编目（CIP）数据

儿童文学的中国想象：新世纪儿童文学艺术发展论 /
方卫平著 . 一 济南：山东教育出版社，2021.7
（方卫平学术文存；第三卷）
ISBN 978-7-5701-1768-0

Ⅰ . ①儿… Ⅱ . ①方… Ⅲ . ①儿童文学 – 文学史研究
– 中国 – 当代 Ⅳ . ① I207.8

中国版本图书馆 CIP 数据核字 (2021) 第 129665 号

方卫平学术文存　第三卷
儿童文学的中国想象 ——新世纪儿童文学艺术发展论　　方卫平　著
ERTONG WENXUE DE ZHONGGUO XIANGXIANG——XIN SHIJI ERTONG WENXUE YISHU FAZHAN LUN

责任编辑：顾思嘉　　尚　京
责任校对：任军芳
美术编辑：蔡　璇
装帧设计：王承利　王耕雨

主管单位：山东出版传媒股份有限公司
出 版 人：刘东杰
出版发行：山东教育出版社
地址：济南市市中区二环南路 2066 号 4 区 1 号
邮编：250003
电话：(0531)82092660
网址：www.sjs.com.cn
印刷：山东临沂新华印刷物流集团有限责任公司
开本：710 mm×1000 mm　1/16
印张：23.75
字数：290 千
版次：2021 年 7 月第 1 版
印次：2021 年 7 月第 1 次印刷
印数：1–1000
定价：258.00 元
（如印装质量有问题，请与印刷厂联系调换，电话：0539–2925659）

作者简介

方卫平，祖籍湖南省湘潭县，1961年8月出生于浙江省温州市；1977年考入宁波师范学院中文系读本科，1984年考入浙江师范大学中文系读研究生，毕业后留校工作至今。1988年任讲师，1994年由讲师晋升为教授。曾任浙江师范大学中文系副主任、儿童文化研究院院长、儿童文学研究所所长、儿童文学系主任等。

现为浙江师范大学二级教授、博士生导师，中国作家协会儿童文学委员会副主任，浙江省作家协会副主席，意大利马切拉塔大学《教育史与儿童文献》杂志国际学术委员，鲁东大学兼职教授。

主要从事儿童文学、儿童文化研究与评论，出版个人著作多种；在中国、美国、意大利、德国、日本、韩国、马来西亚发表论文和评论文章数百篇，论文曾被《新华文摘》、《中国社会科学文摘》、中国人民大学《复印报刊资料》等转载或摘介。

主编有"中国儿童文化研究年度报告"系列、"中国儿童文学大系"（增补卷10卷）、"当代西方儿童文学理论译丛"、"国际安徒生奖大奖书系"、"中国儿童文学名家论集"、"第六代儿童文学批评家论丛"；选评有"方卫平精选儿童文学读本"、"方卫平精选少年文学读本"、"中国儿童文学分级读本"；主编学术丛刊《中国儿童文化》，合作主编《新语文读本·小学卷》等。

1．2015 年 7 月 10 日，在北京京西宾馆"全国儿童文学创作出版座谈会"上做题为《抵抗庸俗文化，批评可以做什么》的大会发言（李墨波摄）

2．2015 年 10 月 14 日，在北京鸿府大厦由中宣部、中国作协主办的第一届"全国儿童文学作家与编辑研修班"上讲课

3．2016 年 12 月 1 日，在北京举行的中国作家协会第九次全国代表大会上留影

1. 2018年12月4日下午，在北京主持中国作家协会儿童文学委员会主办的原创幼儿文学发展论坛

2. 2019年6月29日，在中国现代文学馆、文艺报社、湖南师范大学联合主办的"走向辉煌——新中国文学七十年"研讨会上发言

3. 2019年10月18日，应邀主持凤凰出版传媒集团主办、江苏凤凰少年儿童出版社承办的"儿童文学创作与出版七十年"主题论坛

1

2

3

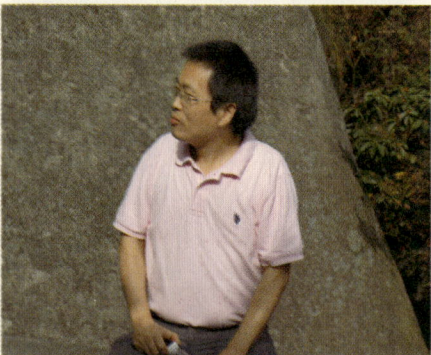

4

1. 2012 年 5 月 28 日与赵霞在杭州
（桂文亚摄）

2. 2013 年 4 月在浙江上虞白马湖畔
（方卫民摄）

3. 2017 年 9 月 22 日晚，在中国现代文
学馆举办的第十届全国优秀儿童文学奖
颁奖典礼上，作为评委会副主任宣读童
话获奖作品颁奖辞

4. 2014 年 10 月 22 日在安徽天柱山旅途
小憩

目　录

引 论

从 20 世纪 70 年代末 80 年代初起，中国儿童文学启动了一次波澜壮阔的思想、美学观念的突围与创新进程。这一进程是在包括社会经济发展、家庭结构变化、生活方式变迁、文化环境改换等在内的诸多社会、文化因素的深刻影响下展开的，同时也是在原创儿童文学对于新的童年观念和艺术表现手法的积极寻求和探索中展开的。整个八九十年代，我们看到了中国儿童文学在上述内外作用力的推动下迅速展开的自我美学重构的尝试和努力。在此过程中，它所展示的文化吸收与重塑的能力、美学革新和创造的才华，以及对于当代文化生活中童年生命精神和价值的不懈追寻，促成了中国儿童文学在新时期的艺术出演和发展。

毫无疑问，进入新世纪以来的十余年，为我们反观和反思 20 世纪后期中国儿童文学的上述美学进程，提供了一个极具时效性的后设视点。如果说 20 世纪八九十年代，身处迅速变更中的思想观念和社会生活网络内的中国儿童文学在艺术转型上的努力总是或多或少地笼罩在某种忙于应对新兴文化现象和问题的匆促中，那么在进入新世纪后的十余年间，随着儿童文学界对于当前社会发展以及儿童和儿童文学问题认识的日益深化，一种更为自如的对于历史和当下时间的掌控的自信，开始出现在新世纪儿童文学的自我形塑过程中。

这一时期，对于中国儿童文学发展来说至为重要的一个现象，是随着国内儿童图书消费量的急剧攀升，儿童文学类童书在整个中国图书出版界经济地位的不断提升。尽管早在 90 年代，人们就开始意识到了市场经济下儿童文学出版所暗藏的巨大消费潜力，但进入新世纪以来的十余年间，针对这一消费潜力的出版发掘与利润争夺，几乎成为席卷中国出版界的一个醒目现象，不但一批老牌的少儿出版社加大了对各类儿童文学出版项目的策划、宣传与实施，另有一批原本并不专门涉足少儿图书的出版机构，也纷纷设立专门的少儿出版分支，加入这一文化担责和利润分羹的队列中。这一显然主要来自经济层面的诱惑，使得人们对于原创儿童文学的关注和青睐日益凸显，同时也使得原创儿童文学在 20 世纪后期所累积起来的那份艺术底气，在新世纪十余年间得到了淋漓尽致的发挥和释放。

与此相应的是，从第一代独生子女的出生开始发生的中国家庭结构的逐渐改换与家庭关系的逐渐调整所带来的儿童观与儿童教育观的不断演进，随着第一代独生子女的成年与新的代际繁育的延续，在 20 世纪末期的儿童文学内部催生出了一种更具当代性的对于童年及其美学的理解。总体上看，这是一种既坚持传统的儿童保护原则又愿意充分尊重童年自由精神的童年理解倾向，与此相应的儿童文学写作总是试图在这两者之间寻找到一种恰到好处的平衡。在新世纪十余年间的儿童文学作品中，对于这一平衡的追寻越来越成为优秀原创儿童文学作品所秉持的基本的童年精神向度，进而也越来越参与到塑造新世纪儿童文学的总体艺术面貌中。

所有这些都意味着，经过三十余年的努力，中国当代儿童文学已经进入一个相对确定、稳定和具有保障性的经济、精神和艺术的发展环境中。也就是说，新世纪儿童文学还可以在现有的内外条件支撑下，蓬蓬勃勃地走一段时间。对中国儿童文学来说，这无疑是一个相当令人鼓舞的消息。

然而，并不全是好消息。或许，近十余年来儿童文学的总体发展在一定程度上正印证了它的双面效应——一面是儿童文学写作与出版事业的不断拓展，以及随之而来的当代儿童文学美学引人注目的自我建构进程；另一面则是在日渐庞大的儿童文学出版数字之下，不断自我复制着的模式化的童年写作现象，以及在艺术探索层面显得日渐稀少的先锋身影。它提醒我们，在新世纪儿童文学蓬勃的发展态势下，关于儿童文学文类生存与艺术发展的传统命题，正在新的文化语境下分化出一些新的艺术问题。

对于这些新的问题的意识与思考，是我们在进入新世纪中国儿童文学的艺术考察时，所应持有的一个基本立场。

本书的写作，即是从这一问题意识出发，试图从近十余年间中国儿童文学发展的文化环境与文学艺术的演进中，梳理、揭示和思考新世纪儿童文学在总体文化语境、自我艺术突破以及理论批评三个层面所面临的一些具有鲜明的当代性的发展课题。

全书分为三编。

上编"文化语境"，旨在梳理和考察新世纪儿童文学艺术发展的基本文化语境，并结合这一语境的考察，分析、揭示新世纪儿童文学艺术发展的文化动因与文化走向。

该编选取与新世纪儿童文学发展密切相关的当代童年文化、消费文化、商业文化、媒介文化等话题，探讨文化语境的变迁对于原创儿童文学发展的深刻影响，以及在新的文化语境下儿童文学的艺术选择与创作、出版反思。

从童年文化视角展开的考察，旨在探询新世纪以来本土童年观和童年文化观的重大变迁，以及这一变迁带给本土儿童文学创作和研究的深远影响。对于新世纪儿童文学而言，这一童年文化层面的变迁构成了其艺术变革的深层动因之一，也深入影响着新世纪儿童文学的童年和艺术精神的建构。与童年文化相比，当代消费文化与新媒介文化对儿童文学的影响是由外而内的，它们构成了新世纪儿童文学发展的基本环境要素，并对新世纪儿童文学的生产、传播进程产生着重大的影响。但与此同时，消费文化、商业文化和新媒介文化的影响也不断渗入儿童文学的艺术肌体内部，进而给新世纪儿童文学的艺术发展带来许多前所未有的新问题、新思考。

童年文化、消费文化和媒介文化三者并非互相孤立，而是彼此影响、交织、振荡、互构。对于这一文化网络的综合考察和深入解读，是理解和思考新世纪儿童文学艺术发展现状与走向的基本前提。

中编"艺术轨迹"，进入关于原创儿童文学审美问题的观察与思考。

本编在回顾新时期以来原创儿童文学艺术探求轨迹、梳理新世纪儿童文学艺术发展进程的基础上，重点围绕儿童小说、童话、图画书等当下儿童文学的焦点文体，描述、分析其当代艺术进程、创作问题及艺术发展的未来。

在针对这些文体的艺术考察中，对于作为一个文类的儿童文学及其各个文体的当下艺术症结和未来艺术走向的思考，在本编论述中占有重要位置。因此，除了总体现状的描述，本编也格外关注那些曾引发人们讨论和争鸣的艺术现象与艺术问题，并结合相关代表作品分析，提出关于新世纪儿童文学艺术状况与问题的思考。在此基础上，本编进一步就影响中国儿童文学对外交流与输出的艺术与技术因素，提出了针对"中国儿童文学如何走出去"这一命题的思索。

下编"批评与展望"，是针对新世纪儿童文学及其理论发展走向的考察。

本编提出并论证了新世纪儿童文学发展亟须突破的三个重要艺术课题：一是童年精神的问题，二是文化内涵的问题，三是现实书写的问题。我们认为，在新世纪儿童文学创作与出版发展的良好形势下，有关儿童文学写作的童年美学与文化视野的深入思考，对于实现原创儿童文学进一步的艺术突破和提升有着根本性的意义。同时，面对新世纪出现在童年生活中的各种新现实，如何以儿童文学独有的审美洞察力去发现、思考和书写它们，也构成了一个意义重大的本土艺术课题。本编也结合新世纪儿童文学理论研究现状的观察，提出了包括"重新发现中国儿童文学"在内的一系列本土儿童文学理论研究课题。

关于本书的写作，尚有三个基本方面的说明。

一是研究对象的时间跨度，以新世纪十余年间儿童文学的发展为主，兼顾整个新时期儿童文学发展的历史逻辑。

选取"新世纪儿童文学"作为本书的主要研究对象，我们考虑的是进入新世纪以来的近十余年时间在当代中国儿童文学的发展进程中正在扮演和可能扮演的艺术接力、中介及转型的角色。在这段时间里，我们看到了新时期以来一直被人们追寻着的儿童文学艺术理想的某种令人振奋的实现，同时也看到了在此过程中愈益突显的儿童文学的生存语境与艺术表现问题。在这样的现实下，新世纪以来的近十余年成为我们探询当代儿童文学发展历史、展望中国儿童文学艺术未来的一个重要的时间坐标。

因此，新世纪儿童文学本身不是一个时间上的孤立概念，而是整个新时期以来原创儿童文学艺术进程的一部分，它所有的艺术成就与艺术问题，也是在此前的发展过程中逐渐得到累积的。这样，谈论新世纪以来的儿童文学现象，必然会牵涉对于20世纪尤其是19世纪后期原创儿童文学艺术路径的回溯与探讨。事实上，一旦离开整个新时期儿童文学发展的历史背景，对于新世纪以来诸多儿童文学现象的解读，也会失去其历史解释的合理逻辑。基于以上考虑，本书关于新世纪儿童文学的考察与论说，也始终与整个新时期儿童文学发展的历史背景和艺术逻辑关联在一起。

二是研究论述的覆盖范围，以中国儿童文学的现状与发展为主，兼顾世界儿童文学的当代背景。

作为一个独立门类和独立学科的中国儿童文学，自其诞生以来，几次重要的艺术启蒙都离不开世界儿童文学的影响，这其中包括进入新时期后，儿童文学在文学创作和学术研究方面的几次重要拓展。可以说，经过一个多世纪的影响和吸收，世界（主要是欧美）儿童文学的某些基本的思想观念和艺术基因，已经不可分离地融入中国儿童文学的艺术血脉中，而自20世纪80年代开始愈演愈烈的又一次外国儿童文学的译介热潮，则进一步加强了上述影响的作用。新世纪儿童文学的发展伴随着这一译介潮的持续而深入，我们自然也无从避开它背衬的那个醒目的世界儿童文学的背景。

当然，这一"背景"所扮演的，远不只是一个布景性的角色。对于新世纪中国儿童文学来说，一种朝着世界优秀儿童文学艺术靠近的努力，以及对于世界儿童文学层面上的"经典"的期待和想象，正在成为不那么遥远的梦想。正是在这样一种自我文学身份感的悄然变化中，我们也不断关注到中国儿童文学与世界儿童文学之间的现实距离。对于这一距离的正视，比之对于它的无视或轻视，将更有助于我们去推动原创儿童文学的艺术发展与提升。这也是本书一些章节尝试从中国与世界儿童文学的艺术比较中来揭示原创儿童文学艺术问题的初衷。

三是研究方法上，强调宏观考察与个案细读的结合。

本书对于新世纪儿童文学文化语境、美学轨迹和批评理论的研究，首先是一种宏观视角的探讨，它试图从一个综合的角度描画新世纪儿童文学艺术发展的整体轨迹，呈现新世纪儿童文学艺术进程的整体样貌。与此同时，在面对具体的创作现象时，宏观批评由于更多地关注现象的总体性，往往难以深入特定的文学现象细节，更难以周全考虑这些细节内部的复杂性。因此，本书在针对新世纪儿童文学生存语境、艺术现状等的宏观观察中，也引入个案研究的方法，尤其是通过对一些作品文本的有针对性的细读分析，将宏观的发现落实到个案的考察中，同时也在个案的解读中求证宏观发现所得。

我们希望，上述三点不仅是针对本书研究体例的一种考虑，也传达了我们自己对于日益纷繁复杂的当代中国儿童文学现场的解读思路与问题意识，比如新世纪儿童文学的历史逻辑与未来走向问题，原创儿童文学的本土出路与世界命运问题，等等。我们试图在本书的写作中尽量清晰地阐明这样一些现象和问题的存在，并想象性地为其提出若干可供选择的解决方案。但与此同时，我们也明白，所有关于这些问题的解答其实溢出了本书论述能够覆盖的范围，其他则是潜在地埋伏于历史和现实的深处，埋伏于与儿童文学有所牵连的一切主体（包括作家、批评家、出版人、阅读推广者等）的当下和未来行动中。由此，本书的写作绝不是出于一种简单的希望解决问题的冲动，而是期待通过问题的揭示和呈现，促使人们带着对这些问题的意识与认识，更好地参与到中国当代儿童文学的文化环境塑造、童年诗学建构以及理论批评发展的进程中来。我们相信，本土儿童文学的美学建构将在这样的过程中得到重要的拓展和提升，中国当代儿童文学也将在这样的进程中日渐走向大气，走向繁荣。

上 编 文化语境

第一章 童年文化与儿童文学

童年观和与此相关的童年文化，对一个时代儿童文学的艺术面貌及其文类发展起着关键性的推动与制衡的作用。众所周知，儿童文学的现代自觉是伴随着现代童年观的产生逐渐展开的，儿童文学的历史进程也与童年文化的历史变迁有着密切的关联。可以说，儿童文学每一阶段的艺术发展，都与相应时代的童年文化形成了一种童年精神方面的呼应，它既从童年文化中吸收重要的精神滋养，同时也参与塑造着特定时期童年文化的总体面貌。因此，谈论儿童文学，童年文化始终是无法绕过的一个重要的文化线索和背景。

从世界范围来看，20 世纪后半叶以来，人们对于童年和童年文化的理解经历了一次重要的模式变革。它指向的是有关童年的建构论理解对于传统的童年本质论理解所造成的冲击，以及由此带来的西方童年观的当代转型。在这个过程中，人们逐渐认识到，"童年"并不是一个脱离历史语境的单一本质概念，而是一个由特定时代的政治语境、社会生活、意识形态等诸多因素共同参与建构的文化范畴。与此同时，这种建构效应也不是单向地由文化强加在儿童身上的，相反，儿童可以是文化建构过程中一个积极的行动者。这一童年观和童年文化理解上的转变，对 20 世纪后期以来的儿童文学创作和研究都产生了深远的影响。

世纪之交，中国儿童文学学术界热情地接受了这一来自西方的童年观转型思想，并迅速将它转化为思考本土童年文化问题的重要理论资源。然而，尽管这一理论的引介有助于解读今天正在中国发生的许多童年文化事实，也有助于我们理解当代儿童文学的童年精神走向，但在吸收上述理论资源的同时，关于本土童年文化特殊性的思考，也成为中国儿童文学创作与研究所必须面对的一个复杂的理论课题。

第一节　童年的"发现"与"消逝"

对童年观念的文化建构性质的初步认识，首先是通过法国史学家菲力浦·阿利埃斯的童年研究思想得到广泛传播的。1960 年，阿利埃斯出版了题为《旧制度下的儿童与家庭生活》的史学研究著作（这里的"旧制度"特指法国大革命前的制度）。该书英文版于 1962 年出版，正标题被译作更广为人知的《儿童的世纪》。作为西方童年史研究领域第一部系统的学术专著，《儿童的世纪》所提出的基本观点以及所使用的研究方法，对当代童年和童年史研究产生了重大的影响。该书提出的一个最富于创造性也最有争议的观点，被称为"童年的发现"。在该书第一部分《童年的观念》中第二章《童年的发现》开头，作者这样写道：

> 直至 12 世纪的中世纪，艺术不知有童年，或者说并不试图对
> 其加以表现。我们很难相信这种漠视是出于某种无能为力，更为
> 可能的解释倒是，在中世纪，根本不存在童年的位置。[1]

这是一个十分重要的"发现"。它指出，我们今天所理解的"童年"
并不是一个古已有之的概念，而是在特定的社会文化背景下，自某一特
定的历史时期起，才逐渐孕生出来的。通过对中世纪肖像画以及相关教
育文献中出现的儿童与家庭形象的分析，阿利埃斯认为，在中世纪，并
不存在我们今天所说的"童年"的观念；相反，这一观念是在 16 世纪
和 17 世纪（主要是 17 世纪）的上层社会首先出现，继而在 18 世纪的上层阶
级得到发展巩固，最后在不同社会阶层得到普及。在第一部分的结语中，
他这样写道：

> 在中世纪，不存在童年的观念；这并不是说儿童在那时被漠视、
> 遗弃或者看不起。我们不能将童年的观念与对儿童的感情混为一
> 谈，前者是与一种对于儿童特性的意识相对应的，正是这种特性
> 将儿童与成人区别开来。而在中世纪，这种意识恰恰是缺失的。[2]

阿利埃斯对于"童年"的划界在某种程度上证实了对欧洲儿童文
学来说至为重要的一个事实，因为他为童年史所标示出的那个时间上的
起点，差不多也是儿童文学作为一个独立文类在欧洲文化界逐渐获得发
展和认可的开始。在中国儿童文学一个多世纪以来的自觉进程中，我们
也可以发现同样的脉络关联。也就是说，儿童文学的发生历史是随着我
们今天所说的童年观念的确立而开启的。它突显了一种确定的
童年意识和童年观念对于儿童文学发展的奠基意义，从而将儿

童文学的现代命运与现代童年观的命运紧紧捆绑在了一起。

《儿童的世纪》指出，"童年"并不是一个在人类历史之初便得以确定的文化范畴，而是随着特定的社会文化变迁而逐渐形成的一个概念，这一论点开启了对关于童年概念的历史建构性质的全新理解。但另一方面，有关"童年发现"的论证又包含了这样一个潜在的命题，即童年本身是一个具有确定内涵的范畴，因此，在儿童期作为一个生长阶段被赋予这些确定的内涵之前，所谓的"童年"是不存在的。这就又从童年的建构论回到了本质论的理解中。我们将会看到，包含在阿利埃斯童年观学说中的这两个看似矛盾的方面，也构成了当代童年观理解的一个基本框架。

1982年，《儿童的世纪》英文版出版20年后，作为对于阿利埃斯"童年的发现"思想的某种继承和延续，美国文化批评和传媒学者尼尔·波兹曼出版了他的《童年的消逝》一书。该书在某种程度上是对由阿利埃斯开创的童年观思想的发扬。在这部著作中，波兹曼重申了阿利埃斯关于童年的观点，即"在中世纪，童年的概念是看不见，摸不着的"[3]。他认为，中世纪儿童在着装、工作、娱乐、生活方式等方面并没有被当作与成人不同的个体看待，因此，在那个时代，并不存在现代意义上的"童年"。在他看来，童年的诞生在很大程度上受惠于印刷术的传播以及由此而来的儿童学校教育的普及。至19世纪，西方现代童年概念发展出了这样一些基本的内涵：

> 儿童作为小男生或小女生的自我和个性必须通过培养加以保存，其自我控制、延迟的满足感、逻辑思维能力必须被扩展，其生活的知识必须在成人的控制之下。而同时，人们应理解儿童的发展

有其自身的规律，儿童天真可爱、好奇、充满活力，这些都不应被扼杀；如果真被扼杀，儿童则有可能失去成熟的成年的危险。[4]

如果说阿利埃斯在《儿童的世纪》一书中所在意的是揭示现代意义上的"童年"概念的某种"发生"，那么在此基础上，波兹曼更关注的则是这一"童年"的概念在当代社会的"消逝"现象。这也是这部著作以童年之名所提出的一个最发人深省的文化问题。显然，在继承阿利埃斯的童年建构论思想的同时，波兹曼也在基本精神上继承了其童年本质论思想——正是由于将童年看作一个固定内涵的概念，我们才有可能在这些内涵逐渐消失的事实基础上来谈论"童年消逝"的问题。

与阿利埃斯的历史考证视角相比，波兹曼的论述所关心的并非童年史自身的演进过程，而是这一演进的某种"终结"征兆所带来的关于当代童年与文明危机的某种警示。换句话说，《童年的消逝》的主要宗旨不在于童年史的溯寻，而在于揭示那个在阿利埃斯的笔下被"发现"的童年范畴所面临的前所未有的生存问题，这些问题正在导致我们所熟悉的"童年"概念的逐渐"消逝"，以及那个与童年密切相关的成人世界的相应退化。波兹曼将现代童年概念的发展与整个人类文明的进步联系在了一起："当我们谈论我们希望成为什么的时候，我们其实是在说我们自己是什么……如果说在西方文明中人的移情和情感，即单纯的人性，有所成长的话，那么它始终是跟随童年的脚步一起成长起来的。"[5]而在今天，随着一个全民狂欢般的娱乐时代越来越取代理性的印刷时代，所有娱乐时代的生活方式不但向成人开放，也向儿童开放，那个原本将儿童与成人区分开来的文化界限因此开始逐渐消失。它所带来的问题，一是儿童的成人化（早熟），二是成人的儿童化（幼稚），它们在拉平儿童与成人之间的文化距离的同时，也带来了现代文明自身的退化危机。在波兹曼的笔下，现代童年发生的意义被提到了整个文明进步的重要层面上，与此相应地，童年消逝所带来的危机也显得格外重大和紧迫了。

这样，从阿利埃斯到波兹曼，从童年的"发现"到童年的"消逝"，一个有关现代童年概念的清晰的历史轮廓被描画了出来。在这个过程中，现代童年概念经历了几个世纪的演进发展，并由此累积起深厚的文化内涵。也正是在此过程中，作为一个文类的儿童文学经历了从无到有、从自在到自觉的发展，并在一种成熟的童年观的支撑下，自19世纪以来取得了前所未有的巨大艺术成就。事实上，阿利埃斯和波兹曼所共同关切的那个从17世纪和18世纪的欧洲中产阶级社会走出来的天真、可爱同时又充满未来可塑性的儿童的形象，正是连续几个多世纪以来以欧洲为中心的世界儿童文学最关注的"那个孩子"。假使真如波兹曼所预言的，童年正在消逝，那么以上述独立的童年观为基本精神支撑的整个儿童文学都有可能失去其文类存在的精神基底。因此，对儿童文学来说，童年的消逝与童年的发生一样，是一个关系到这一文类存在合法性的关键问题。显然，如果童年真的消逝了，那么作为一个特殊文类的儿童文学也就没有存在的必要了。我们要问的是，事情真的像波兹曼所预言的那样吗？还是说，从"发现"和"消逝"的视野拓展开去，还存在着理解童年当代命运的另一些可能的路径？如果是，那么这些路径将对当代儿童文学的发展产生怎样的影响？

第二节 "消逝"中的再建构

阿利埃斯与波兹曼围绕着童年的"发生"与"消逝"所展开的论证，都包含了有关童年概念的本质说与建构说的一种特殊的混合。他们一方面将现代童年视作人类文明在特定发展过程中的产物，亦是一个具有社会—历史性质的概念；另一方面又将它的内涵意义进行了某种本质性的规定，这样，当一个时代的童年概念看上去不再符合这些规定特征时，它们就被排除在了"童年"的名义之外。

值得思考的是，如果童年本身是一个历史建构起来的概念，那么对于这一概念的某种本质化的理解本身是否也可以质疑？从建构论的视角来看，为什么在不同的历史时期，对于童年存在状态的判断只能是非此即彼的"有"或者"无"，而不能是不同状态的"有"呢？这正是阿利埃斯的"童年发现"观所受到的一个普遍诘难。针对阿利埃斯提出的中世纪没有童年的观点，北美历史学家纳塔莉·戴维斯分析认为，在中世纪的法国乡间，也存在着特殊的童年观念与童年文化，并进一步提出"每个文化都有其特定的童年观，以及关于从童年到完全成年的年龄段变化的观念"[6]。在她之后，法国历史学家乔治·杜拜、美国历史学家乌木·赫默斯等也在具体史料分析的基础上分别提出了"童年"概念在中世纪法国和欧洲某些地区、阶层的特殊存在方式。[7]这意味着，童年并不是以单一的面貌存在于具体文化之中的，而是有其自我演变的历史。因此，尽管阿利埃斯所提出的"童年"概念发生于中世纪之后，但他所发现的"发现童年"的方法却可以被推衍到更早的历史时期，从而揭示童年范畴更为漫长的历史轨迹。

一旦我们将阿利埃斯童年观中的建构思想推及更开阔的历史时空中，一种原本即蕴藏于阿利埃斯理论之中的新的童年理解也随之而生。当特定的童年在某个确定时间里的"发生"被不同时空中童年的自我"建构"序列所替代时，原本封闭、圆合的童年史变得开放、多元和复杂起来。

显然，在这一思维模式的改换过程中，被打破的不仅仅是童年起始的那个界限，也包括波兹曼所预言的那个童年的终结点。既然童年总是以不同的方式存在于不同的文化之中，那么随着文化的变迁，终结的可能只是一种特定形态的童年，随之而来的则是在新的文化中被再次建构起来的新的童年。换句话说，波兹曼笔下"消逝的童年"，事实上是一种童年的消逝，换一个角度来看，它可能揭示了另一种童年形态的兴起。站在单一的童年本质论的立场上，我们或许还难以看清这一新的童年文化的确切面貌与意义，但如果我们将童年看作一个具有文化建构性质的范畴，那么当代童年文化正在经历的一些重大变迁，则有可能成为我们重新界定和理解童年观念的重要契机。

这正是包括英国传媒学者大卫·帕金翰在内的一批童年研究学者在童年观理论方面的一个基本立场。在帕金翰的《童年之死》（2005）一书中，他吸收了阿利埃斯和波兹曼论说中有关童年的历史建构性质的思想。就儿童和童年概念的存在方式来讲，帕金翰的观点跟波兹曼基本一致，即认为它们是在对立于成人、成年概念的同时被"制造"出来的。但在波兹曼的论说中，由印刷媒体生产出来的童年一经成形便不再改变，或者说这一童年的历史是与印刷媒体时代等长的；而帕金翰则将童年被造的过程拉伸到与整个人类社会历史等长：

　　"儿童"的概念一直是一个特别难以捉摸的范畴。童年何时终结，青少年或成年又何时开始的问题，在不同的时代为了不同的目的，人们会以非常不同的方式来回答。

……

童年的意义是什么以及童年如何被经验，很显然是由性别、"种族"或民族、社会阶级、地理位置等社会因素决定的。[8]

在这里，"童年"一词成了滑动在时空坐标轴上的不定函数，有待历史变量和社会变量的共同定位。儿童与成人、童年与成年、儿童与社会、儿童与媒体等多重复杂的关系取代单一本质参与到"童年"概念的建构中来。帕金翰指出了这样一个关于童年的重要事实，即在今天的文化环境下，童年并没有真正消逝，而是正在通过与文化环境的交互作用，改变着它的传统面貌。在此论证前提下，帕金翰也试图就"童年消逝说"中提出的那个严肃的当代童年生存现状问题，设计自己的解决方案。尽管从《童年之死》一书的论证来看，其方案的理想主义意味无疑太过浓厚，对于新媒体文化的思考深度也显然逊于波兹曼的论说，但它至少确认了这样一个对童年来说至关重要的现实，即在当代社会，童年并没有消逝，而是正在依照变化着的社会生活，逐渐改换着它的模样。

从"童年的消逝"到童年的再建构，变化的不仅仅是我们的童年观，也包括我们对待童年的态度。《童年之死》的结尾处这样说道："我们再也不能让儿童回到童年的秘密花园里了，或者我们能够找到那把魔幻钥匙将他们永远关闭在花园里。儿童溜入了广阔的成人世界——一个充满危险与机会的世界……我们必须有勇气准备让他们来对付这个世界，来理解这个世界，并且按照自身的特点积极地参与这个世界。"这意味着，随着童年生活内容、方式与环境的变化，传统的童年监管与保护的方式已经不再能够很好地适应当代儿童生存发展的现实。与此相应地，在帕金翰的论述中，一种突显儿童自主能力的童年赋权思想被提到了重要的位置。

毫无疑问，这一变化将给当代儿童文学的发展带来深刻的影响。

第三节　变化的童年与儿童文学的未来

波兹曼与帕金翰的研究，分别从不同方向证明了童年作为一个概念的现代建构特征。如果说在波兹曼的论证中，这一建构过程完成于某个特定的历史时间段之内，那么在帕金翰看来，它则体现在一个更为长远的人类历史过程中。帕金翰所说的"变幻中的童年"意味着，童年并不是一个自然生成的本质概念，而是在不同时代多种文化因素的合力作用之下，历史地形成的一个处于变迁中的文化概念。它提醒我们，在谈论童年问题时，不应只关注"一个"或"一种"单数的童年，而是应当同时对它的历史性、复数性给予充分的考虑。

这一童年观的当代转型已经开始影响当代儿童文学创作和研究的基本精神走向。

从儿童文学创作的角度来看，关于当代社会"童年消逝"的论断是一个重要的提醒。它在突显当前童年生活所面临的诸多新问题的同时，也促使我们意识到，随着当代社会生活的迅速变迁，我们所熟悉的童年概念正在经历一次重大的文化内涵新变。随着当代儿童生存环境、生活方式和情感体验的变化，自18世纪以来始终占据主导位置的浪漫主义童年观越来越显示出其解释效力的缺乏。它不但难以容纳和应对今天出现在我们视野中的许多新的童年问题，而且限制了我们对于发展中的童年概念自身的认知。事实上，正是由于我们对于童年的理解主要停留在那个天真、单纯、充满诗意的浪漫主义童年观视域中，有关"童年消逝"的论说才会对我们的思想构成如此剧烈的冲击。对儿童文学来说，"童年消逝说"其实是浪漫主义童年或者说传统童年的消逝说，它以一种不无极端的思维方式，把我们的目光从一种怀旧的童年美学导引到今天生机勃勃、丰富复杂的童年生活和文化的现实中，并促使我们关注那些对孩子和成人来说一样陌生而新鲜的当代童年生活问题。因此，面对被波兹曼称为"童年消逝"的文化现象，当代儿童文学的创作需要主动走出传统的浪漫主义童年观的限制，而更加关注当下儿童真实的生活内容与情感体验，并从中发现、提炼和塑造出一种新的积极的童年美学内涵。

20 世纪后半期以来在西方儿童文学界掀起的一股现实主义的创作潮流，或许可以看作对这一新的童年文化理解趋向的某种创作上的积极呼应。这一时期，许多原本不被传统的浪漫主义童年观所认可、却在当代童年生活中发生着的各种童年事实，都被容纳到了儿童文学的创作对象范围之内，其中不但包括当代生活中儿童所遭到的空前漠视、儿童对成人世界的不敬与反抗、儿童所承受的来自真实生活世界的巨大压力，以及儿童复杂的精神世界等，更包括在当代社会得到格外突显的各种童年问题，如儿童犯罪、吸毒、青少年同性恋等。这其中的许多问题越过了传统童年观的内涵边界，而涉及一系列新的童年理解话题。对于这些话题的关注、认识、剖析与呈现，对当代儿童文学创作构成了一次有难度的挑战，同时也为其美学上的拓展和革新提供了契机。在这个过程中，儿童文学不但要对变迁中的童年生活做出及时的创作回应，同时也将以其独特的方式参与到这一新的童年观的文化塑造进程中。

与此同时，一种建构视角的童年理解也提醒我们，在不同的社会、文化和历史背景下，童年的面貌各不相同。因此，即便是在同一个历史时期，有关童年的理解也有着不同层次的丰富内涵。这意味着，有关童年的历史书写有必要脱开一般童年观的束缚，到历史的真实语境中去发现特定时代、阶层、环境下童年真实的模样。这就要求我们的儿童文学创作在面向历史童年时，要自觉地走出既成历史童年观的限制，去努力发现和揭示历史上童年生命与儿童生活的复杂内容。

第四节　"本质"的童年与"建构"的童年

需要指出的是，20 世纪后期以来童年观从本质论向建构论的转变，并不是简单的后者替代前者的关系。我们应该看到，在理解儿童的问题上，本质说与建构说各有其特殊的意义。

一方面，儿童作为一个群体，的确有着身心和发展上的一些显在的共性。即便在不同的社会和文化环境中，这一共性存在的客观性仍然不可抹杀。在古往今来人们对于儿童的各种本质理解中，有些是伪本质，比如将儿童视为原罪背负者的观念，有些则含有真本质的内容，比如儿童作为独立的个体的尊严，以及儿童共有的一些普遍的身心特征。我们不应该、也没有必要否定这一普遍本质的存在，相反，要理解儿童，就必须首先看到并承认这种普遍性的存在。比如，每个儿童都有他作为人的独立尊严，我们不能因为一种文化的传统是将儿童当作被奴役者看待的，就否定这种尊严的本质性和普遍性。又比如，儿童身心尚未成熟的事实也是客观存在的，我们不能因为一种文化完全把儿童当作大人看待，就否认这种不成熟的存在。

但本质说有一种极端的情况是我们应该警惕的，那就是本质主义的倾向。与一般的儿童本质理解不同，本质主义的儿童观只从本质的视角看待儿童，认为在特定的本质标签之下，儿童是定型的、不可改变的。这就带来了很大的问题，因为它限制了儿童作为人的丰富性、可发展性。另一方面，儿童除了拥有一些本质的共性之外，更无时无刻不接受着周围环境的塑造和建构。因此，我们对于儿童的理解和认识，也要放到具体的社会文化语境中。

关于儿童的建构说使我们看到，儿童不是孤立的人，而是文化的人；不是固定的个体，而是发展的个体。实际上，儿童的一些真本质也需要在后天的社会文化环境中得到显现。我们大家都知道狼孩的例子。婴孩自小被狼叼走，与狼群一起长大，他成年后的习性便与狼无异，他作为人的许多本质性的特征，从此再难得到实现。因此，一种合理的对于儿童的建构理解，它所反对的不是儿童的本质，而是以所谓的"本质"来归纳、简化"儿童"对象的狭隘的本质主义观念。

与本质说一样，建构说也要警惕一种极端的倾向，那就是狭隘的建构主义。建构主义只从建构的维度来看待儿童，它很容易导致"只要是建构的，就是合理的"这样的相对主义思维，而忘记了对于儿童来说，有些本质是不应被放弃的。比如，按照本质说的理解，儿童具有倾向天真的本性。但在一些社会和文化中，儿童的这种天真本性很早就被磨灭，而成了另一种成人化的世故。如果一味按照建构主义的原则推衍下去，那么，只要社会和文化要求儿童变得世故，并且这种世故也有利于儿童的生活实用，它就是合理的。然而事实并非如此。一个令儿童失去天真心性的社会，本身一定存在严重的问题，如果只以建构主义的合理性来看待它，则容易造成对其问题的遮蔽。也就是说，当建构说走向狭隘的建构主义之后，就会导致人们在儿童的问题上缺乏判断力，走向与本质主义相对的另一个极端。

因此，对于儿童和儿童观的理解来说，本质说与建构说是同一个问题的一体两面。把这两种方法和精神结合在一起，我们就能更完整地把握儿童这一复杂对象的面貌与内涵。在儿童理解的问题上，"'建构论'只有和'本质论'结合，才会有意义，二者合则两利，分则俱伤"[9]。我们将会看到，这样一种理解儿童的路径，对于我们在日益复杂的当代社会文化语境下把握儿童文学的艺术方向，同样有着十分重要的意义。[10]

第五节　理论迁移与本土经验的反思

必须承认，中国现当代历史上童年观念的演变与儿童文学的发展，都受到西方的深刻影响。某种程度上，中国现代童年观在整个 20 世纪的演进史中，就包含了一部缩短了的西方现代童年观的形成史——阿利埃斯笔下现代童年的发生，在 19 世纪末至整个 20 世纪期间的中国社会得到了某种生动而缩略的复演，而波兹曼主要针对 20 世纪七八十年代的美国社会所提出的"童年消逝"的文化现象，也正在今天的中国社会悄然上演。对于中国儿童文学界来说，阅读当代西方童年观与相应的西方儿童文学审美变迁的过程，始终伴随着一份恍如阅读关于自己未来命运的某个预言的领悟和警醒。

这份领悟应当包含两方面内容。一是当代西方童年文化与儿童文学艺术拓展所取得的经验，如何可以被移用到本土童年观革新与儿童文学艺术创造的现实中，从而为推进原创儿童文学的当代艺术发展提供重要的启发和借鉴。二是本土语境下童年文化与儿童文学的当下发展现实与发展细节，如何能够做到不被丢失在移植和借用外来理论的过程中，而是借其理论阐释的助力，得到更为开阔、深透的关注与阐明。

对中国儿童文学来说，西方儿童文学界在当代童年文化转型的现实下所做出的艺术选择和创作实践，既促使我们去关注当代儿童所面对的无数新的生活现实，同时也提醒我们越过既有童年观的精神藩篱，去发现童年精神在新的时代、文化背景下所获得的新的内容、意义、呈现方式与途径。例如，在一个童年文化与成人文化不断相互渗透融合的新媒介时代，童年精神发生了什么样的变化？在当代的多元文化背景下，我们对于童年文化的传统判断是否需要经受相应的检视？对于这些问题的思考将把我们的儿童文学创作带入真正具有当代意义的童年精神层面上。此外，当儿童文学创作重新进入历史童年的书写时，对于"建构的童年"的认识也有助于我们从具体的社会历史文化背景入手，来理解和表现童年自身的历史建构过程。

如果说童年不仅是一个有着确定内涵的概念，同时也是一个被历史地建构起来的概念，那么随之而来的一个问题便是，哪些因素可能参与了特定时期童年的建构过程？显然，答案包括从文学、艺术到政治、社会生活的一切与童年有关的广义文化现象。这么一来，儿童文学便不再仅仅是特定童年观的产物，也反过来参与塑造着人们有关童年的"想象"；它不仅是在童年概念的基本规约下产生的一个文类，更是参与塑造这一概念的其中一个重要的文化要素。这样，儿童文学与童年之间的关系便不再是后者决定前者或简单地反过来，而是一种复杂的相互影响的关联。一方面，特定的童年观在最为根本的层面上制约着相应时期儿童文学的童年精神，另一方面，大量儿童文学作品也以其特殊的方式积极地强化或改写着一个时代的童年观念。关于后者的认识促使当代儿童文学研究从简单的反映论中挣脱出来。20世纪后期以来，西方儿童文学研究界出现了一大批从儿童文学角度切入童年文化研究的成果。这些研究往往不是从特定的童年观出发探讨它在儿童文学作品中的体现与落实，而是在儿童文学文本的剖析中论证它在特定历史童年观建构过程中的作用。这也为中国当代儿童文学研究开辟了新的学术视界。

与此同时，在中国，现代童年观的演进（包括近代童年的"发现"与当代童年的"消逝"现象）一方面受到欧洲现代童年观和儿童文化的深刻影响，另一方面又有着本土社会、历史、文化的鲜明印迹。在一个多世纪的中西童年文化交流、碰撞和融合之后，我们已经很难从当代中国的童年观传统中剥离出一个纯粹外来或者本土的传统脉络。相反地，这两种养分相互化合、作用之后所产生的营养，为中国当代童年文化的发展提供了独特的动力。儿童文学也是如此。近二十年来，西方儿童文学界对于童年文化的思考，为我们理解本土儿童文学的当代问题提供了诸多有益的灵感和借鉴。但也正是在这样的现实下，中国儿童文学界对于当下童年文化的关注，需要更深入、更慎重地思考其本土特征的问题。如果说三十多年前波兹曼所说的"童年的消逝"以及由此而来的当代童年文化的转型，正在今天的中国儿童文化界悄然发生，那么这种发生也是伴随着本土化的童年文化现实而展开的。例如，对中国数量庞大的农村儿童来说，他们所经历的往往并非波兹曼或帕金翰所描述的从传统童年文化向当代童年文化的线性转型，而是一种同时压缩了传统与现代双重特征的特殊童年体验。在这样的背景下思考童年文化的当代变迁，以及与此对应的中国儿童文学的当代发展，每一个看似明了的问题都有可能变得更为复杂和多元，从而需要我们从问题的具体现场出发，去对它们进行更为细致深入的理解和剖析。

注 释

[1] Phillipe Ariés. *Centuries of Childhood: A Social History of Family Life*. translated by Robert Baldick.New York:Alfred A.Knopf,1962:23

[2] Phillipe Ariés. *Centuries of Childhood: A Social History of Family Life*. translated by Robert Baldick.New York:Alfred A.Knopf,1962:128

[3] 尼尔·波兹曼：《童年的消逝》，吴燕莛译，桂林：广西师范大学出版社 2004 年版，第 27 页。

[4] 尼尔·波兹曼：《童年的消逝》，吴燕莛译，桂林：广西师范大学出版社 2004 年版，第 91-92 页。

[5] 尼尔·波兹曼：《童年的消逝》，吴燕莛译，桂林：广西师范大学出版社 2004 年版，第 92-93 页。

[6] Richard T.Vann. "The youth of Centuries of Childhood.History and Theory" ,Vol.21,No.2,1982（May）:288.

[7] Richard T.Vann. "The youth of Centuries of Childhood.History and Theory" ,Vol.21,No.2,1982（May）:288-299.

[8] 大卫·帕金翰：《童年之死》，张建中译，北京：华夏出版社 2005 年版，第 67 页。

[9] 刘绪源：《美与幼童——从婴幼儿看审美发生》，南京：江苏凤凰少年儿童出版社 2014 年版，第 17 页。

[10] 本节关于童年本质说与建构说的阐说，可进一步参见方卫平：《儿童文学教程》，上海：复旦大学出版社 2015 年版，第 25-29 页。

第二章　消费文化与儿童文学

　　20 世纪后期以来，一种以大众消费、符号消费为主要特征的消费文化在西方社会日益深广的流播，促成了鲍德里亚所说的生产型社会向消费社会的转型。作为消费社会研究的重要议题，"消费文化"是 20 世纪后期以来西方社会学界谈论的焦点词汇之一。如果说 1970 年，当法国社会学家鲍德里亚出版他的《消费社会》一书时，消费文化是作为一种媚俗的文化遭到批判的，那么在英国社会学家迈克·费瑟斯通出版他的《消费文化与后现代主义》一书时，20 世纪 90 年代初的西方学界已经开始接受一种对于消费文化的中立价值判断。事实上，与消费文化相关的各种实体与精神的对象已经渗透到社会生活的各个层面，并参与建构着当下的社会文化形态。这正是我们今天谈论消费文化的基本语境。

　　当代消费文化从两个方面深刻地影响着新世纪儿童文学的创作和出版。其一，大众化的视像与电子媒介消费日益挤压着儿童的阅读时间，也间接塑造着儿童的阅读趣味；其二，随着儿童消费文化的兴盛，儿童文学也日益成为童年文化消费的一类基本对象。这两个方面合力推动着当下儿童文学的市场化进程，进而影响和塑造着消费时代儿童文学的艺术新貌。

第一节　消费时代儿童文学的新问题

　　文化消费的兴起使商业图书在图书出版中所占的份额大为增加，童书出版是其中一个重要构成部分。以英国图书市场为例，近年来，消费类或商业图书的比例达到了65%，而在这一领域，消费者购买的所有图书中有近1/4是儿童图书，占消费者购书总支出的15%左右。[1]佩里·诺德曼用"火箭般猛涨"的速度来形容"20世纪最后几十年"北美童书的销售。[2]中国新闻出版总署公布的数据也显示，童书在整个出版文化产业中的市场份额正迅速提升，2008年童书出版码洋已超过出版市场的10%。有专业人士预测，童书出版在未来的几年内将会达到出版市场份额的1/6到1/4、出版市场码洋的16%到25%的规模。[3]与此相应的，童书出版事业在整个出版体系内也获得了空前的关注。2009年，国内一半以上的出版社涉足童书出版，据统计，有269家出版社上报童书选题，其中专业少儿社30家，非专业社239家。[4]甚至有出版社管理层人员坦言："专业编辑我们一个不要，儿童读物编辑有多少要多少。没办法，就童书挣钱。"（《在童年出版"大跃进"的背后存在很多问题》）而在上述"童书"概念的构成中，儿童文学作品无疑占据了不容小觑的份额。

　　但与此同时，消费文化时代也为儿童文学带来了一些前所未有的新问题：当代消费文化器重传播渠道迅速而广泛的各种新媒介，从而使传统的文字印刷媒介及其产品遭遇了前所未有的接受"危机"，它挤压着儿童文学的生存空间；当代消费文化的平面化和娱乐化特征，使其在文学阅读方面更倾向于强调其"消费"特性，从而对传统的文学审美阅读构成了挑战，它影响着儿童文学创作的深度；当代消费文化参与建构着童年观与童年亚文化的生成，进而塑造着当代童年的文化特质，它影响着儿童文学出版当代价值的实现。由消费文化带来的这三方面文化变革，构成了消费文化背景下儿童文学发展所必须面对的三个重要课题。

一、新媒介消费对纸质媒介的冲击

随着新媒介与儿童日常生活的关系日益密切，电视、网络与手机消费在儿童消费生活中占据了重要位置。2003年，美国凯泽家庭基金会公布的一份针对6个月到6岁的儿童的调查报告称，美国儿童每天要在电视机、电子游戏机或电脑面前度过至少两个小时的时间，而阅读书本的时间只有39分钟。[5] 随着手机、网络等新媒介在儿童生活中的普及，它们对于儿童休闲生活方式的影响也愈益明显。2009年，凯泽家庭基金会对全美2002名8岁至18岁之间的青少年展开调查，发现这些孩子平均每天有7小时38分钟用于电子传媒，包括手机、iPad、电子游戏机和电脑，比10年前增加了6小时19分钟。类似的情况并不仅仅出现在发达国家。据中国互联网络信息中心统计，截至2009年底，在3.84亿中国网民中，未成年网民已超过1亿。今天，各种迅速换代的新媒介愈来愈多地占据着儿童的休闲时间；与此同时，通常和新媒介相连的视像符号也以其所提供的直观的、易于获得的"阅读"愉悦吸引着儿童的兴趣。影视、手机、网络等新媒介消费与传统的纸质阅读分享儿童的空闲时间，在客观上导致了儿童自主阅读时间的减少，这不能不对儿童文学出版市场造成相应的影响。显然，这种影响不仅仅表现为量的一面，也包括质的一面。因此，当代儿童文学必须思考如何在一个新媒介影响日益深广的社会里探索儿童文学发展的有效途径，以同时实现其经济与文化两方面的价值。

二、消费文化对传统审美文化的冲击

消费文化时代带来了文学审美范式的嬗变。尼尔·波兹曼笔下崇尚文字的印刷术时代包含了对于文学的一种膜拜式的情愫；以纸质印刷为媒介的传统文学创作构成了 F.R. 利维斯所说的"伟大的传统"，也是阿诺德笔下象征着"甜美和光明"的文化的重要承载者。然而消费文化的盛行在某种程度上抹去了文学的传统光环。费瑟斯通认为，与消费文化相对应的后现代文化强调一种感官的审美，它重形象而轻语词；这是一种利奥塔所说的"形象性感知"，它抛却距离和深度，重视即时性的感官沉浸而排斥延后性的文学阅读快感。

从这个意义上说，消费文化对于要求线性、理性、延续性阅读的传统文学作品持有拒斥的态度。消费文化下的文学阅读主要以"休闲""娱乐"为目的。一方面，它不追求深度，讲求文学作品的"娱乐性"；另一方面，它又常常是一种"符号消费"，即它所消费的并不只是某个文学产品，也是由文学产品所负载着的社会地位、文化品位等符号象征，是"行动者在社会中所处的位置和等级"的表现和证明。[6] 因此，在消费文化下，儿童文学作品的创作与接受便不再单纯是一种传统的审美活动，也是一次文化的消费。在这一背景下，儿童文学若不能变通自身以迎合读者，便失去市场竞争力，若一味迎合读者，又会使儿童文学丰富的审美内涵淹没在单向的阅读顺应中，也使儿童文学的审美意义淹没在文化消费的非理性狂欢中。

三、当代童年观对传统童年观的冲击

消费文化参与建构着新的童年面貌。它既包括尼尔·波兹曼笔下可能在视像媒介下变得日益消极、被动、缺乏理性思考能力的童年，也包括大卫·帕金翰笔下可能因新媒介带来的自由而变得更为积极、更具自主性和批判思维能力的童年。消费文化使儿童能够以消费主体的身份进入社会经济文化的过程中，其主体性因此大为加强。但与此同时，当儿童的主体性通过自主消费行为获得一定的解放时，童年的自由与风险同时增加了。消费文化时代所赋形的童年文化与这个时代本身一样有着两面性：一方面，它赋予童年前所未有的身体与精神的自主权利；另一方面，它也使当代童年处于前所未有的复杂环境中。因此，当代儿童文学如何应对这种新的自由与风险，如何继续有效地参与当代童年的建构，成为一个亟须思考的问题。

显然，旧有的童年观已经不足以适应今天儿童文学创作与出版的需求。但是新的童年观又在哪里？其面貌究竟如何？这些问题的答案不是既成的，而是随着社会环境、童年观和童年文化的变更而不断地发生新的变化的。如何及时、准确地把握特定时间段内当代童年文化的基本特征，使之在儿童文学创作和出版中获得相应的书写，在很大程度上决定着儿童文学能否在消费者的层面上获得成功。而另一方面，如何在表现童年文化的同时，对这一文化的现状与走向做出有深度的反思、批判与指引，以此参与到当代童年文化与童年观的建构过程中，则是消费文化时代儿童文学有必要承担起的一份历史责任。

第二节　消费时代儿童文学的新矛盾

凯泽家庭基金会 2009 年的调查报告提到了一个值得注意的现象：尽管新媒介在当代美国儿童的日常生活中扮演着愈益重要的角色，但在 1999 至 2009 年 10 年间，每天读书的青少年比例仍保持在 47％左右。2006 年和 2009 年两份针对中国浙江省青少年文化消费状况的抽样调查也显示，书籍报刊消费在青少年文化消费结构中占据了要位。[7]在一个儿童教育投资及其所附带的社会地位、文化资本等讯息受到空前重视，而这一资本的积累又在很大程度上与传统的文化承载物书籍密切联系在一起的时代，纸质阅读不可避免地成为当代少儿文化消费活动的一个重要内容。

与整个图书行业一样，消费时代的儿童文学图书业正处于一个相对自由而又不无尴尬的发展境地。一方面，消费文化为儿童文学出版制造出一个同时包括儿童与成人在内的巨大消费者群体。儿童文学可供愉悦、消遣的性质使之受到儿童消费者的欢迎，而儿童文学作为一种"文学"被附加的各种文化象征内容（包括社会地位、文化品位、鉴赏趣味等）则使之易于同时获得作为儿童监护人的成人消费者的双重认可。一个显而易见的事实是，书籍或许已经成为今天成人们最乐意为孩子购置的消费品之一。但另一方面，以消费品身份出现的儿童文学图书与成人文学书籍一样，正经历着一场以市场价值为主要导向的娱乐化的狂欢。在这场狂欢中，儿童文学的阅读接受越来越变成一种即时性的消费活动，这一消费活动以其不间断的延续为出版集团、书商等带来了可观的经济利益，但这种延续所依靠的常常并非某个永恒、高远的文学理想，而是通过文本不断制造出的新的童年感官刺激与娱乐游戏。

就此而言，当下儿童文学在探寻其发展方向的同时，有必要展开关于以下三对关系的思考。

一、经济利益与社会责任的关系

我们今天所面临的是一个无法避开经济利益来谈论文学出版的年代。事实上，如果我们记得就在 20 世纪三四十年代，由企鹅出版社领衔的平装书出版行为如何借助推动文学的大众消费成功获取利润，并进一步促成了文学阅读的大众化，那么对于今天的儿童文学创作和出版来说，消费文化似乎也提供了一个在更大范围内实现其经济与文化价值的契机。或许，唯有在当代消费经济和文化的推动下，我们才会拥有一个规模空前庞大、品类空前齐全、收益也空前可观的童书市场。

一般来说，消费文化背景下的图书出版行为，其经济利益与社会责任之间存在着一定的矛盾关系。消费文化的逻辑倾向于削弱儿童文学出版的社会责任感，转而促使其全力投入经济利益的博弈中。但诚如美国出版人安德烈·希夫林所说，成为商品的图书仍然表现出与其他媚俗性大众媒介的"本质的不同"："图书可以逆潮流而动，可以宣扬新的观念，可以向现状发起挑战"，它是"民主社会核心的沟通渠道"。[8]事实上，消费文化环境下儿童文学出版行为的经济利益与其所愿意承担的社会责任之间并非无所关联。对于儿童文学出版来说，社会责任的承担并不必然意味着牺牲经济利益，相反，从更长远的角度来看，前者在促进经济盈利方面有着单一的牟利动机难以替代的作用。

我们看到，许多国内外知名的童书出版公司之所以获得读者的青睐，并非单单因为某类商业畅销书的成功，而往往与该出版机构长久以来在推动社会文化方面所表现出的责任感有关。例如，2007 年并入霍顿·米夫林－哈考特出版公司的美国知名出版社哈考特，不但在成人文学出版方面树立了较为经典的文化口碑，其童书出版分支也十分关注文化事业建设与儿童文学新人新作的推出。它曾慧眼识珠，发现了圣·埃克苏佩里的《小王子》、诺顿的《地板下的小人》等一批后来成为世界经典的儿童文学作品，从而成为这些作品最早的出版者。20 世纪后期以来，哈考特秉持多元文化、多元风格的童书出版传统，推出了包括以创作后现代童话知名的简·约伦、以宗教追寻主题的儿童小说创作见长的辛西娅·劳伦特等在内的一大批当代儿童文学作家的原创作品。这种既重视市场而又不盲从市场的文化责任意识为该社赢得了童书出版的文化声名。在国内，一些高市场占有率的少儿出版社也十分重视童书出版的文化积累实践。反过来，那些凭借其长期的公共责任感与文化贡献而赢得公众信任的老牌出版社在进入童书出版领域时，也总是能够从其已有的文化声名中获益良多。对于今天的儿童文学出版界来说，努力探索和争取经济责任与社会责任的双赢，可能是其最理想的一种自我实现。

二、文化消费与文化建构的关系

消费文化与消费社会之说的提出，首先是在西方文化的语境中。早期消费文化研究大多强调消费社会与消费文化的消极意义，并毫不掩饰对它的否定态度。例如，法兰克福学派从人的"物化""欲望"的泛滥等方面对消费文化展开了严厉的批判。法国哲学家鲍德里亚在论述"消费社会"的概念时，也是将它作为现代文明的消极结果明确加以批判的。

"消费文化"的一个方面意味着不断顺从消费者的消费需求，而不论这种需求本身是否合理或有益，它都导致了马尔库塞所说的虚假的欲望满足。从这个意义上说，文化的消费与文化的建构是截然对立的。

但 20 世纪后期以来的消费文化研究中出现了不同的声音。丹尼尔·米勒在 1987 年出版的《物质文化与大众消费》一书中，提出了对消费行为进行"再语境化"的说法，即消费者赋予特定的消费行为某种抵抗文化意识形态和塑造自我文化的积极意义。但米勒并没有忘记适时补上一句，这种消费对象与消费行为的"再语境化"及其积极意义并不是必然发生的。[9] 这一论述支持了费瑟斯通所说的从正负两个方面认识消费文化意义的观点。例如，一方面，文化消费带来的快感有着物欲的一面；另一方面，这种感官欲望的释放也意味着身体和审美的某种解放，它是对于长期以来压制人的理性逻辑的反抗。这使"消费文化"一词成为一个同时包含文化消费与文化建构内涵的概念。这样，当我们谈论消费文化背景下的儿童文学创作与出版时，也分化出了以下两方面的话题。

从积极的方面来说，消费文化使作为消费主体的儿童的需求在儿童文学的创作和出版活动中得到了前所未有的认可与关注。在中国，消费文化影响日益扩大的近二十年间，也正是儿童文学的游戏精神在儿童文学创作、出版界得到大力张扬的时期，是孩子"游戏"的天性在儿童文学出版物中得到空前肯定的时期。这一朝向儿童的文化迎合姿态，使儿童以主体的身份参与了当代童年文化的建构过程，也使儿童的身体和精神得到了一次当代意义上的新解放。

然而，这种现象的消极意义也不容忽视。一味地迎合容易造成单一的儿童文学美学趣味，导致"哪一个作家哪一部作品受到读者喜爱，就有一批作家争相模仿"（白冰语，引自赵晓峰《国内 6 亿册童书多炒冷饭，贸易逆差达 48:1》）的创作跟风，从而对儿童文学的创作与出版生态产生不利影响。在一些情况下，儿童的趣味、爱好甚至直接成为儿童文学创作、出版的风向标，文学、文化层面更为宽广、深刻的审美与精神追求则无法获得充分的思考沉淀。这显然并不利于当下儿童文学创作、出版的进一步发展。

事实上，任何一种仅仅注目商业利润的出版行为，都难以在文明进程中留下长久的痕迹。在消费文化背景下的当代社会，儿童文学从业者更有必要承担起文化建构的责任，为抵制当代消费文化对儿童文学的消极影响，丰富儿童文学的美学生态，守护儿童文学的精神力量，实践儿童文学的当代意义，付出自己的思考与努力。而最终，那些勇于担起文化责任的创作者和出版人，将是消费时代利益博弈中最后的"盈利"者。

三、出版品牌与文学品质的关系

消费文化背景下，出版品牌的打造对于儿童文学发展的意义显而易见。一个知名出版品牌的形成，能够带动一系列的后续出版行为并为其提供市场方面的保障。目前，许多国内外知名出版机构都形成了若干广有影响的童书出版品牌。如企鹅出版集团初创于 20 世纪 60 年代的以低幼孩子为主要读者对象的"海鹦图画书系列"，该系列收入了包括艾瑞·卡尔的《好饿的毛毛虫》、阿尔伯格夫妇的《桃子、李子和梅子》等在内的一批经典图画书。再如兰登书屋听书出版集团的儿童图书品牌"倾听文库"等。近年来，国内童书出版社及相关出版社的童书分部也毫不掩饰他们对于打造出版品牌的热衷，浙江少年儿童出版社的"中国幽默儿童文学创作"系列、二十一世纪出版社的"彩乌鸦中文原创"系列、中国少年儿童出版社的"纽伯瑞儿童文学奖丛书"、河北少年儿童出版社的"国际安徒生奖获奖作家书系"、安徽少年儿童出版社的"国际安徒生奖大奖书系"、新蕾出版社的"国际大奖小说"系列、明天出版社的"世界奇幻文学大师精品系列"、少年儿童出版社的"双桅船经典童书"、湖南少年儿童出版社的"全球儿童文学典藏书系"，以及图画书领域的"信谊世界精选图画书""启发精选国际大师名作绘本""启发精选华语原创优秀绘本""蒲蒲兰绘本馆"等，都是近年来颇受关注的引进和原创儿童文学出版品牌。

众所周知，一个出版品牌被读者接受和公认的过程受到来自多方面因素的影响，它不仅与作品本身的文学质量有关，也与出版社的策划、宣传、文化产业链续接等活动有着密切的关联。但无论如何，任何一个成功的儿童文学出版品牌，首先总是以其出版对象的文学品质为基本前提的。不但在儿童文学出版品牌最初的策划阶段，作品的文学质量往往是最受重视的内容之一，在消费、接受环节，最终决定品牌命运的也大多是作品本身的品质。因此，2008 年 9 月，英国 DK 出版公司国际部高级经理彭凯琳在接受《中国新闻出版报》记者采访时指出，随着国际童书出版竞争愈演愈烈，对出版社来说，提升图书品

质已经成为必然的选择。（《童书出版如何开拓国际市场》）

在消费文化背景下，如何将一个具有较高文学性追求的儿童文学出版选题提升为一个影响深广的儿童文学出版品牌，是一个新的实践课题。也就是说，当儿童文学作品在出版品质方面足以支撑起一个出版品牌时，它的品质又如何借力于品牌的建设，实现更大的文化覆盖力和影响力？对于当代儿童文学的创作和出版而言，这也是一个亟须更多关注和探索的话题。

第三节　消费时代儿童文学的本土难题

在当代中国谈论消费文化问题，有一些令人尴尬的难处。一方面，中国经济自走上市场之路后所经历的迅猛发展，的确在一个可观的社会阶层范围内催生出一种愈益浓厚的消费文化氛围，而这种氛围经由各类大众媒介产品的渲染、传播，甚至影响了许多在经济上尚未达到"消费主义"水平的人们的意识。而另一方面，在一个收入水平低下的农村人口仍然占总人口比例70%左右的国家，常常与"物质过剩""虚假欲望""后现代文化"等联系在一起的"消费文化"概念的提出又多少显得有些奢侈和怪异。这正是消费文化在当代中国所呈现出的独特面貌，也是中国儿童文学界需要面对的本土问题。如果说消费文化的概念在中国是成立的，那么今天我们的孩子所面对的并不是一个统一的消费文化环境，而是分布在城市与乡村、高收入与低收入、中产阶层与底层等不同家庭、学校、社区内部的不同消费文化表征。现象的复杂性使消费文化背景下的儿童文学创作与出版这一话题也不可避免地变得更复杂了，它在经济收益之外所担负的社会与文化责任更是面临着实践的挑战。对于全面进入消费时代的中国儿童文学创作和出版事业来说，如何思考并应对数量庞大、分层复杂的儿童读者群体（而不仅仅是主力儿童消费者）的阅读需求，是消费文化带来的新挑战。

消费时代儿童文学创作与出版面临的另一要务，是培育、发掘和打造本土儿童文学的经典作品。近年来，关于开发本土儿童文学经典的呼声一直受到作家和出版界的关注，但在一种典型的消费文化环境下，即时的经济获益在当下许多儿童文学出版行为中往往起着更大的决定性作用。于是，我们越来越少看到真正怀着对本土儿童文学创作资源、现状与未来的深刻认识和反思而进行的儿童文学生产行为。尽管特定的文学生产和消费机制本身并不能从根本上促成经典的产生，但它却有责任在当前消费文化的喧嚣中为本土经典的创造提供一个平和、淡定同时又富于灵感、充满激励的文化环境与氛围。显然，本土儿童文学经典的产生在今天不仅是一个属于作家的话题，也需要儿童文学出版、批评等各界共同为之付出智慧，承担责任。

注 释

[1] 保罗·里查森：《英国的儿童图书出版》，《出版发行研究》2004 年第 7 期。

[2] 佩里·诺德曼、梅维丝·雷默：《儿童文学的乐趣》，陈中美译，上海：少年儿童出版社 2008 年版，第 180 页。

[3][4] 谢毓洁：《童书出版与儿童阅读文化的建构》，《出版广角》2009 年第 12 期。

[5]《美国调查报告显示电子媒体影响儿童阅读能力》，《现代教育技术》2003

年第 6 期。

[6] 罗钢:《前言 探索消费的斯芬克斯之谜》,罗钢、王中忱主编:《消费文化读本》,北京:中国社会科学出版社 2003 年版。

[7] 王颖、葛进平、王蓉晖:《浙江省青少年文化消费实证研究》,《经济论坛》2006 年 16 期;贝静红《青少年文化消费研究——以浙江舟山群岛为例》,《当代青年研究》2009 年第 7 期。

[8] 安德烈·希夫林:《出版业》,白希峰译,杨贵山审校,北京:机械工业出版社 2005 年版,第 156 页。

[9] 丹尼尔·米勒:《物的领域、意识形态与利益集团》,罗钢、王中忱主编:《消费文化读本》,北京:中国社会科学出版社 2006 年版。

第三章 新媒介文化与儿童文学

前面已经提到的美国学者尼尔·波兹曼出版于 1982 年的《童年的消逝》一书，是对于已经失去其媒介统治地位的印刷文明的一阙怀旧的挽歌。该书的出版曾在世界范围内引发人们对于正在逐渐弱化的童年读写能力的忧虑。在这本书里，波兹曼批判了当代视像媒体正在塑造的"娱乐型"思维方式和行为模式。三十多年过去了，今天，电视、电脑、互联网、手机等新兴媒介已经进一步成为私人和公众生活必不可少的组成部分，也构成了当代童年文化的一个重要内容。如今，人们更关心的不再是如何唤回或保存印刷时代的问题，而是如何在新媒介环境下创造新的童年文化的问题。可以说，当代儿童文化的方方面面，都与新媒介发生着千丝万缕的联系，它使我们在谈论新世纪儿童文学现象时，不能不关注到新媒介在其间所发挥的作用和影响。

"新媒介"是一个相对和动态的概念，它的对立面是"传统媒介"。从最广泛的意义上来说，一切媒介形态最早出现时，都可以被称为新媒介。不过在当代，人们所说的"新媒介"有着特定的内涵。狭义的新媒介特指基于数字技术的信息传播方式，它包括互联网、手机等新型媒介，而将较早出现的广播、电视、电影等大众视听媒介划为传统媒介的范畴。广义上的新媒介则是与印刷媒介相对的概念，它包括了电视、电影、电脑、手机等出现于印刷媒介之后的各种现代媒介。对儿童文学来说，包括电视、电影、网络、手机等在内的现代媒介环境共

40 | 41

儿童文学的中国想象

上 编 文化语境
第三章 新媒介文化与
儿童文学

同构成了对传统印刷媒介环境的冲击，进而影响到儿童文学创作、传播和接受的各个环节，使之呈现出与印刷时代完全不同的景观；而且今天的电视、电影等也在与数字、网络媒介的结合中，不断衍生出新的媒介形态。因此，我们选用广义上的新媒介概念来探讨新媒介与当代儿童文学发展的关系。

第一节　新媒介环境下的儿童生存状况

媒介首先是信息传播的工具和途径。美国传播学家威尔伯·施拉姆把媒介定义为"插入传播过程中，用以扩大并延伸信息传送的工具"[1]。麦克卢汉将"媒介"界定为"人的延伸"，同时也认为"人"是"媒介的延伸"。也就是说，媒介对于人类社会的意义并不仅仅在于它的工具性，还在于它参与塑造和影响着个体的发展及其生活方式。当代新媒介的发明和发展，正在给整个人类社会带来前所未有的巨大影响。

新媒介的特征基本上可以概括为四个层面。在技术基础的层面上，新媒介是以现代电子和数字技术为核心的；在信息传输的层面上，新媒介能够实现一种即时性的迅捷传播；在信息呈现的层面上，新媒介具有声像整合的特点；在信息发送—接受的层面上，新媒介在某些方面为其使用者提供了一个具有互动性的交流平台。新媒介是信息科技与媒介产品的结合，它的出现既在宏观上改变着人类所处的整体媒介环境，也在微观上影响着每一个体的日常生活。今天，对于许多少年儿童来说，新媒介也已经成为他们生活环境的一个部分。

新媒介的出现改变着当代儿童的生活、学习和交流方式。以互联网为例，根据 2010 年中国国务院新闻办公室发布的《中国互联网状况》白皮书，截至 2009 年底，中国 3.84 亿网民中未成年人约占 1/3，已经成为中国网民的最大群体（《互联网白皮书：未成年人已成中国网民最大群体》）。2012 年一份针对广州市少年儿童媒介素养教育的调研报告数据显示，82% 的小学生每天都会上网，超过 52% 的学生每天上网的时间多于 30 分钟；其中 84.14% 的孩子每天都会使用 QQ，80.08% 的孩子每天都会上网看视频，71.21% 的孩子每天都会玩网游，42.02% 的孩子每天都会使用腾讯微博，34.87% 的孩子每天都会使用新浪微博。[2] 闲暇之外，当代学校教育改革也开始借助数字技术的力量。2007-2010 年，一项依托互联网平台的"一对一数字化学习"项目在国内 20 多个省市自治区共计 63 个中小学付诸实施，取得了显著效果。[3] 今天，通过电脑、智能手机等便捷的新媒介手段进行交流、游戏、学习等，已经成为许多孩子日常生活中不可或缺的内容。

从总体上看，存在于学校、家庭和社会范围内的各种新媒介构成了当代儿童生活的一个基本的环境要素，也成为当代儿童文化的一个重要组成部分。它同时带来了正面和负面的影响。从积极方面看，新媒介大大丰富了儿童的学习生活和闲暇生活，激发了儿童的主动性与创造性，也有助于在实践中提升儿童的媒介知识和媒介素养。从消极方面看，新媒介导致了儿童沉溺于虚拟的视像或网络世界，脱离现实生活，而且不再有能力获得理性、有序、思辨的思维品质；儿童与电脑的亲近还导致了另一种常见的现象，那就是"许多孩子跟电脑的熟悉程度超过了他们跟父母的熟悉程度"[4]。

在有关新媒介与儿童生存、发展之关系的各种研究中，上述两种对待新媒介的态度同时存在着。在西方媒介研究界，尼尔·波兹曼是对新媒介持否定态度的代表性学者。他在《童年的消逝》一书中措辞激烈地批判了电视等新媒介对儿童乃至整个社会发展所造成的负面影响。他认为，以新媒介为代表的"娱乐业时代"造就了"片断""无聊""琐碎""散乱"的思维方式。然而对新媒介在儿童文化领域的作用和影响持积极态度的学者则认为，儿童能够在成人的指导和帮助下理解各种媒介，从而变被动为主动，既掌握对于媒介的识别和批判能力，也具备科学地使用媒介的能力。著有《童年之死——在电子媒体时代成长的儿童》一书的英国学者大卫·帕金翰，就是持这一观点的代表学者之一。

应该说，上述两种观点及其论述都有助于我们更好地理解和寻找新媒介在当代儿童生活和个体发展中的恰当位置。有关新媒介与儿童发展之关系的探讨，近年来一直在热烈地持续着。但与此同时，新媒介在当代社会迅猛发展的现实，也使许多学者开始放下争论，通过实际的调查、研究和试验，寻找新媒介可能提供给儿童生活、儿童教育以及儿童发展的有利契机。所有这些，都会不可避免地对以儿童读者为接受对象的儿童文学领域产生深远的影响。

第二节　新媒介环境下的儿童文学

由于在新媒介之前，儿童纸质阅读在儿童的学习和闲暇生活中一直扮演着十分重要的角色，因此，儿童研究界有关新媒介的探讨，焦点之一就是新媒介对传统儿童阅读行为的影响。美国艺术与视觉教育研究者菲力普·耶那文认为，儿童过久地暴露在影像媒介前，会逐渐发展出一种"从图像中发现意义的能力"，也就是所谓的"视觉识读能力"。[5] 萨丽·梅纳德等研究者认为，"新技术催生了新一代，这一代人习惯了日常生活中除了印刷媒介外，还有其他各种可供体验的媒介。这些年轻人通常被称为'电视一代'。……人们对于'电视一代'的忧虑在于，对于图像的专注和视觉识读能力的增强影响了儿童的注意广度和他们的阅读兴趣"[6]。

众所周知，对于创作者与接受者相分离的文学作品来说，媒介的作用显得十分重要。媒介并不只是一种中介，它还会影响传播内容本身。不同媒介方式与它们所传播的信息内容一起，塑造着我们对于文学的感知和理解。例如，按照波兹曼的说法，纸质印刷媒介在培养成熟的个体方面拥有新媒介所不可替代的作用，它参与塑造了"理性""有序""成熟"的思维与行为品质，而象征着新媒介的图像语言则使注意力无法得到集中，也扼制了理性思考的深度。在新媒介与纸质媒介的关系上，很多人与波兹曼持同样的观点，他们认为新媒介的出现对文字阅读构成了一种威胁和损害。首先，它占用了许多原本属于文字阅读的时间。2004 年，美国在线出版商协会的一项调查结果显示，18 至 34 岁的人，46% 喜欢浏览互联网，35% 喜欢看电视，只有"7% 的人喜欢看书……3% 的人喜欢看报纸，1% 的人喜欢看杂志"。同样的趋势也出现在中国。2006 年由中国出版科学研究所主持的"全国国民阅读与购买倾向抽样调查"结果显示，六年来中国的国民阅读率持续走低，"1999 年首次调查发现国民的阅读率为 60.4%，2001 年为 54.2%，2003 年为

51.7%，而 2005 年为 48.7%，首次低于 50%，比 2003 年下降了 3 个百分点，比 2001 年下降了 5.5 个百分点，比 1999 年则下降了 11.7 个百分点"[7]。同时，如耶那文所说，新媒介也在重新塑造人们的感知器官，使之更习惯于接受视像的刺激。此外，新媒介所带来的信息爆炸也导致了一种"浅阅读"方式的产生。这是一种"放弃深度，追求速度、广度、利益度"的"快餐式"阅读，[8] 它与文学作品的诸多审美特性正好背道而驰。凡此种种，都对儿童文学领域产生了深广的影响。

新媒介与儿童文学的关系同样表现为积极和消极两个方面。在一个很长的时间段里，人们对于电视等新媒介在童年生活中扮演的角色怀着不信任的态度，并担心平面化的视像媒介会把孩子们带离文学阅读。20 世纪六七十年代的美国，图书界以某种怀疑的眼光打量着电视。许多人认为，电视是对于读写和文学的真正威胁，看电视的儿童将不再读书。[9] 早期的调查研究也表明，"阅读较之电视更有益于儿童想象力的发展"[10]。有研究者认为，与口头和书面的文学故事相比，以电视为代表的视像媒介所呈现的故事"常常是由一群受雇于以营利为目的的私有大企业的专家们在一个相当短的时间内紧张而焦虑地虚构出来的。……它们利用惊悚、刺激、笑话以及炫目的色彩、动作和声音展示作为主要工具，个中角色也只是为了借助尽可能异类和不寻常的举动来吸引观众"[11]。当时儿童文学领域内对于新媒介的许多批评都是针对电视、电影等视像媒介而发的。比如美国当代心理学家詹姆斯·希尔曼就曾对文学文本和媒介文本做出明确的区分。他说："我们得区分清楚通过阅读所展开的向着想象力讲述的文本和通过电视所上演的文本。尽管电视也尝试改进自身以适应儿童，但它仍然是一种'媒介'。

也就是说，它是站在读者与文本之间的一个中介。它导致了想象的消极。通过电视屏幕、透视缩短和二维方式所达到的画面呈现将文本压缩成为一件打包的物品(不同于生动的戏剧)。文本既然已经被电影制作者想象完成，便不再能像阅读时那样激起观者的丰富想象。事实上，观者通常不得不约束自己的想象以求'跟上画面'。"[12]著有《魔法的用途》一书的美国心理学家布鲁诺·贝特尔海姆甚至反对文学文本中出现插图："图画是在远离学习的过程，而不是滋养这一过程，因为插图使孩子的想象力离开他本人对于故事的体验。插图故事夺去了本属于个人意义的许多内涵。"[13]这一说法当然也可以被挪用到对于视像媒介的批判上。

但与此同时，也出现了一部分肯定新媒介对儿童文学的积极意义的言论。这些讨论大多围绕着两个话题展开。一是通过视像媒介呈现给儿童的"文学故事"仍然可能实现原印刷文本的文学质量，不少儿童视像媒介的制作人都希望努力证明这一点；二是通过大众化的视像媒介，可以使一部书架上的儿童文学作品被更多的儿童读者所分享。看得出，在早期有关新媒介与儿童文学关系的讨论中，还隐含着纸质印刷媒介优于视像媒介的保守观念。

值得一提的是，早在20世纪80年代初，美国儿童文学界就开始了关于新媒介与儿童文学的集中探讨。在1981年的美国儿童文学学会会刊《儿童文学》上，曾开设了一个名为"儿童文学与媒介"的专栏，其中所收录的四篇论文均围绕儿童文学与电影、电视媒介的关系展开探讨。在1982年的美国《儿童文学学会季刊》上，由儿童文学学者佩里·诺德曼开设的"为儿童的商业文化：童书的一种语境"专栏，其中的大部分探讨也是围绕儿童文学与电影、电视等新媒介的关系展开的。这两次探讨并不以学术性见长，但具有浓郁的当下气息，其中既包括对于新媒介积极意义的肯定，也出现了不少批评的声音。

但无论公众的态度是肯定还是否定，事实上，早在 20 世纪初，儿童文学与新媒介的结合实践就已经开始了。在那个时代，这种结合主要是影视媒介有意识地发掘和利用儿童文学资源。以华特·迪士尼为代表的一批动画电影制作者为这种资源借取和媒介转换树立了一种典范。从 1937 年第一部动画长片《白雪公主》的放映开始，迪士尼动画一直走在儿童文学经典的改编道路上，以至于"只要提起著名的经典童话，不论是《白雪公主》《睡美人》，还是《灰姑娘》，今天的孩子和成人们都会想到沃特·迪士尼"。[14] 尽管迪士尼电影的意识形态内容一直是评论界批判的对象，但它在商业和动画艺术方面所取得的双重成功，仍然是不可否认的。而这一成功在很大程度上与它所取材的儿童文学作品的经典性联系在一起。

进入 20 世纪 90 年代，随着新媒介技术和媒介产业的蓬勃发展，不但电视、电影等大众视像媒介日益壮大，包括手机、互联网在内的新兴媒介也迅速得到了大众化的普及。这一时期的文学传播开始主动和更多地寻求与大众传媒的结合。儿童文学也不例外。在当代文化产业的背景下，儿童文学与新媒介之间的关系变成了双向的。一部畅销的儿童文学作品有可能被迅速转换为电视、电影、互联网等媒介形态的产品，反之亦然。文化产业链的存在甚至促使一部分作者在从事儿童文学创作时，就开始考虑它的媒介转换可能。

第三节　新媒介对儿童文学发展的意义

新媒介的潮流在今天已经显得蔚为壮观。在儿童文化领域，人们也不再经常谈论如何限制儿童与新媒介的接触频度，而是更多地探讨新媒介在儿童生存和发展中正在、应当以及可能扮演什么样的角色。包括"媒介教育""媒介素养"在内的一系列新的概念被提了出来，并受到广泛的关注和探讨。人们对于新媒介与儿童文学的关系有了更成熟的认识，开始放弃最初的成见，转而思考新媒介为儿童文学在当代的发展提供了哪些新的契机。

新媒介对于当代儿童文学发展的意义，主要表现在三个方面。

一、新媒介为儿童文学提供了新的创作空间

新媒介既是信息传递的媒介，同时也构成了一种新的社会现象。随着儿童与新媒介关系的日益密切，儿童文学作家在描写儿童生活的同时，也越来越看重对与之相连的新媒介环境的表现。从近十年的儿童文学创作来看，电视、电脑、网络和手机等新媒介的形象越来越多地出现在儿童文学的文字世界里。新媒介的出现给作品增添了浓郁的时代气息，增加了特定的美学内涵，有时甚至成为推动情节发展的重要力量。例如张之路的长篇小说《有老鼠牌铅笔吗》，其中大部分情节就是围绕着"我"误闯电视剧组并参与电视片拍摄的各种事件展开的。在今天的许多儿童小说创作中，电脑网络已经成为最为常见的意象之一；网络所构建的虚拟人际关系及其与现实人际关系之间的互动，

也成为许多儿童小说致力于表现的内容。

在 20 世纪后期至今的不少儿童文学作品中，对新媒介的呈现也成为作家借以批判和反思现代文明的一种途径。比如英国儿童文学作家罗尔德·达尔的代表作之一《玛蒂尔达》，就多次以"看电视"的场景来表现玛蒂尔达的父母和哥哥的贪婪、自私，并以此隐喻物欲社会里人性的扭曲。在罗琳的"哈利·波特"系列中，作家也曾以类似的笔法来描绘哈利的姨妈一家。在新兴的网络题材儿童文学作品中，既有对儿童青少年沉迷网络现象的批判，也有对以网络为代表的现代技术发展所带来的道德隐忧的思考。由于儿童文学是从童年的角度来呈现对于现代文明的批判，这种批判就显得尤其有力和发人深省。它让我们看到童年在畸形的文明重负下所受的戕害，看到童年的无奈，也看到深藏在童年身上的希望和力量。所有这些都给当代儿童文学创作带来了新的纵深度。

此外，新媒介的某些特殊形式也给了传统的儿童文学创作以启示。对于纸质的儿童文学创作来说，它始终要受限于文字和叙事在纸页上和纸页间的排列秩序。例如，传统的叙事文学作品总是只有一个确定的情节过程，包括结局。但 20 世纪 90 年代以来，一部分中国儿童文学作家开始尝试创作情节和结局具有多种可能的不确定性的儿童文学作品，比如有作家尝试创作的"少年自我历险小说"和"魔方童话"，就是一种具有类似网络"超链接"功能特征的文体。它会"在情节发展的关节点上设置不同的可能性，让读者自己选择（或帮人物选择），不同的选择引出不同的故事、结果，读一本书就像读了许多本书，看一个故事就像看了许多故事一样"。[15]

新媒介的介入改变的不只是儿童文学作品的题材和形式，它还内在地影响和塑造着儿童文学的艺术表现手法。例如，这些年来，许多儿童文学写作显然受到电影、动漫和电子游戏等新媒介产品叙事方式的影响，在文本中也致力于追求、渲染人物形象、动作、故事场景等的视觉呈现感，甚至存在着运用文字时自觉的视觉转化意识。

二、新媒介为儿童文学提供了新的传播载体

北京时间 2007 年 7 月 21 日零时，世界各地的无数哈利·波特迷守候在大大小小的书店门口，等待着"哈利·波特"系列第七部、也是最后一部——《哈利·波特与死亡圣器》的上市销售。21 日当天，仅美国在 24 小时里就售出了 830 万册《哈利·波特与死亡圣器》，平均每小时售出 30 万册、每秒钟售出 5000 余册。这一巨额的快速销售在整个美国出版史上都是空前的。这个时候谁还想得到，1997 年，当罗琳写出"哈利·波特"系列第一部《哈利·波特与魔法石》时，起印数只有 5000 册，并且连续两年都只是"卖得一般的儿童读物"。

尽管"哈利·波特"系列电影不是导致该系列童书畅销的最初和最重要的原因，但不能否认，在"哈利·波特"系列图书走向畅销神话的过程中，推出于 2001 年、2002 年、2004 年、2005 和 2007 年的五部"哈利·波特"系列电影以及相关的电视、网络等媒体宣传起到了十分重要的推波助澜作用。一部"哈利·波特"系列的传播史，让人们看到了儿童文学能够带给视像媒介的巨大利益，也看到了儿童文学作品借助电影所能够获得的巨大的影响力。且不论这种影响中包含了多少商业性的成分，至少它把儿童文学阅读日渐消散的魅力，重新汇

聚到当下的童年生活中。其后的"魔戒"系列、"纳尼亚传奇"系列等电影都在一定程度上延续着这则有关儿童文学与新媒介的当代神话。与此同时，其他许多经典的儿童文学作品也在借新媒介的力量重新回到人们的视野中。

对此，儿童文学界普遍关心的一个话题是，媒介转换后的儿童文学还能保留它原来的文学性吗？

可以确定的是，传播方式的改变必将同时带来传播内容的改变。对于以不同媒介呈现的同一部文学作品来说，媒介方式的变化所导致的并不只是作品信息传送途径的改变，还会在一定程度上引起信息内容本身的改变。"媒介不只是文学的外在物质传输渠道，而且是文学本身的重要构成维度之一；它不仅具体地实现文学意义信息的物质传输，而且给予文学的意义及其修辞效果以微妙而又重要的影响。"因此，"对不同媒介的选择会影响文学文本的意义和走向"。[16]电影、电视、手机、互联网等新媒介代表着一种完全不同于传统印刷媒介的传播方式，通过这些新媒介所呈现的文学作品的内容往往更强调视觉上的效果，而且视像媒介和电子媒介本身的叙事方式，也有别于纸质媒介。以2007年推出的迪士尼动画《宝葫芦的秘密》和张天翼的原作相比较，前者不但对原作的主要角色性格和情节进行了新的阐释，也对原有情节做出了一部分增删，以适应电视和电影画面的表现需要；但是，原作在语言方面的特色则不复存在了。近年来甚至出现了一些仅保留故事的部分角色或情节框架、内容上则完全背离原作的儿童文学影视改编行为。这使得关于儿童文学由纸质媒介向新媒介转换的讨论常常陷入两难：一方面，新媒介的确有助于加强儿童文学的生命力，扩大儿童文学作品的影响面，使之得以在视像世界里重新找回在阅读世界中丢失的那部分儿童受众；但另一方面，媒介转换所带来的信息损耗和扭曲，又使这种转换的可信度遭到了怀疑。或许，这就是当代儿童文学在新媒介环境下的某种宿命。

不过从电子和网络媒介的角度看，儿童文学作品同样可以不改变文字形态而进入新媒介。它既可以被制作成光碟或电子书，也可以直接输入电脑或上传网页。这样，儿童文学作品所失去的仅仅是纸质的媒介形态，其本身的文字构成并未发生变化，所有构成作品的文字仍然得以保留。目前，已经有不少儿童文学研究者关注到了电子童书的功能。有研究者指出，那些在传统印刷媒介面前反应迟钝、同时也不喜好阅读的孩子阅读兴趣下降，电脑兴趣提升，对于他们来说，电子环境的重要性与日俱增；而这部分儿童的数量也在不断增加。与持续走低的纸质媒介阅读率相比，"近年来我国国民网上阅读率正在迅速增长。调查显示，网上阅读率从 1999 年的 3.7% 增加到 2003 年的 18.3%，再到 2005 年的 27.8%，七年间增长了 6.5 倍，平均每年增长率为 40%"[17]。既然儿童对于纸质阅读的兴趣在普遍下降，对于电子环境的适应力和喜好则在不断加强，那么把儿童文学作品转换成电子形态（比如电子书）再提供给儿童，是否会重新唤回他们对文学的兴趣，进而成为一种迂回地挽救日渐式微的儿童阅读的方式呢？[18] 另外，通过利用电子媒介的"超链接"功能，儿童文学作品也能够突破纸质媒介的束缚，获得故事叙述上的解放。比如一则故事可以通过不同的超链接，安排不同的情节发展可能。读者只需点击相应的超链接按钮，便可以进入他想要选取的那个情节和结局中。如果可以的话，这种"情节发展可能"能够延伸到无限多的层面。

三、新媒介加强了儿童参与儿童文学创作与接受的主动性

波兹曼写作《童年的消逝》一书时，儿童和青少年所接触的新媒介的主要构成还是电视。从许多方面看，电视都倾向于使其接受者养成被动、孤立、缺乏思考能力的习惯。但随着电视时代向网络时代的迈进，以数字网络为核心技术的各种新媒介以其强大的互动传播功能，既激发着使用者积极交流、主动参与的意识，同时也在培养他们这方面的能力。对于儿童文学的创作和接受来说，这类具有强烈交互特征的新媒介能够使原本处于被动位置的儿童积极参与作品的阅读乃至亲身创作行为中。

我们知道，传统的文学创作、发表受到写作要求、报刊数量等方面的限制，具有小众和精英的性质。近年来，博客、微博、微信等数字网络平台的先后兴起，改写了这种传统的写作观念。这些平台为个人提供了一个自由、私密，同时又具有公共、开放性质的空间。这类个人化的虚拟自由空间目前已经成为一部分儿童和青少年闲暇时间的主要"活动"场所之一。孩子们可以在自己的空间内发表各种见解与感想，也可以上传各类文学练笔，其中包括一部分儿童文学作品。这种现象对儿童文学的创作生态产生了一定的影响。在传统儿童文学创作中，写作者（成人）与接受者（儿童）之间存在着身份上的隔离，正是这一点导致儿童文学有别于其他文学门类的许多基本特征。儿童作者参与儿童文学创作的现象是对于上述儿童文学创作格局的一个有意义的补充。实事求是地讲，这种参与很难改变儿童文学作家群的总体面貌，但这一现象本身却能够为儿童文学界提供启示。通过考察成人作者与儿童作者的儿童文学创作差别，我们对于儿童文学的文体和审美特征，或许会有更进一步的了解。

近十年来较受关注的少年和青少年写作现象，也与新媒介有着十分密切的关联。网络既是未成年写作者得以自由地展示其创作尝试的重要园地，也以其开放、互动和尊重个性的特点，进一步激发了儿童、少年和青少年写作者的积极性。尽管他们的作品并非完全是儿童文学意义上的创作，但这一群体的参与，仍然给儿童文学创作和研究带来了新的气象和新的话题。

与此同时，发表在网页上的那部分代表儿童意愿、情感和想法的文字，尽管不属于儿童文学创作，却能够为儿童文学作家提供真实、鲜活、当下的儿童生活与儿童思想内容。通过这种方式，它们会间接地影响成人作家的儿童文学创作。尤其重要的是，这类数字平台为儿童和童年文化提供了一个与成人文化的监督和压制力量相"协商"和"抵抗"的空间。[19]"童年"和"童年文化"的概念是在与相应的"成年"和"成年文化"的分离、对立中逐渐产生的，在现实生活中，儿童个体和群体也受到来自成人社会的种种压抑，因此，"儿童"与"成人"、"童年"与"成年"之间总是倾向于表现出一种天然的疏离和对立的状态。这使得"儿童"和"童年"意象本身具有了某种反抗的哲学内涵。浪漫主义传统以降，童年所具有的这种哲学意味就常常被用来揭示、批判成人和现代社会中人的异化。对于儿童文学创作来说，理解这种与童年文化有关的压抑和反抗，并在作品中努力表现童年哲学和童年命运的这一况味，能够增加儿童文学作品在思想和情感上的厚度。

此外，数字媒介环境也加强了儿童读者在儿童文学作品接受中的主动性。数字媒介区别于此前的大众视像媒介的一个重要特点是，"信息的获取者不是被动地接收信息，而是主动地发现信息、选择信息、处理信息"。这就大大增强了受众在信息接收过程中的可选择性和主体性。在儿童文学接受中，这一主动性同时表现为对儿童文学文本的主动选择和主动评论。儿童读者可以通过从互联网上获取相关作品讯息甚至作品文本本身，继而选择是否进行阅读；读完一部作品后，也可以通过网络发表自己的评论，或者和作者进行对话交流。近年来，很多儿童文学作家都借网络空间开辟了与儿童读者进行即时或留言交流的场合，许多小读者在这里表达他们真实的阅读感受，并就作品情节发展、人物命运等提出自己的建议。这些直接来自儿童的阅读反应，为作家们的创作提供了一个重要的参考，有时还会影响到一部连载作品的情节走向。从这个意义上说，数字新媒介使作为接受者的儿童得以更直接、更迅速、更有效地介入儿童文学的创作过程中，这在很大程度上促进了儿童阅读兴趣的发展和阅读能动性的提高。

美国科普作家斯蒂文·约翰逊在出版于2005年的《坏事变好事——大众文化让我们变得更聪明》一书中，为包括电视、电影、电子游戏等在内的各种新媒介在当代的文化意义进行了辩护和申诉。他在这本书的起始处指出："本书的印制是一种老旧的方式，但它最终的目的是说服你相信：在过去的30年里，大众文化在总体上变得更为复杂，也更具有智力上的挑战性了。"[20] 而造成这一状况的原因之一便是"媒介的进步"[21]。约翰逊以若干电影和电视文本为例，指出今天的视像媒介正在发展出日益精细复杂的叙事能力，而且不排斥艺术上的先锋试验。论述中，他提出一个有趣的设想：假设电子游戏先于印刷媒介诞生和流行，那么今天的人们或许同样会挑出纸质文本的诸多"问题"，例如读书使感官得不到刺激（电子游戏则能同时调动个体的视觉、听觉和肌肉运动）、书本的固定情节使读者变得消极和盲从（电子游戏的互动则给予读者自由的选择），等等。值得注意的是，约翰逊并不排斥传统的印刷媒介，他只是希望人们明白："与高雅艺术相比，大众文化在审美和智慧的丰富方面并不显得有多逊色。"

约翰逊的论说值得参考。今天，整个社会都已经处于新媒介的包围和渗透中，新媒介在当代儿童的物质和精神生活中也扮演着越来越重要的角色。面对这一现实，我们有必要进一步考察、探索新媒介的积极文化功能。近年来，国内外不少儿童媒介研究者已经开始关注从积极方面从事儿童与媒介的关系研究。对于儿童文学界来说，也有必要首先公允地认识、理解新媒介带来的弊与利，继而探讨如何将新媒介与儿童文学的关系、新媒介与纸质阅读的关系，尽可能导向一个互惠的良性格局。

早在 1978 年，美国动画制作师吉恩·迪奇就曾这样描绘影视大潮背景下儿童阅读守护人的责任："我们无力阻止视听大潮，但我们可以寄希望于引导这一潮流，从而使电信时代的媒介将孩子们领回书本中去，而不是远离书本。"今天，这样的提醒对我们来说，仍然是富有意义的。

注 释

[1] 威尔伯·施拉姆、威廉·波特：《传播学概论》，陈亮等译，北京：新华出版社1984年版，第114页。

[2] 《〈2012广州市少年儿童媒介素养教育调研报告〉发布：广州近五成孩子每天"刷微博"》，《光明日报》2012年6月7日。

[3] 《一对一数字化学习推动教育变革》，《中国教育报》2011年2月25日。

[4] Sally Maynard,Cliff McKnight,Melanie Keady,"Children's Classics in the Electronic Medium",*The Lion and the Unicorn*,1999(23).

[5] 菲力普·耶那文:《关于视觉识读能力的思考》,载詹姆斯·弗鲁德、雪莉·布莱斯·海斯、黛安·莱普编《借由传播与视觉艺术进行识读教育的研究手册》,劳伦斯—艾尔伯姆联合出版社 2005 年版。

[6] Sally Maynard,Cliff McKnight,Melanie Keady,"Children's Classics in the Electronic Medium",*The Lion and the Unicorn*,1999(23).

[7] 参见中国出版科学研究所课题组:《我国国民阅读与购买倾向又有重要变化——2006 年全国国民阅读与购买倾向抽样调查有六大发现》,《出版发行研究》2006 年第 5 期。

[8] 李玲:《新媒介传播中的浅阅读现象》,《电影评介》2007 年第 7 期。

[9]Anna Home."Children's Books and the Media:The Patrick Hardy Lecture", Signal:*Approaches to Children's Books*,82(Jan.,1997).

[10] Jerome L.Singer,Dorothy G.Singer,"Television and Reading in the Development of Imagination",*Children's Literature*,9(1981).

[11] Gary Granzberg,"TV as Storyteller:The Breakdown of a Tradition",*Children's Literature Association Quarterly*,7,1(1982).

[12] James Hillman,"The Children,the Children!",*Children's Literature*,5(1980).

[13] Jill May,"How to Sell Doughnuts",*Language Arts*,56(1979).

[14] 杰克·齐普斯:《作为神话的童话/作为童话的神话》,赵霞译,上海:少年儿童出版社 2008 年版。

[15] 吴其南:《转型期少儿文学思潮史》,上海:少年儿童出版社 1997 年版,第 210 页。

[16] 王一川:《论媒介在文学中的作用》,《广东社会科学》2003 年第 3 期。

[17] 参见中国出版科学研究所课题组:《我国国民阅读与购买倾向又有重要变化——2006 年全国国民阅读与购买倾向抽样调查有六大发现》,《出版发行研究》2006 年第 5 期。

[18] Sally Maynard,Cliff McKnight,Melanie Keady,"Children's Classics in the Electronic Medium",*The Lion and the Unicorn*,1999(23).

[19] Angela McRobbie,Jenny Garber,*Girls and Subcultures*,in Ken Gelder,Sara Thornton(eds.).*The Subculture Reader*.Routledge,1997.

[20] Steven Johnson.*Everything Bad is Good for You:How Popular Culture is Making Us Smarter*.Riverhead,2005:15.

[21] Steven Johnson. *Everything Bad is Good for You:How Popular Culture is Making Us Smarter*.Riverhead,2005:133.

中 编　艺术轨迹

第四章　先锋作家的艺术探寻

在中国当代儿童文学的发展历史上，20 世纪 80 年代构成了一个重要的时间标记。在这一时期，刚刚从政治话语的枷锁中解脱出来的中国儿童文学，带着对自我文学创造与美学革新的强烈渴望和热切期盼，投入一场前所未有的儿童文学美学的当代化浪潮之中，其美学新变的痕迹遍及从童年观到儿童文学观、从儿童文学的文体拓展到诗学反思等各个方面，从而极大地推动了中国儿童文学美学建构的当代进程。

而这种美学上的革新努力，在很大程度上是由同一时期的一批儿童文学"先锋作家"自觉地承担起来的。在中国儿童文学的当代化进程中，他们的智慧、执着与创造力促成了儿童文学艺术探索在 80 年代引人注目的活跃繁荣，并在 90 年代和世纪之交文化语境变迁下的儿童文学美学转向中、在中国儿童文学与世界儿童文学的交流碰撞中，继续发挥着重要的影响。从他们的身影里，我们看到了属于中国儿童文学的那份令人振奋的创造激情，也看到了随着时间的迁移摆在中国儿童文学面前的许多新的问题。

第一节 关于"先锋作家"

文学创作作为人类精神活动的一个特殊领域，很久以来就存在着泥古与创新、守成与前卫的势力分野。其中主张创新、表现前卫的"先锋作家"常常是这样一群人：他们有着极强的职业写作意识，但又不愿意承认既定文学事实的绝对合法性和唯一统治权利，不愿意接受已有艺术秩序和既定命运的安排，而总是扮演着特定时代文学成规、秩序的爆破手、突围者、实验者的角色。他们常常以自己狂放不羁的文学奇想、大胆新颖的美学实验，为文学带来新的元素、秩序和面貌。从一定意义上可以说，文学世界正是因为有了这些先锋作家的加入和存在，人们的文学经验才会获得不断的更新和添加，文学发展的历程才会变得波澜壮阔、异彩纷呈。

现代意义上的儿童文学在中国的发展历史只有一百年左右的时间。由于儿童文学独立发育的不成熟性，在很长的一个历史阶段，中国原创儿童文学在相当程度上主要是依靠对外来儿童文学的学习、借鉴甚至模仿，对民间儿童文学的发掘、整理和改写来获得并积累起自己最初的艺术经验的。因此，在20世纪的一个相当长的时期里，中国儿童文学创作领域并不存在着严格意义上的先锋作家，尤其是不存在集团性的先锋作家创作群体。

这种状况到了20世纪80年代初突然发生了一次重要的变化。在整个新时期文学创作的带动下，儿童文学创作领域出现了一批具有强烈的创新意识和实验偏好的作家群体。他们在儿童文学创作中攻城拔寨，所向披靡，上演了20世纪中国儿童文学发展史上最令人惊心动魄的一幕实验与创新的历史活剧。

梳理和思考儿童文学先锋作家群体的创作及其演变的历程，对于我们考察新世纪以来中国儿童文学艺术发展的历史轨迹和艺术铺垫，显然是十分有意义的。

第二节　创作的心理轨迹

考察一个时期文学流程的变化，可以有许多角度和指标，其中之一就是考察先锋作家的创作心理及其发展轨迹。先锋作家作为特定时期文学生活中最为活跃的影响因子，他们的心理变化往往构成了一个时代文学生活及其变迁的基本动力和奥秘之一。三十多年来中国原创儿童文学的艺术发展历程，如果从儿童文学先锋作家的创作心理轨迹角度来考察，那么，它大致经历了三个发展阶段。

一、20 世纪 80 年代关键词：激情、自信

20 世纪 70 年代末、80 年代初的中国原创儿童文学，来到了一个令人兴奋，也令人感到疑惑的文学十字路口。一方面，整个国家的政治生活和社会生活发生的一系列根本性变化，为文学创作提供了新的艺术契机和现实空间，这在新时期成人文学创作中已经表现得十分突出；另一方面，由于儿童文学创作的特殊性，儿童文学作家对时代要求的感应，还需要经过一定的专业经验和个体认知上的转化，

所以，与整个新时期文学汹涌的潮流相比，新时期之初的儿童文学在艺术观念的更新和创作实践的推进上，显得相当犹疑和滞后。

到了 80 年代初期和中期，随着整个国家和民族思想文化意识的进一步解放，同时也由于整个新时期文学创作的有力启迪和带动，儿童文学创作开始发生了一些重要的创作思想和艺术实践上的更新与尝试。而文学创作在那个时代是一个令无数青年神往的职业，作家也是一种拥有很高社会美誉度的身份。就在这一时期，中国当代儿童文学创作队伍实现了一次极为重要的文学扩军，一大批拥有相当生活阅历、艺术准备，怀抱着无限文学理想的青年进入儿童文学的创作领域。可以说，正是他们的加入和到来，在一定程度上改变了那个时期儿童文学的书写历史。

雄心勃勃、跃跃欲试的年轻作家们与他们的文学前辈们一样，普遍面临着一个如何摆脱历史束缚、寻求新的艺术可能的现实课题。于是，20 世纪中国儿童文学创作史上一次规模最大、范围最广、持续时间最长的艺术创新和实验过程开始了。

今天，重返 80 年代，重新置身于 80 年代儿童文学的文学语境，我们将会深深地感受到，那些依次发生的文学事件，组成的是一幕幕充满艰辛的文学实验和突围表演。我曾经在《寻求新的艺术话语——再论〈儿童文学选刊〉》一文中认为，80 年代儿童文学艺术话语的探寻、实验、更新，大体上是在"说什么"和"怎么说"这两个层面上进行的。80 年代初，在整个儿童文学界，"说什么"曾经是一个令人感到困扰的创作难题。受传统艺术思维定式的影响，儿童文学作家们自觉或不自觉地在心理上存在着许多话语禁忌和表达障碍：许多题材不能涉足，许多主题被理所当然地放逐了。然而，在迅速变革发展的新时期文学观念的影响和带动下，一股儿童文学话语革新的潜流也在艰难之中悄悄地开始涌动。例如，在儿童小说创作中就陆续出现了《谁是未来的中队长》《吃拖拉机的故事》《失去旋律的琴声》《阿兔》《妹妹的生日》《烛泪》《彩霞》《一个颠倒过来的故事》等作品。这些作品因不满足于用传统的、相对单一的目光来审视和描述少年儿童的精神世界和生活状况，而开始了一种相对新颖的尝试，即从不同视角、不同方位来展示当代少年儿童与整个社会生活的复杂联系，从而大大拓展了儿童文学的现实表现空间。

如果说，对于儿童文学"说什么"的探索和尝试主要实现了文学认识和社会价值观范畴的演进和突破的话，那么，对于儿童文学该"怎么说"的关注和实验，则更多地从儿童文学艺术本体的角度更新了儿童文学的传统话语品质。以周锐的《勇敢理发店》、丁阿虎的《祭蛇》、程玮的《白色的塔》、曹文轩的《古堡》、常新港的《独船》、班马的《鱼幻》、冰波的《那神奇的颜色》、金逸铭的《长河一少年》、梅子涵的《双人茶座》、张之路的《空箱子》、秦文君的《四弟的绿庄园》等童话、小说为代表的一大批从语言、情节、结构、象征、神秘、哲理、幽默、荒诞、文化感、游戏性、悲剧意识等不同艺术关节点切入进行尝试、创新的儿童文学作品，几乎是以毫不犹豫、"毫不讲理"的方式撑破、搅乱了传统儿童文学相对收敛的艺术格局和相对单一的话语方式。这一切，构成了一道横贯于整个 80 年代儿童文学发展历程的气势不凡的艺术探索与创作景观。很自然地，一个富有创新意识的儿童文学先锋作家群体也在这一历史过程中应运而生。

我们今天仍然可以在许多儿童文学书刊中找到 80 年代儿童

文学艺术实验和突围表演的诸多痕迹，例如，少年儿童出版社出版的曾经在整个儿童文学界呼风唤雨、影响深广的《儿童文学选刊》，江西少年儿童出版社（现为二十一世纪出版社）出版的"新潮儿童文学丛书"，等等。我们也可以从这些书刊所保存的文学果实和历史档案中，感受到那个时期先锋儿童文学作家们的创造激情和艺术体温，感受到他们挣脱限制、寻求文学变法的欲望和冲动，感受到他们充满底气和自信的创作心理积蓄。在由曹文轩执笔的《回归艺术的正道——"新潮儿童文学丛书"总序》[1]一文中，他们宣称："'新潮儿童文学丛书'是从新时期洋洋大观的儿童文学作品中精选出来的部分作品的汇集，它们从各个侧面反映着中国儿童文学的新动机和新趋势。人们可以从这些作品的深部，获悉从痛苦中崛起的儿童文学所热烈追求的新的艺术价值体系。"他们这样表达了自己的文学追求："我们赞成文学要有爱的意识；我们推崇遵循文学内部规律的真正艺术品；我们尊重艺术个性；我们赞同文学变法。"他们清醒地知道自己的历史处境和文学责任："进入80年代以后，中国的儿童文学发生了历史性的变化。它推开和摒弃了过去的许多观念，而向新的观念伸开拥抱的双臂。这是一种深刻的嬗变。老一代在进行着伟大的自我超度，坚强地从自己身上跨越过去。新生代带着压抑不住的开创精神，发出沉重而响亮的足音进军文坛。新与旧之间划了一道深深的刻印。""文学在变法，文学变法一是因为它被内部的渴求生命的力量所驱使，二是因为中国的生活几乎是发生了突变。文学的表现对象、欣赏对象有了新的精神和新的审美趣味。变法，是顺应世运，顺应生活的大潮。"在为《新潮儿童文学丛书·探索作品集》所撰写的"总论"——《你们正悄悄地超越》一文中，班马对儿童文学先锋作家们的创作道路和创作实绩做了在今天看来也十分深入、精确和到位的分析。谈到他们的艺术成就和贡献时，班马说："我甚至认为，将来的中国文学蓦然回首，可能会重新发现曾有过那么一批儿童文学作家在某一些文学新意识上（如更博大的星球意识），在某一些文体的新创造上（如极近后现代主义技巧的小说体童话），也许竟会是中国较早的觉醒者。"[2]

可以看出，对于 80 年代儿童文学的先锋作家群体来说，他们对艺术的恭敬、执着，与他们对自身艺术创造能力和创作成果的自信与肯定，是完全融合在一起的。坦率地说，在当时的历史情境中，尽管面临着不少质疑的声音，但是，中国原创儿童文学的艺术先锋们几乎都判定，儿童文学的美学可能性在当时已经得到了最大的开拓，我们已经抵达了儿童文学的艺术腹地，我们的探索和实验激情已经换来了值得骄傲的历史性胜利和美学成功。

《新潮儿童文学丛书》中最具影响力、最具有指标性意义的《探索作品集》出版于 1989 年 5 月。可以说，先锋作家们是带着 80 年代的创作激情和艺术自信，迈进 90 年代的。

二、20 世纪 90 年代关键词：迟疑、困惑

进入 20 世纪 90 年代，中国原创儿童文学所赖以生存的社会文化环境又发生了许多深刻的变化，主要表现在：市场经济和商业化时代的到来，使以市场、商业价值取向为主导的生活发展力量在一定程度上打击了纯粹的文学活动的生存空间和发展激情；网络时代的全面降临，对人们包括少年儿童的生存状态、文学选择和消费方式，

甚至对童年的面貌及其基本特征等都产生了重大的影响；读图时代的悄然出现，对传统形态的儿童文学阅读，显然也形成了一定的挑战和影响。

上述变化对原创儿童文学的生存和发展产生了深刻的影响。

首先，80年代以来形成的以艺术创新、审美价值取向为主要追求的儿童文学创作，开始不得不逐渐被市场的力量、商业的价值取向所主宰。如果说80年代的创作环境还允许作家们谈艺术、玩创新的话，那么到了90年代，这样的环境和空间已经渐渐不存在了。

其次，网络时代和读图时代的到来，也对读者的文学阅读心态进行了新的塑造。对于大多数儿童读者来说，他们阅读文学作品，往往不是为了学习，甚至也不是为了审美，而只是为了消遣和娱乐。在阅读方式上，他们往往沉溺于快餐式的消费性速读，而不再有伴随着审美体验而进行的沉思与冥想。同时，繁重的学业负担也进一步加剧了儿童上述阅读心态的形成。

再次，纯儿童文学的出版、传播环境等也发生了许多微妙的变化。例如，出版界对纯文学出版的资助热情逐渐下降，许多作品的传播如果不借助一定的商业营销手段就无法成功地打入相应的市场。

面对生存环境的巨大变化，在进入90年代后相当长的一段时间里，中国儿童文学创作的先锋作家们仍然保持着一种矜持而沉稳的创作姿态。他们相信，有了80年代丰饶而坚实的艺术铺垫，90年代的儿童文学创作依然会攻城略地，无坚不摧。以张之路的《第三军团》、秦文君的《男生贾里》、曹文轩的《草房子》、梅子涵的《女儿的故事》等为代表的90年代新名著的成功，曾在一定程度上支持了先锋作家们的这种坚守和自信。正像梅子涵曾在一次会议上谈到的那样：新时期有一个很基本的精神，就是挑战旧的，毁去不合理的，以新的灵感建构新的面貌，以认为的不可能建立着可能。有些理论家早已说过，"新时期"结束了，但我仍然以"新时期"的心情、热情、平静的心态进行着写作……因此，儿童文学的先锋作家们仍然相信，我们至少取得了艺术上的成功以及部分商业上的成功，当代儿童文学先锋作家的文学才能和创造能力是毋庸置疑的。人们相信，我们缺乏的只是某些占有市场和拥有读者的能力，而市场和读者往往排斥纯粹的文学精神和真正的艺术精品。因此，问题不在我们。

尽管先锋作家们保持着这样的矜持和自信，但是，20世纪90年代文学生存环境的不断变化，事实上还是在相当程度上不断地改变着先锋作家们的艺术心态和创作心理。面对读者的不断疏远和逃逸，面对市场淘汰和滑坡的严峻局面，相当一部分先锋作家逐渐沉寂下来。在新的文学生存挑战面前，他们感受到了前所未有的迟疑和困惑：纯粹的美学追求和纯文学的创作道路越走越窄，而市场化、商业化的话语力量变得日益强盛，是放弃纯粹的艺术追求投入市场的怀抱，还是坚守艺术追求的同时努力寻找与市场和读者的现实结合点？在即将告别20世纪的时候，中国儿童文学的先锋作家们在整体上似乎已经逐渐丧失了他们在80年代曾经拥有过的那份激情和自信。

三、世纪之初关键词：震撼、反思

对于中国儿童文学界来说，在最近一个世纪左右的发展历史上，外国儿童文学从来就是人们学习和效法的艺术榜样。从贝洛、安徒生、格林兄弟的童话，到凡尔纳、马克·吐温、盖达尔的小说，外国优秀的儿童文学作家的作品不仅曾经滋养过一代又一代的中国儿童读者，而且也曾经给一代又一代的中国儿童文学作家以重要的艺术启蒙和借鉴。

不过，进入 21 世纪以后，在新的时代和文学环境中，中国儿童文学的一部分先锋作家又集体性地表现出一种对于外国优秀和经典儿童文学作品的特殊的亲切感和学习欲望。而且，他们不仅自己阅读、揣摩、玩味、吸收，还把他们的阅读感想与体验写成文章推荐给同行和公众。在这方面的工作成果主要有梅子涵的《阅读儿童文学》、彭懿的《图画书：阅读与经典》、刘绪源的《文心雕虎》，还有新生代学者陈恩黎的《孩子，让我陪你一起成长》，等等。他们读林格伦、达尔、安房直子等获得过国际安徒生奖或未曾获得过这个奖项的各类优秀文学作品，读外国优秀的图画书作品。他们从林格伦和达尔那里读到了瑰丽的想象和丰富的游戏精神，从《失落的一角》《爷爷一定有办法》《亨利徒步旅行记》中读到了借助孩子似的天真来完成的对于世界和人生的哲学思考，从《我有一个跑马场》《猜猜我有多爱你》中读到了人性的温暖和美丽，从《我的爸爸叫焦尼》《鳄鱼怕怕 牙医怕怕》中读到了美学的智慧和巧思……

很显然，这些优秀的外国儿童文学作品在中国儿童文学的一部分先锋作家们那里产生了相当的艺术震撼力。他们在这样的研读和比照中强烈地感受到中国儿童文学在整体上与国外优秀儿童文学作品之间的距离。于是，20 世纪 80 年代所培养和建立起来的那份从容和艺术自信，在他们那里已经不知不觉地荡然无存。人们发现，对于当今绝大多数的儿童文学写作者来说，事实上，我们还在一个较低的美学平台上徘徊，而80年代以来所建立起来的艺术自信和美学上的成功感，其实是有点肤浅和虚幻的。作为新时期儿童文学创作重要的先锋作家之一的梅子涵就曾坦陈："面对我们的原创，我经常觉得无话可说，可是'研讨会'和安排好的一些演讲仪式又必须要讲，所以我在很多的时候是在硬讲。"一个曾经壮怀激烈的先锋作家，现在面对原创作品却"无话可说"，这很典型地反映了当今一部分先锋作家面对世界最优秀的儿童文学作品时所发生的评判标准和创作心理上的重大变化。这就使在经历了80年代的激情和自信，90年代的迟疑和困惑以后，相当一部分儿童文学先锋作家开始了对中国原创儿童文学的艺术反思。

毋庸讳言，经历了二十多年艺术风雨的吹打和洗礼，儿童文学的先锋作家群体已经发生了很大的变动和分化。而且，面对中外儿童文学的艺术现实，人们的感受和评判结果也不尽相同。但是有一点是可以肯定的，那就是，今天的中国儿童文学更应该具有一种世界性的眼光，中国最优秀的儿童文学作家和作品，应该努力与世界优秀的儿童文学作家和作品站在同样高度的美学平台上。

第三节　艺术症结

或许，这真的是一个令人难以接受的事实：20世纪中国儿童文学在走过了80年代以来最辉煌的一段历史之后，人们突然发现，尽管它积累和拥有了一些堪称优秀的作品，但是在整体上，它还处在一个不高的美学平台之上。与国外优秀的儿童文学作品比较，当下中国儿童文学在整体上的差距，主要表现在以下几个方面。

一、思想的缺席

很久以来，中国儿童文学就是以教育儿童为艺术天职的，加上"文以载道"传统的影响，儿童文学这一艺术容器的内容物，常常都是针对儿童的缺点和毛病来设计的。20 世纪 80 年代以后，中国原创儿童文学在内容物上有了极大的丰富，但是从整体上看，儿童文学的思想力量仍然是不足的，甚至是缺席的。例如，我们的儿童文学作品在一定程度上触及童年的隐秘心理、乡土记忆、成长经验，等等，但是，在对世界和人生的基本思考方面，在对人情和人性的艺术揭示上，在对某些特殊题材领域，如残疾儿童等弱势群体的关注和思考方面，还显得力不从心或缺乏洞察力。

相反，当代外国优秀的儿童文学作品却常常在内容物和思想力度上，给我们带来强烈的撞击并留下深刻的印象。例如，《大海的尽头在哪里》表现的是人类对于世界和存在的一种形而上的永恒思考；《亨利徒步旅行记》揭示了人生目的和人生过程之间的微妙联系；《我的爸爸叫焦尼》展现的是单亲家庭父子之间永远无法割断的挚爱亲情；《我有一个跑马场》则借助一个智障孩子与其周边人群之间的感人故事，表现了人世间的真情与大爱。这些作品之所以感人肺腑，并给我们强烈的心灵震撼，首先就是因为它们触及关于社会、关于人生、关于人性、关于命运等最基本的人类价值和命题，因而具有相当的思想深度和情感力度。

二、美学的乏力

儿童文学的内容物固然重要，但是我以为，相比之下，儿童文学的美学表现力也许更为重要，对于儿童文学作品的成功更具有决定性意义。从这个角度看，中国原创儿童文学的美学乏力主要表现在三个方面。

一是童趣的缺乏。20世纪80年代以来，少年文学的崛起成为中国儿童文学发展的标志性成果之一。少年文学的独立和发展，一方面大大拓展了儿童文学的整体思想艺术空间；另一方面，也使中国儿童文学在总体艺术风貌上走向了深沉和凝重。当然，自80年代以来，以周锐、冰波、张秋生等的童话作品，张之路、韩辉光等的短篇小说，武玉桂等的幼儿文学作品，以及郑春华的《大头儿子和小头爸爸》、秦文君的《男生贾里》、梅子涵的《女儿的故事》、汤素兰的《笨狼的故事》、杨红樱的《淘气包马小跳》等为代表的儿童文学作家和作品，也为中国儿童文学带来了前所未有的童趣和幽默感。但是从整体上看，我们的儿童文学作品还是相当缺乏那种纯正、自然、巧妙、富有丰富表现力的童趣和幽默感的。许多时候，我们的儿童文学作家在很用心，甚至是很用力地制造童趣和笑料，但是效果既不自然，也缺乏刻画人物、表现主题的艺术力量。

而我们却常常能够在国外优秀的儿童文学作品中看到那些极其丰富而自然、极其富有表现力的童趣和幽默感。例如，加拿大诗人丹尼斯·李的童诗《进城怎么走法》：进城怎么走法／左脚提起／右脚放下／右脚提起／左脚放下／进城就是这么走法。还有《晴天有时下猪》《小尼古拉和他的伙伴们》《拉拉和我》《母鸡萝丝去散步》，等等。在这些作品中，童趣的出场和呈现都是天然的，极其富有表现力和感染力的。

二是巧思的缺乏。儿童文学创作的一个最基本的智慧和能力，表现在故事的构思和讲述策略上。能否以及如何通过简单而又巧妙的构思，能否以及如何借助一个看似浅显而又玄机无限的故事，来表现作家的基本文学运思，是见出和检验一个儿童文学作家艺术才情和智慧高下的重要方面。20世纪80年代以来，一部分中国儿童文学作家开始重视将厚重的内容物填入自己的创作之中，但是整个作品的艺术表现却也同时变得厚重和艰涩起来，于是作品中除了厚重，完全没有了儿童文学作品在艺术表现上应该具有的灵巧和叙事智慧。

曾获得1986年国际安徒生奖作家奖的澳大利亚作家帕特里夏·赖特森的长篇小说《我有一个跑马场》，为我们提供了一个优秀的范例。这是一部以智障儿童安迪为主人公的长篇小说。安迪常常沉溺于自己的幻想世界，当他以为自己用三块钱从一位拾荒老人那里买下了跑马场之后，他就把全部热情投入到了对跑马场的关心和相关劳动之中，而他身边的小伙伴和跑马场的工人们也以最大的爱心呵护着安迪天真的幻觉和梦想。最后，当跑马场的委员会要"收回"跑马场时，他们用十块钱从安迪手中"买下"了跑马场，安迪的心灵和幻想因此受到了最大程度的关爱和保护。这是一部充满温暖并富于巧思的儿童小说作品。正是情节构思上的自然和巧妙，使小说的主题呈现变得更加自然、深刻和完美。

三是细节的缺乏。细节的独特、生动和富于表现力，也是儿童文学创作的一大艺术课题。细节在很大程度上构成了儿童文学作品的叙事肌理和艺术面貌。我们的儿童文学作品中自然并不缺乏细节的运用，但是，我们却不常看到那种新颖独到、令人拍案叫绝的细节呈现。往往是，作家的创作意图十分高远，但落实到细处，却给读者以莫名其妙、隔靴搔痒的阅读感受。

笛米特·伊求的系列儿童故事集《拉拉和我》中的《婴儿》《鲜奶油蛋糕》等作品塑造了一对天真、顽皮而又充满爱心的小姐弟的生动形象，其艺术上成功的重要原因之一，就是整个故事集中设计、分布了大量鲜活、独特、极富表现力的文学细节。例如，姐弟俩不知道桐尼太太发胖是因为怀了孩子，于是整天就担心着桐尼叔叔会被胖太太从床上挤下来，操心着如何让桐尼太太减肥。故事中丰富的细节设计，生动地凸显了小姐弟俩天真而富有爱心的可爱品质。英国作家山姆·麦克布雷尼编文、安妮塔·婕朗绘图的图画书《猜猜我有多爱你》中的小兔子和大兔子之间，也是通过一个个具体形象的动作细节，来表现彼此的爱心和情感的。正是这些具体形象的动作细节，令读者感动不已、过目难忘。

我们认为，中国当代儿童文学的艺术症结，其实并非表现在缺乏那些五光十色的、时髦的现代艺术手法和策略上。我们儿童文学创作缺乏的其实仍然是属于普遍文学魅力和力量构成的一些最基本的、也是最重要的文学元素，即思想，还有表现这些思想的童趣、巧思和细节，等等。

讨论当代儿童文学的生存现状和创作出路时，人们可以选择不同的角度来展开思考，例如，商业化时代、网络化时代对儿童文学生存的影响，当代大众文化、流行文化对纯文学的挤压，以应试教育为核心的当代学业环境对儿童读者文学阅读的影响，在儿童文学作品的推广和传播方面如何更好地利用现代营销策略和传播手段，等等。但是在这里，我想说，对于中国儿童文学创作来说，我们还有一个更为重要、更为关键的思考方向，那就是如何更好地理清我们对儿童文学艺术特征和美学力量的认识，如何更好地在创作实践中去展现儿童文学本体特有的、非凡的艺术可能和美学魅力。

这是一个耐人寻味的历史怪圈：20 世纪 80 年代，中国儿童文学的先锋作家们以"回归艺术"的名义，在儿童文学的艺术疆域里纵横驰骋，深耕细作，几乎试遍了儿童文学创作的十八般武艺——我们曾经坚信，中国儿童文学创作已经登上了前所未有的艺术高峰。但是今天，当我们面对世界经典和优秀的儿童文学作品时，我们突然发现，儿童文学最基本的艺术面貌和最独特的美学魅力，其实就是源自一种天真而质朴的性情，一种简单而又智慧的巧思；儿童文学最基本的美学，其实也就是儿童文学最重要、最深刻的美学。

或许，这就是儿童文学的美学宿命，也是儿童文学先锋作家们的历史宿命。对于这一宿命的深刻认识，强有力地参与塑造并深刻影响着新世纪儿童文学的基本艺术面貌及其主要发展走向。

注 释

[1][2] 金逸铭：《新潮儿童文学丛书·探索作品集》，南昌：江西少年儿童出版社 1989 年版。

第五章　商业化时代的童年形象演变

现代商业文明是中国当代儿童文学发展的一个基本文化语境，它不但构成了当代儿童文学艺术实践的重要现实背景，也对儿童文学所致力于书写的当代童年面貌与精神施加着内在的深刻影响。

近二十年来，中国儿童文学中出现了大量与商业经济时代和商业文化精神密切相关的儿童形象（主要是在都市或准都市题材的作品中）——与更早出现的儿童形象相比，这些孩子身上表现出一种鲜明的主体身份意识和较强的社会行动能力。当代儿童文学中出现的这类富于时代感和代表性的儿童形象在一定程度上得益于现代商业文化精神的滋养，它承载着当代儿童文学童年精神的重要变革，并有力地推动了新世纪儿童文学的艺术革新。与此同时，商业化时代也给儿童文学的形象塑造带来了新的艺术难题：如何透过物质生活的肤浅表象，准确地理解和表现商业化时代应有的童年主体精神，成为这一时代儿童文学亟须破解的艺术问题。

第一节　童年形塑的话语变迁

从 1949 年中华人民共和国成立至"文化大革命"期间，中国儿童文学的写作和出版曾受到国家意识形态的强力钳制，其基本的表现题材、形象塑造和价值观等均受制于意识形态话语的严格规训。自 20 世纪 70 年代末至新世纪初，随着中国社会政治、经济和文化生活的整体变迁，中国儿童的生活环境以及儿童文学的创作环境也随之发生了巨大的变化，与此相应地，中国当代儿童文学的写作同样经历了文学话语方式的重要转变。这其中，当代商业文化精神对于儿童文学审美话语新模式的建构产生了显而易见的影响。80 年代初，商业文化元素已经开始进入儿童文学写作的关切范围，但由于受到既有童年观和传统审美趣味的影响，许多作品在触及这一题材的同时，也对它保持着特殊的敏感和警惕。至 90 年代，一批代表性的都市儿童文学作家率先开始将商品经济时代新的童年生活内容和童年文化精神纳入儿童文学的艺术表现领域。自此往后，商业文化的元素在儿童文学中逐渐呈现出一种扩张之势，并最终参与当代儿童文学新的文学知觉和审美形态的艺术建构进程。

20 世纪 80 年代初，在当时特定的历史情境与条件下，一些儿童文学作家敏锐地觉察到了逐渐形成的商业文化环境对当代童年及儿童生活的影响，同时，他们对商业文化给儿童生活带来的"侵蚀"和可能的负面影响，也保持着天然的警惕之心。因此，这一时期的儿童文学作品在处理这类题材时，常常自觉或不自觉地倾向于将商业之"利"与道德之"义"对立起来，舍利取义也被表现为一种理所当然的童年生活伦理。很自然地，这类作品中的儿童主角也在理智和情感上保持着一种对商业文化的批判和排斥态度。

1983 年，江苏作家金曾豪发表了一篇题为《笠帽渡》的短篇儿童小说。这篇小说的主角是一位名叫阿生的 13 岁水乡少年。出身摆渡之家的阿生继承了水乡孩子心灵手巧的特点——除了高超的泅水本领之外，他还会做竹编、摆渡船。暑假来临，阿生承担起了摆渡的工作，以此挣钱补贴家用。这篇小说发表后引起了评论界的一些争议。争议的焦点在于，小说中阿生的摆渡行为明显带有已在当时乡村社会萌芽的商业文化的痕迹，而阿生为"钱"摆渡的行为则有悖于一般情况下我们对于童年"纯真"精神和价值的理解。

那么，儿童文学中应不应该表现这种不够"纯真"的商业意识和商业行为？实际上，从今天的视角来看，这篇小说对于少年形象的塑造仍然小心地停留在传统儿童观的边界内。首先，阿生摆渡的收入十分微薄，但他并不因此而懈怠，而是十分负责地对待这项临时的工作。为了不耽误别人的事情，他冒着大雨为人摆渡，还提供自家的笠帽给客人遮雨。这一文学上的处理给读者造成这样一个印象：虽然阿生的摆渡是一项有偿的工作，但在这一过程中，他为别人提供帮助的意愿似乎远远超过了他所得到的经济报酬，这就冲淡了摆渡工作本身所具有的经济意味。

其次，除了微薄的摆渡收入之外，阿生拒绝通过其他明显的商业行为获取更多"利润"。小说中，做小买卖的陈发总要坐阿生的渡船去河对岸的工厂卖冰棒，慢慢地，他和摆渡的阿生交上了朋友。但当陈发建议阿生不妨在笠帽上动些生意脑筋，在摆渡的同时兼卖笠帽时，却遭到了阿生的严词拒绝：他的笠帽可以借用，但绝不售卖。在这里，"借"与"卖"之间的区别，正代表了"义"与"利"之间的对立。

再次，少年阿生在情感上对营利性的商业行为怀有鄙视的态度。因此，当他听说陈发将冰棒悄悄地涨了价，便认定他是个"见利忘义"之徒，不再把他视为朋友。显然，小说中阿生摆渡赚钱似乎只是一种不得已而为之的传统谋生行为。细究起来，不但小说的少年主角对商业文化持一种拒斥的态度，小说的作者对于儿童卷入商业行为的现象，总体上也持一种保守甚至置疑的态度。

在《笠帽渡》发表差不多十年之后，20世纪90年代，一种对于当代商业文明更为正面评价的价值观和文学表现方式开始在儿童文学创作中逐渐得到确立，传统观念中商业文化所指向的"利"与"义"之间的天然对立逐渐消解，甚至一些明确带有"盈利"意图的经济交换意识也成为当代童年现实生活表现的正当内容。这一时期，上海作家秦文君广有影响的都市儿童小说《男生贾里》[1]《女生贾梅》（1993年），就频繁涉及、描写了少年主人公的商业意识。该系列小说的主角贾里和贾梅是一对生活在上海的一个中等收入家庭的双胞胎兄妹，现代都市商业文化氛围在兄妹俩身上留下了鲜明的时代烙印。与《笠帽渡》的故事相比，在这两部小说中，不但贾里、贾梅等少年主角表现出了对于营利性商业活动的积极认同，作家对于这种认同的态度也显然是更加正面和积极的。例如，下面这段来自《女生贾梅》的对话发生在这样的情境下：贾梅为了能买到自己喜欢的歌星左戈拉的演唱会门票，决定寒假里去一家餐馆干活，以获取五十元钱的酬劳。于是，她在家里宣布了自己的这一决定：

"我要上班去了！"贾梅在饭桌上发布新闻，"国外中学生假期里也打工，所以你们别拦我！"

爸爸妈妈听了那事的来龙去脉，都愣在那儿。只有哥哥贾里不无嫉妒地挑毛病："干一个寒假才给五十元？剥削人一样！"

贾梅说："可我在家都着做家务一分钱也拿不到！"

"喂，你怎么变成小商人了？"贾里说，"我将来要赚就赚大钱，像我这种高智商的人，月薪至少一千元，还得是美金！"

妈妈插言道："每天早上七点到十一点，大冬天的，你能爬得起？"

"那倒是个问题，"贾梅说，"能不能买个闹钟赞助我？"

"买个闹钟就得几十块。"贾里霍一下站起来，"完全可以找出更节约的办法，比方说，每天由我来叫醒你，然后你每天付我些钱，五角就行。"[2]

在这段短短的对话中充斥着与都市商业文化有关的各种意象，包括"上班""打工""赚大钱""赞助"等，"月薪"的高低也成为衡量个人"智商"价值的重要因素。更重要的是，与《笠帽渡》中的阿生摆渡以贴补家用不同，贾梅"打工赚钱"的目的是换取一场心仪歌星的演唱会门票，也就是说，她的"工作"是为了满足另一种比日常生活更为奢侈的"欲望"。贾里最后提出的讨价还价建议透着商业时代儿童特有的精明，并直指向"报酬"的目的。而在小说中，贾里和贾梅的上述"精明"表现并未受到叙述人的任何责备，相反，他们的种种言行倒因其凸显了都市少年积极的主体意识而得到了叙述人不露声色的赞许。

从《笠帽渡》中的阿生到《男生贾里》《女生贾梅》中的双胞胎兄妹，童年艺术形象的变革已经在中国儿童文学界悄然发生，而这种变革与商业文明之间的特殊联系则提醒我们关注这两者之间的现实逻辑。儿童文学创作中商业文化话语的介入及其影响的凸显，不仅仅意味着一种简单的写作题材或表现内容上的拓展。与这一话语变迁伴随而来的，是当代儿童文学创作观念的整体变迁。对于当代儿童文学的艺术发展来说，这其中蕴含了十分积极的美学变革讯息。不可否认，在商业经济的物质逻辑与文学艺术的精神逻辑之间也许存在着某种天然的隔阂和矛盾关系，然而，在新时期中国儿童文学的艺术发展进程中，正是商业文化元素的内外参与，使儿童文学的艺术表现迅速冲破了长久以来所受到的意识形态话语的制约，从而为自己打开了一个更为真实、广阔和自由的表现空间。

第二节　儿童文学中的商业文化元素

如前所述，现代商业文化开始日渐普遍地渗入和影响人们的社会生活，这是新时期以来中国社会发展的一个基本背景。尤其是在商业文化较为发达的城市地区，它对于童年生活的影响也在日益突显。这一影响同时体现在现实和虚构的童年生活空间中。进入新世纪以来，随着商业文化在人们日常生活中影响的不断扩大，儿童文学中的商业文化元素也在不断铺展，这些元素不但极大地丰富了当代儿童文学的表现内容，也内在地影响着新世纪儿童文学的童年美学建构。

商业文化元素在儿童文学中主要体现在以下三个方面。

一、各类商业消费意象在作品中的频繁出现

今天许多以都市生活为背景的儿童文学作品（特别是小说作品）中，充斥着商业文化的各种意象，阅读这些作品，我们几乎总是会跟随故事中的少年主人公穿梭在各式各样的商业消费场所，很多时候，这些场所也

为许多作品的情节展开提供了基本的空间背景。例如，郁雨君的小说《提拉米苏带我走》，其中反复出现的一个贯穿情节发展的核心场所，便是一个名为"橡木桶"的风格独特的都市甜品店。在这部小说的叙述过程中，我们可以摘取涉及日常生活衣、食、住、行等领域的大量商业经济意象。这类意象在当前的少年和青少年小说中尤其具有普遍性，它们在小说中营造出一种浓郁的商业文化氛围，以及一种精致、轻松、欢快和不无享乐主义色彩的消费文化感觉。"每天徜徉在可可天使蛋糕、香肠洋芋小蛋糕、鲔鱼面包布丁、轻乳酪蛋糕、蓝莓椰子蛋糕、柠檬塔、蓝莓松糕、洋梨舒芙蕾中间，在玻璃纸的透明声音里，在不同气味的交织簇拥里，时间带着甜香窸窸窣窣地过去了。"[3] 我们不妨说，正是商业经济在大众生活中培养出来的这样一种不无奢靡感却又充满了令人身心舒缓的诱惑的氛围，为操劳的生命带来了令人难以抗拒的"甜香"气息，它教我们学会倾听和尊重自己最真实的身体感觉，并且学着没有负疚地去追随和爱护这些感觉。正如小说主角舒拉充满小资情调的生活感喟："自恋有点儿像生命里的甜品，没有它，生活不成问题；有了它，生活特别多姿多彩。"[4] "生命苦短，让我们吃甜品吧。"[5]《提拉米苏带我走》中引用的这一句甜品店广告词，道出了商业消费对于我们身体的某种解放意义。对于长久以来受到文化压抑的童年生命来说，商业消费的自由带来了另一种身体体验的自由，它极大地肯定了童年肉身的欢乐。在合适的度的把握下，这种欢乐对于童年的审美化无疑具有十分积极和可贵的价值。

二、商业经济意识在作品情节中的普遍渗透

今天，一种与商业文明紧密相关的生活方式已经渗透到童年世界的方方面面，与此同时，一种鲜明的商品经济意识也日益获得它在童年生活中的合法性，后者包括对于以货币价值为首要特征的商业经济价值观的认可，以及对于等价交换等商业经济原则的认同。许多儿童文学作品不再将货币价值与童年生活的道德感必然地对立起来，相反，其中的儿童主角不但充分认识到货币在当代社会的价值意义，而且开始堂而皇之地在日常生活中表达对这一价值立场的认同。当然，这一切并不意味着当代童年生活必然会堕入"金钱至上"的物质圈套之中，而是意味着只有采用迎合现代商业经济而非回避的姿势，儿童才有机会在这一经济生活的现实中获得主动权。由此衍生而来的"等价交换"意识在当代儿童文学艺术中的表现，同样不是任何形式的拜物主义，而是其中的儿童角色被更多地赋予了精明的文化"算计"和自卫的能力。经过商业经济观念洗礼的儿童显然不再像过去那样容易被成人或其他年长者欺骗和欺负，他们开始懂得在适当的时候为了自己的合法权益奋起反抗；通过这种方式，他们向外在世界争得了许多过去常被剥夺或忽视的权利。我们不妨说，合理的商业经济意识使儿童文学中的主角们获得了一种"健康的自私"，它并不在深层意义上违背生活中的任何道德，而是童年生命力建构的一种健康的需要。

三、商业文化精神对于儿童文学童年精神塑造的影响

有关儿童文学中的商业活动意象和商业经济意识的分析，事实上已经涉及商业文化的特殊精神。我们知道，商业文化是与商品经济相伴而生的一种文化形态，尽管其发展与商业活动的历史本身一样漫长，但一直要到现代社会，当市场经济逐渐成为一种普遍性和主导性的社会经济体系时，商业文化的影响才进入社会生活的各个方面。市场经济是商业文明赖以生长的现实环境，它也因此主导着商业文化的基本精神。长期以来，商业文化的声名不佳，正是因为它所倚赖和为之服务的市场经济体系的第一驱动力是市场的盈利，作为其中心符号的商品和货币更是直接导致了现代社会人的"物化"。但与此同时，从历史上来看，商业经济又是一种相对公平的经济体系，它尊重和肯定个体努力的价值，促进和推动与此相关的社会流动。与传统的等级制文化相比，商业文化具有更为大众、开放和自由的特征。落实到儿童文学的审美表现领域，商业文化精神促进了儿童的自立意识、主体意识和权利意识。在儿童文学中，拥有独立的消费能力和敏锐的经济意识，不只是对商业时代儿童形象的客观表现，也常常意味着与童年亚文化相关的一种独立精神。受到商业文化精神显在影响的当代儿童文学在童年形象的塑造上明显区别于过去儿童文学作品的地方，即儿童主角自我意识和自决能力的显著加强。

例如，2010 年，黄蓓佳出版了一套名为"5 个 8 岁系列"的儿童小说，该系列中的五册小说分别塑造了生活在近百年间五个不同时代的八岁中国儿童，以此记录了一个多世纪以来的中国童年

生活变迁。与前四册相比,主要以21世纪初为时间背景的第五册小说《平安夜》,其商业时代气息最为浓郁,而其中的儿童主角也显示了比其他时代的孩子更具主动性的生活理解和掌控能力。《平安夜》的主角是一个生活在都市中等收入的单亲家庭的八岁男孩小米。生活中的小米像爸爸一样扮演着家里的"主管"角色,与他一起生活的爸爸倒常显得像个孩子。这是小说中小米的一段自述:

> 实际生活中,我的确照管着我和爸爸两个人的家……想想看,我放学怎么可以不回家,不费心照料我的爸爸呢?如果不给他把晚饭买回去,他要么叫外卖,要么抓两筒薯片混日子。
>
> ……
>
> 我熟悉小吃店里每一样面点的价钱:肉包子一块二,菜包六毛,烧卖一块,发糕五毛,豆沙包七毛。我也熟悉菜场里每一种生鲜食品的价钱:鲫鱼七块八,西红柿一块六,青椒三块三,后腿肉……不过我没有买过菜,我只是习惯了路过时瞥一眼标价牌。我想总有一天,到我再长大几岁之后,我会代替外婆和新奶奶,承担为爸爸买菜洗煮的任务。[6]

整部小说中,八岁的小米常常显示出一种不逊于周围成人、有时甚至比他们更为成熟的情感和心理素质,但与此同时,他又保持着一个孩子真诚自然的心性。他那成熟的精明与他作为孩子的单纯毫不冲突,反而相辅相成。准确地说,是商业文化的精明"算计"使童年的纯真变成一种有力量的纯真。

从商业活动意象到商业经济意识再到商业文化精神,商业文化对于儿童文学的影响也从表层的题材、形象延伸至更深层的艺术精神。浸润于商业文化之中的童年身体很快吸收了这一文化的营养。而当代儿童文学中富于商业文化气息的童年形象不仅是对于现实生活中童年文化变迁的及时回应，同时也借这一文化变迁形势的助推，塑造着一种新的儿童文学美学。它使童年的生命尽可能地向着身外的日常生活世界和身内的欲望感觉世界同时打开自我，随着这一"打开"，童年独特的生命力和创造力也得到了空前的凸显。这并不是说，在商业文化与当代儿童文学的美学革新之间存在着直接的因果关联，毕竟，从文化的环境变迁到文学的艺术变革，中间仍然隔着许多复杂的因素，同时，在前者对后者施加影响的过程中，文学本身要面对和处理的问题也远远超出了简单的现实反映论的逻辑；但回顾近二三十年间的中国儿童文学，不可否认，对于当代儿童文学的童年精神革新来说，建立在商业经济基础上的商业文化精神显然发挥了不可或缺的推助作用。

第三节　商业文化精神与儿童文学的艺术革新

从 20 世纪 90 年代到新世纪初，愈演愈烈的商业文化对外赋予了现实中的孩子以更大的经济和文化自主权，对内则赋予了儿童文学中的孩子以更独立的思想和文化主体性，这两个层面既互为表里又互相推进，共同参与着现实和虚构语境下当代儿童的身份塑造。伴随着儿童形象和童年精神的变革，当代儿童文学迎来了一次重要的艺术革新契机。

首先，这一艺术上的革新趋向表现在儿童文学写作对于儿童"大众"的肯定及其儿童形象的"日常化"趋势上。

我们看到，从 20 世纪 90 年代到新世纪初，越来越多的"普通人"成为儿童文学的主角，他们在同龄人中远不是最优秀的那一个，他们的身上有着日常生活所烙下的这样那样的真实缺憾，但这些"普通"的孩子恰恰反映了现实生活中大多数儿童真切的生存状态。从秦文君笔下的"贾里""贾梅"到杨红樱笔下的"冉冬阳""马小跳"，这类普通而又真实的儿童形象特别能够激起儿童读者的共鸣，也因此特别受到儿童读者的欢迎。至 21 世纪初，它们已经成为城市题材的儿童文学作品中最为常见的一类形象。

与此相呼应，这一时期的儿童形象塑造越来越告别传统的时代英雄模式，而进入了英雄内心的书写，亦即对于普通儿童心灵世界的关注。我们很容易注意到，在近二十年间发表和出版的各类都市生活题材的儿童小说作品中，占据着作者和读者们目光的主人公几乎是清一色的普通儿童。在大量作品中，不但童年主角常常是那些日常生活中最普通的孩子，而且相比于过去的英雄式主角，写作者们显然更关注这些孩子在日常生活中的自然状态，并倾向于对那些在过去的写作中通常被认为是缺点的童年真实心性予以积极的肯定。在这类书写中，童年的"成长"被更多地表现为一种寻常的生活体验和一个日常的心理过程，而不必然要承担童年生活之外的更多外在的道德负重。

其次，商业文化精神带给当代儿童文学的艺术革新也表现在儿童文学写作对于儿童"私欲"的肯定及其儿童形象的"肉身化"趋势上。

商业文化精神包含了对于人的当下时间和当下身体的格外关注。受到这一精神氛围的影响，当代儿童文学创作不再回避儿童的各种真实的欲望和想法，而是尊重和肯定其合理的身心欲求。与此相应的儿童文学中的儿童主角，其"肉身性"特征也愈益得到突显。比如，对于自我利益的主动维护，对于自我愿望的坦然遵从，以及在应对各类生活问题时表现出的某种不无自私的狡黠，等等。这种作为人之常情的"自私感"在儿童文学创作中曾长期处于被道德清除和屏蔽的状态，却在当代儿童文学的童年形象塑造中得到了格外充分的表现和格外高调的肯定。在这样的背景下，儿童作为主体的身份愈益得到突出，儿童文学界也开始致力于探寻和表现儿童个体真实的生活感受和欣赏趣味，而非因循多年来常由成人为儿童制定的文学口味。

近年来，儿童文学创作对于儿童"私欲"的表现尺度一直在不断放宽。例如，在新世纪最为畅销的儿童小说"淘气包马小跳系列"（杨红樱）中，儿童的一些看似出格而又在情理之中的虚荣、自私和趋利避害心理，都从积极的一面得到了表现和理解。比如，小说中的马小跳乖乖地读完了幼儿园小、中、大班，是因为他喜欢上了漂亮的幼儿园老师，为了让他心甘情愿地升入小学，他的父亲马天笑亲自去找校长，希望他能够把儿子安排在一位漂亮的女老师的班上，虽然这个愿望当即被校长否定了，但马小跳总算是被一位比幼儿园老师更漂亮的女老师牵着手，才走进一年级教室的。[7] 这样的儿童形象在传统的儿童文学写作中是很难见到的，或许也只有在开放的现代商业文化语境下，我们才能看到对于童年形象如此率真的书写。

再次，与商业文化精神有关的当代儿童文学艺术变革，也体现在大量儿童文学作品对于童年"理性"的肯定及其儿童形象的"成人化"趋势上。

这里所说的"成人化"有别于尼尔·波兹曼在《童年的消逝》

中所批判的"成人化的儿童"现象，而是指儿童在现代生活中日渐获得了原本通常被限制在成人范围内的一些能力和权益，并日益表现出一种成人式的社会生活参与或行动的积极愿望与热情。发生在童年形象上的这一变化，也与现代商业文化有着微妙的内在联系。从特定的角度来看，商业文化包含了一种积极参与和精于算计的健康的理性精神，而在新世纪儿童文学的许多角色身上，我们都能看到这一理性精神的影子。它表现为小说中出没于商业文化环境下的儿童主角往往被赋予了较为成熟的文化辨识力、社会判断力和主体行动能力。在这些作品中，长期以来处于文化弱势位置的儿童不但成为自我世界的主人，而且开始凭借自己的力量积极地介入、影响乃至改变社会生活。其中的少年主角们不但在与成人的各式互动中迅速学着在自己的世界里掌舵，而且也以其行动对身边的成人世界施予着实在的帮助和影响。换句话说，他们的身上越来越表现出原本仅属于成人的许多正面的理性素质。与过去常以家庭和社会问题的受害者形象出现的儿童角色相比，这类充满社会行动力的儿童形象带来了一种格外清新的美学气息，也特别受到渴望在现实中掌控生活的当代儿童读者的欢迎。

20世纪80年代以来，越来越多的儿童文学写作表现出对"顽童"形象的情有独钟，这一趋势显然在很大程度上受到相应的西方儿童文学传统的影响。不过，与西方儿童文学传统中的"顽童"们相比，近二三十年间出现在当代儿童文学作品中的许多顽童主角，其特征远不仅仅表现为一种天性的顽皮，更多了一份与发达的城市商业文明密切相关的自立感与自主权。自小受到商业文化精神熏陶的他们对于自己所身处的这个世界、对于周围发生的一切，都有着强烈的参与意识和自主的应对能力，他们以一种孩子特有的方式观察、把握并处理身边世界的各种问题。他们不但将童年充沛的剩余精力肆意挥洒在家庭和校园生活的各个角落，同时也开始积极介入童年自我赋权的行动，运用童年的力量和意志来干预现实生活。这些形象呼应了现实生活中童年地位的显在变化，正如一位英国的儿童媒介研究者所说，在今天，"尽管父母仍然牢固地拥有干涉和管理的权利，现在的儿童已经开始能够并有意愿地说出他们的需要和想法"[8]。从这一视角来看，儿童文学中频繁出现的具有掌控力的童年形象，也可以视作当代儿童所怀有的文化自主愿望的某种理想化表达。

当代童年艺术形象变迁与商业文化之间的关系的一个重要见证在于，迄今为止，上述儿童形象基本上仅出现在以都市生活为背景的儿童小说作品中；相比之下，在许多乡土题材的作品中，主角仍然是一些传统的儿童形象，他们往往被塑造为乡村生活中某些艰难、不幸的承受者或温情、关怀的受惠人。与前面提到的自我意识和行动力的儿童形象相比，这些通常与农耕文明相关联的形象往往是沉默的、被动的，对自我的命运缺乏掌控能力。在这里，许多儿童角色的思维和情感体验方式仍然依循着儿童文学最为传统的写作理路。

考察当代儿童文学中典型的都市和乡土儿童形象，我们会发现以下一些引人思考的特征对比：

乡土儿童形象	都市儿童形象
沉默的	善言的
感伤的	娱乐的
沉重的	洒脱的
敦厚的	慧黠的
被动的	主动的
情感性较强	行动力较强
身体感觉易被忽视	身体第一性的
社会参与度较低	社会参与度较高
常被生活所压抑	善于掌控生活

　　值得注意的是，同样是在乡土题材的儿童小说中，那些已经步入城市商业文化的进程或者与这一文化形态联系更为紧密的儿童形象，往往也会表现出城市题材儿童小说中童年形象的某些特征。比如王勇英的乡土题材儿童小说《弄泥木瓦》，其中的主要人物是两个客家乡村孩子弄泥和木瓦。弄泥是个天性活泼又有些蛮气的客家女孩，她生活在大车村的一条名为它铺的商业小街上；她的父亲是一名医生，除了开张看病之外，又和母亲一起经营着村里唯一一家药铺。我们可以说，弄泥所生活的环境事实上介于传统的乡土村落和现代的商业文明环境之间。而小说的另一个主角木瓦则完全是在客家乡村环境下长大的男孩。作品中，"野性十足"的女孩弄泥与沉默坚执的男孩木瓦之间因为生活中的误解而产生仇隙，不过几番"交战"之后，两个孩子最终冰释前嫌，并建立起了深厚的友情。小说中，这个从大车村唯一的商业聚集地长大的女孩

弄泥，比之男孩木瓦这样纯粹的乡土儿童形象，更多了一份与商业文化相关的自由、洒脱、轻快、积极的童年气象。[9] 这或许也从另一个侧面印证了商业文化与当代儿童文学之间内在的美学关联。

中国当代儿童文学中出现的富于商业文化气息的童年形象，一方面迎合了商业社会儿童生存状况的现实变化，另一方面又迎合了具有自主消费力的儿童读者对于自我形象的想象与期待，这两点在很大程度上促成了这类作品的市场畅销。可以想见，随着商业文化影响的持续深入，这类童年形象在今后的儿童文学创作中将占据越来越重要的角色份额。这是对于传统儿童文学童年美学的一次积极和意义重大的解放，但与此同时，它所代表的这场美学探索目前也还未及深入，它对于现代商业文化精神的美学吸收、运用，在总体上还停留在儿童形象和故事的表层，没有转化为对于当代社会童年命运的更为深刻的思考。这里面存在着这样一个悖论性的命题：商业文化的精神虽促成了儿童文学艺术探求的美学丰富，但它自身的资本逻辑也可能会阻碍这一探求的深入。事实上，这种阻碍已经初露痕迹，它表现在童书业自收到源于市场的积极回馈之后，对于这类儿童形象和童年美学资源的急切攫取上。显然，如果仅以市场为标的，这类儿童形象可以无休止地复制自身，而不必去思考包含在这一形象中的更深层次的艺术内容。如果任由这样的情形持续下去，那么当代儿童文学从商业文化中汲取的那些珍贵的艺术革新的能量，最终将转变为商业时代对于儿童文学整个文类的艺术束缚。

很显然，这一由现代商业文化带给当代儿童文学的创作迷思无法由商业文化本身给出答案，而需要儿童文学界自己破解。

第四节　商业童书时代的童年精神

我们已经谈到了当代商业与开放的市场经济文化对于儿童文学艺术变革与出版兴盛的内外促进作用，也提到了这一进程本身的复杂性。今天，商业时代童书所特有的童年艺术问题，尤其是它内在的童年精神问题，正在日益尖锐地呈现在人们面前。该问题在一定程度上已经超出了传统儿童文学艺术理论的覆盖范围，而辨清和识别这一童年精神的方向，对于当代儿童文学的未来发展来说，已经是一项迫切的艺术任务。

如前所述，商业童书时代施加于儿童文学艺术发展的积极影响之一，是对童年主体意识的空前肯定与张扬。在开放的童书市场格局下，儿童文学作家从未像今天这样普遍地将书写和表现儿童真实的愿望、情感和思想等作为其儿童文学写作的基本出发点。这一现实带来了儿童文学作品中童年主体意识的明显加强。它鲜明地体现在三个方面，一是童年游戏和娱乐生活在儿童文学的书写题材中日益占据要位，二是充满自我存在感和实践能力的儿童在儿童文学的主要形象谱系中日益得到突显，三是成人与儿童之间的传统权利关系在儿童文学的角色关系格局中开始发生变化。当代儿童文学作品中得到书写和建构的上述童年主体意识，是儿童文学为当代童年文化建构做出的一项独特而重要的艺术贡献，但它同时也带来了当前儿童文学创作的一个独特、重大的艺术问题。

一、童年主体意识与"伪"童年本位

当代儿童文学对于儿童主体性的热情张扬，受到了来自儿童读者同样热情的接纳。人们似乎感到，经历了一个多世纪的努力，儿童文学终于成为一种真正以童年为本位的文学。然而，正是在这一童年本位的艺术旗帜之下，我们看到了大量借童年本位的名义行"伪"童年本位之实的作品。这类作品的传播乃至畅销，不但在某种程度上误导了当前儿童文学的市场风气，也损害着当代儿童文学的审美精神，阻碍着当代儿童文学的艺术发展。更进一步，它还在不知不觉中对当代儿童读者施加着不易察觉的消极精神影响。

这一"伪"童年本位性的主要表现，是将儿童文学的童年主体意识等同于童年唯我意识，将儿童文学的儿童中心等同于儿童自我中心。

所谓"伪"童年本位的儿童文学作品，表面上格外突出对童年游戏和娱乐生活的表现，对童年存在感与实践力的肯定，以及对儿童相对于成人的生活权利的张扬，但所有这些却是在一种狭隘、油滑、自我中心的童年姿态中得到表达的。比如，一些儿童小说为了突出儿童主角的权利位置以及渲染故事的娱乐效果，竭力表现他们对成人的有意冷嘲热讽或戏耍捉弄。这种描写虽然在某种程度上突出了儿童本身的主体地位，但在审美精神层面却没有实现任何提升。

这并不意味着儿童文学中的儿童主角只能回归正统。相反，一批优秀的当代儿童文学作品，正是以它们成功塑造的"越界"儿童形象，对儿童文学的美学革新做出了重要贡献。但有一点，无论其语言、行为和性格如何越过传统儿童观念的边界，这些孩子身上始终不曾失却童年的真诚、单纯与善良。在他们的摇摇晃晃、吊儿郎当的表面姿态之下，是对生活的热爱与思考。

二、从作为主体的儿童到作为理想主体的儿童

如前所述，当代儿童文学在其关于童年自身的欢乐、能力以及权利的书写中传递出一种明确的儿童主体意识。这是当代儿童文学创作在童年观、童年精神表达上的重要进步。我们知道，哲学意义上的"主体"一词，强调的乃是人的相对于客体的主动认识和实践能力，而当代儿童文学创作中对于作为主体的儿童的重视及其文学表现，无疑正是对当代儿童自身认识能力、实践能力的一次充分的文学肯定和鼓励。在这里，儿童文学对于儿童认识能力的表现，是通过作品的描绘来呈现当代儿童看到的世界，来书写他们对于这个世界的体验、理解和愿望；对于儿童实践能力的表现，则是通过作品的叙述来呈现他们对于当代生活的参与和介入，来讲述他们以童年的方式和力量改变、塑造这个世界的故事和努力。这样的写作让我们看到，儿童既有着了解世界、参与生活的热切愿望，也有着认识世界、塑造生活的强大能力。通过在儿童文学作品中书写、表现这样的愿望和能力，能够促使人们更完整、深入地认识当代儿童的精神世界及其行动能力，也能够促使儿童在现实生活中进一步发挥和发展这一主体意识和主体能力。这无疑正是儿童文学理当承担的文化职责。

但是，塑造和表现这一作为主体的儿童，还远不是当代儿童文学艺术抱负的终点。对于儿童文学这一以儿童为接受对象的特殊文类来

说，仅仅认识到儿童拥有自己独特、独立的认识能力和实践能力，还远远不够，它还有责任通过对这一认识和实践能力的最佳状态的思考、想象和书写，向它的儿童读者展示他们作为主体的自我发展与实现可能。这意味着，当代儿童文学所关注和致力于表现的儿童主体，一方面是对于现实生活中的儿童主体姿态的一种反映和表达；另一方面，也是对于未来生活中的儿童主体理想的一种想象和表现。因此，在儿童的游戏中，儿童文学还要写出这游戏内在的审美精神；在儿童的行动中，儿童文学还要写出这行动潜在的生命态度；在儿童的权利中，儿童文学也还要写出这权利真正的文化价值。而要做到这些，儿童文学对于儿童主体的思考和表现就必须超越狭隘的儿童自我中心和童年唯我意识。

作为儿童世界的守护者、引领者，作为儿童成长的文学陪伴者，儿童文学写作者们还有责任通过作品为儿童读者提供有关他们自我发展的理想图景。这理想不只来自儿童自己的愿望，也来自成人作家以其丰富的生活经验和深入的人生思考所得出的关于童年可能性的洞见。我以为，对于当代儿童文学的艺术发展而言，后者正是它所缺乏和亟须解决的。

注 释

[1]《男生贾里》从 1991 年开始在上海少儿杂志《巨人》上连载，于 1993 年由少年儿童出版社正式结集出版。

[2] 秦文君：《女生贾梅》，合肥：安徽少年儿童出版社 1995 年版，第 28-29 页。

[3] 郁雨君：《提拉米苏带我走》，济南：明天出版社 2007 年版，第 58 页。

[4] 郁雨君：《提拉米苏带我走》，济南：明天出版社 2007 年版，第 67 页。

[5] 郁雨君：《提拉米苏带我走》，济南：明天出版社 2007 年版，第 55 页。

[6] 黄蓓佳：《平安夜》，南京：江苏人民出版社 2010 年版，第 2-6 页。

[7] 杨红樱：《贪玩老爸》，南宁：接力出版社 2003 年版。

[8] Chas Critcher：《老问题，新答案？——有关儿童与新媒介的历史和当下话语》，《中国儿童文化》总第五辑，杭州：浙江少年儿童出版社 2009 年版。

[9] 王勇英：《弄泥木瓦》，福州：福建少年儿童出版社 2011 年版。

第六章　小说艺术发展

在儿童文学的文体谱系中，儿童小说是一个十分重要的文体样式，也是在很大程度上代表特定时期儿童文学艺术成就的主要文体之一。进入新世纪以来，中国当代儿童小说的艺术发展仍然是最吸引批评界关注的一个领域。十余年来，它在题材拓展、文体形式探索、叙事手法创新等方面都展示了新的突破与创造。最令我们感到欣喜的是，中国当代儿童小说正在以一种令人惊讶的自我艺术拓展与革新的魄力，致力于探寻和建构当代儿童小说的美学新维度。或许可以说，在新世纪以来的一部分儿童小说创作中，我们再次看到了某些"先锋"的身影。

当然，与此同时发生的，是与当前快速增长的儿童小说出版数量相比，其总体美学提升的某种不尽如人意，以及一些积累已久的艺术问题在当前的创作和出版喷发期的集中显现。它们凸显了当代儿童小说发展到今天所不得不面对的一些艺术难题，也反映了当代文化环境下儿童小说艺术拓展的困境。对于这些难题和困境的揭示与描述，或许有助于在当下的童书出版氛围中，为这一文体的艺术发展提供有价值的启示。

本章前两节侧重儿童小说艺术的整体考察，后六节为结合具体作家作品的个案分析与探讨。

第一节 长篇的艺术拓展

作为当代儿童文学创作成就最典型的代表之一，新世纪以来，长篇儿童小说在创作数量和质量上都有重要的突破，艺术上也呈现出更多元的发展态势。从题材上看，首先，随着中国城市化进程的深入，城市儿童生活越来越成为儿童小说创作的一类基本题材。我们或许还记得，20世纪90年代初，包括秦文君笔下的"男生贾里"等在内的若干都市少年形象最早与读者见面时，都市少年在儿童小说中的现身还远没有今天这样频繁和炫目。对于那时候的读者来说，这类故事所呈现的来自当代都市中等收入家庭的少年日常生活，让人们感受到了格外新鲜的故事、文字与情感。那里面明快真诚的童年愿望、充沛丰足的童年精力、幽默率真的童年情感表达，以及因为脱却了物质生活的压力而变得格外轻盈自由的童年的身体与精神状态，标示了一种新的当代童年美学在儿童小说中的迅速生长。新世纪以来，受到来自读者与市场的激励，这一题材书写的艺术队伍持续壮大，大量叙写城市少年生活的儿童小说作品持续涌现，其艺术面貌也不断丰富。可以说，本世纪出版的许多畅销儿童小说，往往都离不开都市童年生活的背景，比如杨红樱的"淘气包马小跳系列"、秦文君的"小香咕系列"、郁雨君的"辫子姐姐心灵花园"系列等。

其次，新世纪以来日益受到全社会关注的农村或城市留守儿童生存现状，也引发了许多儿童小说作家的关注。围绕着这一题材，出现了殷健灵的《蜻蜓，蜻蜓》、陆梅的《当着落叶纷飞》、王巨成的《穿过忧伤的花季》、陶江的《水边的仙茅草》、雪燃的《离殇》、姚岚的《留守》、孟宪明的《念书的孩子》等一批长篇儿童小说，并在一定程度上构成了当代儿童小说领域的一种写作现象。与前一类题材的作品相比，这类儿童小说面对的是一种既带着新时代的新烙印、又具有鲜明本土性的题材对象，其写作的难度也由此产生。

此外，新世纪长篇儿童小说的典型题材类型还包括乡土题材、历史题材、奇幻题材、战争题材，等等。在这些题材范围内，当代长篇儿童小说实现的不只是写作对象的拓展，也包括表现艺术的创新和突破。

我们将结合新世纪长篇儿童小说领域出现的三种较为引人注目的创作现象，具体分析其艺术方面的发展与特征。

一、战争叙事的探索

近年来，多少受到整个社会文化氛围的濡染，童书市场陆续出现了一批战争题材或战争背景的长篇儿童小说。殷健灵的《1937·少年夏之秋》、黄蓓佳的《白棉花》、薛涛的《满山打鬼子》、毛芦芦的《福官》、张品成的《有风掠过》、李东华的《少年的荣耀》、史雷的《将军胡同》、毛云尔的《走出野人山》、曹文轩的《火印》等抗战题材或背景的儿童小说的陆续出版，在某种程度上或许已经成为近年儿童小说领域一个引人注目的创作与出版"事件"。这些小说从显在或隐在的儿童视角出发，叙说着 20 世纪上半叶的战乱（尤其是日本侵华战争）带给民族和个体的灾难与痛楚。虽然有关这一题材的书写在当代儿童文学史上并不罕见，但在延续和继承前人创作经验的同时，其中一些作品也就战争儿童小说的艺术可能展开了新的探索与尝试。

与传统儿童小说中有着浓厚英雄主义和民族主义色彩的战争书写相比，新世纪以来这类写作探索的新方向之一，是绕到战争和战场的背面，去关注战时普通人（包括普通孩子）的日常生活和命运。过去同类儿童小说中"潘冬子""雨来"式的革命小英雄形象更多地为战争中懵懂、茫然的普通儿童形象所取代。以殷健灵的《1937·少年夏之秋》为例。这部小说虽以抗战为背景，其故事却与战争现场保持着距离。小说起笔于一个真实的历史事件：1937 年 8 月 14 日，淞沪会战第二天，一枚炸弹误落在上海大世界游乐场门前的十字路中心，造成四百余人死伤。正是从这一历史事件所提供的创作灵感出发，作家展开了关于都市少年夏之秋命运的叙写。

　　对夏之秋来说，战争以一种极其偶然而又残酷的方式改变了他的命运。发生在大世界门口的惨剧使他失去了父母、丢失了妹妹，从一个家境宽裕的"少爷"忽然间变成孤儿。他被势利、市侩的舅舅、舅妈送到寄宿学校，学校解散后回到家，却发现自己不得不以年少的身躯重新撑起被舅舅败落了的家。在浮萍般无根的生活中，寻找失散的妹妹的信念日益成为夏之秋的精神支柱。这是小说最为重要的一条线索，它或隐或现地贯穿于夏之秋的一切遭遇和行动中，将小说略显浮散的情节拧结在一起；也正是在这一寻找的过程中，夏之秋的身体和精神不知不觉地实现着成长。这样，作品在一段开阔的民族历史记忆的背景上，展示了一个少年在遭遇人生变故后的艰难而又弥足珍贵的成长经历。它的故事由战争而来，但其叙事核心却并非战争，而是一个普通孩子在艰难时世中的跋涉与成长。换句话说，小说的主体仍然是生活。

　　当然，这生活里包含了历史的叙说——发生在 1937 年及其后四年间的历史，是小说情节得以展开的一个必不可少的背景依托。但历史在这里同样体现为一些平凡、真切乃至微小的人物、事件、意象等。20世纪三四十年代的上海的影像，是从百花巷里蛋格路上轮子滑过的声音里，从方浜路上挤挤挨挨的破烂房屋间，从普通都市少年对于战争现实的遥远而又贴近、好奇而又懵懂的领会和体验中，慢慢地浮现和拼贴起来的。善良、能干、淳朴的女佣阿香，友善、正派、乐观的恺生和世杭，风流而又有些"十三"的烟纸店老姑娘阿桑，心怀贪念同时又良心未泯的药店伙计傅全，怀着不为人知的精神挣扎的苦痛走在普仁中学里的赵校长，栀子花一样美丽、勇敢的女教师苏尔瑞……这各式各样的人物走入夏之秋的命运里，既推动着小说情节的前行，也绘就了三四十年代上海的一幅浮世生活图景。这些人物和图景是生动的、具体的，有着日常生活真实的温度与脉搏。

当代战争题材儿童小说艺术探索的另一个方向，是对于固化的战争意识形态模式的反思与重塑。这类写作试图穿越既有的革命战争意识形态模式的坚硬壁垒，去书写这意识形态背后更复杂的生活内容。

张品成的儿童小说《有风掠过》，主角是来自那个年代不同阶层的一对少年朋友。乡村孤儿里六和地主少爷覃福庆为了一个很单纯的理由成为彼此交好的朋友，牵连着他们友谊的丝线的是里六驯养的一只会说话的八哥，名叫风儿。风儿给孤独的里六带来了一份意外的友情，又因为帮助红军队伍成功传递情报而使落单的里六成为"队伍上"的一员。尽管如此，在里六身上却并没有逐渐孕育出对于正在发生的这场战事的参与热情和对于"革命"事业的认同；相反，面对外部的争斗和时局的变幻，里六的姿态始终是消极的、局外的。他不能理解红军到来之后，怎么就一夜之间分了覃家老爷的田地，"人家几世人侍弄了的，人家好不容易攒下的，说没就没了？"他也不能理解覃家老爷还乡之后发生的那场屠戮。他想要"入队伍"的愿望，只是出于一个瘸腿少年渴望被认同的尊严，它既无关仇恨，也无关战争年代某种被点燃的盲目的激情。

《有风掠过》或许是迄今为止张品成的战争题材儿童小说中最为彻底地放逐英雄情结的一部作品。这一点使它与张品成此前许多同类题材的儿童小说相比，发生了精神层面的某种挪移。故事中里六的形象没有上升为任何一种英雄，他的充满委屈而又无声无息的早夭是悲剧性的，后来证明，"队伍上"也没有留下关于他的任何记忆。故事结尾处，当福庆依照好朋友的遗言把风儿送往队伍时，被击毙的鸟儿进一步定格了里六的命运，这是一个完全悲剧性的角色，一个彻底边缘化的主角。假使如作家自己所说，他对于这类边缘历史题材的选取乃是"为了保持清醒而边缘化"，那么我们不禁要猜想，在这样的边缘化叙事中，是否包含着对于那个时代、那场战争下的童年命运更为"清醒"的洞察？

透过小说中另一个少年主角福庆的命运，我们或许可以得到更清晰的答案。里六和风儿的死成全了福庆的反叛，这位怯懦的少年最后挣脱了父亲的威权，从身体到精神都改名易姓，投奔了"革命"的队伍。这一角色很容易让我们想起作家另一篇收入"赤色小子系列"的中篇小说《龙门》中的主角川三。阶层矛盾、少年情谊、父子仇隙，两部小说之间显然存在着构思上的亲缘关联。然而，在《龙门》中，小说的叙述总在有意无意地渲染"贫"与"富"、"无产"与"有产"两个阶层之间的历史怨怼。作品最后，少年川三以一场复仇的大火宣告了他与领养他的"伪父亲"之间深重的仇怨，也宣告了他们分别代表的两个阶层之间的互不两立。但是对于福庆来说，与父亲的决裂远不是这样一种边角分明的仇恨可以解释的，从"覃福庆"到"洪水根"的变化也远不是为了投奔"革命"的理想。和川三不同，福庆不是以英雄的姿态出走的，他最后也没有成为英雄。"我有衣穿我有饱饭吃我也不愁好日子过，可我为什么要入队伍呢？他想了很久，一直没想清楚。""没想清楚"意味着一种复杂的情愫，意味着那样一段历史留给少年的很可能不是激情，而是成长的困惑与难言的忧伤。这里面有比"革命"的意识形态深刻、复杂得多的内容。被官兵杀了的松举们和被砍了脑壳的覃家老爷，都是历史的一部分，要在这样的历史中做出"清楚"的决定，对于一个少年来说，的确不是一件容易的事情。小说的写作是对于特定年代里有血有肉却又无可奈何的个体生存感觉的某种还原，在这样的还原里，隐现着历史的一部分被遮蔽的面庞。尽管它的书写不得不拖着战争意识形态的沉重影子前行，但这书写的意义也正在于此。

二、智障题材的探索

对于智障童年生活题材的创作关注，是在近年才开始进入本土儿童小说作家和读者的视野的，相关作品数量虽然不多，但这份艺术探索的勇气和热情无疑值得肯定。这些年出版的台湾作家王淑芬的《我是白痴》（繁体本出版于 1997 年，简体本于 2009 年在大陆地区出版）、黄蓓佳的《你是我的宝贝》（2008 年）、郁雨君的《超酷天使大肚子爸》（2009 年）等作品，或是以智障孩子为主角，致力于表现一个智障孩子特殊的思维方式、情感体验、日常生活经历等，或是在叙事中涉及智障孩子的生活描写与关怀。这其中，采用系列故事结构的儿童小说《我是白痴》，在童年观理解、童年视角把握、童年生活呈现等方面更是达到了令人激赏的艺术高度。

《我是白痴》以智障男孩彭铁男为第一人称叙述者，这样一个叙述声音所提供的认同位置把我们带离了正常人的观察和思维习惯，转而进入一个智障孩子眼中的世界图景。作家对一个智障孩子思维方式的把握真实、精准而又充满文学的趣味。透过他的视角，一些普通甚至有些恼人的童年生活场景和事件竟然变得新鲜、幽默起来。因为只懂得从字面意思解读语言，在面对日常语言中普通人习以为常的抽象、隐喻等修辞时，彭铁男的回应常常令人忍俊不禁。比如当同学不无恶意地讥讽他还在"吃奶"时，他很认真地澄清"他大概不知道，我已经没有在吃奶了，现在我都吃面"；当老师用"甲""乙""丙"来讲解数学题目时，不能理解这些抽象概念的他认为只要找到那几位名唤"甲、乙、丙"的人，"可能数学就变懂了"。有的时候，彭铁男的"误解"也在不经意间构成了对于现实的某种幽默的嘲讽。例如，在他看来，校长发的奖状实在是一张"印满字"的"没有用的纸"，与它相比，"图画纸比较好，两面都能画人"。

如果说在一部分成人文学作品中，带有智障意味的儿童视角常常是作者借以实现叙事技法创新的一个支点，那么在这部小说中，作者所专注的显然并非某种文学表现的特殊手法，而是一个智障孩子真实的生活悲喜与精神哀乐。小说里的"我"被许多人蔑视地唤作"白痴"，也因为这"白痴"的身份遭受许多欺辱。他因为永远记不住课堂知识而令老师头疼，他的智障身份也给父母家人带来了莫大的烦恼。但智障到不明白"白痴"是什么意思的"我"，却以自己"智障"的真诚和善意对待着身边的一切人和事。"我"总是什么也学不会，却仍然很努力、很积极地去面对每一天的各种生活任务。男孩彭铁男的世界简单而又透明，那里面有属于一个智障孩子的真实得有些滑稽、但又真诚得令人动容的梦想。

作者是真正把一个智障的孩子认作一个有尊严的童年生命在写作着。也正是出于对童年生命的尊重，作者从不有意粉饰或者丑化"我"作为"白痴"身处其中的生活现实。她所描绘的童年生活环境不是单面的、人造的，而是同时和人性的温存与冷漠、高尚与卑下、理想与现实等矛盾的复合体骈生在一起。彭铁男的老师们可以十分耐心地为他补课，但也会为了提高一次月考的班级平均分数，人为地安排"缺考"，把他弃置一旁。彭铁男的妈妈从不掩饰自己对这个智障孩子的失望与无奈，但她也会一面骂着"不要给他气死就好"，一面悄悄把彭铁男送的会褪色的纸花一直放在围裙口袋里，"看了又看"。彭铁男的妹妹打心底里为自己有这样一个哥哥而感到"倒霉"和丢脸，但当她跌倒在路上时，她也会为那个走过来心疼自己的哥哥而一边瞪起眼睛，一边由衷地笑起来。

作者也在这样的现实表现中敦促我们反思社会对一个智障孩子的关怀。她提请我们注意，很多时候，我们所理解的"关怀"其实并不像我们认为的那样正当和正义。往人性更深处看，我们会发现，这种"关怀"往往更多的是一种怜悯，而不是一种真正的同情。小说里的老师与校长要同学们"不可以轻视白痴"，然而当他们在"我"

面前毫无顾忌地提及"白痴""可怜"这些字眼时，却从未意识到这同样是一种轻视和侮辱；漂亮班长林佳音从不以"白痴"的蔑称与彭铁男相对，甚至十分乐于在课堂内外照顾他，但她只是知道"所有的事，我全部帮你做"，却从不理解有的时候，"我"其实并不愿意这样"被轻松"，"我"也有自己想要真正学会的事情。正是这样一种从关怀的初衷出发抵达的误解，比完美的关怀远为深刻地揭示出我们童年理解中的某些痼疾。

在国内外儿童小说的创作中，智障题材都是一个受到关注比较迟的写作话题。澳大利亚作家帕特里夏·赖特森出版于 1968 年的《我有一个跑马场》，称得上是迄今为止世界儿童文学领域智障题材小说的典范作品。《我是白痴》在童年精神方面与《我有一个跑马场》一脉相承，同时也真实而艺术地再现了本土环境下智障儿童的生存现实。中国智障题材儿童小说在起始之初就已经展示了这样一种精神和艺术上的高度，无疑令人振奋。

三、成人文学作家的儿童小说写作

近年儿童文学领域另一个值得关注的现象，是一批知名成人文学作家加入儿童文学的写作队伍。他们的创作成绩尤其体现在长篇儿童小说方面。张炜的《寻找鱼王》、赵丽宏的《渔童》等一批长篇儿童小说佳作的出现，给儿童小说带来了新的艺术气象。

张炜的长篇小说《寻找鱼王》，是对"出门—寻找"这一儿童文学经典成长母题的一次新的演绎和诠释，但作家的笔力和思想力又使之突破了这一母题在儿童小说中的传统书写方式。在干旱缺水的大山深处，"鱼"成为一种稀有而奢侈的食物，捉鱼和吃鱼则同时象征着不同寻常的本事和身份。正是怀着这一与"鱼"有关的身体和精神的双重向往，小说的少年主人公"我"立志"要当一个捉大鱼的人"，并由此踏上了"寻找鱼王"的路途。这志向中既包含了少年时代浑无边际的远大雄心，又带着贫瘠时代真实的生活欲望："等我逮到第一条大鱼时，立马拿回家！"它同时还延续着父亲年轻时的同一个生活梦想。父子俩历尽艰辛找到了心目中隐居的"鱼王"，"我"也终于得以拜在他的门下。然而，在与"鱼王"师傅共处的山居岁月里，"我"逐渐认识了一个有别于山乡传说和想象的真实的"鱼王"世界，它无关于各种玄奇的幻想，而是同样为普通人的烦扰和悲喜所左右。在"青堂瓦舍"的光鲜面目之下，是两代"鱼王"世家之间的恩怨情仇，是人如何在欲念的驱使下一步步走向命运的深渊。"鱼王"师傅的故事模糊了"我"一度坚定的生活方向，也增添了少年的迷茫和踌躇：为什么有了捉鱼的大本事，却反倒"不想逮那么多鱼"？为什么捉鱼时"出手只能一次，不成就走人"？为什么"有些本事不光不能留，还得小心再小心"？显然，这是一些需要时间来慢慢琢磨和体味的人生命题，它们是"鱼王"师傅从写满欲望的俗世生活中领受的深刻教益，也是他希望"我"日后能够领会、继承的人生经验。

这一切使得"寻找鱼王"的故事不再是对于少年出走的古老母题的简单延续。我们看到，"我"最初来到师傅跟前时，背负的乃是对父亲口中"吃穿不愁""大富大贵"的"鱼王"生活与身份的期望。然而，当"我"从"鱼王"师傅的教诲中再次反思"学成了吗"的问题时，最初的这份生活欲望却不断退到了学艺生涯的远景上，占据"我"

思想的是另一种意义上的"学成"——并非仅限于获得一门生存的手艺，更是达至一种生活的领悟。小说中的"我"最后明白，没有人能够真正成为"鱼王"，因为"鱼王"的核心不是"人"，而是"鱼"。更确切地说，是"鱼"的意象背后那由造物赐予人的一切生存之源：山、水、泥土、空气……这是需要人们去敬畏、去守护的生命根脉，而不是去掠夺、去占有的私人财产。这也正是"我"的两位"鱼王"师傅最后选择在山间和水边过最简朴的生活的原因。如果我们读懂了这层内涵，我们就会发现，从故事的起点到终点，作为小说题名的"寻找鱼王"经历了一次意义上的重大翻转——它从人类投射于自然的欲望出发，抵达了人对自我的反诘和反思。这份领悟从根本上改变了"我"的生活信仰——经历这一切之后，我不再想"当一个捉大鱼的人"，而决心做一个"看护大鱼"的人。这走向并融入自然的姿态，乃是这部小说中少年成长的要义所在。

因此，"寻找鱼王"最终不是一个关于初出茅庐的少年如何征服世界的成长叙事，而是初涉世事的少年如何在成长中学习一种面对世界的恭敬之心。在恭敬之心正从现代社会不断逝去的今天，将这一精神的底子还给作为人之初的童年，或许正是包括儿童文学在内的童年文化事业无从推卸的职责。

与《寻找鱼王》一样，虹影的《奥当女孩》也由"出门—寻找"这一经典的成长母题起步，带引主人公桑桑经历了一次奇异的冒险。如果说《寻找鱼王》更多地着眼于少年的生活与精神现实的书写，那么《奥当女孩》则是致力于在想象的世界里营造一种神话般迷离惝恍的幻境。小说中桑桑走入的那个原本早已湮没在历史中的"奥当兵营"，让人想起英国作家菲莉帕·皮尔斯的儿童小说名作《汤姆的午夜花园》中那个在"午夜十三点"才会开启的由过去时光构筑的梦幻花园。它们都试图以有形的文字勾勒无形的时间，以幻想的语法传达生命的体验，叙事间透着神秘和玄奥的气息。

相比于前两部小说，赵丽宏的儿童小说《渔童》有一个真实的历史背景。在"文化大革命"年代，几个孩子和大人一起暗中保护了一尊珍贵的瓷器文物，使之免于被毁的厄运。在这个过程中，他们也保护了一位艺术家的生命和对生活的信念。面向历史的《渔童》的写作，代表了当代儿童小说中一个崭露头角却值得予以高度关注的创作方向，即以孩童的视角直面那段民族历史记忆中的罪与罚，并借童年的路径尝试开展对它的某种救赎。

成人文学作家的才华与灵感给儿童文学带来了故事和思想的双重收获。这些作家擅写传奇，而且善于从最日常的生活中发现传奇。《寻找鱼王》中，"鱼王"的名号本身就是一个充满传奇感的符号。尽管随着作品叙事进程的展开，它原有的传奇内涵不断为现实的合理解释所取代，但在作品中，关于大山里的人们对于鱼的各种独特敏感的渲染，关于"旱手"与"水手"鱼王如何各显身手抓鱼的叙述，关于"鱼王"师傅如何从山谷的水坑、岭背的冰洞乃至无水的沙地里擒出大鱼的描写，等等，无不令人感叹称奇。《奥当女孩》里那个幻化自过去时空的"奥当兵营"，还有《渔童》里不露声色而又惊心动魄的"藏宝"计划，同样透着一个"奇"字。而寄寓于这些传奇中的关于人与自然、关于时间、关于历史以及人性的深刻思考，则彰显了儿童小说的文化深度。

进入 21 世纪以来，当代儿童小说在出版数量和规模上迎来了一个前所未有的黄金时期。这在很大程度上优化了本土儿童小说写作的外部环境，也为一大批写作者提供了艺术创作与探索的良好机缘。但与此同时，我们也看到了长篇儿童小说创作存在的一些重要艺术问题，其中包括小说结构的问题、作品中的童年理解和童年美学表现问题，以及某些知识性的问题，等等。考察新世纪长篇儿童小说的创作发展，离不开对这些艺术问题的认识和思考。

四、关于长篇结构的思考

长篇儿童小说的结构问题，突出表现在当代儿童小说创作和出版界对于"系列"结构的偏爱，即以系列故事组合的方式，来讲述围绕着一个相对固定的角色群所发生的各种故事。这类作品虽然缺乏一个传统意义上的统合、精密、连贯的长篇结构，但因为它在总体上达到了长篇的篇幅，因此常常被冠以"长篇"的命名。对于识字量还十分有限、注意力也难以长时间集中的儿童读者来说，这样的系列故事组合式的长篇结构既适合他们的阅读能力，又能增添他们的阅读自信，因此有其不可替代的价值。但是，当这种系列结构的作品越来越成为"长篇"儿童小说出版的主流，而真正意义上的长篇结构则越来越少得到作家们的经营和垂青时，这一现象不能不引起我们的警觉。可以说，严格意义上的长篇结构在中国当代儿童小说创作中的某种稀缺状态，已经成为当前儿童小说创作和出版中一个醒目的现象，而它也对中国儿童小说艺术气象的拓展和提升构成了现实的制约。

如果说上面谈到的"系列"结构问题针对的主要是长篇体量的单

部作品，那么接下去要谈的"系列化"问题，针对的则是当前儿童文学界一种特殊的集群式创作与出版现象。某种程度上，当代儿童文学创作和出版正在进入所谓的"系列化"时代，其标志特征即是大量"系列化"儿童文学作品的出现。这里所说的"系列化"，是指由一位或多位作家合作创作的，基于同一题材、角色等元素衍生的系列儿童文学作品。当"系列化"成为儿童文学创作与出版的常态时，它就构成了一种我们称之为"系列化"现象的儿童文学发展现状。

"系列化"现象是商业出版环境的产物，它体现了当代童书出版的链式效应。在当代儿童文学史上，许多经典儿童文学系列作品的诞生，正是由于第一部作品的出版激起了读者和市场的热烈回应，从而促使作家创作出一系列的后续作品。美国作家鲍姆的"绿野仙踪"系列、英国作家刘易斯的"纳尼亚"系列、英国作家托尔金的"魔戒"系列等，这些系列创作的缘起都与出版的链式效应密切相关。从这个角度看，"系列化"的存在有其合理性，它通过市场的广泛传播，促进了当代儿童文学的繁荣发展。比如加拿大作家露西·莫德·蒙哥玛利最初创作《绿山墙的安妮》时，根本没有想到它会成为一部受到读者欢迎的儿童小说，一时间好评如潮，销售业绩大好，蒙哥玛利也由此进一步创作出了《少女安妮》等一系列续作。

儿童文学的系列写作和出版正成为创作者和出版方的一种自觉、主动的行为。许多儿童文学作品在创作或问世之时，就已具备了"系列化"的形态，或者已经内含了"系列化"的设想。随着"系列化"现象的铺展，它产生的一些问题也引起了人们的关注和思考。其中，如何保持"系列化"写作的文学质量和怎样突破"系列化"写作的艺术困境，是两个最突出的问题。由于受到商业利益的过度驱使，一些"系列化"写作只注重作品数量的增加，轻视对作品质量的追求，由此导致"系列化"作品质量每况愈下。同时，如何借助"系列化"这一特殊的写作形态，进一步开拓儿童文学的艺术空间，拓展儿童文学书写的可能，也是必须直面的问题。

从目前的系列儿童文学创作来看，有两种主要的"系列化"联结逻辑，一种是并列式，一种是递进式。依照并列式逻辑，各分册之间的人物和故事相对独立，如"冒险小虎队系列"、杨红樱的"淘气包马小跳系列"、秦文君的"小香咕系列"。并列式系列中，各分册讲述的故事并无紧密的联系，在知悉其基本故事背景、主要角色关系的前提下，将各册顺序打乱，并不影响阅读的进程。而在递进式逻辑下，各分册之间既有一定的独立性，更存在着情节内容、角色性格上的递进、承接关系，如"魔戒"系列和"39条线索"系列。该系列突出故事和人物的"发展"性和连续性，分册内容如链条般前后相衔，互为因果。

这两种系列的目标读者不同，都有可能出现优秀的作品。一般说来，并列式逻辑常见于读者年龄段偏低的系列作品，递进式逻辑则更适合阅读能力相对强一点的少年读者。"系列化"儿童文学作品的独特艺术分量，尤其离不开后一种递进式故事逻辑的支撑，因为后者最为典型地体现了"系列化"儿童文学作品相对于单本儿童文学作品所具有的独特的艺术表现空间与能力——在这里，系列的延伸打开了单本儿童文学作品比较难以实现的艺术表现的广度与深度。在拓展了的叙事空间内，不论是故事还是人物的纵深度，都获得了极大的开掘可能。

但是，不能不看到，在系列铺展的过程中，要始终保持较高的文学质量，有很大难度。系列链条添加得越长，写作的疲劳、重复及创造力的退化就越是明显。

我们知道，在许多并列式的儿童文学系列作品中，最优秀和最知名的作品通常是第一部打头的。这是因为"第一部"往往倾注了作家最强烈的本能创作冲动，其创作的天分和才华也往往能够得到最为自然和充分的发挥，如果随后续写的是并列故事，则很难避免创造力的自然惰性；然而，在递进式逻辑的要求下，作家被迫探向故事和人物的更深处，这一探寻有可能促使更为成熟和深入的艺术思考和写作。例如，作为"魔戒"系列前传的《霍比特人》，本是作者托尔金为儿子写的一部幻想题材童书。与《霍比特人》相比，"魔戒"系列不但开辟了一个神奇的幻想世界，而且借助环环相扣的叙事，借助故事主人公及其他角色复杂而矛盾的性格演变，步步深入人性的灵魂深处，最终揭示了关乎我们每个人的深刻精神命题：人是渺小的，有缺点的，从来不可能告别固有的欲望之恶，如果没有了这种欲望，没有了这恶，人就不再是肉体的人了。但也正因如此，人对于自我之"恶"的理解、接纳以及从"恶"中最终选择"善"的道路的思想和行为，显示出了渺小之人乃至一切渺小生命的了不起之处。在"魔戒"系列小说的大空间里，上述深刻的人性哲理得到了充分的表达。

在系列儿童文学写作中，递进式逻辑的充分展开，有可能带来一种比单本儿童文学作品更为丰富、复杂、多样的叙事可能。在这一"系列化"的逻辑下，从一个分册到另一个分册的写作，其任务不是从头构思一则或一批新的故事，而是在原有的故事基石之上进一步搭建叙事的楼层，因而其叙事结构不是屋屋相邻的一列平房，而是层层叠加的一幢高楼。

目前看来，本土系列儿童文学作品在并列逻辑上尝试得更多，也出现了不少值得一提的佳作，而在递进逻辑上则缺乏探索。少量的一些采用递进式逻辑的系列化作品，如陈柳环的"萝铃的魔力"系列，故事情节、人物性格等方面的发掘还缺乏深度。如何在一个较长的系列作品创作空间内组织一个连贯、丰富、精密的故事发展进程，表现一种生动、复杂、真实的性格发展过程，对于许多儿童文学的写作者还是一个课题。系列儿童文学的创作如能在这一艺术逻辑层面用力，不但有助于增加一部儿童文学系列作品的厚度与重量，也有助于儿童读者阅读经验和能力的提升。尤其是青少年读者，对他们来说，这样的系列作品阅读不再是信手拈来的轻松娱乐，而是需要运用更成熟的文学注意力、理解力和感受力，来进入、把握和领会故事的内容与内涵。这样的阅读挑战，也是他们精神成长的一个重要跨越。如果儿童文学在其"系列化"创作中能够实现创作内在的艺术突破，那将是当代儿童文学创作和出版的福音。

五、关于童年伦理的思考

作为一个以少年儿童为读者对象的特殊文类，儿童文学自其诞生之初，就传递着特定社会文化语境下人们对于儿童的各种伦理关切。早期儿童文学创作往往怀有鲜明的儿童伦理教育意图，随着现代儿童文学的艺术发展，这一伦理意图的表达方式几经变革，但从未淡出儿童文学的艺术视野。今天的儿童文学写作与评判，已经逐渐告别了道德观念主宰艺术观念的审查判断方式，也逐渐意识到相应的伦理审查应以尊重儿童文学的艺术规律为前提。但与此同时，面对写作素材的不断拓展和写作禁忌的持续放开，一些新的伦理问题也以不易察觉的方式蔓生于当代儿童文学的文本内部。这类文本虽然携带着某种进步的儿童伦理观念的基因，但其内部却又隐藏着童年伦理的误区，尤其需要我们小心分辨，仔细判断。

比如，近年来，"反庸俗"成为当代童书伦理批评的关键词之一。一些有意以庸俗内容吸引儿童读者的劣质读物因而成为显而易见的炮击对象，这是顺理成章的事情。然而，很多时候，我们的儿童文学作家尽管怀着良好的创作意图，对于某些庸俗的现实却仍有可能是缺乏判断的。例如，在校园畅销书作家杨红樱广有影响的儿童小说"淘气包马小跳系列"中，有这么一则故事：报社记者前来马小跳的班级调查，调查内容很简单，在以下三种选择中，每人只能选一样打钩：聪明、漂亮、有钱。班主任强调："同学们一定要严肃认真地对待这张调查表。这三种选择不是画一个钩那么简单，这个钩可以反映出你们的思想品质，反映出你们有没有高尚的情操，反映出你们是不是有理想、有抱负……"结果，全班同学几乎都选了"聪明"，其中包括马小跳的好朋友、曾经在小伙伴中公然声称自己想当百万富翁的唐飞。只有马小跳实话实说，选择了"有钱"（还有另一个不漂亮的女孩安琪儿选了"漂亮"）。作者借马小跳实话实说的"单纯"，不点明地批评了其他同学的世故和言不由衷。然而，仔细想来，故事里那些言不由衷的同学固然过早地被世俗的虚伪所同化，但主角马小跳选择"有钱"，尽管道出了内心的"真话"，这真话却也并非孩子的天真之语，而是同样浸染上了成人世界庸俗文化的气息。[1] 仅对前者强力抨击，却对后者缺乏察觉，甚至给予认同和赞许，这恰恰反映出作家在儿童伦理判断方面的缺失。

在当代儿童文学作品中，"马小跳"的例子并非个案。比如孟宪明的儿童小说《念书的孩子》，这是一部比较优秀的留守儿童题材的小说。小男孩路开的父母进城务工，他与爷爷留守在乡下。爷爷猝然离世后，开开随父母进城念书，尽管生活并不宽裕，但他的质朴、坚持和善良，为他赢得了新生活的尊严与温情。故事写得很温暖，笔调也很明朗，小说获得了2014年中宣部第十三届精神文明建设"五个一工程"奖。然而，书中有这样一个儿童生活的小细节：进城念书的开开结识了绰号"银行家"的同桌朱靓，经历一番事情之后，头脑活络、行事灵光的城里孩子朱靓向开开"宣布"自己决定和开开做"生死之交"，开开感动地询问情由，只听朱靓这样解释道："我爸说了，交朋友主要交这三类：官大的、钱多的、名高的……别看你现在啥都不是，可是，你将来肯定行。官大、钱多、名高，你肯定要占一个！……我爸我妈都说，路开这同学，优秀、值得交！"[2]朱靓这番小大人式的表达为两个孩子的对话增添了别样的小幽默，他对父亲处世观念的郑重"转述"也不无同样的喜剧感。然而，当小说的叙事者与故事里的开开一道为朱靓的这番告白深为"感动"时，这段对白不经意间传递出"官大""钱多""名高"的价值观念，以及说话者、听话者乃至叙述者对这一庸俗价值观的简单认同，显然引人质疑。尽管作家安排这段对话的主要目的是借此表达对开开的认可，但在儿童读者面前，这样的表达方式与内容无疑需要更多对伦理的考虑与斟酌。

出现在儿童文学作品中的上述问题细节，其"庸俗"并非出于作家的本意，很多时候，这些作家的写作意图，恰恰是为了向孩子传递一种非庸俗的生活观念，不料却在写作中不自觉地陷入某种庸俗，其中的原因值得人们深思。在当前的童书市场化语境下，这类伦理问题应当引起创作者、读者及评论者的格外重视。

六、关于知识细节的思考

除了小说结构与童年伦理的问题之外，随着当代儿童小说表现题材的拓展，在不少非当下生活题材的作品中，也出现了一些知识性的问题。这一点尤其明显地体现在一部分历史题材的儿童小说中。处理这类从当下视角回望过去的虚构体叙事需要格外谨慎，一不小心就会滑入常识的陷阱。例如，前面提到的《1937·少年夏之秋》中对于一些历史细节的描述，就出现了历史语言的错置或历史时间的错位处理。在"恺生"一章中，从20世纪30年代的少年叙述者口中说出了"老外"这样的当代名词。再如"秋寒"一章中夏之秋阅读的《哈克贝里·芬历险记》，以这一译名为题的中译本的最早出版，事实上发生在后来的1954年。类似的知识"硬伤"，在近年出版的不少儿童小说中都可以找到，它们的存在往往并不影响小说总体上的叙事推进，但它对作品所着意还原的历史现场感造成了一定程度的破坏。与此同时，作为写给儿童的小说作品，这样一些知识呈现上的错谬的堆积，也有可能影响今天儿童的历史认知。

对于当前长篇儿童小说艺术问题的上述反思，是在承认近年儿童小说艺术成就的前提下展开的。如果说这样的反思代表了我们对于当下儿童小说艺术现状的某些不满，那么这种不满的所指，乃是对于当代长篇儿童小说艺术未来的更殷切的企望。我们相信，这

116 | 117

儿童文学的中国想象

中 编 艺术轨迹

第六章 小说艺术发展

样一份带着"不满"的企望，将推动原创儿童小说在自我艺术反思中实现更成熟的艺术蜕变。

第二节　中短篇的艺术命运

人们通常把长篇作品看成是一个时代文学经验和成就的体现，这是有道理的。长篇作品以其对于社会生活的相对强大的概括力和表现力，以其对于艺术自身可能的相对广泛而深入的发掘，在文学的各种形式中占据着一个重要的位置。形成这种重要性的关键并不在于长篇比短篇在篇幅上显得壮观一些，而是在于长篇这一形式本身为文学提供了一种更为繁复而舒展的内在的艺术秩序，这种内在的艺术秩序所孕育、承载和传递的艺术内涵，是短篇作品所无法带给我们的。

但短篇和相对短小的中篇也自有其无法替代的艺术优势，这种优势既表现在中短篇作品对当下社会生活的即时介入上，也表现在这些作品对于小说艺术手法创新的积极尝试上。在近年的原创儿童小说领域，短篇和中篇的声音是相对弱势的，但它却反映了儿童小说在当前消费文化语境中的艺术坚守与探求。

一、短篇与中篇的坚守

谈论这个时期的儿童文学，"短篇""长篇"的艺术形态和现实命运，为我们提供了一个十分触目的观察视角和话题。今天，长篇或准长篇已经成为我们时代文学生活的主角，几乎占据着所有儿童文学畅销榜和儿童阅读推荐书目的主要位置，并且得到了在商业考量和艺术评判之间颇显暧昧的媒体批评的格外照料；许多时候，它们稍一"发力"，就会轻而易举地卷走各类评奖中的大多数席次。说这个时代的儿童文学成就是由长篇来代表的，大约是不会有人出来反对的。而短篇作品，在某种程度上可以说已经成为我们文学生活中一种边缘性的存在物了。

这样的文学生产、生活秩序的形成，原因是多方面的。20 世纪 70 年代末至 80 年代，实力派的中青年儿童文学作家们，几乎无一例外地把"短篇"当成了他们借以想象文学并一展身手的操作路径。进入 90 年代以来，朝向长篇的创作陆续成为他们跃跃欲试、大展宏图的新的艺术疆域。这一由短篇向长篇创作"晋升"的现象，曾被有的当代文学评论家称为我们下意识中存在着的一种"长度的本能"。毫无疑问，今天人们对于七八十年代当代儿童文学的历史记忆，主要是由一系列短篇作品构成的，而 90 年代迄今的历史面貌，则主要是由一批长篇作品来勾勒的。

但历史和现实对于特定儿童文学样式的拣选与倚重，显然比作家自身的创作成长和跃进要复杂得多。例如，除了短篇、中篇、长篇在文学家族及其评价体系中的等级秩序方面的原因，当代文学生活和学生课外阅读需求对于中长篇的依赖也是一个不容忽视的原因。从校园阅读空间看，短篇主要存在于教材体制之中，而长篇和单本书则更容易占据课外阅读时空。所以，在课外阅读及其推广在许多地区逐渐成为一种风气的时候，中长篇作品的走俏就变成了一件水到渠成的事情。另外，一个很少在正规场合被提及，而实际上却几乎是掌握着儿童文学生产和作品生杀大权的因素，则是现行的稿费制度：一个无论多么优秀的短篇，都只能获得报刊发给的相当微薄的文字稿酬，而一部能够在图书市场上取得小胜的单本作品，就可能给作者和出版者带来可观的版税和利润收入，还有随之而来的好评、奖项和声名，等等。

因此，短篇、中篇在这个时代的坚守和创造，对于整个当代儿童文学的生存和艺术经营而言，就有了更多的意义和价值。这里值得一提的是，2012 年起，由江苏省作家协会儿童文学工作委员会、上海市作家协会儿童文学委员会、上海世纪出版股份有限公司少年儿童出版社、文学报社等单位联合发起"周庄杯"全国儿童文学短篇小说大赛，每年一届，匿名评审，至 2016 年已历经五届，遴选出了一批优秀的短篇儿童小说佳作。

二、中短篇题材的拓展

与历时写成的长篇作品相比，短篇以其篇幅的相对短小和写作上的相对灵便而得以对当下正在发生的现实做出及时的创作反应。在儿童小说领域，许多与当代儿童生活相关的看似细小、琐屑的生活细节、情绪感受、精神状态、成长体验等，在大量发表于儿童文学期刊的短篇小说和一部分中篇小说中得到了充分的关注和书写。

作为近年来短篇儿童小说创作中出现的一个重要门类，乡土题材的儿童小说在数量及其所取得的艺术成就方面，都格外引人注目。肖显志的《唢呐神曲》、曾小春的《西去的铃铛》《哑树》、李丽萍的《我的哥哥吹黑管》、毛芦芦的《响水》、李建树的《蛇神》、常星儿的《一个少年的一九七五年之秋》、吕清温的《达子香开了》、周静的《黑西装》、薛涛的《钟声不止》、韩青辰的《亲妈妈》、三三的《秀树的菜窖》、老臣的《尊严》、胡继风的《让谁去过好日子》、任永恒的《三宝退学》等短篇作品，在浓郁的乡土生活和语言的背景上书写农村孩子的欢乐与忧愁、自卑与尊严，作品对于尚未受到工业文明过多打扰的乡村生活感觉的准确把握与生动描摹，成为这些短篇小说最令人陶醉的美学特色。小河丁丁的《爱喝糊粮酒的倔老头》、舒辉波的《王老师》、邓湘子的《白烟青烟》、吴新星的《采菱曲》等作品，则以一种同时结合了现实书写与浪漫表现的叙事手法，编织着既充满艰辛也充满温情的乡土的想象。此外还有一批作品，它们所展示的并非传统意义上因乡村而得到命名的"乡土"，而更体现为一种以展示地方风景、风俗、人事的"奇"或"趣"为特色的地域乡土文学，其中包括湘女的短篇乡土小说、杨保中的短篇动物故事、黑鹤的短篇动物小说。这些作品特别看重故事悬念的设置和故事趣味的编织，从而丰富了少年乡土小说的叙事技法和美学内涵。

近年儿童短篇小说的写作尤其突显了对两种与当代儿童生活和童年命运密切相关的题材的特别关注，它们共同反映了今天农村和都市童年生活所面临的一些困境。

首先是留守与流动儿童生活题材。迅速发展的现代交通彻底改变了传统的空间感觉，拥挤的火车将大量劳动力从农村输送到城市，极大地冲击了传统的农村生活和生存方式，也使大量农村儿童成为这一冲击最直接的承受者。因父母进城打工而留守在家或寄居城市的农村儿童生活题材因此成为近年儿童小说创作所关注的重要话题之一。在儿童文学的各类文体中，短篇小说是最早对这一本土特有的儿童生存现实做出文学回应的文体之一。近年来，殷健灵的《夏日和声》、曹延标的《留守同学》、蒋谷崎的《等待过年》、王德宝的《小老鼠的故事》、胡先岐的《八月桂花开》、钟墨的《只是菊花不愿意》、高巧林的《金钩钩，银钩钩》、胡继风的《想去天堂的孩子》、简平的《来喜》、龚房芳的《注意女王》等短篇，都在一定程度上展现了留守与流动儿童的生活和情感世界，也在尝试发现这一群体内部存在的问题。尽管在这一题材领域，优秀的中短篇作品还不多见，但也开始出现一批文学质量上乘的作品。这其中值得一提的或许是古京雨的中篇《城市蜘蛛人》。这篇作品描写了父母在外的农村女孩陶粒被迫出走，在城市工地女扮男装维持生计并寻找父母的艰辛生活。小说用颇为冷峻的笔调叙述陶粒的遭遇，具有现代内容的不幸与珍贵的温暖交织在散文般展开的故事中，读后令人动容。这部以中篇篇幅呈现的小说所采用的主要还是短篇的故事结构形式，它在一定程度上展示了短篇小说在留守与流动儿童题材领域的艺术拓展。

其次是当代教育压力下的童年生存状况。在当代中国，由学校、家庭和社会共同施加的巨大教育压力，构成了当代童年生存境况的一个基本背景。近年发表的张国龙的《夏天和〈东风破〉》、王巨成的《透过窗子的阳光》、李秋沅的《彼岸》、晏菁的《发呆 club》、张成的《我的"早恋"故事》、郝东军的《我不是坏孩子》、周羽的《重点》、陈问问的《夏天的小数点》等作品，以短篇特有的短小精悍而又迅捷犀利的方式，传递了对于整个大教育环境的批判和省思。综观一段时期以来的各种少年和青少年小说，来自分数、考试和升学压力的阴霾始终如影随形，这也同时导致了一部分青春小说几乎不约而同地选择校园恋情来释放与中和这股强大的压力。但与此同时，我们却发现，过分专注于青春期恋情的书写往往使故事本身的质地显得飘忽而且单薄，潜伏在这一童年特殊阶段的生命力量也缺乏有深度的挖掘和发挥。此外还有不少儿童小说直接选取在当代中国教育体制中最受关注的高考（中考）作为切入点来展开对于当代少年所承受着的过分沉重的教育压力的批判。玉清的中篇《跑，拼命跑》以近乎残酷的笔触描写了一位女中学生因学习竞争而终于致疯的故事。故事中好胜心强的女孩佳丽为了高考拼力竞争，最终却成为考试的牺牲品，而她最大的悲哀还在于她选择投身于畸形高考竞争的自觉与狂热。与一般的教育批判小说不同，《跑，拼命跑》尽管暗含对于教育体制的批判，但它似乎更多地希望引起人们对于当代少年健康的学习能力和学习精神的关注。《跑，拼命跑》的沉重与同时代童年小说总体上的轻快形成了题材与叙述格调上的鲜明对比。

三、中短篇艺术的探求

短篇的"短"同时构成了对于这样一种文本样式及其特质的限定和提示。"短"这一文本形态，决定了短篇创作的艺术难度。胡适曾说，它要以"最经济的手段"，来表现"最精彩"的内容。在十分有限的文字空间里，一个短篇或者短小的中篇要吸引读者，往往需要在文本构架和语言表现方面经历比长篇更为集中、苛刻的锻造和淬炼过程。

与此同时，在具体的文学实践中，短篇作品总是被作家最先用来尝试、寻找、铸造一种新的艺术可能，从而为人们提供新的艺术感觉和审美经验。从 20 世纪 80 年代中国儿童文学的发展进程看，短篇作品特别是短篇小说和短篇童话的创作，呈现出空前兴奋而活跃的状态。可以说，那个时期儿童文学创作中发生的许多具有深刻意义的艺术变革和突破，大都是由短篇作品的创作首先提供和实现的。

在近几年发表的短篇儿童小说中，我们看到了作家们对于短篇故事艺术探索的持续而又自觉的实践。近年发表的包括彭学军的《十一岁的雨季》等在内的作品，对于传统短篇小说手法的运用愈见精进，尤其是在小说故事性的理解和设计上显示出某种经典的气息。《十一岁的雨季》秉承了作家彭学军一向擅长的少女成长小说的写法，但在对寻常叙事手法的运用中，将传统的短篇成长故事结构、叙述语言等的魅力推演到了某种极致。在这篇小说中，作家把属于十一二岁女孩的那样一种玲珑、微妙、闪烁不定的成长心思，表现得细腻、精准而又含蓄收敛。小说中的"我"暗自观察和欣赏邵佳慧练体操的身影，假装"随意"地打探学体操的条件，看似无谓的外表掩饰着内心翻卷的心情。当一个"老"字彻底打碎了"我"的体操梦之后，我却从邵佳慧的眼睛里发现，原来跑道上的自己有着另一种灵巧、轻捷的美，这种美和体操运动中的邵佳慧的美一样独一无二，一样令人羡慕、感动。一向以细腻、优雅的散文化叙事见长的彭学军，在《十一岁的雨季》中以一种非常漂亮的姿态，展示了她在密实的、富于戏剧性的小说情节编织方面的才华。

获得首届"周庄杯"大赛特等奖的短篇《一条杠也是杠》（冯与蓝），以当代儿童小说特有的幽默轻快的笔触表现一种普通而细微的童年校园生活感觉。惯于捣蛋的五年级男生徐逸超被同学意外推举为"小队长"，臂上的"一条杠"在不知不觉中作用于他的日常生活，使他逐渐感到了"责任"的分量。乍看之下，小说的上述题旨颇有些"老旧"的嫌疑，但作者却能将这样一个容易流于教化的童年责任感的话题自然而然地导入当代童年生活的书写中，并且不是通过任何"寓言"式的比譬，而是通过发掘和表现一种真实、微妙的童年尊严情愫，来肯定童年个体内在的生命潜力，诠释童年生活独特的意义重量。小说以少年主角为第一人称叙事视角，其事件的叙述风格体现了少年生命特有的粗放感和喜剧感，却也不露声色地传递出某些细腻、深刻的少年生命感觉和体验，后者赋予小说轻快的叙事以一种坚实的着地感。作为小说表述核心的"一条杠也是杠"，生动地传达了童年眼中那些微小的生活事件的独特意义，也肯定了童年生活自身的意义。一篇儿童小说能够在对于童年生活的幽默书写中触及这一生活内在的意义问题，而这意义又反过来诠释了童年独特的存在方式与存在价值，这无疑是值得称道的。

近年出现的一批年轻作家的短篇作品，在短篇儿童小说叙事技法的探索和创新上又有新的进展。张晓玲是其中一位颇具创作特色的作家，近年她发表的《斐济的阳光》《室内游戏》等小说，截取家庭和校园生活的"横断面"来表现少年在成长过程中特殊、敏感的心理和情绪体验。这些小说在叙事技法上常常令人眼前一亮。《斐济的阳光》的主角是一位名叫砚华的女孩。这是一个从世俗的烟火气息里成长起来的现代女孩，生存的本能使她身上多了些似乎不属于普通孩子的市侩气，但她身上也保持着少女特有的单纯与真诚，而这些都与她心中关于外面世界的想象、希冀与憧憬联系在一起。这样矛盾的性格组合使砚华的形象令人生出一种亦爱亦恨的复杂感觉，充满了真实的生活气息。故事是从身为砚华小姨的"我"的视角叙述的，我们也从叙述中读到了两个关于成长的故事：关于砚华的故事是显在的，关于"我"的故事则是若隐若现的。这两个故事叠加在一起，共同诠释着少年时代身体与精神的"出走"所传达出的那份自由与豪放的精神"富足"。这一故事时空的叠加制造出一种特殊的叙事氛围，它同时融合了回忆褪却的静止与现实逼近的活泼，给人一种恍惚而又踏实的阅读感觉。我们会发现，作品中的人物对话全部采用了不加双引号的直接或间接转述体，这种叙述上的处理使故事既富于生动的现场感，又充满忆旧的感伤气息，读来十分隽永。《室内游戏》在形式上借鉴了一种近于意识流的手法，它记录了少年的生活现实，也写出了处于敏感期的少年的一种精神现实。

同样是关乎少年成长的故事，翌平的《猫王》和高勤的《我帮老爸找媳妇》在叙事视角安排、叙事声音设置方面，呈现出某些引人注目的独特的面貌。《猫王》从少年的视角来叙述一只带有些许神秘色彩的猫的故事。作品中叙述者与被叙述者之间、观看者与被观看者之间的关系既是对立的，又不仅仅是对立那么简单。作品以紧凑、曲折的悬念和情节设置，在虚实相间的小说叙事中演绎了一个关乎心灵和成长的故事。《我帮老爸找媳妇》最令人印象深刻的并不是以少年为第一人称的叙述视角，而是"我"的叙述声音所呈现出的一种十分有别于一般少年小说第一人称叙事模式的特征。这个叙述声音一面努力经营着一种与少年身份并不相符的成熟，一面又时时流露着主人公的少年稚气，在文本中，这两种感觉如此奇特而又自然地交会在一起，使少年的形象显得独特、真实而又立体。小说以典型地代表了当代都市少年精神气质的喜剧叙事来讲述一个带着酸涩味的幸福故事，有一种"含泪的微笑"的意味。上述这些作品在保持某些高度的同时，也普遍把"可读性"搁回了少年小说艺术本身。它们使"短篇"的叙事艺术探求及其在写作技术上的身手看上去颇为劲健而活跃。詹政伟的短篇《轻轻对你说》，从蒙太奇式的场景切换起头，以一场偶然的相遇，使互不相识的叛逆少年与孤独老人的生活轨迹产生交织。在这里，渴望理解的少年和渴望陪伴的老人从相互的倾诉和交流中获得了彼此所需要的生活温暖。在对于传统和现代故事技法的持续探索中，小说的触手探入童年生活和情感的各个方面，并以其个性化的叙事，探寻着短篇儿童小说丰富的故事艺术可能。

　　在少年精神世界的书写和短篇叙事技法的探寻之外，我们更为欣喜地看到，当代短篇儿童小说还在尝试以短篇特有的体式和力度，去叩问历史、生活和人性的幽微。这里要特别提到近年常新港陆续发表的一组童年回忆题材的短篇儿童小说。《我亲爱的童年》讲述的是"文化大革命"时期的生活故事。爸爸从大雪天里抢救回来的四个西红柿，成为物质匮乏的冬天里全家人共同的期盼。妹妹偷吃西红柿的事件是一个小小的插曲，它没有阻断一家人对西红柿的期待，而是把这份期待推向了一个更令人兴奋的阶段。然而，就在余下的西红柿快要红透的时候，它们被爸爸妈妈做成饺子馅儿，包进饺子，送给了病中的知青姑娘陈红卫。接下去发生的"恩将仇报"的情节，是那个特殊年代里人性畸变的产物。然而，在经历了这一切之后，一个孩子的心灵并没有被仇恨所占据，而是在健康的空气中如此自然地恢复了它纯白善良的质地。这是整篇小说的题眼所在，也是故事最令我们感动的地方。

　　常新港的另一个短篇《雪幕的后面》，讲述在曾经的艰难时代，困顿中的张中扬叔叔从我们家借走"三十块钱"所引发的"风波"。"三十块钱"在那个年代毫无疑问是一个可观的数字，我们因而完全可以理解小说中因这笔借款而触发的家庭生活矛盾。作者丝毫不回避这一生活的现实逻辑，从母亲态度的悄然变化到母亲对父亲的唠叨再到他们之间争执的爆发，"三十块钱"的世俗生活感觉被表现得淋漓尽致。但也正是从这样世俗的生活感觉中，我们看到了人性的日常光芒如何照亮着我们平凡的物质生活。小说以"我"为第一人称叙事，童年清澈的目光看似无偏颇地"记录"着这段曾经的往事，但在这一搁置了任何外在于生活的道德和价值判断的视角下，另一种孕生于真实生活和人性的朴素的道德和价值蕴含，恰恰得到了充分的传达。

任永恒的《一下子长大》，同样以童年的小故事完成了一次关于人性的"大"书写。在一个指望奶牛出奶、挣钱的奶场上，人们自觉地奉行着"不出奶就打死"的原则，尽管他们分明从这样的杀戮中觉察到了某些不对劲的地方，但现实生活的功利性准则却又使他们对此习以为常。在如此沉郁的生活环境下，"我"一个人想尽办法偷偷保护下一头新生的小公牛。少年出于本能的同情的一个举动，在某种程度上成了陀思妥耶夫斯基所说的人性获得拯救的场所。这里，保留在童年心灵中的人性的种子，使小说的精神从充满人的私欲和功利的尘世生活中升举起来，获得了一种洁净的品质。

四、中短篇的深度与力度——以玉清为例

在一个短篇式微的年代，我们欣喜地看到了一些优秀的儿童文学作家在短篇领域的坚守。更为可贵的是，在短篇艺术上，这些作家并未止步于已有的创作成绩，而是对自己提出了更高的艺术要求，其短篇作品也由此实现了新的艺术突破与提升，玉清就是其中一位标志性的作家。

很长一段时间里，作为儿童文学作家的玉清在关注和喜爱他的读者心目中留下的最为鲜明的创作身份印象，无疑是他的青春题材少年小说。而在这些作品中，他也的确将青春期少年某种普遍的生活情绪和情感体验推向了当代少年小说青春书写的极致。他的以《小百合》《哦，傻样儿》等为代表的一批短篇作品，致力于在校园生活的语境中抒写和表现少年在身体意识觉醒的青春期对于异性的朦胧而懵懂的爱恋，其笔墨之生动、清新、真诚、坦率，读来令人感怀。这些作品既真实地写出了特定的社会文化现实对于个体青春期身心冲动的规约，也写出了这一规约下少年情感的自然表达和流露。《小百合》中两名男生对于一位同龄少女的默默关注和欣赏，《姐姐比我大两岁》中男孩们对于"姐姐"的莫可名说的爱慕情愫，以及《梦里依稀小星湖》中少年对于温柔可爱的年轻女老师的坦然喜欢和倾慕等，无不是从少年日常生活的自然逻辑中孕生而来的情感内容，其情感的面貌是明亮的，质地也是温润的。

因此，玉清的不少青春题材少年小说，虽明写青春期的性意识，读来却常给人一派天真和清朗之感。很多时候，它带着青春期特有的伤感，却又不见丝毫颓废，它也常表现为"百无聊赖"、满不在乎的青春姿势，但这姿势里绝无半分真正的流气或痞气。在《别问我们想什么》《在百无聊赖的日子里》《哦，傻样儿》等小说中，那一群显然受到青春期荷尔蒙刺激而处于兴奋状态的男生，在有关女生的话题上总表现得有些嬉皮笑脸、吊儿郎当，但当他们真正走近和来到他们曾打趣地观望过的少女面前时，少年的那种可爱的紧张、慌乱、手足无措和尽心竭力，让我们看到了青春的骚动和叛逆姿态背后藏着的那份内在的、可贵的真挚与单纯。

这份"真挚"与"单纯"，正是我们理解玉清早期小说艺术的关键词。或者说，这些小说在其关于少年情感生活现实的书写中，让我们感受到了青春期个体趋于成熟的身心之内那尚未逝去的童年纯净情怀。玉清不掩饰也不回避青春期少年对于异性容貌和体态之"美"的敏感和欣赏，但他更进一步写出了这种与生理冲动有关的视觉敏感和欣赏本身的美感。《小百合》中那个静坐在校园路灯下读书的纤弱美丽的少女身影，投映在少年眼里固然令人着迷，然而，小说中两个少年一次次从"另一侧"的树影里"绕过去，频频地回头看着她"、最后"仍然悄悄走过去"的举动，同样透着一种特殊的美感。《画眉》中的少女田青在为年轻的男老师整理单身宿舍时，也是怀着同样纯净的心情。这是少年时代的爱恋所特有的单纯之美。我们看到，玉清笔下这种青春期的爱欲冲动，一方面与我们的肉身有着如此密切的关联，另一方面却又完全地超越了身体性的欲望，甚至成为一种在我们的灵魂中位居高远的珍贵情感。这使得他的这类青春题材少年小说既充满健康、舒展的身体气息，又内含一种不落世俗的精神之美。正是这两者的结合赋予了他笔下的青春恋情以一种丰美而清洁的审美质地。

这样一种属于少年时代的单纯情爱，在我们生命的图谱中留下了永不褪色的美的印记。玉清的一部分少年小说恰是对这一美的印记的深情而细致的描摹。时光流逝，他笔下的一些少年时代生活已然离我们远去，但他所书写的那份美好的青春情感，却有着恒久打动我们的力量。

然而，这样一份单纯的情感，在它经受更深厚的人生阅历和时间经验的锻打淬炼之前，也不可避免地是一种相对单薄的情感。在这里，"单薄"的意思是指这份情感还未被赋予生活和思想的更多分量，它不像《了不起的盖茨比》中支撑着盖茨比生活信念的那份青春恋情那样，还承载了步入社会后的主人公以一己之单纯与整个腐坏的世界相抗衡的英雄悲剧。玉清笔下的少年主人公们所经历的朦胧情感，除了在彼此的生命中留下一份甜蜜与惆怅相掺杂的莫可忘怀的青春感念，尚不具有太多可供反复琢磨的生命内涵。这也是为什么当这种情感在同一位作家的想象力范围内被反复提取和表现时，它的单纯美开始有所退位，它的单薄感则不断凸显出来。于是，从玉清的小说中，我们不止一次地读到了类似的情节处理：《有一个女孩叫星竹》《叶子，你在哪里》等作品中少女与作家间的通信交往，《画眉》《握别》等作品中恋情主角之一的意外亡故，还有衬着青春生活背景的《无暇》和《永远的天空》中那最终迟到一步的智慧……

在持续抒写这一青春情结的过程中，作家本人一定强烈地感受到了相应的艺术突破的必要性及其难度。其后的一段时间里，玉清开始将创作的笔锋较多地转向对于少年生活的另一种更具思考性的书写。在创作或发表于本世纪初的《我要做一匹斑马》《赠笔试验》《制造荒诞》等一系列作品中，作家从少年的情感世界进一步走进了少年的思想世界，后者较之前者少了一份浪漫的情思，却多了一份青春的深度。《我要做一匹斑马》和《制造荒诞》中那两个满脑子活跃着不为成人所知的各种思想元素的叛逆而潇洒的少年叙述者，多少让我们想起了塞林格《麦田里的守望者》中的16岁少年霍尔顿。在这些少年主角表面"一无是处""不可救药"的言行举止之下，我们看到的恰是他们对待生活的饱满热情和对待生命的严肃态度。少年时代的思想永远不会、也不应匍匐在地上，它定要向着辽远的空间和自由的速度追寻而去；少年的规划也从不屈从于生活的实利，在看似毫无目的的漫游中，他们的内心有着自己关切的大问题："当我的车子停下来时，我会在一个什么样的地方呢？我会在地球上的哪一个坐标点呢？"这一"地球上的坐标点"的辽阔遐想，宣示的乃是一种充满豪情的青春精神和气象。而在《赠笔试验》中，由少年设计、实施的"赠笔试验"，其"社会试验"的过程一方面显然带着青春的稚气，另一方面，它也透露出少年试图担当社会公义审判者和伸张者角色的雄心。正是青春的血液同时培育了这样的天真与雄心，它的壮怀连同它的稚气，都是青春年代宝贵的精神财富。这样的写作显然已经超越了一般的青春生活书写，而通往了一种更具普遍性和深度的生命精神。在玉清随后的创作中，我们可以感觉到最初那个相对狭窄的青春情感世界正日益退后，一种更为开阔的关于生活、生命乃至人性的更深入的思考，则在他的文学表达中日臻成熟。

或许是受到上述创作意图的驱动，一些更具思想冲击力的童年生活题材也在不断进入玉清的少年小说写作视野。《秋野》《皮鞭》《冬奇》《我们谁会当叛徒》《洪常青给了吴清华两个银毫子》等一系列以"文化大革命"时期为背景的短篇儿童小说，述说的是那个荒诞年代带给童年的某种荒诞的生活故事和体验。与作家早年创作的相近题材背景的《白毛奶奶》等文章相比，这些作品似乎有意撕去了原本还为童年留存的那一点温情的想象，而通过对于孩子所目睹或参与之"恶"的冷峻书写，将那段历史和生活的荒诞之处毫不含蓄地揭示出来。在这些作品中，出现了一些在玉清儿童小说的艺术谱系中颇显另类的艺术表现范畴：《皮鞭》中趋于疯狂的暴力冲动，《冬奇》中摧毁常识的政治恐惧，《我们谁会当叛徒》中的黑色游戏与死亡……这些与今天人们认识中的童年精神背道而驰的生活事件和逻辑，因其被荒诞地实施于童年身上，愈发显出它背衬的那个时代的不合情理。

与此同时，小说的叙事也透出一种不同于玉清以往作品的粗粝而野蛮的气息，它不仅表现在作品的叙事语言层面，也表现在作品叙事构架的组织上。这方面的一个典型表征是这些小说的结尾大多定格在某个令人惊愕乃至战栗的场景中，它们非但缺乏一般儿童小说结尾的圆满性，甚至本身就缺乏鲜明的结局性。《皮鞭》最后"我"仓皇逃离的那个残酷而疯狂的鞭打现场，《冬奇》结尾奔去拯救妹妹的冬奇看见施暴者时的瞬间虚脱，《我们谁会当叛徒》最末刘臣父母面对儿子尸体时的惊慌无措，以及《洪常青给了吴清华两个银毫子》末尾孩子们戏弄发疯后的受害少女如莲的场景，等等，这些结尾给读者的感觉，似乎是故事里的诸种生活荒诞最终演变得太过滚烫灼人，以至于作者不得不脱手掷下了它。而这"脱手掷下"的感觉，恰恰有力地烘托出现实经验之骇人。

就儿童小说的一般形态而言，这无疑是一种颇为陌生的叙事语法。在前述几篇作品中，那最终未被纠正的荒唐的暴力、恐惧和游戏，在某种程度上甚至已经越过童年的伦理边界，从而造成了读者对于其儿童文学属性的怀疑。随之而来的问题是：作者为什么要这么写？或许，作家放弃了在童年的世界里为那个年代的荒诞生活寻找合理解脱的慰藉，为的是突出荒诞本身之真实的存在以及对它的批判。不过，对儿童小说来说，这样的写作也带着某种危险。面对那本不该加诸童年的沉重的历史和生活题材，如何恰当地把握它与儿童小说的儿童视角之间的平衡点，如何恰当地处理它与儿童文学的童年精神之间的契合点，都充满难度。

我们看到，上述作品中，某些残酷的现实对孩子来说无疑太重了，而作者又尚未寻找到另一种方式，能够在减轻或解除小说中的现实冲击力的同时，仍然传达出他想要表达的那种充满力度的思想与文化批判内涵。这其中，《我们谁会当叛徒》在艺术面貌上最靠近儿童小说的要求，因为其中的那场童年游戏尽管终被证明充满了残忍，但其过程仍然保留了乡野孩童游戏的真实质感，它的粗鲁和野蛮也符合这一游戏语境的总体氛围。换句话说，小说的儿童视角是切实的。为了证明自己不会当叛徒，有着一位"叛徒"父亲的刘臣接受了"看瓜"游戏的挑战，最终因为被其他孩子遗忘在灌柳丛中而不幸殒命。在这里，刘臣的死亡不是其他孩子有意作恶的结果，相反，小说中的孩童之"恶"仅止于一种游戏的促狭。更重要的是，故事结尾处那个充满了真切悲伤的哀痛场景，以一种最自然不过的人间情感的张扬，传达出了对于那抹杀一切自然情感的政治化生活的反抗与忏悔。这使得小说沉重的书写中仍透着人情的暖色，它将整个故事从人性的深渊里打捞了起来。

　　对玉清来说，这类作品很可能带有些许探索的意味，它们透露出作家对于一种大于青春期范畴的童年意象的深入关注和思考。但就在这一探索期，他也已凭着自己的才华，向读者奉上了非常成熟的作品。他的涉及相近时代背景的《牛骨头》，以一种极为素朴的方式实现了较之上述几篇作品更贴合童年自身的艺术书写。小说对于儿童视角的把握和表现十分精到，透过童年的感官，这个与父亲和"牛骨头"有关的故事既带着贫穷年代的真实质感，又透出童年生活的天然情味。我们看到，童年的身体对于那时乡村生活中的饥渴和小恶有着或许比成年人更深刻的体验，但由父亲的身影点燃起的那小小的生活温暖和欢乐，却在某种意义上彻底改写了孩子对那段岁月的情感记忆。在生活的大河中，这记忆的片段显得如此小而轻，但它却足以成为童年以及成年后的生命借以抵抗生活之负重和压迫的巨大力量。小说以这样一种方式，道出了与童年生活有关的一种具有根基性的审美精神。

发表于2010年的《地下室里的猫》，让我们看到玉清的儿童小说正进一步深入该童年精神的腹地。我们以为，这篇作品所呈现的有关童年精神及其命运的当代思考，已经达到了某种经典性的高度。而作家在此所瞄准的"童年"世界，也已不再是一个圈囿于特定时间或空间范围的生长阶段的概念，而是有着文化层面的更具普遍性的所指。故事缘起于空置的地下室里"进了一只猫"的小细节。这样一桩对于大多数忙碌的现代人而言不起眼的小事情，因为引起了一个小女孩的关心，一时变得复杂起来。于是有了包括女孩的母亲在内的成人们试图解救猫的行动。当然，大人们真正关心的并非地下室里的猫的命运，而是如何尽快消除这一生活的意外故障，以使一切恢复常态。因此，就在第一只猫死亡后，为了治疗小姑娘的幻听，她的父母采纳心理医生的建议，向地下室里投进去一只猫，用录下的猫叫声"降低她的感觉阈值"。痊愈后的小姑娘果然不再害怕独自去地下室推自行车，甚至在见到风干的猫皮时，也只是"淡淡地看了一眼"，便"头也不回地骑上车子上学了"。

小说在极为日常化的叙事中完成了一种极具震撼力的童年书写。与《我们谁会当叛徒》《跑，拼命跑》等作品中批判的由偏离常态的历史或现实生活造成的问题童年相比，《地下室里的猫》所揭示的是我们每个人最熟悉不过的日常生活对童年以及我们自身造成的最不易为人知的伤害。在现代人忙碌而功利的生活地图中，一只被困在地下室的猫的命运实在太无关紧要了，那发生在地下室里的小小的受难与死亡也太微不足道了，对于它的漠视乃至造成的死亡，在人类的伦理语法中甚至称不上"恶"。或许，唯有在童年天真的感官和心灵里，还保留着这样一份对于他者生命苦难的敏感和同情。但这一"感觉阈值"的特殊频段不久也被摘除了。在小姑娘"头也不回地骑上车子上学"的姿势中，一种原本寓于童年之上的人性的珍贵情感，从她身上永远地消失了。这样，小说最终抵达的不再是对于某类特定的童年文化或社会历史现象的批判，而是通过童年，传递出对于我们的日常生活乃至整个现代文化形态的深刻反思。

自《小百合》发表始，玉清笔下的童年生活经历了由校园、家庭向着更广阔的社会、历史和文化空间不断伸展的过程。随着他所关注的童年边界的持续延伸，我们对于他的创作身份的认识也发生着新的变化。可以说，从以《小百合》等为代表的早期青春题材作品到以《地下室里的猫》等为代表的儿童小说，玉清的创作由一种小青春的记叙日益进入一种大童年的书写，也由一种小情绪的表现日益走向了一种大情感的叙说。

而这里的"小"和"大"不只是对题材容量的一种描述，更指向着一种精神格局的拓展。在玉清创作探索的进程中，其写作所关注的越来越不仅是童年生活、思想和情感的某些现实状态或问题，他还在借由这些生活、思想和情感的叙写，探向那属于"童年"这一人类文化范畴的独特精神内核。与此相应地，他的儿童小说所在意的也越来越不局限于某种相对私人化的情感，而是同时走向了对一种更为普遍、深刻的童年生命体验和文化价值的探寻与思索。某种程度上，它们完成了英国诗人 T.S. 艾略特曾谈到的从"真挚的情感"向着"意义重大的感情"的艺术升华。更确切地说，这些作品不但以其真挚的情感打动着读者，也以其所揭示的有关童年的重大而深刻的意义，带给人们不同寻常的震撼与启示。如果说玉清最优秀的儿童小说无不体现了对于那蕴藏于童年之内的重大生命和文化意义的探寻，那么在这样的探寻中，他本人无疑也正在成为当代儿童小说创作领域的一个"意义重大"的身影。

或许，这一以短篇的独特方式得到表现的"重大意义"，也证明了当代短篇儿童小说不可替代的艺术价值。

第三节　校园儿童小说的童年美学思考

作为近年受到读者热捧的校园儿童小说的重要代表，杨红樱的以"淘气包马小跳系列"为代表性作品的儿童小说书写了新世纪畅销童书的一个"神话"。它所引发的集市场、销售、阅读、接受、批评等链环于一体的综合现象，被业界称为"杨红樱现象"。

"杨红樱现象"无疑是当代商业文化投映在新世纪中国儿童文学发展艺术版图上的最为浓重的影子之一。从 2000 年 7 月《女生日记》的出版开始，杨红樱的一系列畅销儿童小说揭开了新世纪儿童文学与商业文化之间一场欢洽的贴面舞，并借此促成了当代儿童小说一次引人注目的美学转型。在这一过程中，当代商业文化不但构成了杨红樱儿童小说创作的基础背景，也内在地参与了这些作品对于当代童年美学的反拨和建构。

不过，随着商业文化的要求日益深透地蚀入杨红樱儿童小说的文学肌理深处，这些作品中原本积极的童年美学讯息也日益转变成一些深重的童年美学问题——可以说，杨红樱面临的问题也是当前中国儿童文学，尤其是许多校园儿童小说创作面临的困境。

一、杨红樱、商业童书与当代儿童小说的美学新变

杨红樱远不是中国当代儿童文学界的第一位畅销书作家，但新世纪以来，以她的名字为代表掀起的那样一场巨大的童书销售热潮，却使儿童文学的市场价值得到了前所未有的凸显。据相关数字统计，截至2010年8月，杨红樱的儿童文学作品已累计发行近4000万册，其中，她的代表作儿童小说"淘气包马小跳系列"在初版后的八年间，总计发行量达2000万册。在2006年起由媒体人吴怀尧连续制作发布的中国作家富豪榜上，杨红樱的名字始终居于前十位；2010年度，她更是以2500万的版税收入位居榜首。这样的数字奇观对于近二十年间被持续推向市场化平台的儿童文学出版行业来说，无疑有着令人难以抵抗的诱惑，而它也给新世纪儿童文学的写作格局带来了持续、深远的影响。新世纪初的短短几年间，童书市场上涌现了大量在基本题材、内容和风格上取道杨红樱式校园儿童小说的作品，并催生出一种以校园轻喜剧为基本特征的风靡一时的儿童小说写作文体。

这是一种与当代商业文化之间有着某种特殊亲缘关系的儿童文学写作现象，因此，有研究者用"商业童书"这样一个暧昧的称谓，来指认那些以上述方式被"生产"出来的众多儿童文学作品。作为一个具有

鲜明时代烙印的童书标签，商业童书一方面受到出版机构和市场的热切追捧，另一方面却也不断遭到来自批评界的艺术指责。这其中，杨红樱的作品成为人们谈论商业童书时最常援引的样本。2008年，围绕着杨红樱的童书创作，在儿童文学批评界和出版界展开了一场新世纪以来罕见的儿童文学批评论争，其谈论的中心话题之一便是儿童文学的市场成绩与其艺术水准之间的关系，亦即商业童书的艺术合法性问题。这场论争中出现了两种代表性的观点：一种是肯定儿童文学作品的市场反应与其艺术质量之间的因果关联，并提出了对于现行儿童文学评判标准的批评和反思[3]；另一种则是反对以市场价值的高下评判儿童文学艺术的优劣，并主张文学创作有必要警惕来自市场的垄断[4]。这两种观点以及它们之间的论争，为我们更全面地理解、思考商业文化下儿童文学的艺术发展提供了富于意义的思想资源，然而，它们也都还没有触及商业文化与杨红樱的写作以及当代儿童文学发展之间的深层关联。

以杨红樱的儿童小说为代表的"商业童书"的畅销，既带有现代商业图书营销的浓重痕迹，又不仅仅是商业化的因素能够完全解释的。事实上，商业运作的成功既不能用来举证杨红樱儿童小说的艺术成就，也不应当被用作贬抑其艺术价值的理由。要理解商业文化与杨红樱的儿童小说写作之间的关系，我们还需要穿越当代商业文化与儿童文学之间外在的操作性关联，进入作品的文本深处，来考察商业文化对于杨红樱儿童小说美学的深刻影响，以及这种影响对于杨红樱个人的儿童文学写作和整个当代儿童小说美学建构的意义。

商业文化是与商品经济相伴而生的一种文化形态，尽管其发展与商业活动的历史本身一样漫长，但一直要到现代社会，当市场经济逐渐成为一种普遍性和主导性的社会经济体系时，商业文化的影响才进入社会生活的各个方面。现代商业文化在文学艺术领域所激起的一大变革，在于它将市场经济的规律成功地安插入文艺创作的方寸之地，并很快在这一领域内唤起一种强烈的消费者意识。它一方面造成了文学艺术创作中的某种媚俗潮流，另一方面，正如美国学者泰勒·考恩的研究所显示的，它也使众多普通民众的文艺需求越来越受到文艺创作和生产的关注。在这个过程中，一般生活世界的情状，普通人的情感、愿望等越来越多地进入了文艺作品表现和关切的范围，由此促成了现代文学艺术发展更为多元的面貌。[5] 当然，这一时潮的文化影响进入儿童文学领域却是十分晚近的事情。由于长期以来，儿童文学主要的物质消费者（以家长为代表的成人购买者）与文化消费者（儿童阅读者）并未实现合一，儿童文学市场所关注的消费者对象主要是掌握着购买力和决断权的成人，因此，尽管中国儿童文学早在 20 世纪 80 年代便已逐渐步入市场的轨道，但是在由成人创作者、出版者和购买者共同织就的儿童文学市场网络中，当代儿童自己的生活、情感等并没有被给予充分的看顾和照拂。

这一现象在 20 世纪 90 年代初中期发生微妙的转变，它的发生地集中在一部分商业文化相对发达、儿童的自主性也更为凸显的大城市，其主要代表作便是上海作家秦文君的《男生贾里》《女生贾梅》等一系列都市少年小说。在这些小说作品中，很多时候，故事的全知叙述者不再是将一只眼睛朝向听故事的儿童，另一只眼睛随时关注着其成人监护者的反应，而是全身心地投入对当代都市儿童鲜活的思想、情感及其个人意志的表现中。已经具有一定消费影响力的都市少年读者们对这些作品报以极大的热情。自初版起，《男生贾里》的印刷次数已超过百次，成为新时期第一批畅销儿童小说的代表作品。

在杨红樱出版于1998年的童话体儿童小说《那个骑轮箱来的蜜儿》中，我们或许会注意到这样一个意味深长的细节——当故事里的主人公孟小乔揣着零花钱去买书时，叙述者这样讲述道："她兜里有三十元钱，准备买两本书，一本是《男生贾里》，一本是《女生贾梅》。"[6] 如果细究起来，这是一个十分有趣的讯号，因为就在这部作品出版两年之后，杨红樱陆续写出了《女生日记》《男生日记》等与"贾梅""贾里"的故事形成某种题材、风格和思想情怀上的呼应关系的儿童小说作品。上述细节在不经意间泄露了她早期的儿童小说写作与"贾里系列"之间的某种创作渊源关系。

从2000年到2003年，杨红樱以其《女生日记》《五·三班的坏小子》《男生日记》等作品，接过了这一适逢其时的当代儿童小说写作手法。与《男生贾里》相仿，在这几部小说中，临近青春期都市少年的心理和情感、市场经济背景下的城市家庭与社会结构变迁、应试教育下的升学烦恼等，为其定下了内容和风格上的基调。这一时期愈演愈烈的商业文化在外赋予了现实中的都市少年以更大的经济和文化自主权，在内则赋予了小说中那些都市少年以更独立的思想和个性，这两个层面既互为表里又互相推助，共同参与着现实和虚构语境下都市少年的身份塑造。由于孩子们不仅是儿童小说的文学接受者，同时也有能力成为其真正的物质消费者，因此，他们能够以消费者的身份直接介入童书市场，通过相对自主的选择和购买行为，真正对儿童小说的内容和精神施加影响。

这也正是商业童书在今天得以蓬勃发展的重要原因。开放的市场经济带来的物质提升导致了儿童家庭地位和社会意义的提升，而商业文化则借助这一机遇，将儿童作为消费者的身份意义进一步发掘了出来。它在引导一种童书风格渐变潮流的同时，也带来了儿童小说童年美学的某种显在变化。

首先，当代儿童最切实的生活体验和情感内容开始在儿童小说中得到空前的关注。这又体现在两个方面。

一是随着童书商业化进程的铺开，儿童文学写作向当代儿童生活题材伸出的笔触变得越来越多元和细密，许多作品开始以大胆而坦率的手法触及当下的学校教育问题、单亲家庭现象、家庭重组问题、青春期恋情、成人世界的爱情等当代城市少年生活中无处不在却又常被成人刻意回避的话题。如果不是开放的商业文化语境为这样的写作提供了相对宽容、自由的环境，并即时报以少年读者积极的消费回应，当代儿童小说或许难以实现如此迅速的题材和思想"扩容"。

二是儿童文学作品对于儿童生活和情感的表现越来越趋于日常化，也越来越贴近寻常儿童真实的生活世界。以青春期的少女发育题材为例。如果说 20 世纪八九十年代，儿童文学对这类题材的探索还是小心地留守在少女自我世界的防线之内，那么随着商业童书的兴起，许多青春题材的儿童小说则开始从日常生活的情境切入，将少女身体的发育现实还原到她们所身处的一般社会生活的网络中，不但从女孩自身的视角，而且从同龄异性、家长、教师和社会的视角对此加以呈现，从而使这一成长现象变得更为日常、平实，也更为亲切、贴近。比如《女生日记》对于少女青春期"发胀的身体"、"第一次穿胸衣"、初潮等发育体验的书写，尽管是以日记的形式来呈现的，却并未被处理为一种飘忽的少女情思，而是被表现为各种充实的生活细节，在这个过程中，父母、老师、同性朋友和异性同学对此的体验和反应，也成为少女成长过程的一部分。显然，它所反映的正是许多普通少女所面临的真实的成长环境。这种儿童文学美学的日常化、生活化趋向，也反映了具有大众特征的商业文化的间接影响。

其次，当代儿童作为独立个体的生活和情感尊严在创作中得到了极大的尊重。

毫无疑问，在具有商业性的童书产业链中，儿童的主动接受和消费行为成为影响童书市场命运的一个至关重要的环节。在这样的背景下，儿童作为主体的身份愈益得到突出，童书界也致力于探寻和表现儿童个体真实的生活感受和欣赏趣味，而非因循多年来常由成人为儿童规定的文学口味。如此一来，不论是处在儿童小说之中的儿童主角还是处于小说文本之外的儿童读者，他们独立的人格、尊严，真实的想法、愿望等，在作品中都被赋予了相当重的意义和精神分量。即便是那些一味迎着商业利润而上的童书，在制造各种阅读噱头的过程中，也不得不去琢磨儿童的生活现实和愿景，以便更顺利地诱使儿童消费者解开他们的腰包。这样，商业童书的发展便在一定程度上推进了儿童小说中儿童主体位置的擢升，这在新世纪儿童文学中日益成为一个具有普遍性的写作倾向。

再次，当代儿童面向社会生活的参与程度和参与能力在儿童小说中得到了前所未有的凸显。

商业童书的发展在一定程度上造成了儿童小说中儿童文化的某种上位现象，它表现为长期以来处于文化弱势位置的儿童不但开始成为自我世界的主人，而且开始凭借自己的力量积极地介入、影响乃至改变社会生活。像《女生日记》《男生日记》《五·三班的坏小子》这样的作品，其中的少年主角们不但在与成人的各式互动中迅速学着在自己的世界里掌舵，而且也以其行动对身边的成人世界施予着实在的帮助和影响。比如《男生日记》的主角吴缅在面对父母离异的家庭变故时所表现出的宽容、持重、潇洒和责任意识，使他尽管身处生活的旋涡却始终对此掌控得宜——父母分开后，选择跟随妈妈的他不但妥帖地关照着母亲的生活，也成为父亲的知心朋友。在这样的故事里，儿童个体往往被赋予了较为成熟的文化辨识力、社会判断力和主体行动能力。与过去常以家庭和社会问题的受害者形象出现的儿童角色相比，这类充满社会行动力的儿童形象带来了一种格外清新的美学气息，也特别受到渴望在现实中掌控生活的当代儿童读者的欢迎。

这样，商业文化影响了当代儿童小说的美学表现，而这一美学走向又反过来促进了童书的商业销售，从而保证了上述作品及其作家的市场地位。在这个过程中，当代童书的商业化进程和当代儿童小说的美学建构之间彼此激发，形成了一种特殊的联动关系。

二、"淘气包马小跳系列"与童年美学的当代拓展

商业文化环境下的童书市场构成了一个强大而奇特的磁场，其磁性最强处总是集中在那些商业利润分布最密集的作品类型上。它以这样一种方式缓缓地重构着当代儿童文学的写作版图。进入新世纪后的几年间，关注当代少年生活的都市儿童小说一时引起了儿童图书出版界极大的关注热情，这其中，杨红樱的《女生日记》《男生日记》并不是独一无二的作品。

不过，随着同类创作在童书市场的迅速铺开，杨红樱很快为自己找到了另一个更独特的儿童小说美学支点。2002 年 9 月，她出版了《小男生杜歌飞》和《小女生金贝贝》两本低幼儿童小说故事集。从今天的情形来看，这两本以两个一年级孩子为主角的幼儿故事集，更像是她最负盛名的儿童小说"淘气包马小跳系列"的预告。从 2003 年 7 月开始，随着"淘气包马小跳系列"第一部《贪玩老爸》的出版，直至 2009 年 1 月最后一部《小英雄和芭蕾公主》收尾，这二十本薄薄的系列儿童小说奠定了杨红樱的作品在国内儿童文学市场上的绝对地位。与此同时，以马小跳为代表的儿童形象也将从"贾里"、"贾梅"、"冉冬阳"（《女生日记》主角）、"吴缅"（《男生日记》主角）一路延续下来的童年美学新变传统，推进到了一个新的层面。

在马小跳之前，杨红樱儿童小说的主角年龄基本上定位在小学五六年级，这其中包括《那个骑轮箱来的蜜儿》《女生日记》《五·三班的坏小子》《男生日记》《漂亮老师和坏小子》等作品。这些角色在年龄上与此前的"贾里""贾梅"们相近，他们的身体和精神发育已经或正要开始进入青春期，从心理学上看，这也是儿童自我意识萌发、个体独立性增强的重要阶段。因此，在当代儿童小说寻求美学拓展的道路上，不少作家都会选择这一特殊的年龄段作为美学表现探索的试验场。相比之下，儿童小说表现对象的年龄段愈是走低，其表现内容、手法等通常就愈见保守。

事实上，在一个商业文化开始占据主导的社会里，最先敏感地捕捉到并学会迅速利用这一文化环境为自己赋权的，同样是处于青春期的少年。这使得当代儿童小说要塑造一种新的少年的"自我"，总是相对更容易些，而如果它要面对的是刚刚跨进小学门槛的孩子，这其中的困难会更多些，可以参照的经验也更少些。

这样的孩子就是杨红樱笔下的"马小跳"和他的伙伴们。这是一群精力过剩的都市男孩儿、女孩儿，其中的主角马小跳尤其被冠以了充满叛逆意味的"淘气包"头衔，他让我们想起20世纪瑞典作家林格伦笔下那个著名的淘气包埃米尔。与后者相比，马小跳的特征远不仅仅是一种天性的顽皮，更多了一份与发达的城市商业文明密切相关的自立感与自主权。以马小跳为代表的这群孩子对于他们所身处的这个世界、对于周围发生的一切，都有着强烈的参与意识和自主的应对能力，他们以一种孩子特有的方式观察、把握并处理身边世界的各种问题。他们不但将童年充沛的剩余精力肆意挥洒在家庭和校园生活的各个角落，同时也开始积极介入童年自我赋权的行动，运用童年自己的力量和意志来干预现实生活——这正是当代童年的典型特征。比如，在《超级市长》中，马小跳出人意料地通过了"超级市长"选举的考验，将童年的思想和愿望带进了市政建设的规划中；而在《跳跳电视台》里，马小跳和他的伙伴们通过自行组建的电视台和自行摄制的新闻节目，参与到了一种朴素的现实关切中，尽管他们发现自己也不得不同时面对现实的无奈。这样具有行动力的儿童形象和这样丰沛的童年精神，在以往针对中低年龄段读者的本土儿童小说中，的确难得一见。

与此形成呼应的是，作家也将童年生活完整的样子坦然地呈现给了这一系列小说的儿童读者，这其中不但包括一般的家庭和校园生活内容，也包括中低龄男孩的性征与性别意识话题，比如小男孩喜欢"漂亮的女老师"和"漂亮女孩"之类"虚荣"然而诚实的童年想法，以及当代儿童成长过程中难以避免的某些"成人化"问题，比如"小大人"丁文涛的少年老成，女孩夏林果和路曼曼在公共镜头前的瞬间做作。该系列中有这么一个特别的故事：马小跳去医院割包皮，与同样前来割包皮的同班同学丁文涛不期而遇，这位"小大人"和马小跳约定将此事列为交谈的禁忌，但第二天，当他们迈着手术之后特征性的"螃蟹步"来到学校时，却发现自己原来大可以和老师还有身边的朋友大大方方地谈论这件事情……这类故事的清新之处不仅仅在于它引入了某些通常被默认为具有禁忌性的童年题材，也在于其坦率的叙述所表现出的与孩子对话的真诚态度。在"淘气包马小跳系列"的前十部作品中，杨红樱展示了她对于童年生活细致的观察和真诚的理解，其结果是小说中多处可见鲜活生动而充满灵光的童年生活感觉和细节。在切入儿童生活现实的同时，作家也把握并表现出了儿童天性中特有的幽默感，它来自与城市中等阶层的物质生活相连的某种自在和潇洒，并在很大程度上参与塑造了一种简洁利落而轻快怡人的叙事风格。显然，这种面对生活时的幽默感，也是当代童年生命力的一种自然的外化。

这样，从《女生日记》到"淘气包马小跳系列"，从少年阶段开始的美学表现自由被扩展到了中低年龄段儿童的世界，而在杨红樱之前，当代儿童小说界的确没有出现过朝向中低龄儿童的如此大幅度、大规模的题材和思想边界的开放。这一创作拓展将原本主要以少年小说的创作为中心展开的童年美学探索延伸到了以中低年龄段儿童为读者对象的狭义儿童小说领域，从而为新世纪儿童小说的童年美学新变辟开了又一个新的文学领地。将少年小说的童年美学变化引渡到狭义的儿童小说领域，并不是一次艺术题材、思想以及手法上的简单挪移。随着读者年龄段的减低，其文学阅读和理解能力也会发生客观上的下移，与此同时，由于这一年龄段的儿童所接受的成人监护要更为严密，以他们为读者对象的小说创作，其题材突破的难度自然也更大些。就这一点来说，"淘气包马小跳系列"中不少作品的成功之处在于，它从低年龄段儿童真实的生活中发掘出了起始于少年小说的童年美学新变的基本精神，并寻找到了一种合适的文体风格来充分表现这种生活和精神。

应该说，这本身是一种比较朴素的写作方式，它之所以会在儿童读者中激起如此大的反响，其中一个十分重要的原因，是当代儿童小说对于中低龄儿童所身处的世界的关注、呈现和理解，实在太少了。这正是杨红樱的儿童小说创作对于当代儿童文学童年美学建构的独特意义，也是杨红樱的作品在当代儿童小说的艺术发展进程中无可替代的价值所在。

但也正因为这样，杨红樱的儿童小说所引发的巨大市场效应，并不能被完全视为小说艺术本身的效果，它同时也是我们身处的这个时代加之于它的效果。而在这样一个过程中，如果没有来自儿童读者的直接认可和儿童消费者的直接支持，杨红樱的上述带有前位性的创作探求，或许并不能得到如此顺利的坚持。泰勒·考恩认为，在一般社会里，父母一代出于"保护和控制孩子"的良好初衷，"往往反对新的文化产品和新的文化影响"，因为这些东西总是倾向于破坏成人"对信息流动和价值灌输的控制"。[7] 某种程度上，杨红樱的"淘气包马小跳系列"也是这么一种"新的文化产品"。事实上，主流儿童文学批评界对于杨红樱儿童小说的艺术性一直是存在争议的，而面对来自评论界的艺术批评，杨红樱在其访谈中多次强调了自己对于儿童读者的充分信任。看得出来，这份信任为杨红樱的创作提供了充足的底气。显然，只有在儿童作为消费者的主体身份得到肯定和张扬的商业文化环境下，这样的信任对于创作行为的支持才是真正具有实际效应的。正是在这个意义上，我们说商业文化成全了杨红樱的儿童小说写作，也成全了新世纪以来校园儿童小说这一文体的繁荣。

然而，也就是这样的信任和依赖，已经暗含着一个不无危险的讯号。在商业文化语境下，如果儿童消费者的喜好完全决定了一种儿童文学写作的价值，那么它在带来令人耳目一新的童年美学解放的同时，也一定会继续导向另外一个必然的结果，那就是儿童文学创作为了迎合儿童消费者的口味，在题材、技法上均日渐走向一种讨好儿童的功利境地。这也是商业经济之下一切通俗文学发展的必然规律。

三、儿童小说与朝向童年的一种"文化献媚"

杨红樱在她的儿童小说创作中成功地扮演了一个当代童年代言人的角色，而她本人对儿童的心性也有相当深入的了解。她的校园小说系列"淘气包马小跳系列"等作品，在坦率、真诚地表现当代都市儿童的生活、思想和情感现实及其困惑的同时，也十分注重寻求一种契合儿童心性的小说形式感。在谈及"淘气包马小跳系列"等儿童小说的写作时，她曾说自己特别讲究动词的运用和简洁有力的描写。[8] 在小说中，这一有意为之的技法进一步渲染了一种蓬勃、自由、充满行动力的当代童年精神。

这些特点一经与市场利润的回报相关联，即刻触动了商业文化灵敏的神经。于是，童书市场以极快的速度启动了相近类型儿童小说的打造、出版和营销工程。这一市场反应与儿童小说自身内部美学格局调整的趋向彼此呼应并相互摧动，由此生产出一大批风格相近的校园儿童小说，其中也包括大量"淘气包马小跳系列"的跟风之作。它形成了一个引人注目的当代儿童小说创作和出版现象，借由市场的助力，它使儿童文学通常总是趋于保守的笔触忽然伸展到了当代儿童世界的许多方面，并对当代儿童真实的个体存在感给予了更多的关注和理解。这在积极意义上推进了新世纪儿童小说的美学拓展和新变。

然而，同样是市场的原因，几乎是在同一时间，这一童年美学转向的问题也开始暴露出来。

在一次关于校园小说创作的访谈中，杨红樱这样回应采访者关于其作品争议的提问："我是一个为孩子写作的人，我需要倾听的是孩子的心声，他们在我心中至高无上。"[9]这是一句饱含深情的创作宣言，也是作家一贯坚持的一种创作姿态。然而，如果我们暂且将这句话从它彼时的语境中截取出来，断章取义地放入商业文化下的儿童文学写作和出版语境中，或许也会从中觉察到某种特殊的暧昧之处。说"儿童至高无上"与商业文化运作的标志性宣言"顾客至高无上"之间存在着某种潜在的互文关系，显然是唐突了杨红樱的创作，然而，在儿童即为顾客的童书市场上，"儿童至高无上"的确可以作为一个优雅的旗号，来统领以儿童为目标消费者群体的商业童书创作和营销行业。

事实上，这也是伴随着杨红樱的畅销而疾速兴起的都市儿童小说发行潮所普遍运用的一个基本战略。当然，在这里，"儿童至高无上"

常常被演绎成"一切投儿童之所好"的商业机会主义。大量商业童书首先考虑的远非儿童文学美学表现的需要，而是儿童对于某些表现内容的偏爱，比如针对生活中各样人事的调侃或搞笑，哪怕这种搞笑是以放弃生活的庄严感、甚至牺牲他人尊严为代价的。

这一切当然不能归咎于杨红樱。事实上，在杨红樱的儿童小说创作与其后出现的许多跟风作品之间，一直存在着一个较为明显的属种差异，亦即前者始终不曾放弃对于童年的一种严肃的责任感。不论是在早期的《女生日记》《男生日记》还是在后来的"淘气包马小跳系列"中，透过小说叙事的层层帘幕，我们能够清晰地感受到作家对于童年生命及其当代命运的一份真诚的关切。在"马小跳"的故事中，作家对于儿童好动、淘气、耽于幻想等天性的高调肯定，首先是为了唤起所有人对于儿童充盈的生命力和丰富的创造力的尊重，而她对于成人与儿童之间各种生活龃龉的表现以及对于许多成人行为方式的批评，则意在提醒我们关注当代社会以爱的名义加诸儿童身上的种种隐形的桎梏。从总体上看，"淘气包马小跳系列"带给当代儿童小说的其实是一种比较清新、向上的童年美学气息。

然而，在杨红樱的一些作品中，我们也同样看到了后来泛滥于众多商业儿童小说中的"技术便利"的影子，其主要表现有二。

一是为了增加故事的趣味性和可读性而直接将娱乐材料裁剪拼贴入小说文本。比如在《笨女孩安琪儿》的故事里，作家将一组儿童脑筋急转弯材料先后征引入小说情节，尽管它们在作品中的叙事功能是戏剧性地证明智力落后女孩安琪儿特殊的思维方式和智力优势，而不是用作单纯的搞笑元素，但是由于这一设计本身并不自然，其逗趣的功能倒是越过意义表现的功能，在文本中得到了格外的凸显。

二是在处理儿童与成人的关系时表现出对于儿童一方的急切讨好。整个"淘气包马小跳系列"突出了对于儿童文化的认同和尊奉，其主要表现之一是小说对于一些成人形象的儿童化处理。比如在"淘气包马小跳系列"《贪玩老爸》《天真妈妈》等分册中，原本常用来形容儿童的"贪玩""天真"等词汇被按加在作为监护人的成人角色身上，个中故事也致力于表现和肯定这些成人角色身上的童心童趣。与此同时，一旦成人与儿童发生文化冲突，作家总是选择站在儿童一方，对成人的问题大加挞伐。这一点在杨红樱后期的写作中表现得尤为明显。例如，在较早出版的《笨女孩安琪儿》中，作者曾借安琪儿的母亲对于自己这个智力发育有些迟缓的女儿的认识和态度变化，既善意地劝诫了成人的功利，也表达了理解童年的良好愿望。然而，当作家在兼有童话和儿童小说体式的"笑猫日记"系列中续写安琪儿的命运时，她的母亲却是以一个自称为了女儿的将来而粗暴地干预其生活的负面形象出现在读者面前的。事实上，在"笑猫日记"系列涉及马小跳及其伙伴生活的那部分小说体叙述中，原本存在于"淘气包马小跳系列"中的一种双向、积极的"成人—儿童"关系越来越被另一种童年的独断美学所取代，在这里，成人世界几乎完全被安置到了儿童世界的对立面，并被处以了鲜明的精神降格。作家借故事中的千年龟之口道出了这样的感慨："唉！孩子都是好孩子，错都错在大人身上。"[10] 显然，这里面已经隐现着一种过分向儿童示好的嫌疑了。

笑料包袱与成人向儿童的精神臣服，这些在杨红樱的作品中已经初露端倪的表现技法，在同时期、同类型的儿童小说中得到了更淋漓尽致的发挥。新世纪以来，闻风而动的大量商业儿童小说发展出了借以吸引儿童消费者的两大典型的便利之举：一是遍寻城市儿童家庭、校园生活中的细枝末节以及与儿童生活相关的趣味性话题或搞笑材料，将其直接搬入故事，用以点缀文本；二是通过有意降格成人世界相对于儿童世界的尊严，并对其丑态进行夸张的渲染，对其错谬加以粗浅的批评，以此来间接地恭维作为消费者的儿童。

这种朝向童年的"文化献媚"，或许是商业文化盛行的环境下以儿童为尊的童年美学必然会走向的结果，它也正在对当代儿童小说的未来艺术走向产生深重的影响。

其一，对于儿童消费者的刻意逢迎使得儿童小说过分看重作品表面的幽默效果，从而导致这一文体的过度娱乐化倾向。当商业文化以其强大的经济效力介入儿童小说的市场运作时，童书出版为了追求短时间内商业利润的最大化，必然会寻求将童书写作的力量尽快导向迎合儿童消费者心理的方位。在市场的牵引下，大量儿童小说的创作出于吸引儿童消费者兴趣的目的，一味追求作品取悦儿童的娱乐效果，从而使这一文体走向了过度娱乐化。应该说，对于一般的儿童小说创作而言，哪怕是纯粹的娱乐搞笑，只要它保持着儿童小说基本的结构和语言艺术要求以及适宜的童年价值导向，也是值得肯定和应当被允许的一种创作风格。具有娱乐性不应该成为童书作品被责备的理由，正如匈牙利哲学家阿格尼丝·赫勒所说："娱乐既可以是优雅的、有趣的和深奥的，也可以是粗鲁的、原始的和肤浅的。"[11] 然而，当儿童故事将童年生活的趣味性娱乐过多地作为自己的表现目的时，一种原本精致、有益的娱乐便很容易滑向它的反面，逐渐转变为另一些浅薄和粗糙的东西。当前许多儿童小说对于儿童生活笑料的巨细无靡的搜集以及对于童年恶作剧的无所选择地呈现，正在使当代儿童小说一度引以为傲的积极的娱乐精神日渐堕落为一种百无聊赖式的娱乐消遣。

其二，对于童书市场利润的急切追逐使得粗浅的校园轻喜剧小说风行一时，从而导致了儿童小说艺术生态的畸形发展。继"淘气包马小跳系列"的畅销之后，校园轻喜剧小说成为新世纪最受商业童书界青睐的小说文体。来自市场的反馈证明，它也是目前最容易为出版商打开童书市场利润分配体系之门的文体样式。受到市场的激励，校园幽默小说越来越多地占据了当代儿童小说创作的篇幅，并对他种题材、风格的小说创作形成显而易见的挤压。这一现象导致了当代儿童小说的艺术拓展在题材和形式层面的双重萎缩。一方面，尽管投入市场的童书数量在不断增加，但儿童小说艺术表现的生态谱系却在不断简化，当代童年的多元面貌和当代儿童丰富的社会生活并未能在小说中得到充分的关注和及时的回应。另一方面，为了尽快赶上童书市场运转的频度，一些讨好儿童而又便利易行的写作策略也很快成为作者们纷纷效仿的手法，从而使这类小说的写作在总体上越来越走向模式化和机械化。

其三，对于儿童阅读口味的过度关注使得儿童小说深层的艺术探求不可避免地遭到压抑，从而导致这一文体无力对童年的当代情状和命运展开更为深刻的思考。自20世纪90年代以来，商业文化的影响以传统创作观念所不能及的方式为儿童小说打开了现代儿童生活书写的广阔世界，但由于受到市场自身逻辑的制约，由商业文化所驱动的美学拓展也始终越不过市场盈利的终点。它对于当代童年生活现状的率真观察和呈现在同时期代表了一种清新的童年美学，但面对新的时代中童年世界所出现的诸多新的现象，它还没有展示出足够强大的穿透现象的洞察、思考和书写能力，比如，如何理解商业文化潮流下童年精神的复杂性、童年所面临的生存问题及其未来的文化命运，而不只是在作品中一味临摹儿童的生活；如何处理当代和本土语境下成人与儿童之间多面的权利角逐和文化共生关系，而不只是简单地遵循"为儿童说话"的原则；如何从当代生活世界的深渊出发来书写处于其中的儿童的世界，以对于全部生活的深厚理解来支撑对于儿童生活的理解，而不只是就儿童论儿童，等等。如果说最初开始创作"淘气包马小跳系列"的杨红樱，的确为中国当代儿童小说的美学拓展做出了不小的贡献，那么从"淘气包马小跳系列"的最后几部到"笑猫日记"系列的写作，杨红樱的儿童文学写作仅仅是一位儿童文学作家的常规创作而已。若干年过去了，2009 年的"马小跳"并没有让我们看到比 2003 年的"马小跳"更丰富、深入的艺术探求——而我们原本可以期待杨红樱从属于她自己的那样一个独特而又重要的创作平台出发，能够为中国当代儿童小说的创作带来更长距离的艺术冲刺。

当然，商业的欲望也妨碍了儿童小说文体进一步的创作思考及其在童年美学方面的进一步拓展。从杨红樱目前为止的儿童小说写作历程来看，她并非对自己的创作没有更多的艺术思考，相反，与许多由新世纪商业文化孵化出来的校园儿童小说写作新人相比，杨红樱在"淘气包马小跳系列"写作进行到一半左右的时候，便开始有意识地拓展这一系列儿童小说的表现范围，尝试将城市儿童身边更广阔的生活现象（其中包括 2008 年 5 月发生的汶川大地震）纳入面向儿童的叙事言说中。但是显然，商业文化并不愿意留给作家太多不能生产直接利润的时间。从

2003 年起，伴随着出版品牌效应的累积，杨红樱每年都有若干册儿童小说及童话新作问世，而这一数字与同时期的商业童书作家相比，远不是最多的。在这样的现实下，即使是对自身创作有所要求的作家，也很少有深入思考和探求这些想法的空间。这又反过来助长了儿童文学艺术发展的惰性，使其在吸收了童年美学新变的当代资源之后，不是思考如何继续去推进它，而是遵循商业文化的要求，日益靠向一种对于儿童消费者的美学逢迎。

这并不是说儿童小说的艺术发展必须拒斥市场；恰恰相反，进入新世纪以来，正是以市场为标志的商业文化为儿童小说更为自由的美学拓展提供了不可或缺的条件，今后回过头来看，它对于当代儿童小说创作的积极意义或许要远大于它所带来的那些负面问题。但对这一文体的进一步发展而言，在向市场借力的同时，它也有必要超越来自市场的单一逻辑制约，从小说作为一种人生艺术的终极处来探求儿童小说的当代意义和当代方法。

从商业文化的深处来考察杨红樱的儿童小说写作以及中国当代儿童小说的美学发展，我们对于商业文化语境下中国儿童小说的美学走向或许会生出一种新的期待和理解。近年来，儿童文学批评界对于商业文化带给这一文类的艺术负效应一直保持着高度的警惕，这份警惕又常常表现为许多批评者借商业文化的现实所抒发的对于历史儿童文学经典的某种怀旧情绪。很多时候，"商业"和"经典"成为指称儿童文学艺术判断的一对反义范畴。在这样的背景下，商业文化带给当代儿童文学写作的深层美学意义，始终没有得到充分的探讨；而与此相应地，有关商业文化所参与促成的一种新的当代儿童文学表现艺术的深入推进，也还没有获得创作界和批评界应有的关注。从这个意义上说，中国当代儿童小说发展所面临的问题不仅仅是在商业文化下如何保持对儿童文学艺术传统的敬意，更是如何使正在发生的这一场美学新变能够在自我认识和反思的过程中实现艺术上的进一步沉淀、提升，并通过借力商业文化，最终推动儿童文学整个文类在当代的经典化进程。

第四节　儿童小说与童年史书写

每一时代儿童小说中的童年生活书写，同时也构成了那个时代童年史的一种特殊保存形态。面对长期以来鲜被关注或早已散佚的童年史现实，作为艺术文本的儿童小说承担了一种特殊的功能——它要以文学的形式为那些曾经存在的童年生命和生活形态留下一些真实的、弥足珍贵的声音和身影的记录。从这个意义上说，儿童小说本身也是一类特殊的童年史文献。

在新世纪儿童小说的创作版图上，有那么一批作品，它们试图穿过当下童年的生活时空，在文献史料和文学想象的结合中勾勒、呈现历史上童年曾经的模样。黄蓓佳的"5个8岁系列"长篇即尝试了这样一次朝向童年经验与历史细节的进入。作家以五个孩子的童年串起一个世纪的历史，不同时期的个体儿童及其命运在各自的时代背景下获得了生动的演绎，而透过这些孩子的眼睛，历史也向我们展露出它的另一些复杂、细微的日常生活和社会文化内容。小说从历史的角度观照童年，从童年的视角阐释历史，既贴紧儿童生命的真实感觉，又把文字的根须伸入广阔的历史时空中，从而实现了其作为儿童小说与童年文献的双重意义。

在黄蓓佳的儿童小说创作列表中，这也是一个比较特别的系列。20世纪90年代中期以来，黄蓓佳的长篇儿童小说创作自觉地保持着对于当下童年生态的持续关注和关怀。她的《我要做好孩子》（1997年）、《今天我是升旗手》（1999年）、《我飞了》（2002年）、《亲亲我的妈妈》（2006年）、《你是我的宝贝》（2008年）等长篇作品，对于当下儿童生活和情感的描摹是鲜活细致的，也是有广度、有气度的。而通过"5个8岁系列"的写作，她把自己童年叙事的历史对象从当代上溯到了将近一个世纪之前。在这部角色、情节与作家本人的另外两部成人长篇小说《新乱世佳人》《所有的》有所联系的系列小说中，作者以一种"史说"般的气魄，将百年童年史的脉络编织进小说文学表现的经纬中，同时也把当代儿童小说中常常被"失落的时间"[12]醒目地唤回到小说艺术表现的视界中。如果说"时间"本身意味着一份现实关怀的责任，那么显然，当作家以颇具创造性的眼光将创作视野投向跨越一个世纪的童年生活时，她也以最具说服力的方式，诠释了她对于儿童小说这样一个体裁所应当具有的历史承担与文化使命的深切体认。

正是在这个意义上，我们把黄蓓佳的这一系列小说看作是对于近百年来中国童年史的一次独特的历史叙述。假使确如德里达所言，文本之外空无一物，那么通过这样一次关涉历史的、尽管是虚构态的叙述，近一个世纪以来中国儿童的笑泪歌哭，也就有了某种文字的、也是实在的凭据。

一、儿童小说与童年史记录的"野心"

黄蓓佳的儿童小说"5个8岁系列"包含了这样一份写作的"野心"，即以小说的形式，借助五个特定年份的故事讲述，记录和再现一个世纪以来中国孩子的某种社会际遇和历史命运。20世纪以来变幻的历史风云为小说的童年叙事提供了独一无二的背景。在这个背景上，作家把主要笔墨收聚于五个普通家庭的俗世生活和日常遭际之中，并将最为浓重的墨彩给予这些家庭里的男孩女孩们。透过童年生活的帘幕，历史的硬度被消解了，一种更贴近坊间普通人的命运、贴近童年生命感觉的历史体验，在文字中慢慢沉积下来。与此同时，在小说精致、大气的历史叙写中，我们也握住了一条纤细而又明亮、柔弱而又充满韧性的童年命运的蛛线。

故事起始于20世纪20年代，一座名唤青阳的小城中，八岁女孩梅香的经历开启了这一系列小说的叙事链条。在这部名为《草镯子》的小说中，作家向我们出示了"5个8岁系列"的几个重要的系列特征：统一的故事地点，统一的儿童主人公的年龄。当然，使这一系列的五部小说成为一个整体的最重要的元素，是贯穿于小说间的这条历史的线索——题为《草镯子》《白棉花》《星星索》《黑眼睛》《平安夜》的五部作品，其叙事分别集中于20世纪20年代、40年代、60年代、80年代和新世纪初一个特定的历史年份，它们各自提供了关于那个时代儿童生活和历史形态的一份样本。这样，当五部作品前后衔接在一起时，它们便构成了对于近一个世纪以来童年变迁和历史轮替的某种生动的展示。

这是一种与历史有关的特征，但它又不仅仅关乎历史，因为在小说中，作家要展示的不只是历史的内容，也是一种历史书写的新的姿势。与一般历史相比，文学呈现的"是活的、片断式的历史，也是更多地接受了个体能动性的历史"[13]，它使文学的叙事常常能够进入那不可复原的原生态历史的细部，从而揭开线性历史叙述永远难以详尽的历史的枝蔓。应该说，在当代儿童小说六十余年的发展历程中，历史作为一种重要的题材元素，从未在儿童小说的叙事列表中缺席。从 20 世纪 50 年代刘真的《我和小荣》（1955 年）、徐光耀的《小兵张嘎》（1959 年）等作品到 60 年代袁静的《朱小星的童年》（1962 年）、70 年代李心田的《闪闪的红星》（1972 年）等，一直到 80 年代及以后的萧育轩的《乱世少年》（1983 年）、张品成的"赤色小子系列"（20 世纪 90 年代）等作品看，历史和特定历史下的童年形态，一直是小说艺术表现的重要对象之一。80 年代以来，历史题材儿童小说的艺术探索显示了一个重要的叙事变化，即从英雄叙事到生活常态叙事的有意识的转换。例如，黄蓓佳本人在 80 年代初创作的《阿兔》等一部分带有"伤痕"意识的中短篇小说，曾试图将儿童主人公的历史体验还原到"文化大革命"时期现实生活的复杂语境中，探讨儿童个体历史命运的深层原因。然而，在回到生活的同时，这些小说对于历史的理解并未能摆脱宏大历史图式的框定。《阿兔》等作品中的历史语境并不是个性化的，而是对应历史大叙事的其中一个碎落的镜片，它所反射的还是笼罩在个体之上的那个具有普遍性的历史影像。

从这个意义上说，黄蓓佳的这一长篇作品是对当代儿童小说传统的历史叙事模式的一个富于新意的突破，也是对黄蓓佳自我儿童小说写作的一次充满意义的突围，因为在这部作品中，她尝试了一次完全朝向散落在历史边缘的普通童年个体及其日常经验的历史讲述。

在疾速转动的历史大机器的轮齿间，一个个步履踉跄的普通孩子的命运与体验，常常显得如此细小和微不足道。这是一些容易被主流话语轻易忘却的普通个体的历史经验，也是一些在历史记忆和文学书写的河流中长久被沉没、被掩埋的话语内容。毫无疑问，那些像梅香一样的普通小女孩对于历史上波澜不惊的 1924 年的深切体验和记忆，永远不可能进入肃穆庄严的历史叙述，那些像小米、艾晚一样的普通孩子记忆中充斥着柴米油盐味儿的 1967 年和 1982 年，也难以进入宏大的历史言说。甚至，因为它们的经验者不过是一些未更事的年幼的孩子，它们也很少被纳入文学叙事的普遍场域。但作为一些独特的生命存在，他们的体验又构成了历史叙述的另外一个同样重要的维度。而黄蓓佳在她的这部作品中致力于呈现的，正是这样一种真正属于童年的对于历史时间、事件和生活的特殊体验，是历史以最具体的形态降落在一个孩子的生活中之后，所生发出的那些看上去毫不起眼的微小的叙事。

所以，发生在 20 世纪 20 年代前后的种种历史的"大叙事"从来没有在八岁女孩梅香的世界里投下过清晰的影像。甚至对于梅香生活于其中的整个青阳城来说，它也只是些缥缈如烟云般隐现在远处的风景。在梅香小小的视野里，世界不过是由孝敬聪敏的父亲、贤惠多病的母亲、勤快唠叨的余妈、古板守旧的"太"以及刻薄俗气的裁缝娘子、善良肯吃苦的秀秀等形象交织而成的一小片天地。生活中不时出现的小小惊喜足以让她全心全意地快乐起来，而那些她还难以理解的忧愁、悲伤和不幸，则是以一种轻淡模糊而又散结不去的浮云般的形

160 | **161**

儿童文学的中国想象

中 编 艺术轨迹
第六章 小说艺术发展

状莫名地盘旋在她的生活里。她朦胧地听见大人们说，"时代不一样了"，她仿佛明白，又实在不解，因为"城里的小学校都开始招收女学生了"，秀秀却仍是裁缝家里的童养媳；"民国了"，"婚姻兴自由了"，爹爹却不得不接受娶二房的不自由；还有爹爹带着栀子花般的芸姨出走后，大街上那一片"白花花的薄霜"……梅香小小的心灵怎么能够明白她所看到的这一切呢，她更不能用自己的言语传达她所感受到的这一切。作者是尊重故事里这个八岁的小女孩的，她写了梅香身边发生的种种，也写了梅香眼里见到的种种，却极少以全知叙述的暴力干涉她的思想。恰恰相反，很多时候，作者甚至有意冻结叙述者的情感温度，而通过对于一些场景的白描式平铺，任由那样一种纷乱、惊愕和瞬间的茫然情绪在文本中飘散开来。于是我们看到，一个小女孩在童年的天真和欢乐中慢慢转过身来，与她所身属其中而又不能理解的那个复杂的年代面对面了，那变幻不定的世相在她的眼眸里投下了一抹无措的意味。

这就是属于一个寻常女孩的1924年，一种在现实生活中因其普通、琐碎、缺乏与主流话语的联系而难以进入一般历史叙事的生活样本，但恰恰是它，为我们呈现了历史在无数像青阳一样的普通小城中，在梅香、秀秀这样一些普通孩子的命运里留下的足迹。它也是保罗·利科所说的"复数的人类历史"[14]的一个表征。它在一定程度上还原了历史的特殊性与多杂性，也打开了历史经验中另一些丰富的层面。

正是在这里，我们看到了整个系列小说历史表现的独特之处：当普遍的历史作用在一个真实、普通而又个性丰满的孩子身上时，它所因此而获得的特殊的历史内容，是与这个孩子完整的生命体验彼此融合、不可剥离的。于是，那些凝固在史录文字里的质地坚硬的历史，忽然变得婉转、亲切和柔软起来，它曾经所产生过的那些深切真诚的痛与快乐，仿佛还在以同样的力度，叩击着我们的心扉。

二、历史与童年的"互文"新解

当历史的呈现与儿童个体的感受、体验、情绪、意志等不可分离地交合在一起时，童年的形态和形象理所当然地成为小说历史叙述的中心。

用小说的方式书写近百年间的童年形态，以文字的笔墨呈现一个世纪的童年变迁，这是"5个8岁系列"儿童小说最为引人注目的特征。在对于特定时期童年形象的塑造打磨和排列组合中，作者完成了两个向度上的童年形态的书写。在历史的横轴上，她以五部小说分别呈现了五个不同历史时期童年的多元面貌。这种呈现有时采用对比的手法，比如20世纪20年代，被许可进入新式学堂的梅香与曾经和梅香一起说笑过、游戏过，最后为了逃避"婆婆"的责罚而跳井自尽的童养媳秀秀，构成了对于那个新旧文化交杂的年代里两种形态迥异的女性童年的描画；有时采用平行的并列，比如生活在40年代的克俭和生活在60年代的小米与他们的同龄人以及兄弟姐妹的童年之间，形成了无冲突的并置；还有时将这两种手法糅合在一起，比如在《黑眼睛》中，作家有意将80年代初三个个性全然不同的孩子安置在同一个家庭里，漂亮泼辣、敢作敢为的大姐艾早，智力超常、生活愚钝的哥哥艾好，以及平凡普通却善良懂事的小妹艾晚，在最大限度上构成了对于那个年代三种典型童年状态的叙写。不同童年的并列、交会使小说所描绘的童年地图不再是单一的、均质的、平滑的，而是丰富的、多元的、凹凸不平的，尽可能地诠释着现实童年的复杂性和多样性。

　　与此同时，在历史的纵轴上，小说艺术地呈现了近一个世纪以来童年面貌的一种历时性的变迁。女孩梅香的童年是20世纪20年代刚从"小脚"的缠裹中解放出来不久的、对陌生世界还充满怯意的女性童年的一个代表。在那个"吃四海楼的灌汤包"还只是属于"男人的权利"的年代，身为"大小姐"的梅香在生活中的行止和能力是有限度的，她的身份、资格始终被"太"的一句"儿子才是派用场的"牢牢限制着。因此，当生活的不幸降临时，她与秀秀一样的弱者身份突出地显现了出来。而到了20世纪中后期，这种文弱的少女形象一方面在艾晚这样的女孩身上留有些许影子，另一方面又先后被40年代伶牙俐齿、俏皮果敢的革命少女绮玉和思玉，80年代泼辣时髦、强势能干的下海少女艾早以及新世纪初古怪刁钻、有些小大人模样的少女赫拉拉所取代。这一形象系列的故事的转换在某种程度上象征了一个世纪以来女性童年的蜕变。同样，从20世纪40年代到21世纪初，小说中一个愈来愈充满自主能力和行动能力的男孩的形象，也在逐渐走上普通生活的台面。透过这些变化的童年样貌，我们所看到的是近一百年间，童年作为一个意象在中国现当代历史上留下的一部分连贯的足迹。

　　不过，所有这些童年形象所分得的话语份额并不是完全相同的。小说中，历史的镁光灯集中打在五个八岁孩子的身上。

　　在这里，小说显示了它的另一个新的叙事突破的姿态。在描画和塑造这些儿童形象的过程中，作家态度鲜明地避开了在当代儿童小说中一度常见的小英雄模式。五部作品中，作为主角的男孩女孩无一不是些再普通不过的孩子，他们有着孩童天真的稚气，也有着属于童年的各种弱点；他们很少参与什么轰轰烈烈的事迹，倒是分摊了普通生活的一地鸡毛。生活在 60 年代中期的男孩小米既不优秀也不特别，在现实生活的流波中，他无力改变任何事物，于是便舒舒爽爽地接受了随遇而安的姿势。他与家里人一起承担母亲被批斗、父亲被关牛棚的恐慌和不快，但转过身去，溜溜的铁环、盘旋的鸽子、书摊上的小人书又很快燃起了他对生活的无限热情。更典型的是生活在 80 年代初期的女孩艾晚。这个成绩不上不下、个性内向怯生的女孩无论在家里还是在学校，都是"最多余，最不受重视的人"，犹如一个被人忽略的灰色的影子。就行动能力来说，她甚至不像是一部小说的主角。从出生开始，她就生活在漂亮姐姐艾早和神童哥哥艾好的阴影下，这养成了她善良、懂事的性格中某种自卑的乖巧。一直到小说结尾，艾晚也没有做出哪怕一件足以让她光彩一次的事情，她的平凡和普通不是小说刻意为之的铺垫，而是一种常态。这样一个形象与传统的儿童小说主角的距离是显而易见的，而恰恰是这一形象，在小说中被给予了充分的价值肯定。

或许，最为清楚地透露出小说的上述童年价值取向的，是《白棉花》中的八岁男孩克俭。可以说，这部作品的情节因其与 40 年代抗战语境的直接衔接而留有传统战争题材儿童小说的某些痕迹，这为克俭的性格发展提供了一个极为诱人的"英雄"模式。然而，作家却有意放弃了主人公性格发展的这样一种便利选择。与美国飞行员的意外相遇并未将克俭带入抗战的宏大叙事中，在两个姐姐先后投奔抗战队伍后，这个心地单纯的普通男孩却始终没有走进少年"英雄"的队列中，他还是原先那个天真、机灵又有些胆小的男孩，怕过岗哨，怕蛇。作者似乎认定，只有从宏大的主流话语体系中脱出身来，进入最普通、最平常的童年生活事件和语境中，才能解除笼罩在童年形象上的传统叙事光圈，恢复个体儿童的真实的、"肉身"的孩童身份。这一选择鲜明地体现了作家的立场，即将儿童小说的表现对象重新放回到朴素、平凡的童年生命中，放回到儿童的日常世界中。

作家用这样一种方式，来传达历史题材儿童小说中一种新的童年观和童年美学的追求。在挣脱了"主角／英雄"模式的桎梏后，长久被英雄主义的主流话语所缠绕的儿童形象重新拥有了自由的呼吸。随之而来的是一种新的童年形象的价值取向和童年美学在平常、真实得有些随意和细碎的普通生活中逐渐成形和显现。这些童年生命之所以被肯定，被书写，不是因为他们与其他人相比多么优秀，而是因为他们真正像一些普通的孩子那样，在自己的世界里接受来自日常生活的各种琐屑的快乐和烦扰，同时，面对生活，他们也拥有一份童稚的认真和真诚。正是这样一份认真和真诚，使他们毫无疑问地成为自己生活的主角。

从这个意义上说，他们也是自己的"英雄"。

三、童年视角的历史叙事策略

就在作者将这部小说的表现对象转向日常生活经验和普通童年形象的同时，我们注意到，一种来自语言层面的特殊的叙事策略也在悄悄地形成和发生作用。

它首先表现为一种类似于传统国画构图的散点式的叙事手法。除了《白棉花》外，该系列的其余四部小说都缺乏一个由中心事件串联起来的矛盾与冲突的起承转合，这与讲究故事构架紧密性的传统儿童小说的情节逻辑形成了突出的对比。事实上，即便在《白棉花》中，尽管拯救飞行员的悬念和起伏为这部小说提供了一个明确的情节焦点，它的许多有如日常生活赋写般的章节也是零散的，甚至是有些离心的。而在系列小说的后三部作品中，大部分故事情节几乎是以一种纷至沓来的生活琐事的形式得到呈现的。这么一来，通过削弱儿童小说情节通常讲究的戏剧感，而更注重在时间和事件的自然推移中表现一个孩子真实的生活印象和他对世界的认知过程，童年形象所背衬着的日常生活的底色就被加强了；与此同时，这种童年所包含着的关于现实儿童与现实生活的讯息，也得到了文学化的突显。这在很大程度上切合了小说上述历史表现与角色塑造的意图。如果说在史蒂文森的《金银岛》中，在蒙哥玛丽的《绿山墙的安妮》中，成为儿童主角（hero）就意味着成为全部故事的英雄（hero），那么对于生活在 20 世纪 60 年代的男孩小米、80 年代的女孩艾晚以及 00 后的任小小等而言，生活显然是以一种超出他们的控制和言说能力的节奏与密度快速行进着的。他们是生活的观看者和参与者，却远不在它的中心，这也是现实生活中许多儿童所处的真实境地的写照。把童年放置在这样一个真实的生活旋涡里，我们更清楚地看到了历史在普通孩子的生命中卷起的无数没有多少理由可言的泡沫，也看到了"儿童"这个词所包含的脚踏实地的困厄、勇气和温情。

实事求是地说，阅读这样的作品，多少让我们有些怀念在传统小说创作中得到高度褒扬的密不透风的叙事风格，在那里，往往有一个精致细密的故事构架，它将在层层的推进中为我们打开一个绝不同于平凡生活的、令人心荡神摇的世界，并最终把故事的主人公推上光芒四射的顶点。这是一种难以抗拒的、与庸俗的日常生活暂别的诱惑。而放弃这样一种经典的叙事方式，正是小说所选用的话语策略之一。通过消解这种严丝合缝、紧锣密鼓的叙事模式，小说也消解了与这一模式相连的超出日常生活的表现内容与角色形象，等等。在小说如水般的流体叙述语态中，我们告别传说，走进了历史的、童年的平常生活。

与此相呼应的，是小说中主要从童年视角出发的、带着日常闲谈的絮语味儿的叙述语言。像小说所致力于表现的日常生活一样，这种叙述是自由的、流畅的、家常的，它常常只是对于生活中某一现象或细节的轮廓性描述。然而在不经意的讲述中，它往往又包含着收敛的、紧绷的、充满张力的情感内容，从而使上述描述变得深可玩味。它使小说所表现的历史内容和童年感觉在淳朴中多了一份令人琢磨的深意，从而使平淡的日常生活与清浅的童年目光具有了另一种深厚的内涵和独特的韵味。

比如由男孩小米讲述的那段发生在 1967 年前后的生活变故。在这部以儿童主人公的第一人称叙述视角讲述的小说中，叙述语言始终保持着一个普通孩子的思维感觉。它是叙说性的，而不是反思性的。很多时候，一些特定的历史和生活景象是以一个八岁孩子难以解释清楚的外在图景被单纯地观察和描述出来的。小米见过当老师的妈妈在批斗会上被罚跪，见过写作的爸爸被游街和关牛棚，见过整洁的程老师变成撕大字报的疯子，见过许多不相识的人从巷子里走出来，"个个灰头土脸，不是戴着高帽，就是挂着木牌，低眉垂眼地走着，沉默得像一群石头"。他用平静的话语讲述这一切，这种平静不是故意的伪装，而是一个八岁孩子的思维能够容纳却不能理解的日常生活之外的宏大事件的自然结果。奇妙的是，有时候，恰恰是透过这双儿童的眼睛，历史事件从它宏大的话语背景和原初的生活关联中被抽离了出来，重新填入儿童自己的生活理解，并由此获得了另一种新的含义。

比如有一次，在小米和他偶然结识的猫眼叔叔面前，一串游街的队伍经过。当猫眼叔叔好心地"把身子侧过来，有意无意地挡住我的视线"时，这个八岁的孩子这样叙述道：

> 他以为我会害怕。其实我爸爸被涂上黑手游街时，我在队伍后面跟随了很久。不夸张地说，我对这一切已经习以为常。[15]

故事里的小米与爸爸有着很深的感情，他对周围的其他人也始终抱有朴素的善意，因此，这段叙述并不像它的句子本身那样冷漠。这种有意制造的成熟感其实来自一个不完全通晓世事的孩子的稚气。在句中颇为冷静的"跟随了很久"的动作和"习以为常"的自我表白里，弥漫在许多同类题材小说中的与"游街"这一特定历史意象相连的羞耻感完全消弭不见了，取而代之的是一个孩子对于普通生活情景的平常感受。由于这样一种意义的突然失落和滑坡，话语甚至被披上了一层幽默的面纱。而它所叙述的场景则像一幅被去除了背景的贴画，变成了小米生活中一个并不带有真实的生命贬损含义的现象——历史就在面前，但历史同时又被童年的目光悬置了。于是，我们的注意力回落到了那虽在历史的重负下却仍然被坚持着的属于"人"的普通生活中。

这是小说站在童年和日常生活的小视点上，向着压抑下来的大现实发出的一记有力的反击。它让我们不由自主地想起那同样与普通人和儿童过从甚密的一部分民间故事的传统。在那里，从最简陋的生活里燃起的希望的焰火，照亮了人的生命的全部意义。

该系列长篇出版后，作者黄蓓佳在接受采访时多次提及，小说特定的历史节点选择与相应的题材表现包含了让今天的孩子"了解和铭记"过去以及给他们"补课"的意图，同时，借由小说得到呈现的"一百年中国孩子长大的故事"，也包含了让异域的孩子"通过小说了解中国"的目的。在史学研究意义上的 20 世纪中国童年史梳理尚属阙如的今天，这样一种以儿童小说的形式得到呈现的具体而又独特的童年生命的历史过程，其意义不容忽视。而这一写作行为本身，也是对儿童小说独特的历史承担与文化使命的一种诠释。

第五节　儿童小说与童年回忆

新世纪的儿童小说一方面极为关注当下童年的现实生活题材，重视从今天孩子鲜活的日常生活中提取写作的素材与经验；另一方面，近年来，儿童小说的创作也颇掀起了一股怀旧之风。一些作家怀着记写个人回忆和记录群体历史的双重意图，从个人的童年生活记忆出发，以小说的笔法构思和再现那个年代的童年世界和童年体验。这样的写作也就自然而然地被赋予了个人和集体记忆的双重功能。

陆梅出版于 2013 年的长篇儿童小说《格子的时光书》，正是这样一部从作家本人的童年回忆里生长出来的小说。作家对于童年生活记忆的诗性叙写和对于童年时光感觉的生动把握，构成了这部作品最大的艺术优势和艺术特色。不过，它那偏于诗化的叙事结构形态，也让我们看到了这类长篇儿童小说书写需要突破的艺术瓶颈。

一、童年、回忆与往昔时光

《格子的时光书》是一本触及童年时间感的小说，也是一本从作家自己的童年记忆里生长起来的小说。

20世纪70年代末，女孩格子在她十二岁燠热的夏天里游荡，时间的影子被年少的感官拉得如此之长，望不到尽头。这静静的时间里留纳了名为芦荻镇的水乡小镇里不为人知的风情与逸事，也见证了少年格子和老梅、瘦猴、荷花、小胖们的友情。小说主要透过格子十二岁的视角来打量这个夏天里小镇上发生的一切：大表哥参加对越作战"阵亡"的消息所引发的骚动，梅家二姐梅香的忽然"疯癫"所带来的谜团，以及在解开上述谜团的过程中，从少年神秘的揣想里逐渐显影的古老庵堂，经由人的认可、采撷而变得鲜活起来的山间药草等。格子努力想把这些繁杂的印象安放入她自己的生活图式里，她在整理，在理解，更在吸收，十二岁的身体和心灵就这样默默地成长着。

但小说所呈现的不仅仅是十二岁的格子的生活视角和经验，在叙述者关于格子十二岁的生活的讲述中，时时叠加着成年后的格子回望童年的感觉、情绪与领悟。作品中遍布各处的"多年后""许多年后"，提醒着我们那是十二岁的夏天发生在过往时间里的童年故事，或者说，那是一件与回忆有关的事物。

这一点很重要。小说中间有一章特殊的"插叙"，讲述长大后远离故乡并且"已是大记者"的格子应姐姐的急约回到芦荻镇，"给家乡的孩子讲一堂课"。孩子们的课堂和对话勾起了格子对童年的回忆，她"沉浸在往昔的世界里，这么长时间以来，她第一次，以这样一种方式，深情回望她的童年，童年里漫长的等待、希冀……种种不自知的懵懂与迷惑，寂寞与忧伤"[16]。然而，从小说的情节来看，格子十二岁的经验似乎难以与"寂寞与忧伤"这样的字眼联系在一起。就格子在这个夏天里的所作所为而言，我们看到的是一个有些"野"的女孩如何在现实生活和自己的想象编织而成的网罗中不知疲倦地游走，波澜不惊的小镇生活因为她那充满热情的好奇和冲撞，居然变得有些丰富和鲜艳起来。尽管盛夏的溽热烘托了生活的无聊，但这份无聊感恰恰反衬出格子的行动力。面对这样一种童年生活的姿态，说格子的十二岁是"寂寞和忧伤"的，显然并不合宜。

然而，在小说的叙事中，的确常常流动着一种特殊的伤感，它有时是少年格子当下的生活体验，但更多的时候属于一种回忆的气味，是我们大多数人在回望自己童年时光的时候都会感受到的一种氛围。小说中，这份感伤的情绪最为浓郁的时刻，是成年后的格子在返回家乡的寻索中、在为孩子们讲课的大教室里、在异乡的宾馆忆起自己的童年，"以一颗成熟的心重归自己童年时代的视角看世界"[17]时。不妨说，这是一种与时间有关的感伤——当我们隔着岁月的距离遥想童年时，那段充满新鲜感却一去不复返的时光影像，总是伴随着格子体验过的那种"美好而又失落的心情"。

正是在这里，小说触及童年时间美感的某种本质。毫无疑问，童年的时间有它自己独立的意义和不可替代的价值，这意义和价值首先是当下的，而不是由成年生活的目的来决定的。但童年最重要的时间意义却需要经过成年时间的发酵，才能充分显现出来。在这部小说中，成年格子的视角为我们理解十二岁的格子提供了另一面镜子。透过这两种视角的交织，我们既看到了童年时代的许多"大事"在事实上的微不足道，也看到了这种微不足道投映在童年视线中的巨大魅影。正如同一条故乡的小街，在童年和成年的格子眼中，有着全然不同的模样："多年后，当她终于以长大了的姿态回看童年的小镇时，她不无惊异：这就是我小时候生活过的地方吗？如此破败和陈旧。尤其那条长长的、市声杂沓的小街，怎么就突然变短了。"[18] 在这里，"长"与"短"本身都没有那么特别，特别的是，当成年后的格子站在"短"的视点上，回过头去重温那段"漫长"的少年时光时，她看到了这段时光的局限，也看到了这种局限的意义。由此，格子与她十二岁的那个夏天的道别，既带着告别一个世界的忧郁（"山冈上草木葱茏依旧，可再来一次这样的玩乐却是不可能了"[19]），又蕴含了打开一个世界的欣悦（"她似乎比任何时刻都站得高、看得远"[20]）。这两种感觉的交叠赋予作家笔下的童年时间以一种清澈而又真实的生活质地，更传递出一种因其自然而复杂、也因其复杂而自然的少年成长体味。它使得小说的叙事尽管不以情节上的引人入胜见长，却因其把握住了这一微妙的时间体验，哪怕是写童年生活中的各种细小事件，也令我们读来时有甘美的回味。

在儿童小说的写作中，要准确地把握住这一微妙的童年时间感觉，殊不容易。而在阅读的过程中，我有理由相信，这种感觉的抵达，在很大程度上乃是因为作家调动了她自己最切身的童年回忆和内心经验——小说中的许多细节印证着我的这一揣测。或许，唯有深入我们自己灵魂的童年往昔，才有可能滋养这种生动的写作感觉。也只有这样的切身经验，才能从这一普遍的童年乡愁里，发现独一无二的诗的境界。

二、从怀旧的乡愁到"非日常"的诗学

童年与成年视角的交叠,在小说里造成了一种特殊的乡愁,进而赋予了小说的叙事以一种怀旧的美感。这种美感在很大程度上点亮了小说中有些散文化的情节。同时,成年视角烘托下的童年视角,也为小说的故事性提供了重要的基础。毫无疑问,《格子的时光书》是一部叙写特定年代里童年日常生活的作品。作者并没有刻意夸大或修饰这种日常性。小说里,格子在十二岁的这个夏天所经历的一切,如果平铺直叙的话,即便以孩子的眼光来看,或许也过于平淡了些。小说中最具悬念感的梅家二姐梅香的疯癫事件,揭晓后也不过是一桩普通的乡间家庭龃龉之事,而缺乏我们期待中的那种传奇性。然而,童年视角本身却令这些最平常的生活事件焕发出某种"非日常"的诗意。小说开篇前,作者援引了法国精神分析学家彭塔力斯的话:

> 对童年的依恋,与其说它是对一段已经过去时间的乡愁,不如说是被这个非日常所吸引。它把我们维系在虚构的领域,一个只属于我们自己的领域。

这里的"非日常",并非指对日常生活的离弃或否定,而是指对日常生活的某种"陌生化"观看。也就是巴乌斯托夫斯基所说的:"在童年时代和少年时代,世界对我们来说,和成年时代不同。在童年时代阳光更温暖,草木更茂盛,雨更滂霈,天更苍蔚,而且每个人都有趣得要命。"[21] 童年的"非日常"的目光,总是善于从人们习以为常的生活之中发现各种新鲜、奇妙的内容。

这也正是十二岁的格子眼中的世界。在有些百无聊赖的夏天里,

她的眼睛搜寻着任何令人兴奋的对象，同时也为自己"发明"着这样的对象。河面上偶尔划过的普通的小船儿，也能引发少年格子的无限遐想："她看着小船儿缓缓驶去，脑袋里浮想联翩，她想象自己随着小船一路漂……有一回她看到一个半大婴孩趴在船舱里，半个身子伏在甲板上，天气很热，小孩儿只罩着件水红兜肚，她假想这个小婴孩就是她自己，出生在船上，船就是她的世界……"[22] 这个年龄的格子，自然不会放过生活中任何一个可供想象力生发的支点。发生在好朋友老梅家的变故，正是这样进入了格子的视线。她想要探知梅香"发疯"的真相，这一探知的愿望甚至进入她的梦中。对大人们而言，老梅家的变故不过是寻常的家庭事务；对十二岁的格子来说，梅香的遭遇则意味着一个亟待解开的"秘密"。这又把格子带向了名为恩养堂的尼姑庵的"秘密"。后一个秘密在小说中扮演着重要的精神引导角色，因为正是在进入恩养堂之后，"小猢狲"般的格子体会到了她所从不知道的另外一个平和、宁静、优雅的世界。透过少年格子的眼睛，庵堂的日常性退到了生活的背后，它的不同寻常的静穆和庄严，则在少年的敏感和想象里被放大了。

确切地说，这部小说的故事性，主要不是通过它的题材或结构体现出来的，而是由这种"非日常"的感觉支撑而成。透过童年的感官，普通的生活被点染上了故事的质地。类似的生活惊奇感，是童年时代的精神标志之一。它也暗示着童年天然的发明故事的能力。随着年岁的增长，这种惊奇的能力会从我们的感官中逐渐退位。譬如小说里，仅仅是多过了一个夏天，格子就感叹地发现："那些曾经占据了整个身心的人和事，曾经鼓动得我睡不着觉、连梦里也怀着探看的兴致的秘密往事，如今竟遥远得仿佛不曾存在过！"[23] 与此相应地，小说的故事到此也走向了尾声。随着格子的成长，童年的某种"非日常"的内在感官，似乎永远地闭合了。这一处理进一步强化了小说童年叙事的乡愁感。

然而，作者对此并非简单地叹惋。从某种意义上说，童年的成长是由非日常的惊奇日渐走向日常生活的理性的过程，但我们终会发现，那看似消逝了的童年"非日常"的诗意，始终营养着我们接下去的日常生活。正如对于成年后的格子而言，童年的时光虽已逝去，却以另外的方式永远地活在自己体内，"原来，她曾经以为的、不会再来的童年始终是存在着的"[24]。这使得小说对于童年乡愁感的表现，没有仅仅停留在一种"非日常"的怀旧上，而是写出了这种怀旧的诗意与日常生活的诗意之间的积极关联。这一关联尤其体现在小说的下卷。在这里，前来镇长家做客的大女孩荷花，最后促成了格子的成长。作为成人世界的准代表，漂亮、活泼、知性的荷花是格子的偶像，她教格子学着以理性的成熟理解她自己的梦境，理解梅香的疯癫，理解自然和生活的另一种更内在、更丰厚的美。在荷花的引领下，格子逐渐走出了童年眼中的魔魅世界，走向了更为宽广的日常生活。很多年后，长大后的格子慢慢领会到了"日常生活才是美的中心"[25]的道理，但这一领悟的伏笔，实际上在格子十二岁的那个夏天就已经埋下了。

这样，小说对于童年的"非日常"视角和生活的书写，就成为一种具有精神生长性的书写。这体现了小说作者对于童年日常生活的尊重。我们对此理应给予充分的认可。然而，如何将这种指向日常化的书写与儿童小说的故事艺术恰当地结合，无疑还是一个充满困难的任务。从格子的故事里，我们看到了这样一种书写的努力，也看到了它的难度。

三、诗与小说的距离

《格子的时光书》起始于一个暖水瓶倒地炸开时的"忧伤碎裂声"，按照作者的自述，这个声音似乎奠定了整篇小说的基调。颇有意味的是，这样一个碎裂的状态和声音，似乎也预言了小说的某种基本叙事形态。显然，《格子的时光书》不是一部悬念型的小说，这一点在很大程度上已经由它的题材性质和叙事风格决定了。如前所述，构成小说叙事主体的是一些日常生活事件，其中最具故事悬念感和持续性的，大概是梅香发疯的秘密，但这个秘密与作品中的其他情节一样，更像是从格子童年的树干上自然伸展出来的旁枝，它们以一种相对离散的方式出现在格子十二岁的夏天里，就像格子在这个夏天里一度有过的心情那样，很有些"洒了一地"而无处收拾的境况。

谁能说我们经历过的一切时间和事件，必然有着前后的因果与耦合？相反，很多时候，它们不过像随水漂浮的枝叶那样，偶然经过我们的生活，没有来历，也没有既定目的。除了匆匆的一面，它不与我们生活的其他部分发生交集。或者说，现实生活本身是不严密的。《格子的时光书》写出了生活的这种不严密感，从格子大表哥的"阵亡"、老梅二姐的发疯到瘦猴母亲的失踪等事件，都留下了生活本身的散漫痕迹。尤其是到了小说下卷，其叙事几乎完全循着生活的自发状态向前推进，对于事物的叹喟和感悟（一种诗化的赋写）也愈来愈越过对于事件的叙述，成为小说叙事的主要推动力。

这并不意味着作者在写作中不曾重视小说本身的叙事要求。相反，面对有些散漫且纷繁的童年生活现实，一种对于小说叙事整体上的咬合感与有机感的自觉而努力的追寻，始终隐现在小说叙事的进程中。从作品的后记中，我们看到了作家为了故事布局的统一性与周密性所做的各种预先准备和安排。这一努力的成果体现在小说叙事肌体的内部。比如，小说中关于格子在外参军的大表哥的那部分叙述，就是一个被赋予了特定的故事黏合力的分支线索。小说开头部分，大表哥"阵亡"的流言引发了小镇上的骚动，也搅动着格子十二岁的夏天。之后，我们从格子的断续回忆中得知了这位从未现身的大表哥的若干往事。故事最后，格子家人收到了大表哥从医院写来的平安信，阵亡的流言也不攻自破。这个首尾呼应的分支情节既为小说的叙事提供了一个现实的时代背景，也暗暗传达出主角格子在经历这个夏天前后的生活与情感变化：大表哥"阵亡"流言的兴起预告了令格子纠结的这个十二岁夏天的起点，而"阵亡"事件的最终澄清与尘埃落定，则暗示了格子不安的精神世界已经寻找到了一个可以安心栖落的支点。

我们从这样的用心里看出，作家陆梅想为她的这部小说规划一个真正的长篇结构。它不是短篇故事的系列性的排列组合，而是一个有机一体的完整架构，就像一座精心设计的建筑那样。在当代长篇儿童小说"系列短篇化"的普遍创作趋势下，这样的叙事自觉有其不言而喻的现实意义。陆梅是在烦冗的工作之余完成这部长篇的写作的，而她仍然选择了这样有难度、费脑力的写作方式，这样的勤奋和自我挑战的勇气，令我佩服。

但与此同时，《格子的时光书》在长篇结构的探索与实践方面，还没有让我们感受到更大的惊喜。仍以大表哥的线索为例。小说中，这一线索的穿引的确完成了特定的传情达意任务，但对于一部小说而言，它所承担起的叙事力却是有限的。这里所说的叙事力，是指小说中特定的意象、角色、事件等相对于整个叙事进程而言的动力作用，它是小说的故事由一个环节向着另一个环节推进的必要媒介。就此而言，大表哥的线索始终像飘浮在格子的童年天空上方的一小片阴云那样，没有落实为小说叙事必要的构成部分，或者说，除了作为背景和衬托之外，它没有能够为小说叙事的推进提供独特的动力。比如，大表哥的"阵亡"与来信，在小说情节的转变以及个中人物命运、性格的变化过程中，扮演了必要的角色吗？更为典型的是，小说中间几次出现的关于童年阅读的感慨、思考与探讨，尽管与小说所努力传递的那种童年诗意有关，但它们与小说的叙事进程之间，的确不存在太多逻辑上的勾连。

我们以小说里的另外两个例子，来进一步说明叙事力的问题。一是有关格子父亲身世的小插曲。格子是在初入恩养堂时，由庵堂的来历联想到了父亲从这里被领养的可能，这个猜测后来也在饭桌上得到了父亲的默认。父亲身世的揭晓令爱幻想的格子对自己的身家来历有了各种想象，它也拉近了格子与她原本全然陌生的恩养堂之间的距离。后来，当瘦猴为了寻找失踪的母亲而前来向格子父亲借钱时，出于对自己身世的感慨，格子父亲的慷慨大大超出了两个孩子的想象。在这里，父亲的身世一经提出，前后是有照应的，这说明作家在考虑小说叙事的周密性。但这个照应虽然参与了小说的叙述，却还没有为小说某一部分的叙事发展提供不可替代的动力。我们不妨问一问，没有身世的铺垫，父亲是不是就一定不会借钱给瘦猴？（从小说人物的性格逻辑来看，即便是出于一位普通父亲的善意与同情心，格子的父亲也应该会为瘦猴提供力所能及的帮助。）进而，没有格子父亲的帮忙，瘦猴的寻母之行是不是一定不能成行？更进一步，瘦猴的寻母环节在小说中承担着必不可缺的叙事或表情功能吗？它对于小说的整体叙事是否有着关乎全局、不可替代的必要意义？我们从小说的情节里，还没有找到对这些问题的完全肯定的回答。

二是在老梅跟着父亲去县城悄悄卖掉祖传的猫头鹰座钟和石鸟笼一节。小说曾以诗意的语言描绘了老梅眼中石鸟笼的"神奇"："里头一只石雕的画眉鸟能迎风啾啾鸣唱""别的鸟儿是在空间飞翔，而这只石鸟永远在时间中翱翔。时间拍打着它的双翼，拍打了双翼之后，向后方流逝了"。[26] 如此用情的叙述，让我们觉得这个石鸟不应该就这样从小说里消失。果然，它和座钟再一次出现在了老梅的梦里，他梦见二姐梅香以菩萨的形象带回了这两件家传的"宝贝"。当老梅把这个梦说给二姐听时，姐弟俩在内心真正地和解了。像格子父亲的身世一样，这也是一个前后有照应的叙述。但同样有疑问：这个叙述的出现以必要的方式推动了小说的叙事吗？如果没有座钟和石鸟笼，老梅与二姐以及他们一家人心结的解开，是否变得有难度或不可能了？又或者，只有通过这两件物什，才能最充分、生动地传达小说中的某种重要情感？显然，小说的故事对于这一必然性的解释是不充分的。实际上，在上面的两个例子中，润滑和衔接小说叙事的主要不是两处线索的照应之巧，而是美国小说家斯蒂芬·金所说的"舞台指导式的文字"（比如叙述者对格子父亲、老梅和二姐心情的直接或间接道白）。小说中，这类文字较大地占用了叙述的篇幅，也间接导致了小说叙事铰链的松动。

这样的批评或许过于苛刻。对于当代儿童小说的写作而言，一部以诗意见长的长篇作品能够花费这样的心思来考虑不同线索内部以及彼此间的呼应，已经很难得。但我们从《格子的时光书》里看到了陆梅的追求，看到了她对于儿童文学长篇艺术的"野心"，因此，我们对她还有更高的期待。关于小说的艺术，我们一直信奉契诃夫的名言：如果你在作品开头时描写到客厅墙上挂着一把猎枪，那么在故事结束之前，这把猎枪就一定要用上。斯蒂芬·金在回顾自己的创作生涯和经验时，同样引述并强调了相近的舞台剧规则："如果第一幕中壁炉上摆着一支枪，第三幕里枪就得开火。"我们还要再补充上一句：当这支枪最后开火的时候，一定会给小说的叙事带来一个意想不到的兴奋点。一部好的小说，其中埋下的线索和细节不一定都会以这样的方式"开火"，但一定会有这样精彩的"开火"。[27] 这也是小说故事的魅力。

面对一部书写童年时光的儿童小说，我们期待着从作品中读到对于这一时间话题的更为小说化（而不只是诗化）的处理。需要强调的是，《格子的时光书》是一部真正意义上的长篇儿童小说，而不是像近年许多冠名长篇的作品那样，实际上是一批短篇故事的组合。这样的作品，是可以真正拿来探讨儿童文学的长篇艺术的作品。就此而言，我们对于这部小说的苛求和期望，其实也是对当代长篇儿童小说写作的一种更高的期待。

第六节　儿童小说的战争书写

新世纪以来，抗战题材儿童小说的兴起成为儿童文学领域一个值得关注的现象。这些儿童小说一方面自觉地承担起了为童年保存和传递民族记忆的文化责任，另一方面也在努力试图冲破过去儿童小说战争叙述的框架，来书写和呈现一种更真切、更具象、更贴近个体生活和情感的战时童年生活。毫无疑问，"战争"一词在儿童小说的艺术表现谱系中，始终是一个沉重而艰难的书写符号，即便是抵抗侵略和外侮的自卫战。这不仅是因为宏大而复杂的战争事件本身即指向着文学书写的难度，而且因为战争与童年之间存在着诸多天然的语义和语法对立。这也正是战争题材儿童小说写作的难度所在。

李东华的长篇儿童小说新作《少年的荣耀》，让我们看到了面朝这一难度的勇气和努力。在充斥着娱乐气息的当代儿童文学书写中，这一选择的姿态代表了一种面对儿童读者的庄重感以及一种面向民族历史的责任感。然而，更重要的是，它让我们看到了这一特殊题材在儿童小说中具有的更为丰富、细腻、真实的艺术可能。与此同时，它也为我们探讨这类儿童小说写作可能抵达的更为宽广、深厚的美学蕴含，提供了一个富于话题性的创作样本。

一、战争、童年与"战争中的孩子"

《少年的荣耀》是一部战争题材的儿童小说，却不是一部表现儿童战争题材的小说，它所叙述和关注的是抗战年代里普通儿童特殊的生存体验，而不是像过去和现在的一些同类题材儿童小说那样，重在表现儿童如何参与战争。小说中大木吉镇的大户少年沙良，在他过完十二岁生日的第二天，发现自己和家人成了被侵略战争的炮火驱赶着的逃难人群的一部分。之后，因为在少年的意气纷争中开罪了日本特务队长潘子厚的儿子潘清宝，他不得不独自带着小他六岁的族弟沙吉逃往汪子洼的太姥姥家避难。暂时远离了战争的威胁，这偏远贫穷的乡间倒成了一方世外桃源般的所在。在与汪子洼的伙伴们的交往和嬉戏中，沙良、沙吉仿佛又回到了战争降临前无忧无虑的生活，它甚至让沙良以为"过去的那种好日子从大木吉镇逃走了，逃到了太姥姥的汪子洼"[28]。尽管被追捕的恐惧无时不萦绕在沙良心头，尽管来自侵略者的威胁同样一点点地蔓延和侵入这偏僻的村庄，但在安排和埋伏这些线索的同时，作者首先把叙事的笔墨尽情地交给了孩子们自己应有的生活。

这样，小说写出了孩子对战时岁月的不同于成人的独特体验。属于童年的天真、稚趣、活泼、鲁莽，虽在战争生活的压迫之下，仍然扼制不住地从孩子们身上流露出来。沙良、沙吉跟着汪子洼的三水、阿山、阿河进洼放马，下河玩耍，在童年的嬉游中，告别家园的悲哀、远离父母的孤独一时全然被抛在了身后。或许，唯有孩子才懂得以这样的"没心没肺"来抵御战争带来的深重苦难。同时，小说也准确地把握并写出了战时儿童的早熟与孩子天性的稚气之间交互混杂而造成的某种孩子气的成熟。沙良怀着对重病中的堂弟沙吉的歉疚，与家人不辞而别，冒着天大的风险从鬼子占领的学校取回了沙吉想要的玩具小锡枪；而在向母亲复述历险的经过时，他忍不住一个孩子的心性，有意无意地夸张着自己此行的惊险与胆量。在汪子洼，当沙良得知与他和沙吉朝夕相处的阿在原来也姓潘时，他以孩子气的敏感联想道："要命的是，这个'潘阿在'的'潘'，是不是就是'潘子厚'的'潘'呢？"[29]流露在少年早熟的心性间的那份真实的稚气，使沉重的生活染上了童年特有的轻盈色彩。随着孩子们的长大，这种稚气慢慢地、也是自然而然地被日益叠加的生活经验和忧思所消磨，到了结尾处，亲眼看见并卷入战争杀戮惨剧的孩子们实际上永远地告别了童年的无忧时光。

他们有的成了战士，有的成了与父母一样的大人。沙良们的童年结束了，但在结束之前，他们确曾拥有一段属于自己童年的天真岁月，哪怕是在战争的非常状态下。

作为战争题材儿童小说的《少年的荣耀》，完成了学者刘绪源曾谈及的"写'战争中的孩子'，而不是写'孩子的战争'"的表现任务[30]，也就是说，它所关注和呈现的主要是战争环境下普通的个体童年与真实的生活人情，而不是儿童在具体战争事件中的所作所为。作为小说标题的"少年的荣耀"，很容易让我们联想到战争小说中的那些少年英雄，但在这部作品里，这荣耀实际上更多地指向着孩子们身上从不曾被战火泯灭的日常亲情和良知，它是作为兄长的沙良对沙吉的无私爱护，是作为兄弟的阿河为阿山做出的沉默的牺牲。这份情感的发生不是基于战争的任何要求，而是生自我们最真实、最朴素的内心。即便是在救助伤兵的那一刻，首先触动沙良的也不是战争中的敌我对立，而是从伤兵身上发现的两封琐碎而絮叨的家信，以及那个如闪电般照亮了沙良的记忆和想象的遥远而熟悉的"岫"字。残酷的战争不曾杀死这温暖的生活，不曾杀死淳朴的人性，正是这群战争年代的孩子以其所见所为向我们展示的生命的最大"荣耀"。

这促使我们进一步思考，儿童小说为什么要写战争中的孩子？

首先当然是对于特殊动荡年代里童年生活的一种重要的记写，它也是儿童小说理应承担的一种文学和文化职责。然而，就小说的职责而言，这样的历史和生活记录还停留在最基本的表现力层面。从小说自身的艺术要求出发，它还应写出非以其书写所不可抵达的艺术蕴含，这也就是米兰·昆德拉所说的"发现唯有小说才能发现的东西"[31]。因此，在战争题材儿童小说的问题上，我们还要追问的是：除了作为曾经的童年身影存在之外，这些"战争中的孩子"在战争题材儿童小说中还扮演着什么样不可或缺的艺术角色？

《少年的荣耀》让我们看到，在这些孩子的身上，在他们的孩提生活中，保存着那不断被战争扼杀的"正常"的人情。尽管脆弱的童年根本不足以抵御战争的轰击，但童年生命却以它独有的方式冲开战争的残酷篱墙，向我们展露出日常生活的本来面目。那些在普通的生活情境中曾经显得那么理所当然和微不足道的童年生活情感与趣味，在战火纷飞、血肉横陈的年代，却成为一种至为珍贵的对人间生活的呵护。战争扭曲人性，并摧毁一切价值，而属于孩子的天真的欢乐和单纯的同情，则不断提醒着我们战争之外的某种正常生活的存在。"天空是那么的蓝，一丝儿云影也没有，远远近近都是浓得要滴下来的绿色，沙良几乎忘记了自己是在逃难，就好像真是慧姐带了他俩一起去走亲戚"；"黄豆酱在油锅里'滋啦''滋啦'地响着，酱的香味儿，葱花的香味儿，在空气中像水波一样荡漾开来，和沙良、沙吉肚子里的咕咕乱叫亲密地响应着，召唤着……"[32] 这暂时避开了战争荫翳的童年的目光让我们意识到，生活曾经是这样的，生活应该是这样的。

正因如此，这正常的童年被战争的现实所压抑和摧毁的过程，才在我们心里激起了对战争本身的强烈反感与憎恶。

二、孩子、仇恨与死亡

然而，在小说中，战争与孩子之间远不是绝缘的。实际上，想要在一部战争题材的儿童小说中表现这种绝缘，恰恰是不可能和不真实的。相反，沙良他们不断地发现自己被卷入正在发生的这场战争的某些片段之中。他们既身受侵略战争导致的家庭离散之苦，也在耳闻目睹中见证了它带给周围人的各种苦难。因此，他们会以少年的懵懂表达他们对抗战的认同和参与抗战的愿望，阿山和代京最后还成为"队伍"中的一员。在侵略战争的现实语境下，这一切的发生显得顺理成章。它也是当代儿童小说处理同类题材时的常见手法。

不过，如何描写孩子对待抗战的义愤和激情是一回事，如何让孩子面对战争中真实的仇恨和死亡，则完全是另一回事。对于儿童小说而言，叙写童年战争生活的难度之一即在于，本来应该在生活的温情里成长的孩子，现在不得不去面对、承受战争造成的最强烈的仇恨和最残酷的死亡。这也是本章开头说童年与战争之间在语义和语法上存在天然对立的原因之一。战争离不开对生命的暴力，儿童小说则显然并不亲近这种暴力，两者的对撞，必然导致小说叙事肌体内部的某种紧张关系。一方面，任何战争题材的儿童小说都无从避免战争暴力的现实，如果一部儿童小说出于为儿童读者的考虑，刻意回避乃至粉饰战争中真实的暴力，或者进而试图以虚幻的温情想象消解这种暴力，其写作的价值终究令人生疑。另一方面，与一般的战争小说不同，战争题材的儿童小说绝不应以渲染战争的暴力为能事，而应从这暴力的书写中寻找一条符合现代童年美学要求的属于儿童小说自己的表现路径。因此，在战争暴力的现实显然不可避免的时候，儿童小说应当如何去呈现它、书写它，这是对于创作者充满挑战的艺术考验。

《少年的荣耀》并不直写战争，因而也并不涉及太多战争暴力的现场直写，其中关于战争现实的不少叙述，是通过沙良等人的听闻和想象得到呈现的。这些发生在外面的杀戮尽管令人切齿，但对孩子们来说，毕竟还没有那么切肤。至于他们想要参与抗战的种种壮怀，在很长时间里更多地表现为一种孩子气的天真冲动。实事求是地讲，这类有距离的战争暴力书写，并不太构成儿童小说写作的难度。相比之下，更大的写作困难在于如何表现战争中孩子亲眼所见的至亲者的死亡，以及亲身体验的对杀戮者的仇恨。例如，在作品中，年幼的沙吉目睹了母亲如何死于日本兵和作为帮凶的特务队长潘子厚之手，沙良、阿在和三水也目睹了潘老爹与阿河被松井绑走并被猝然击毙的过程。毫无疑问，这样的场景在孩子心中激起的是任何战争新闻都无可比拟的切肤仇恨。

应该说，这是一种我们在战争题材儿童小说中频繁见证的仇恨，很多时候，在这种仇恨生成的同时，一种复仇的本能也已深植于受害人的身心，并常常构成少年主角接下来一系列复仇行为的重大动力。我们很容易联想到作为当代战争题材儿童小说典型的《小兵张嘎》和《闪闪的红星》。眼见奶奶被鬼子杀死，嘎子含泪发誓："奶奶，你合上眼好好睡吧，我一定要给你报仇！"[33] 他果然用行动实践了誓言，在战斗中帮助八路军歼灭了仇人肥田一郎的部队，并让肥田偿了命。潘冬子也是怀着对害死自己母亲的地主胡汉三的强烈仇恨，先是起意放火烧死仇人，但未能如愿，最后投奔红军队伍，活捉仇敌并目睹其被公审、枪毙的过程，为死去的母亲报了仇。在根据小说改编的电影《闪闪的红星》中，这一复仇行动被更进一步渲染为潘冬子举起砍刀手刃仇人的场景。

问题是，这样以血还血的复仇方式究竟是否适合儿童小说的表现美学？如前所述，儿童小说固然不应以轻慢的方式处理战争——尤其是侵略战争——造成的仇恨和死亡，不应淡化战争导致的那些蚀骨的伤痛，但儿童小说同样不应出于仇恨和死亡的缘故，轻易将孩子由受害人转到杀戮者的位置。

至此，这类小说的写作才进入了真正的困境，也就是——它该如何书写由孩子出于正当的复仇动机而亲手造成的杀戮和死亡？

《少年的荣耀》处理这一难题的独特方式，为我们提供了相关文学探讨的重要案例。我们指的是小说中沙吉的"复仇"。很显然，这个安排在小说结尾的复仇场景，超越了过往许多战争题材儿童小说的简单复仇模式，从而显示了作家对童年和儿童小说美学的深入理解。与小说中的其他孩子不同，年幼的沙吉一开始便从这场战争中领受了亲见母亲被惨杀的大痛大恨。在重见被俘的潘子厚的瞬间，过去所有因精神刺激而被暂时遗忘的仇恨重新回到了沙吉胸中。他朝着仇人举起小锡枪，"用想象中的子弹，一共射出了两枚，一枚射向潘子厚的心脏，一枚射向潘子厚的脖子"[34]。这两枚"想象中的子弹"，在承载沙吉幼小心灵里的巨大仇恨的同时，也传达出作家不一般的写作智慧。我们看到，沙吉的复仇虽是出于孩子气的"想象"，却并不令人觉得他的仇恨因此而有丝毫的减轻；相反，这一由年幼的孩子完成的虚拟的复仇场景，充满了真实的反抗、控诉和回击的力量，因为这一看似没有伤害力的伤害行为，正是沙吉这个年龄的孩子能够做出的最具杀伤力的动作。于是，在这样一个以童年的游戏性想象传递真实情感的动作中，沙吉"实现"了他的复仇，也完成了童年心理的必要释放——他扑到阿在怀里"号啕大哭"，第一次宣泄了他失去母亲后的泪水和悲伤。这样，小说在符合常态的儿童行动中写出了战争年代非常态的童年遭际，同时，它留给我们的并非战争复仇的快意，而是身陷这一仇恨的痛楚和不幸。相比于《小兵张嘎》描写肥田被击毙的场景时透露出的满纸快意，以及潘冬子在仇敌被活捉、枪毙后感到的"威风""大快人心"和"兴高采烈"的心情[35]，这一处理无疑要更为贴近儿童小说应有的美学精神。

这是不是说，儿童小说在处理战争复仇的题旨时，应该尽量回避由儿童直接制造的死亡？不是的。这里的关键不在于儿童是否是杀戮的直接制造者，而在于童年应当如何面对这种杀戮。《少年的荣耀》选择了一个形式上符合年幼孩子的认识能力、情感力量上毫不逊于真实行为的虚拟"杀戮"，来缓和孩子与战争暴力之间的现实矛盾。那么，当战争中的孩子不得不在事实上亲身制造仇敌的死亡时，这一矛盾又该如何得到处理？或者说，战争题材儿童小说如何在秉持正义之名的杀戮中，写出比仇恨更完整的人的情感、比复仇更深刻的人的内心？

亲历二战期间犹太人大屠杀浩劫的以色列儿童文学作家、1996年国际安徒生奖得主尤里·奥莱夫的儿童小说《鸟儿街上的岛屿》，就此提供了极好的范例。小说同样写到非正义的战争和抗战者的反击，同样表现战争中完全受到迫害的一方的命运。父母都被"德国鬼子"带走的犹太少年阿莱克斯一个人躲藏在华沙废墟的一角。他在紧急情况下用父亲给他的手枪击毙了一个正要枪杀两名犹太起义者的"德国鬼子"。随后，这位在战争环境中变得异常早熟的少年身手敏捷地帮着两名起义者转移尸体，躲藏起来。然而，紧张的忙碌中，一种莫名其妙的不好受的感觉也慢慢吞噬着他："我感觉好像有什么东西在我的体内摇晃，而且摇晃得越来越厉害了……我突然哭了出来，我的眼泪实在是太多啦，它们从我的喉咙里喷涌出来……我一直想要止住哭泣，可是我做不到。我有什么跟鲁滨孙·克鲁索不一样的呢？当野蛮人企图吃掉星期五的时候，鲁滨孙也朝他们开枪了。"[36]

这真是充满孩子气而了不起的少年反思！"我有什么跟鲁滨孙·克鲁索不一样的呢？"这里的鲁滨孙和阿莱克斯的区别，正是虚构的战争"英雄"和真实的战争中的"人"的区别，前者把英勇杀敌视为理所当然的英雄壮举，后者则从人性的本能中感到了这种正义杀戮的非正常性（如果不是非正当性的话）。小说中，阿莱克斯击毙德国鬼子的行为从战争道义上讲完全是正当的，它也得到了小说全知叙述者的完全认同、肯定乃至不作声的褒奖；阿莱克斯的哭泣和反思并非针对这一抗击行为的批判，而是针对杀戮行为带来的本能不适感而发的，在这里，小说关心的不只是面向侵略者的复仇和杀戮的正当性的问题，也是对于以杀戮的方式取消生命这一事实的正常性的反思。这种对于生命暴力的敏感在少经世事的孩子身上体现得尤为突出，正如阿莱克斯面对"德国鬼子"的尸体时感到的不安："现在我意识到了，真正的战争并不像历险书籍里所描写的那样，儿童像英雄似的跟大人一同战斗着。"[37]真正的战争对小孩子来说，永远不是一件与浪漫的英雄壮举有关的事情，阿莱克斯的表现让我们从疯狂的战争仇恨和杀戮中，仍然看到了属于"人"的本能的理性。这一充满真实性的文学处理彰显了儿童小说童年美学的高度，如何做到这一点，无疑是当代战争题材儿童小说还需要进一步深入思考的话题。

三、中国式战争创伤的书写

发生在二战期间中国战场的日本侵华战争，给无数普通的中国家庭和孩子造成了巨大而深重的创伤。然而，相比于西方儿童小说领域对二战背景下本土童年生活和创伤的关注，尤其是对于无辜平民所受战争屠杀（例如纳粹对犹太人的大屠杀）的记写，对于这一中国式战争创伤的书写和反思，在当代儿童小说中尚未得到充分的笔墨关注。很长一段时间里，以这场侵略战争为主要或背景题材的当代儿童小说，大多站在民族集体仇恨和国家意识形态的立场上书写战争过程中的某些事件和经验，而较少关注普通平民的战争创伤。倒是在遥远的异国，一些对中国战场有所了解并持有同情的作家，曾试图结合他们的所见所闻来书写普通中国孩子的战争体验。20 世纪 50 年代，美国儿童文学作家、1962 年国际安徒生奖得主门得特·德琼的儿童小说《六十个老爸的房子》，即是以普通的中国农家少年田宝为主角，讲述他在侵略战争期间颠沛落魄、流离失所的逃亡生活。

然而，我们在阅读对儿童小说的艺术熟稔的德琼的这部作品时，却感到了难言的隔阂。这隔阂见证了上述中国式战争创伤在异文化中不可避免的被曲解的命运。小说中，田宝的姓名、出身、遭遇尽管是中国式的，但他的许多感受、想法、行为却完全是美国式的。至于后来他被飞虎队的六十个美国"老爸"所"收养"、并与他们结下深厚情谊的经历，则使小说完全落到了另一种美国式的英雄主义情结当中。这部在美国本土颇受好评的儿童小说，对于中国读者来说，实在是德琼的一部差强人意的作品。

这提醒我们，这一中国式的战争创伤经验，唯有在中国作家笔下才有可能得到真正贴近现实的书写和传达，因为多年来，它是在由口头、书面和影像媒介构成的多重记忆载体中，刻在我们民族经验深处的创伤，对于这创伤的独特体验同时又与我们自己的文化、观念等紧相交融。它与奥斯威辛不同，与卡廷事件也不同。如果说在儿童文学领域，我们对这一创伤经验的文学关注已经落在他国同行的后头，那么在今天的童年文化语境下，借由儿童小说的途径书写和记录这些中国式的童年战争创伤，进而促使我们的孩子理解和反思这一创伤，则成为当代儿童文学不可推卸的义务。

近年来，儿童小说领域出现了一批表现抗日战争背景下普通中国儿童生活的新作品。这些小说有的讲述孩子作为战士直接参与战争的特殊经验，同时也尝试突破过去儿童战士和战争题材小说的艺术限制，表现战争生活中更丰富、细腻、具有人情味的童年经验和内心；但更多的时候，作家们选择了另一个不同的写作方向，即从孩子的战场转向孩子的日常生活，以战争年代普通儿童的特殊生活经验为核心，表现战争背景下孩子的不幸与伤痛，以及孩子以他们自己的方式完成的承重和反抗。

《少年的荣耀》为这一特殊的儿童小说艺术队列增加了一个有分量的名字，也为我们思考中国式战争创伤的儿童文学书写提供了有价值的启迪。它促使我们进一步关注这类儿童小说的一些特殊的艺术表现命题：如何更真实地叙述那个年代中国普通孩子的战时生活？如何更完整地认识战争生活中"孩子"的意义和价值？如何更深入地思考侵略战争中儿童受害者的苦难与复仇？最后，如何以更人性的方式引导孩子走出战争的创伤，认识战争中和战争之后人及其日常生活的本真意义？

我们想特别说一说最后一个问题。因为在这一题材的当代儿童小说中，我们还很少看到关于这一问题的足够深入的艺术思考。在书写战争苦难和创伤的同时，一些作品试图通过表现孩子如何在成长的觉醒中加入抗击侵略者的队伍，来实现他们抒泄仇恨的最初动机；另有一些作品则试图通过人为地想象和编织受害方与侵略方之间的少年友谊，来完成控诉战争、表现人性的目的。然而，执着于仇恨固然不是走出创伤的正途，倡导廉价的宽恕同样没有意义。由侵略者施加的苦难和仇恨是如此深重，在它面前，奢谈宽恕这样的道德字眼，无疑显得太过空洞和乏力。同时，在这场浸透无辜平民血腥的侵略战争背景上，类似的文学虚构显然也缺乏现实的基础和说服力。

《少年的荣耀》没有渲染童年的仇恨，却也没有试图以简单地取消或遗忘仇恨的方式抚平这一创伤，它尊重的是我们民族记忆中真实的创伤感。面对挚爱的亲人和朋友，沙良、沙吉、阿在等可以为了彼此不惜付出生命代价，但面对侵略者，他们毫不掩饰对这些造成自己亲人离散、惨死的仇敌的深深痛恨。这是那场战事留下的民族集体记忆和创伤的真实写照。小说中的孩子们无法宽恕这一创伤的制造者，他们因此从单纯的孩提稚气进入了另一种对他们来说全然陌生的仇恨体验之中。然而，关于如何走出这创伤带来的仇恨，他们同样是迷茫的。作品结尾处令人印象深刻的沙吉的"完全被仇恨所主宰的脸"以及他扑到阿在怀里"号啕大哭"的动作，再清楚不过地昭示了这种迷茫。一部战争题材的儿童小说能够写出这样的迷茫，同样显示了作家不寻常的思力和笔力。

　　穿越这一迷茫，我们需要一种能够把我们重新带回到对生活和人性的信心之中的力量。《少年的荣耀》写到了沙良和阿在对沙吉的呵护，写到了潘老爹的憨实质朴和重情重义，写到了阿河与阿山之间无言的兄弟情谊，等等，这些都是对战争创伤的反衬和反拨。它们是这部小说最打动我们的地方，也是故事里的孩子们借以反抗仇恨、抵御绝望的重要力量。但在战争题材儿童小说的艺术世界里，还有一种更具冲击性的力量，它带给读者的不只是人情的感动，更是人性的震撼。我想到的还是《鸟儿街上的岛屿》。阿莱克斯在独自伪装成华沙普通家庭孩子出入市井的惊险生活中，结交并喜欢上了名叫丝塔莎的姑娘。战时的危险早已将他训练得如成人一般谨慎，尽管两人成了朋友，他仍小心地保守着那个"不起眼的一个字就能让你付出生命的代价"的身份秘密。某一天，阿莱克斯在交谈的冲动中向丝塔莎透露了自己身为犹太人的秘密，就在他为此追悔、后怕莫及的时候，他得到了来自女友的最珍贵的回应——她的脸色由通红变得煞白，向阿莱克斯坦白了自己的同一个秘密。谁都清楚，这一秘密的泄露意味着自己和家人被轻视、被出卖、生命时刻受到威胁，尽管如此，两个犹太少年仍然选择了在这一刻向对方交出单纯的信任，他们"破坏了那最神圣的规定"[38]，也冲破了战争年代生存主义的枷锁。这一令人震撼的瞬间，在两个少年心中拯救了他们破碎的生活和堕落的人性。

　　这一场景代表了我们可以对一部战争题材儿童小说提出的最高艺术期待。它不是对战争生活的人为美化或伪饰，而是从它最深刻的恐惧中向我们揭示人性的光亮。这样的瞬间有别于战争中的殉道或亲人、朋友、陌生人乃至敌我间的彼此牺牲，因为如果不是在战时生活的特殊背景下，它仅仅是日常生活中一次普通的讯息交往而已。但正是这个最平常的举动在此时被赋予了特殊的神圣性，这一刻，战争的恐惧丝毫不曾减损，它造成的伤害也永不会被忘却，但生活的温暖和人性的力量却让我们看到了生命最为寻常、本真的意义。如果说战争的创伤既不是在廉价的宽恕中也不是在绝对的复仇中得到完全的疗救，那么正是在这样的日常人性的光辉里，我们看到了走出战争本身的意义。

少年沙良们与阿莱克斯所处的战争语境并不相同，但他们体验和面对生命的这份意义，却有着一样的共通性。如何从中国式战争创伤的书写中发现这样的意义，是当代战争题材儿童小说正在努力探索的一个艺术方向；而如何写出这份意义内在的宽度和力量，如何使之在中国式的战争创伤中揭示出更普遍的生活和人性的精神，还是一个有待探寻的艺术任务。

第七节　儿童小说的乡土书写

在新世纪儿童小说蓬勃发展的进程中，都市题材儿童小说的崛起及其丰富的美学拓展，构成了最引人注目的一道风景。对比之下，乡土的传统则在长篇儿童小说的创作中日趋失落，优秀的乡土题材长篇儿童小说更是不可多得。王勇英的"弄泥的童年风景"系列（以下简称"弄泥"系列）当属其一。研读这部作品，令人有一种强烈的感觉：作品中这个名叫"大车"的普通客家村落，或许将成为作家本人儿童文学创作以及中国当代儿童小说艺术版图中一个具有标志性的文化记号。作者笔下这座被广西博白的青山绿水和它自己的文化紧紧环抱着的小村，其呼吸脉动间有一种令人难以忘怀的淳朴之美和文化韵味，一旦它经过我们眼前，就会长久地驻留在我们的阅读记忆中。

作为一个乡土题材的儿童小说系列，"弄泥"系列提供了关于广西博白地区客家生活和文化的生动书写，也描画了那些生长、奔忙于其中的蓬勃的童年生命的独特足迹。特殊的自然环境、生活方式和文化背景赋予了该系列作品以特殊的文学面貌，可以说，正是这一点促成了"弄泥"系列天然的艺术优势。但与此同时，对于这一文化独特性的沉迷，恰恰也是作品实现进一步的艺术提升所需要跨越的屏障。

一、作为故园的乡土

"弄泥"系列从一座名叫牛骨田的家族城和一位唤作巴澎的"烧火老嬷"开始。在女孩弄泥和她的小伙伴们眼中，从牛骨田城走出来的这位满头白发、一袭黑衣的巴澎，是一位有如巫师般神秘和可怕的人物。巴澎和她的蛇头拐杖、她的城、她的"癫佬"儿子九瓶、她的狗六点以及与牛骨田有关的一切，在孩子们眼里都充满了陌生、魔魅的气息。而这一切都源于巴澎特殊的身份——一位在大车乡间专用艾烧法为孩童除病的"烧火老嬷"。被艾火炙烤的疼痛以及因恐惧而产生的传闻令孩子们谈巴澎而色变，弄泥也不例外，直到她开始真正走进巴澎的生活，理解她的善良，还有她不幸的命运。巴澎在去世的那个晚上，用"烧火"的方式带走了患有癫症的九瓶，却把她的烧火法留给了弄泥的母亲瓜飞，也留给了大车所有乡人的孩子。

对于大多数儿童读者来说，阅读《巴澎的城》《弄泥木瓦》这样的小说意味着经历一次带有些许"异域"风情的文化体验过程。从旁观者的位置望进去，大车村的无数事物和现象都充满了文化的新鲜感，从个中人物的名字、物什的名称、语言的表达到独特的民俗风情，读来无不令人耳目一新。这里孩子们的名字唤作弄泥、木瓦、沙蛭、风尾，等等，父亲和母亲唤作"阿爸"和"阿乳"，男孩和女孩唤作"阿官儿"和"阿娘儿"，"回家"唤作"转家"，"吃"唤作"食"；这里的孩子大年三十要浸艾草水，接着让巴澎用艾草绒"烧火"；他们上学除了交学费，还交学米、学柴和扫把；他们游戏玩耍或者抒情发意，都有吟唱不尽的歌谣……小说中的大车是一方个性十足而又自怡自得的所在，它像一座身处人世而又跃出世外的小桃源，在世界的某个不为人注意的边缘静静悄悄地存在着。这个地方没有城墙的隔离，但它所拥有的一切独特之物却比任何有形的城墙更分明地圈围起一片属于它自己的天地，以及某种特殊的文化气质。

儿童小说对于乡土的表现并不是一个新鲜的话题，但"弄泥"系列对于乡土的书写有其独特的地方，它的重心落在一种格外鲜明的地域文化特性的赋写上。我们不难注意到，在近年发表的许多乡土题材的短篇儿童小说中，作为小说背景的那片乡土，其地域身份往往是模糊的、带有泛指性的某个南方或北方的乡间，而不是一个可以明确指认其文化身份的地点。此外，在表现乡土感觉的时候，许多作家的关注点常常落在对于当代乡村童年所普遍面临的某些生活困境和与此相关的情感体验上，比如贫穷、辍学、留守、城乡矛盾，等等，而并不十分关心对于乡土文化自身独特性的发掘、呈现。相比之下，阅读王勇英笔下的大车，我们可以十分确定地捕捉到其中的许多无可替代的地域身份讯息。那分散在大车村各向的小村落，那横贯在大车村村脉交织处的它铺街，那座在禾烟深处若隐若现、若睡若醒的牛骨田城，城门右侧不远处种着大马尾松的"哼坝""哼坝"边的大河，以及以大车正中的泥沙路为中心辐射开去的填满村与村、路与路、城与城之间空隙的稻田、菜地、水渠和各式各样的小路，这些无不标示着这是一个有着清晰的空间分布脉络的客家乡村。而那份从大车村有别于一般汉族村落的民俗民情间，从大车人真诚、纯朴、率性的生活方式中散发出来，氤氲在村落各处的生存气息，则使小说中的这片地域也拥有了丰盈、生动的文化内容。事实上，"大车"既是小说所描述的村落的名字，也是作家童年记忆中真实故乡的名字，也就是说，有关这个乡村的种种空间和文化讯息，都能够从作家的记忆中寻索到实在的依托。这一切实的存在感使得小说所讲述的事情越过了纯粹的虚构层面，而指向一片可以触摸的真实的乡土大地。

在某种程度上，大车之于王勇英，或许有着边城之于沈从文、大淖之于汪曾祺的重大而又特殊的创作意义，它有可能成为一个与作家的名字紧连在一起的文学和文化的意象，而对于这一意象的成功的艺术表现，将把作家的创作带入一个在题材和风格方面具有典范性意义的艺术境界。在写作"弄泥"系列之前，王勇英是一位专注于都市校园儿童小说的作家。她的许多故事出手得既快且密，又具有较强的可读性。但是与此相应地，对于很多读者来说，阅读这些作品的过程也是一个快节奏的故事消费过程。除了阅读过程中的某种愉悦，它常常难以留下更多关于作品本身的记忆。毫无疑问，在今天数量众多的同类儿童文学作品中，王勇英的创作是其中一个引人注目的支流，但这一支流缺乏一种足以让人们记住的无可取代的艺术身份。从都市儿童小说中折回创作的笔锋，王勇英选择了童年记忆中的大车这样一个具有浓郁而又独特的客家文化风情的山村，来寄托她对童年时光的深深怀恋，同时也是为自己的儿童小说写作寻找一个独一无二的艺术支点。如果说写作"校园怪怪事系列""疯丫头王点点系列""魔法小子朱皮皮系列"的王勇英还是行走在都市儿童小说作家群落间的其中一位作者，那么进入"弄泥"系列创作的她，显然已经开始刻写另一枚属于自己的独特的艺术印章。

二、作为艺术对象的乡土

然而，为创作寻找一个独特的意象和文化支点，并不意味着创作本身的成功，因为这还取决于作家就此展开的文学赋写是否能够贴切、淋漓而又独到地完成对这一对象的表现。

收入"弄泥"系列的《巴澎的城》和《弄泥木瓦》让我们看到，写惯都市儿童小说的王勇英在进入乡土题材的书写时，同样展示了她对于这一题材的艺术驾驭能力。在这两部小说中，她以令人颇觉惊讶的熟稔编织起一种或许可以称之为"大车式"的话语方式、叙述氛围和叙事节律。这是一种总体上偏于散文式的笔法，带着大车乡间生活特有的率直、质朴、活泼、生动的韵味，后者在很大程度上得益于作家对于大车客家方言的吸收与化用。《巴澎的城》开篇就提到了大车的"特别的村语"，小说中，这些与我们所熟悉的一般书面表达迥然不同的乡间口语倒成为故事叙述中寻常不过的表意方式。"转家""知落""食昼""食夜""无得""埋西",小说对于这样一些方言俚俗词句的频繁而又自然不过的"征用",使其叙述始终沉浸在一种乡俗生活的质朴氛围里,也充满了民间口语表达特有的生动感。有的时候,只是一两句随手拈来的俚俗表达,那种属于乡野的蓬勃生命感就会抑制不住地在文本间散发开来。比如布包老师用来责怪弄泥的那句"有门无走,要钻窗,你是猴还是鼠?野性足足,大了难嫁,大了难嫁——",以及收废品的拉福唱出的收货谣——"你家的死铜烂铁还爱无?无爱就拿来卖给我拉福哥……你家的阿娘嫁人了无?还无嫁就说来给我拉福哥……"字里行间无处不在的乡间生活的粗粝而又生动的质感,远非打磨光滑的书面语言所能比譬。

看得出,作家对于这一语言系统是十分熟悉的,但在将它化用为小说语言时,又显得有所犹豫和手生。比如,绝大部分时候,小说都会让个中角色以客家方言里的"食饭"一词来表达"吃饭"的意思,但偶尔,从这些角色的口中也会冒出"吃饭"这样文气十足的书面语表达。这种客家方言与书面表达之间的某种无意识的混乱,既出现在前后不同的叙述语言之间,也出现在不同角色所说的不同话语里、同一角色不同场合的话语表达中,甚至同一句前后连贯的话语内。另有一些时候,作家所习用的校园儿童小说的语体也会不自觉地闯入作品叙述的乡土氛围中,比如《巴澎的城》中,弄泥为了保护巴澎和九瓶,拿石头把叫太氏弗的阿官儿的额头弄破之后,叙述者的一句"弄泥从此取代太氏弗在学校的霸主地位",让我们恍惚从大车淳朴的乡间一下子回到了普通的城市校园。类似表述风格的游移,见证了作家在竭力克服自己所熟悉的儿童小说题材风格的惯性以寻求创作蜕变时留下的痕迹。显然，消除这些痕迹还需要更多的时间磨砺，但它所代表的难度也进一步突显了作家艺术突破和风格重塑的意义。

"弄泥"系列对于"大车语体"的征引方式，也体现了作家对于大车乡土文化的态度。这是一种从童年的乡愁中生长起来的、带着欣赏感和眷恋感的文化认同。就像以自然语言的形式遍布小说文本各处的大车方言一样，作家对于大车文化的怀恋和感念也充满了《巴澎的城》、《弄泥木瓦》和《花一样的村谣》的全部叙述文字。小说笔墨的注意力集中在一个自然状态的客家村落上，这里既留有传统文化的厚重身影，同时又接受着新的时代文化潜移默化的影响，但作者既没有拿前者去批判后者的意思，也没有以后者来突显前者问题的意图，而是让传统与现代、旧习与新风在大车人的生活中自然交融。位于大车正中的泥沙路和弄泥家所在的它铺商街，意味着商业文明早已在不知不觉中进入了小村人的生活，但它并未在显在的层面上侵蚀乡土生活的淳朴气息，倒是与之水乳交融，相得益彰。弄泥家的铺子，既是一个传统的药房，又是一个现代的小卖部；弄泥阿爸既行祖传的中医，也毫不避讳使用西药；代表传统的烧火老嬷巴澎与大车乡赶在时代前面的弄泥一家，倒是最至交的朋友。在《弄泥木瓦》中，当弄泥大姐的对象从美国带回来彩色电视机，在这个还需要用电瓶才能供电的乡村给老师和学生们放映录像时，出现在作家笔下的并不是一个带有任何文化冲突或批判意味的场景，而是质朴的乡土文明对于现代文明的一种心无芥蒂的接纳。这一点也有别于许多乡土儿童小说所持有的文化批判立场。大车人对于现代性的体验带着一种大车式的质朴无邪和自足自满，这是属于大

车村的一份真实而又珍贵的素朴，它构成了王勇英笔下名为大车的乡土世界最为悠远、独特的美学蕴含，也是"弄泥"系列有别于一般乡土小说的艺术情思所在。从这个角度来看，《弄泥木瓦》结尾处借叙述者的声音所表达的孩子们对于乡土贫穷现状的艰难、忧伤的体验，倒显得过于做作了。

三、乡土写作的艺术反思

在当代原创儿童小说中，乡土题材作品面临着这样一种艺术身份的尴尬：一方面，由于消费市场的现实，目前在儿童小说创作中占据主流的毫无疑问是灵感迭出的城市童年题材；但另一方面，乡土题材儿童小说对于乡土文化和童年的表现由于代表了一种自觉、可贵的边缘艺术探寻，又总是受到来自儿童文学界的特殊关注（特别是各类儿童文学奖项的关注）。尤其进入新世纪以来，尽管乡土题材儿童小说的新作仍然持续在各类儿童文学刊物和评奖榜上露脸，但真正在内容和艺术表现方面令人过目不忘的作品显然太少。在这样的背景下，王勇英的"弄泥"系列以其对于客家乡土风情的细致发掘和独特呈现，对于乡土童年生活的切身体验和自然描摹，使其成为近年来乡土题材儿童小说中难得的一部佳作。她笔下的大车村让我们想起曹文轩和他的苏北、彭学军和她的湘西，它是一个具有鲜明的艺术和文化指示性的地域意象。在《弄泥木瓦》的结尾处，作家预告了大车的故事"还会继续"，我们猜想，它应该不仅仅是指"弄泥"系列中同样以大车为背景的《花一样的村谣》，而是指向一系列还在酝酿中的新的大车故事，这些故事有可能使作家笔下的这片乡土，成为当代儿童小说中一个令人记忆深刻的名字。

但这还只是一种可能。对于王勇英来说，"弄泥"系列是她第一次将创作的目光转向记忆深处的那个乡土童年，在复原那些文化记忆并将它转化为小说的过程中，需要清理的东西还有很多。要把"弄泥"系列开启的这一乡土文化书写推向更高远的艺术层次，作家还需要在故事、观念和语言的层面上克服来自乡土文化意识自身的限制。

首先是故事性的问题。

如前所述，大车文化的特殊性在很大程度上造就了"弄泥"系列的特殊性，但如果作家的创作始终停留在对于这一文化特殊性的展示上，那么它所带来的创作突破的空间反而会变得日益狭小。小说毕竟是叙事的艺术，儿童小说尤其如此。特殊乡土文化的开掘能够为儿童小说带来清新独特的艺术气象，但当作品对于文化呈现的热情湮没了其对于故事艺术的思考，那么文化本身或许也就成为儿童小说艺术发展的一种不无危险的障碍。"弄泥"系列已经显出了这一危险的某些痕迹：如果说尽管《巴澎的城》对于弄泥从害怕巴澎到理解巴澎的过程表现是散文化的，但其情节在总体上仍然达到了小说的严丝合缝与前后从容相扣，那么在《弄泥木瓦》中对弄泥和木瓦之间消除隔阂的过程描写则显得过于仓促直露了。显然，从《巴澎的城》到《弄泥木瓦》，故事编织的精密度在走低。而在《花一样的村谣》中，作家对于大车乡谣的那份难以掩饰的痴迷远远越过了她对于小说故事性的关注，从而使这部作品读来更像是对于大车独特的村谣文化的一次匆忙巡礼，而缺乏一个针脚密实的故事，它甚至失去了《巴澎的城》《弄泥木瓦》在其牧歌式的文化抒写中所不时显露出的故事讲述的魅力。

事实上，由于大量乡土题材的儿童小说都倾向于突出文化而淡化故事，因此，在谈及这类儿童小说的时候，我们很容易产生这样的错觉，即乡土儿童小说是以文化的艺术性价值替代了故事的可读性价值。这一错觉加重了乡土题材儿童小说总体上的故事能力缺憾，也构成了这类作品艺术突破的瓶颈。《海蒂的天空》等国外优秀的乡土题材儿童小说，在依托乡土文化背景的同时，无不有着悬念紧凑、峰回路转的故事情节。可以说，只有真正理解并致力于解决故事性的问题，乡土题材儿童小说才能在文化的基底上实现根本性的艺术飞跃。乡土题材的儿童小说常常是充满诗意的，但这并不妨碍它拥有一个引人入胜的故事。所以，如果说王勇英通过"弄泥"系列的创作由轻快的校园故事走向了深厚的文化叙说，那么，在已然寻找到那个独特的文化立足点之后，她的乡土小说所需要的则是朝向故事性的回归——当然，这是指那些只有从乡土文化的土壤里才会生长起来的独特的故事。

其次是观念的问题。

儿童小说能够呈现一个什么样的故事，除了操作性的文学技巧之外，很大程度上取决于作家所持有的文学观念。尽管对于乡土题材的儿童小说创作来说，乡土文化的呈现本身就代表了一种观念，但一部小说如果允许自己仅仅停留在这一单纯的文化认同层面上，它用来书写文化及其故事的能量就会流散于文本各处，从而导致作品始终缺乏一个足够坚实、深厚、有力的精神根基。它将使儿童小说的笔触最终无法穿越文化的帘幕，来对乡土文化本身以及它所孕育的童年做出更具深度的美学和价值判断，进而影响作品文学表现的力度。因此，对王勇英来说，蕴藏在"弄泥"系列中的那份朴素的文化情怀还不足以把她的乡土题材写作推向一个与众不同的艺术境界。在搜集和整理有关大车的所有乡土记忆的同时，对于这一文化存在意义的深度思索，对于其中童年生命意义的深度探寻，将有助于其作品的全部文化书写获得更为悠远、贯通的精神气脉。

最后是语言的问题。

我们在前面曾提到，对于"弄泥"系列来说，语言构成了它所要表现的乡土文化的一个重要部分。应该承认，小说对于博白客家方言的化用在总体上是十分成功的，不过这一语言文化的表现有时越过了小说叙述的需要，而演变成对于乡土语言文化本身的过分沉迷。应该说，作家笔下客家方言的一些常用语，如"落""无""昼""食"等，尽管在小说中初次出现时需要注释说明，但对于大多数儿童读者来说，这些陌生化的字眼不仅不会构成阅读的障碍，还能大大增加阅读小说的情趣。然而，当作品中一些普通的客家话对白被整句地处理成没有注释就难以理解的谐音字时，我们不禁会对此心生疑窦：将简单的一句"走了，放学就回家吃饭。看什么？有什么好看？别在这儿遮光挡着地方"还原成夹有普通话的客家表述"走落，放学就转家食昼。看埋西？有埋西好看？无落个映光又塞地"，又在句中同音借代的方言词后以加括号的方式添加意义说明，究竟有多必要？显然，乡土题材儿童小说对于乡土方言的运用应以顺利促成文学的表现为首要考虑，它所需要的并不是"方言化的文学"，而是"文学化的方言"。这里面存在一个度的问题，需要作家从文学表现的考量出发，做出适合的判断与抉择。只有这样，乡土作为一个特定的创作题材和艺术风格范畴对于儿童小说写作的意义，才能得以充分的实现。

我们欣赏王勇英在她已经学会驾驭当代童书消费的市场激流时，毅然选择了这样一次回归乡土的创作转型。面对一位作家颇不寻常的勇气和才情，这里的一些评析或许显得过于挑剔了，但挑剔总是与一份更好的期盼有关。读完"弄泥"系列，我们对王勇英接下去的乡土题材儿童小说写作，充满了认真的期待。

注 释

[1] 参见方卫平：《抵抗庸俗文化，批评可以做什么》，《文艺报》2015 年 7 月 15 日。

[2] 孟宪明：《念书的孩子》，郑州：海燕出版社 2013 年版，第 131 页。

[3] 郑重：《杨红樱作品的出版意义和童年阅读价值——兼析杨红樱作品畅销与儿童文学评价维度》，《中国图书商报》2008 年 10 月 28 日。

[4] 刘绪源：《批评能跟着畅销转吗》，《文汇读书周报》2008 年 10 月 24 日；刘绪源：《杨红樱现象：商业童书与批评标准》，《文艺报》2008 年 11 月 22 日。

[5] 泰勒·考恩：《商业文化礼赞》，严忠志译，北京：商务印书馆 2005 年版。

[6] 杨红樱：《那个骑轮箱来的蜜儿》，杭州：浙江少年儿童出版社 1998 年版，第 111 页。

[7] 泰勒·考恩：《商业文化礼赞》，严忠志译，北京：商务印书馆 2005 年版，第 238 页。

[8] 在一次访谈中，杨红樱这样解释自己在童书写作技法方面的考虑："我用动词比较讲究。描写时我不会面面俱到，不像成人文学一样强调细腻描写。小孩子不容易抓住要点，我就在行文中用画龙点睛的几笔，只写几个特点，并且始终抓住、强调和夸张它。"见《杨红樱：牵一只小手，走进文学殿堂》，转引杨红樱《假小子戴安》，北京：作家出版社 2010 年版。

[9] 杨红樱：《时间能检验作品的优劣——关于〈女生日记〉畅销 10 年的访谈》，《文艺报》2010 年 12 月 6 日。

[10] 杨红樱：《能闻出孩子味儿的乌龟》，济南：明天出版社 2007 年版，第 101 页。

[11] 阿格尼丝·赫勒：《现代性理论》，李瑞华译，北京：商务印书馆 2005 年版，第 177 页。

[12] 吴其南：《时间失落：当前儿童文学的一种隐忧》，《文艺报》2007 年 5 月 29 日。

[13] 南帆：《文学性、文化先锋与日常生活》，《当代作家评论》2010 年第 2 期。

[14] 保罗·利科：《历史与真理》，姜志辉译，上海：上海译文出版社 2004 年版，第 61 页。

[15] 黄蓓佳：《星星索》，南京：江苏人民出版社 2010 年版，第 93 页。

[16] 陆梅：《格子的时光书》，南宁：接力出版社 2013 年版，第 93 页。

[17] 陆梅：《格子的时光书》，南宁：接力出版社 2013 年版，第 8 页。

[18] 陆梅：《格子的时光书》，南宁：接力出版社 2013 年版，第 7 页。

[19] 陆梅：《格子的时光书》，南宁：接力出版社 2013 年版，第 192 页。

[20] 陆梅：《格子的时光书》，南宁：接力出版社 2013 年版，第 193 页。

[21] K. 巴乌斯托夫斯基：《金蔷薇》，李时、薛非译，桂林：漓江出版社 1997 年版，第 26 页。

[22] 陆梅：《格子的时光书》，南宁：接力出版社 2013 年版，第 14 页。

[23] 陆梅：《格子的时光书》，南宁：接力出版社 2013 年版，第 192-193 页。

[24] 陆梅：《格子的时光书》，南宁：接力出版社 2013 年版，第 15 页。

[25] 陆梅：《格子的时光书》，南宁：接力出版社 2013 年版，第 113 页。

[26] 陆梅：《格子的时光书》，南宁：接力出版社 2013 年版，第 46-52 页。

[27] 斯蒂芬·金：《写作这回事——创作生涯回忆录》，张坤译，上海：上海译文出版社 2009 年版，第 282 页。

[28] 李东华：《少年的荣耀》，太原：希望出版社 2014 年版，第 97 页。

[29] 李东华：《少年的荣耀》，太原：希望出版社 2014 年版，第 113 页。

[30] 刘绪源：《中国儿童文学史略（1916-1977）》，上海：少年儿童出版社 2013 年版，第 132 页。

[31] 米兰·昆德拉：《小说的艺术》，董强译，上海：上海译文出版社 2012 年版，第 4 页。

[32] 李东华：《少年的荣耀》，太原：希望出版社 2014 年版，第 97 页。

[33] 徐光耀：《小兵张嘎》，武汉：湖北少年儿童出版社 2006 年版，第 29 页。

[34] 李东华：《少年的荣耀》，太原：希望出版社 2014 年版，第 276 页。

[35] 李心田：《闪闪的红星》，武汉：湖北少年儿童出版社 2006 年版，第 180-186 页。

[36] 尤里·奥莱夫：《鸟儿街上的岛屿》，路文彬译，合肥：安徽少年儿童出版社 2014 年版，第 134-135 页。

[37] 尤里·奥莱夫：《鸟儿街上的岛屿》，路文彬译，合肥：安徽少年儿童出版社 2014 年版，第 133 页。

[38] 尤里·奥莱夫：《鸟儿街上的岛屿》，路文彬译，合肥：安徽少年儿童出版社 2014 年版，第 176-177 页。

第七章　童话艺术发展

中国现当代童话已经走过大约一百年的自觉发展历史。其间，不但童话作为一个文类的总体面貌发生了许多移易，童话概念的内涵与外延也始终在被不断地重新认识。与20世纪初现代童话在发展初期所呈现出的那种相对亢奋的历史激情和民族使命感相比，新世纪以来的中国童话几乎是在一种沉默、恬淡而又固执的坚守和探索中，勾画着它自己的当代轮廓。叶圣陶创作《稻草人》的那个时代已经成为过去，对当代童话而言，它所仰仗的发展力量更多地来自一个并不那么集群化的创作群体。与此同时，近年来大量国外儿童文学作品的译介和出版，人们对于儿童文学美学、艺术特征认识的不断丰富，国内童书出版与阅读推广事业的发展，新的媒介方式介入儿童文学的创作、出版和接受环节，以及整个社会儿童文化产业意识的提升，也不可避免地会影响到童话的创作发展。所有这些，使得新世纪以来的原创童话呈现出十分丰富、复杂的发展面貌。

第一节　童话作家群

新世纪以来的童话创作实践活跃而多样。一方面，老一辈作家和20世纪80年代初就已引起童话界关注的中青年作家在新世纪十余年间积累起了丰硕的创作成果，也奠定了原创童话的艺术基底。张秋生的童话延续了他标志性的"小巴掌童话"轻巧的结构和温暖的情思；周锐的大量优秀的短篇童话作品诠释着童话幽默艺术的丰富内涵；冰波的童话创作反映了作家不间断地对童话美学的探寻和反思的努力，近二十年来，他的童话始终走在自我挑战的艺术道路上，显示了作家在童话艺术领域探索的勇气和自信；张之路擅长以熟稔的小说笔法来写童话，他写短篇只是偶尔为之，却往往给人一种故事和情感上的震撼，而他的那些融入了科学幻想内容与小说叙事艺术的童话作品，则丰富了童话的艺术手法和美学特质；葛冰的短篇童话和他的那些游走在童话与小说边缘的少年武侠故事，为当代童话增添了一份别致的艺术景观；班马的童话数量并不多，但在童年生命与精神力量的张扬方面，在童话"力"的美学的展示方面，这些作品有着独特的意义。

此外，世纪之交，在童话领域从事笔耕的中老年作家还有葛翠琳、金波、高洪波、郑渊洁、刘兴诗、邱勋、孙幼忱、郑春华、倪树根、普飞、李少白、野军、程逸汝、杨楠、李满园、裴慎勤、孙继忠、李建树、常瑞、晓旭（徐德霞）、白冰、任哥舒、秦文君、常新港、康复昆、北董、似田、方圆、金志强、夏辇生、戴达、谢华、胡霜、田犁、郑允钦、孙文圣、王晓明、范锡林、明照、庄大伟、黄一辉、陆弘、延玲玉、朱效文、周基亭、刘丙钧、王业伦、蔺力、王晓晴、任霞苓、王芸美、李晋西、晏苏（汪晓军）、戴臻、肖显志，等等。

20世纪90年代至新世纪以来，各类儿童文学刊物上也陆续出现了一大批新人童话作家的名字，包括汤素兰、萧袤、王一梅、杨红樱、杨鹏、肖定丽、保冬妮、张弘、萧萍、葛竞、李志伟、吕丽娜、汤汤、左昡、陈诗哥、李东华、鲁冰、孙迎、疾走考拉（刘霁爽）、两色风景、张月、张晓玲、麦子（廖小琴）、玉米风铃（陈梦敏）、王铨美、邓湘子、安武林、常立、小河丁丁、李姗姗、晓玲叮当、熊磊、范先慧、米吉卡、皮朝晖、谢乐军、李想、刘慈欣、流火、漪然、顾鹰、段立欣、梁慧玲、朱惠芳、李丽萍、陶琼花、金旸、孙昱、赵益花等在内的一批作家，为当代童话史的书写贡献了许多充满灵气的优秀文本。这批年轻作家在创作学习过程中，有更多的机会接触、阅读来自世界各地的经典儿童文学作品，这使他们的创作得以站在一个更具有世界性的艺术起点上。他们中不少人有着高校中文专业的学科背景，其中一部分更经历过儿童文学的专业修习。经过一二十年的创作积累，这些作家已经成为新世纪童话艺术发展的中坚力量。

海峡两岸儿童文学交流的不断推进，也把包括林世仁、管家琪、张嘉骅、赖晓珍、刘思源等在内的一批中国台湾儿童文学作家的童话推到了大陆读者的面前。对于汉语童话的创作来说，这种交流直接促成了原创童话艺术的进一步丰富和成熟。

总体来看，传统的纸质刊物及书本等纸本媒介仍然是当代童话创作、接受的重要园地。北京的《儿童文学》，天津的《童话王国》，辽宁的《文学少年》，陕西的《童话世界》，湖南的《小溪流》，上海的《少年文艺》、《儿童时代》和《小朋友》，江苏的《少年文艺》，浙江的《幼儿故事大王》等期刊，一直是原创童话发表与传播的重要园地。与此同时，以网络、手机等为代表的当代新媒介的推广和普及，也对童话的创作面貌、生产与传播方式等产生着越来越重要的影响。网络内容不但直接进入童话的题材对象中，作为当代生活不可或缺的一种媒介方式，它也在不断介入童话创作、接受的实际过程中。新世纪以来，"小书房""红泥巴村"等儿童文学创作、阅读推广网站的成立以及各类文学网站上的儿童文学创作空间的出现，对当代童话多样化的创作风格的形成以及童话的创作、阅读产生了一定的影响。不少童话作家建立了属于个人（或创作组合）的网络交流平台，在虚拟空间里与读者一道分享他们的作品与创作体验，展开即时的互动交流。一部分年轻的童话新人也是首先在网络写作中脱颖而出，继而再获得纸质媒介的关注。

新世纪以来，有关童话的一些艺术思考和讨论，包括童话的幻想、童话基本的审美特质、童话的文学性与教育性、童话的读者分层与接受特征、童话与文化产业、童话的现代性与后现代性问题等，也得到了进一步的延续。

第二节　自然与生态意识

作为一个具有虚构性质的文学门类，童话很少直接指涉现实，但它往往又包含着某种对于当下或永恒现实的隐喻。20世纪前期和中期，由于特定的历史和社会原因，许多童话不得不在虚构的形式下承载过多的道德和政治教化内容。20世纪后期至新世纪的童话日益寻找着一条回归文学的道路，在这个过程中，童话的精神也开始更多地转向一种开阔、高远、恒久、普世的人文关怀。

这其中，与自然意象密切相关的生态意识得到了格外凸显。综观新世纪以来的童话创作，尊重自然、珍爱自然、保护自然的生态意识，始终是最重要的精神向度之一。

这类童话又可分为两种主要类型。一类是直接以自然生命、现象为抒写对象，而将与人有关的讯息隐藏在文本背后。这类作品往往以童话特有的拟人手法来书写自然世界的诗意和趣味，想象自然生命的温情与追求。童话的这种拟人手法本身并不新奇，具有特殊意义的是，当代童话的拟人在很多时候摆脱了借物喻人的人类中心主义创作模式，而是在尊重自然生命独立的存在形态与存在价值的前提下，展开关于普遍意义上的世界和生命的感悟与思索。这使童话的隐喻不再停留在简单的"自然—社会""动物—人间"的对应比拟关系上，而是被拓展到了宽阔的生命关怀的层面。在这里，他者生命的故事带给我们的不是关于自身处境的直接譬喻，而是对于身外广大的世界以及生命存在之美的肯定和欣赏。《为蛞蝼奏乐》(李丽萍)、《找回来的歌》(郑春华)、《四季的童话》(鲁冰)、《心爱的名字》(吕丽娜)等短篇，传达的是自然界和宇宙中活泼真切的生命诗情；《原野上，有一棵白桦树》(张秋生)、《奔跑的灰点》(萧萍)、《若伯特的"孩子"》(范先慧)等作品，是对于自然世界生命温情的充满奇趣又令人着迷的想象；《波波和果果的魔法草莓》(保冬妮)等作品，则将自然生命的幻想故事与日常生活的哲理蕴涵贴切地融合在了一起。

除了纯粹以拟人化的自然事物为主要题材对象的童话外，另一类童话将人与自然的交流、对话纳入主要的故事题材和表现题旨中，其生态意识表现得更为浓郁和鲜明。

应该说，童话自其诞生伊始，其情节动力之一就是人与自然的交互关系。然而在流传下来的许多民间童话里，自然或者被呈现为人需要克服的某种阻力的象征，或者是主人公达成某一目的的中介，而很少是一种具有独立价值的存在。这种人类中心思维也在童话创作中得到了长期延续。近二三十年来的许多童话创作开始强烈地意识到自然存在的独立尊严，并致力于在双方关系的阐释中表现这种尊严。尤为难得的是，其中一些作品表现的已经不是一种单纯的批判，而是同时触及生态道德判断和实践的两难。当然，许多作品最后仍然为人类与动物（自然）之间良性关系的建立提供了美好的希冀，表达了对于人与自然谐和相融的一种积极的期待。

新世纪以来，这种针对自然与人的关系中人类中心意识的批判以及人与自然谐和关系的体认，越来越多地表现在以不同年龄段儿童为接受对象的童话创作中。对于以较高年龄层次的儿童读者为接受对象的童话而言，它常常并不回避表现消极的"人—自然"关系，以借此表达严肃的现实批判内容。《城市里的狼》（姜宝凤）、《别握住我的嘴》（刘小山）、《松木镇上的大烟囱》（杨笛野）等短篇作品就包含了对物欲社会的人性异化以及由此造成的对于自然生态和他者生命的难以估量的伤害的深入批判。近些年出现的另一批中高年龄段童话则显示出中国古典美学与一部分日本现当代儿童文学作品的影响，如《野草莓》（秦萤亮）、《摘星者的邀请》（谭维佳）、《火狐狸的秘密》（周静）、《冬末深夜天空味道的蛋糕》（张景睿）、《树叶糕团铺》（顾抒）、《月儿圆圆粽子香》（小河丁丁）等。这些童话将人类个体放置在带有神秘意味的自然或宇宙的背景上，以此来表现一种融入自然的朴素诗意，自然界的各种意象在这里被赋予了特定的心灵疗救和补偿的意义。

在以低幼儿童为读者对象的童话故事中，作家往往更倾向于强调自然与人之间关系的积极面。借助于童年特有的天真和稚趣，这种积极的关系能够得到富于童年意趣的展示。一方面，它常常呈现为一种人类童年时代尚未与自然割断天然关联的融洽境界。张秋生的许多"小巴掌童话"都致力于营造这样的境界。金波的不少小童话也展示了童年生命与自然相融合的美。此外如《我变成了一棵树》（顾鹰）、《天空飞过一群鱼》（赵益花）等短篇童话，将人与动物、植物的彼此相遇与认同描绘得有如生活中一种真实的存在，也使不同生命间的这份交流、关怀显得格外自然。另一方面，低幼童话也不回避人与自然之间的矛盾，但在具体的文学设计中，它往往仍然选择把这种矛盾处理为积极关系的一种铺垫。

童话表现自然生态意识的优势在于，它的泛灵思维特征使作家的叙述得以自然地走入他者生命的意识和立场上，从而较为自如地完成相应的艺术表现。从总体上看，动物、植物等自然意象大量地出现在当代童话作品中，很多时候，这些意象不再仅仅被赋予完全拟人的情感、动机和行为方式，而是同时作为自然与世界的代言者，在我们心里唤起对于那几乎被忘却了的人与自然、与身边世界相对话、相交融的遥远年代的回忆和眷恋。《白雪仙童》（汤素兰）等童话，以幻想将古老的自然精灵召回到现代人的日常生活中，为喧哗、忙碌的现代生活保留了一个诗意、宁谧的角落。《住在房梁上的必必》（左昡）等作品则以带着传统气息的现代童话幻想与意象，来传达传统与现代文明的对抗及其在生命温情里的最终和解。

对于自然及其尊严的生态意识，归根结底是与当代人的精神和心灵生态联系在一起的。新世纪以来的童话创作，在对于工业时代和消费文化中人类生存的精神关怀方面，达到了一个新的高度。它在童话创作中表现为作家对存在于生命之间的"爱""尊重""理解""关怀"等价值观念的倡导。这一时期的童话在其发展过程中，不断走出狭隘的教育目的和政治内容的规约，并越来越倾向于把作品的精神旨归放到全部人类文明的大背景上。不少当代童话借自然意象对现代文明下生命精神所受到的压抑和污染提出了警醒与批判。台湾作家李潼的短篇《水柳村的抱抱树》表达了在节奏日益加快的现代生活中对于生命诗意的呼唤。长篇童话《木偶的森林》（王一梅）触及现代文明与自然之间的冲突、交互与和解的话题。《土土土》（汤汤）这样的童话，是为钢筋水泥世界里日益离我们远去的自然土地而唱的一曲挽歌。《木鱼小姐的种子》（麦子）则是试图以自然的"种子"唤醒现代人日渐尘封的心灵。另外值得一提的是，新世纪以来出现的一些带有幻想或科幻性质的童话故事，在一个当下或虚拟的现代文明环境中描写生命不得不面对的精神诉求无奈落空以及由此而生的精神窘困，也构成了当代童话精神的一种丰富和深化。

近年来的当代童话在精神旨归层面所表现出的"生态"意识，既与童话文体本身的美学特征和气质相关，也与当代童话作家主体的创作追求与价值取向联系在一起，同时，它也是当代社会处在不断形成中的文化气脉的一种表征。通过这种书写，当代童话以自己独特的文学和艺术方式，在想象的世界里开辟着诗意的栖居地，并期待通过这种想象，来参与塑造一个更好的现实。

第三节　幽默精神与小说手法

关于 20 世纪后期的中国童话，人们记忆犹新的是那一场曾引起整个儿童文学界关注和讨论的"热闹派"童话创作潮流。这一命名最早由任溶溶提出，但当时并没有把它作为一个严格意义上的学术概念来使用，因此在很长一段时间里，它确切的学术内涵及其在理论分析上的适用性也始终处在争论当中。确切地说，"热闹派"现象并不构成童话史上的一次文学创作思潮，但这一概念的产生及其所引发的探讨，反映了人们对于那个时代正在出现的一种新的童话美学的敏感和关注。这与后来被命名为"游戏精神"的童年哲学和美学范畴有关，而它基本的立足点之一，其实就是童话创作的幽默美学。

20 世纪 80 年代末 90 年代初，"热闹派"童话的创作潮流悄然退去，但它们所唤起的童话的幽默精神，却在其后的童话创作探索中默默地延续了下来。整个 90 年代的长短篇童话创作是在一种不事张扬的自我艺术探寻中，悄然走过了世纪的门槛。而从 20 世纪 80 年代末到本世纪初，童话的幽默美学不断得到创作者和评论者们的关注，并显示出日臻成熟的面貌。童话幽默美学的倡导和探索，在新世纪以来的童话创作和出版中，不但数量大增，而且逐渐有了相当引人注目的艺术表现。这种艺术上的发展主要表现在三个方面。

一是对于童话幽默的文学特征有了更为丰富、深入的认识。与之前的童话相比，新世纪以来的童话创作在幽默美学的经营方面，开始在"热闹""好笑"的基础上，更多地考虑故事本身的文学质量，以及如何通过叙事安排巧妙地传达幽默效果。在这里，童话的幽默不再仅仅意味着某个好笑的故事角色或某些滑稽的场景、对白，而是与作品的整体文学构架结合在一起，渗透在它的文学肌理和故事纤维当中。尤其是一批年轻的童话作家的加入，给当代童话注入了一股新鲜而重要的力量。这些作家普遍表现出对童话幽默艺术的钟情。包括《故事从小野猫讲起》（吕丽娜）、《守着 18 个鸡蛋等你》（汤汤）、《蜘蛛开店》（鲁冰）、《用猎枪拍照》（两色风景）、《大家来跳舞》（张晓玲）、《一匹叫"闪电"的马》（陈梦敏）、《几乎什么都有国王》（陈诗哥）等作品，共同把一种纯粹、温暖、滑稽而清新的文学幽默带进了当代童话的创作中。这一时期的幽默童话创作在整体上发展出了愈益精细、成熟的叙事艺术，在故事的起承转合和叙述的悠游舒展方面，都显示出不俗的文学驾驭能力。

二是形成了富于作家创作个性的多样化的幽默艺术风格。经历了20 世纪八九十年代的积淀与酝酿，新世纪以来的许多童话作家已经逐渐形成了个性鲜明的创作风格。这种风格的形成与作家一以贯之的叙事特征和语体风格，以及他们的一系列作品在读者接受中所得到的认可密切相关。比如，周锐童话的幽默继续表现为一种不露声色的逗趣、反讽。他的"幽默三国""幽默水浒"等童话系列，借古典作品的瓶身装现代童话的新酒，个中故事分明极尽夸张，而这种夸张又能自然地融进日常生活的逻辑中，从而制造出一种特殊的幽默效果。冰波在新世纪以来创作了一批质量上乘的低幼童话，其幽默质地淳厚，明亮温暖。葛冰童话的幽默较少直接体现在语言的表述上，而是一种隐约闪现在特定的角色形象塑造和情节安排中的引人捉摸和琢磨的悠长意味。汤素兰童话的幽默常常与文本精致的语言和温婉的情调结合在一起，其质地也显得格外轻灵。常新港的《土鸡的冒险》《猪，你快乐》

等长篇童话，其幽默的叙述同时诉说着生命存在的快意与疼痛、轻松与沉重。北董的《线条学校》等短篇童话叙事节奏推进较快，它既把读者推向前去，又使他们想要在字里行间的幽默讽刺中略做停留，从而营造出一种特别的阅读效果。年轻一代作家如张弘的童话似乎总能在出奇制胜的想象中"顺便"完成幽默故事的设计与叙述；王一梅的童话呈现出一种明净的温婉，同时也十分注重幽默的细节；葛竞的童话里，幽默常常从一些小小的细节设计和表述中不经意地流露出来；吕丽娜的作品显示出西方经典童话传统的濡染，散发着温暖的幽默气息。同时，我们也开始能够凭借童话语言风格方面的特色，判断出不同作家的创作风格。这些创作风格的形成大大丰富了近二十年来童话创作的面貌，也使得幽默作为一种童话美学，获得了十分有益的探索和实践。受到这一审美趋向的影响，新世纪以来，幽默风格的童话创作尝试以愈来愈高的比例出现在各类儿童刊物上，同时，由于对这类作品的市场销售颇为看好，许多少儿出版社也纷纷在年度图书出版版图上增加了这类作品的份额。

三是在幽默的喜剧性与深度的结合方面实现了较为成功的探索。20世纪70年代末以来，有那么一段时间，似乎是出于对此前风行一时的教育童话的一种特意的反拨，幽默风格的童话创作较为强调表现周作人所说的"无意思之意思"，即只注重游戏性的故事内容，而不考虑现实的教育意图。它在底子上展现了蓬勃、无羁的童年生命精神和力量。但与此同时，人们也在逐渐意识到，童话创作的幽默美学与它的"意思"亦即内涵的传达其实并不矛盾。一部分既充满幽默的喜剧效果，同时又自然包含了特定哲理和情感内涵的童话作品，展示了把上述两者相结合所能达到的独特的艺术效果。《尾巴它有一只猫》(卢颖)、《魔术师的苹果》（常立）、《隐形的"我"》（周羽）等童话，在短小幽默的叙述中，传达了令人回味的哲理内涵，同时也闪烁着生命和生活的温暖。《会走路的小房子》（杨红樱）、《大蝌蚪》（萧袤）、《小鼹鼠的土豆》（熊磊）、《弟弟变的小狗》（肖定丽）等作品，在仿佛颇不经意的轻巧叙事中，展开了关于自我、家园、爱与生命寄托的哲思。而《奇怪的胸透片》（魏滨海）等童话故事，则以十分幽默的情节和语言设计，传达出对于现实文明、社会制度以及人性某些方面的批判。许多作品在幽默艺术与哲理、批判内涵的结合方面显示出作家娴熟的文字调度能力，而一部分童话给予我们的情感和思想回味的空间，使得这些作品的故事和语言都具有了延展的文学张力和丰富的诠释可能。以轻巧的笔墨来写厚实的情感，以幽默的故事来写有重量的思想，使童话拥有了一种"含泪的微笑"般的情感内蕴，并显示出童话作为一种"浅语"艺术的哲理深度，这是世纪之交以来童话美学探索方面的一个重要收获。

幽默艺术的发展是影响当代童话文学面貌的一个重要方面，而小说手法与技巧的介入，则使得对于当代童话的叙事分析变得越发复杂起来。

童话发展到今天，其文体概念与最初已经有了很大不同，与它原来对应的日文、英文词汇的含义也产生了明显的分化。随着当代童话叙事艺术的不断丰富和发展，童话的外延正在变得越来越模糊和难以完全确定。童话与小说两个概念的分野，在西方早期的儿童文学创作中并不难辨别。童话是源自民间文学传统的与动物、魔法、精灵、仙境等相关的故事，它早期的一个十分典型的特征，是具有原型化的角色、母题和情节序列。童话从口头传统进入书面创作传统之后，尽管文学面貌有所改变，但上述基本特征仍然延续了下来，这也成为人们借以判断童话身份的重要依据。例如在当代西方，童话与童话题材的幻想文学作品之间界限的判断依据之一，便是后者在语言叙述、角色塑造和场景描绘方面明显运用了小说的重个性而不重原型的写作手法。

然而对于西方童话概念的上述认识并不能被平行挪用到对中国现代、当代童话的诠释中，因为后者从一开始便与小说文体及其技法不可分离地胶合在一起。由于中国民间童话的传统在 20 世纪以前很少进入正统文学的视野，这一传统的自我保存和流布受到了较大限制；又由于童话概念最初被援用过来时意指的范围是整个儿童文学，后来演变为儿童文学中的一个门类，虽然起初也包括文人记录、改编和译写的中外民间童话、故事等，但随着文人创作童话的增加，它与民间文学的传统其实已经相去甚远。叶圣陶、张天翼等作家的童话，基本不受动物和仙子故事框架的约束，个中角色、情节也大多依小说的笔法进行塑造和设计。20 世纪八九十年代，我们所说的"童话"在很大程度上是西方的童话（Fairytale）概念与儿童幻想文学（Juvenile Fantasy）概念的一部分内涵的融合。人们发现，一度被认为是"童话的本质"的"幻想"并不足以概括童话的当代特征。随着"小说童话""幻想文学"（"幻想小说"）等概念的出现，童话与小说之间的关系变得更加扑朔迷离起来。

1997 年，二十一世纪出版社推出的"大幻想文学"丛书正式提出了"幻想文学"的命名，其后便引发了关于童话与幻想文学的区别的讨论。"幻想文学"（Fantasy）这一经由日本借自现代西方的概念，兴起于19 世纪中后期的西方文学界，是一个同时覆及成人文学与儿童文学范畴的概念。在西方儿童文学语境中，幻想文学基本上是指以幻想为题材、采用小说笔法写成的虚构文学作品，它近乎介于西方概念中的童话与小说之间的一个文体。在国内，由于童话的叙事特征从一开始便与小说联姻在一起，许多在西方被归于幻想文学行列的作品，如《爱丽丝漫游奇境记》《彼得·潘》《奥兹国的巫师》等，我们也称之为童话，因此，在童话与幻想文学之间进行外延区分的努力，最终并没有得出令人满意的答案。这也显示了中国的"童话"概念在特定历史语境下所形成的独特内涵。事实上，即便在西方，要在现代的童话与幻想文学之间划出一条界线也不是一件容易的事情（J.R. 汤森《英语儿童文学史纲》）。直至今天，我们在使用童话与幻想文学的概念指称许多幻想题材的儿童文学作品时，仍然是模棱两可的。

但上述试图区分"童话"与"幻想文学"的尝试，却显示了当代童话创作领域在叙事艺术方面的一种正在推进中的突破。"幻想文学"一说的提出，与 20 世纪后期以来童话叙事不断向小说艺术领域掘进的现象有着一定的关联。我们看到，新世纪以来的童话创作实践使中国的童话概念与西方 Fairytale 的概念日渐疏离，并日益形成自己独特的艺术面貌。综观新世纪以来的长短篇童话创作，不难发现童话在情节构想、角色塑造、叙事技巧等各个方面的艺术精细度都在不断提升，这在很大程度上得益于对小说领域的艺术借鉴。一些童话作品开始尝试将童话的幻想性与小说的现实感相糅合，营造出一种亦真亦幻的故事氛围，也使童话的笔触得以延伸到虚拟的现实情境中，从而扩大了童话的艺术表现空间。比如张之路的长篇童话《小猪大侠莫跑跑》《千雯之舞》，便是将童话的题材内容与小说的叙事笔法相结合。再如汤素兰的《驴家族》、李晋西的《明信片》、段立欣的《时间碎片桂花糖》等作品，在叙事结构和叙述话语上均显示出当代童话开阔的艺术气象。

第四节 语体借鉴与创新

语体是语言运用中为了适应特定题旨和语境需要而形成的语言特点的综合，它是由语音、词汇、句式、修辞等各方面因素共同构成的整体语言风格。比如口头语体与书面语体，在语言的各个要素方面都存在着一些明显的区别。各种文学体裁在长期发展过程中也形成了各自特定的语体样式。可以这么说，特征鲜明的语体风格的建立，在很大程度上标志着一个文学门类艺术上的成熟。那么，作为一种与儿童文学直接相关的文学样式，童话是不是已经发展出属于自己的一些基本的语体特征？

对于来自口头传统的民间童话来说，上述问题的答案显然是肯定的。阿尔奈、汤普森、普罗普等民俗学者就民间童话的情节和母题类型、叙事结构以及角色功能模式展开的研究，以及其后精神分析研究方法的介入，使民间童话在语言文本的构成及其内涵方面的一些共性越来越被人们所认识到。比如它常见的"很久很久以前"的开头和"永远幸福"的结尾句式与语篇模式，在承担起相应文学功能的同时，也将民间童话的叙述语言从现实语言中分离出来，从而构成了民间童话有别于实用语体特征的一个重要方面。同时，它的重行动而轻铺叙、重功能而轻个性、重普遍而轻特殊的话语特征，也将童话与讲究创作个性的小说区别开来。

需要指出的是，民间童话的上述语体特征仍然是从作为整体的文学语体中分化出来的。它的语体的独立性，是相对于诗歌、小说等其他独立文体而言的。随着文学创作探索的拓展，已有的文体以及相应的语体限制不断被打破，不同文体之间的跨语体创作也变得日益普遍。在这一语境下，当代东西方童话创作的语体面貌与儿童小说等其他文体的区分也变得日益模糊。如前所述，中国当代童话本身就不排斥小说语体，而且还主动朝向小说艺术领域寻求创作的拓展。因此，要把当代童话确立为某个独立的语体存在，在东西方都已是不可能的事情了。

然而在纵向的脉络上，近二十年来的中国童话的确促成了新的童话语体风貌的构造，而在横向的脉络上，受到近二十年来大量译介进来的国外儿童文学作品的影响，中国童话也呈现出一些新的语体特征。这些变化和特征使我们能够把它们看作一个相对的整体，来尝试谈论当代童话在语体方面正在发生着的一些独特的变化。

可以肯定的是，从 20 世纪初现代童话的诞生到 21 世纪的今天，童话的语体风格已经随着整个文学、语言、某些文化领域的相关变迁而发生了不小的变化。这一变化可以很容易地从不同时期童话的词汇、句式等各个方面得到印证。20 世纪前 40 年，是童话语体逐渐走出初始期现代白话语体的朴拙、日益形成成熟的大众语体风格的时期；而 20 世纪 80 年代之前，则是童话语体在政治、教育话语的规约中不无尴尬地寻求和塑造自我身份的时期。近二十年来的童话创作在自由的当代汉语文学表达的基础上，形成了多样化的语体风格。它们有的注重铺叙和描绘，注重较多形容词运用或转述体的语言，尤其注重对角色心理的呈现及其行为的评价，如干一梅、吕丽娜等作家的童话创作；有的则比较偏爱主动态的动词和简洁的对话体语言，以使角色行动和故事节奏得以不断推进，如郑渊洁、周锐等作家的一些童话创作。当然，这两种宽泛的语体风格还可以再进行细分。在语音上，低幼童话特别注重营造语词和句子内外的声韵效果，比如张秋生的一些短篇低幼童话，以整齐的音韵感营造轻快活泼的语言感觉。对于读者年龄段较高的童话作品来说，对较复杂的词汇和句式的关注需求常常超过了语音方面的直接经营，并且愈来愈向少年小说的语体风格靠拢。

同时，20世纪末至今是继五四新文化运动之后，又一个国外儿童文学以极大的激情和规模被译介到国内并受到广泛关注和阅读的时期。不但许多在20世纪之初便已被译介进来的作品被重新翻译，更多新的作品也进入了我们的视野。国外儿童文学作品的语体风格，或者更准确地说，翻译儿童文学作品的语体风格，自然不可避免地会影响到国内童话的创作。在规模颇为庞大的当代童话群落中，这种影响的发生是渐进的、不易察觉的，但不是应当被忽视的。许多国外优秀的儿童文学作品以其较为纯粹的情感、思想底蕴和富于妙趣的故事构思，不断带给我们审美上的冲击和丰富。而所有这些又与作品本身的语言表达融为一体。阅读这些童话，既是进入某个来自异域的故事，同时也是进入一种别样的语体氛围。罗尔德·达尔、米切尔·恩德、J.K.罗琳、宫泽贤治、安房直子，等等，这些名字，唤起的不仅仅是我们对于他们作品的某些印象，也包括这些作品的一部分特殊的语言风貌。

有趣的是，当我们的童话创作开始向国外儿童文学作品借鉴故事编织与情感传达的技巧时，我们也在不自觉地寻找和运用着与之相联的某些语体特征。不同文化间文学传统的相异以及中国正统文学传统中游戏精神的缺失，使这一借鉴常常需要借助语体的挪用才能获得某些实现。这一现象最典型的表现有两个方面，一是对童话角色和地点命名的处理，二是对某些非中文习惯的语言表述的借用。

翻读当代童话，我们可以很容易地发现一些原本并不属于中文语言传统习惯的命名，其中大部分是典型的欧式名字，如狄尼、希尔、凡尔、杰里、哈立克、波卡、奈尔、洛卡、卡鲁、喀拉克拉、巴巴布、琳达、哈里、托克、托尼、萝里、里克、安琪、毛姆、比尔、微达、吉米、威尼、安米、皮克、非比、莫里、撒末尔、波比、若伯特、爱密、萨得、波邦塔、汤米、卢卡、韦伯、亚格、米乌拉，等等，此外还有如美穗、星一等不少带有鲜明日本风格的名字。类似的现象在 20 世纪初的中国童话创作中就存在过，但那时大多只出现在外来童话的改写作品中，或者是为了表达特殊隐喻意义的词汇音译（如郭沫若的《一只手》中，普罗与克培的名字分别取自英文"无产阶级"和"资产阶级"二词起首音节的谐音），而且为数十分有限。20 世纪后期至本世纪初，这一类型的名字开始愈益频繁地出现在各类儿童文学刊物上发表的短篇原创童话作品中，它们所承担的功能也发生了变化。对于它们所在的童话故事来说，这些名字的主要功能看似是一种无关要旨的角色指认，但它们对整个文本的艺术展开所产生的实际影响却重要和深刻得多。正是这些词汇把它们原本隶属的语境所具有的语体感觉带进了原创童话的文本内，从而使童话创作在一定程度上摆脱了既有美学感觉的限制，进入一种新的艺术表现的语境中。上述名字大多担任着童话内的主要角色（有时也包括主要配角），因而它们所带来的语体感觉是发散的、贯穿整个文本的。我们可以看到，以欧式名字为主角的童话故事，往往展现出富于当代西方童话语体感觉的温情、活泼或游戏狂欢精神，而以日式名字为主角的童话故事，则呈现出温婉、恬静、彬彬有礼的日本童话语体风格的影子。有时候，这种命名方式也会从角色转移到地点上，比如"卡诺小镇""从没街"（仿"永无岛"）等地名。对于一部分熟悉和偏爱国外儿童文学作品的读者来说，这样的名字有着一种难以拒绝的吸引力，它们比一般的中文名字更容

224 | 225

儿童文学的中国想象
中 编 艺术轨迹
第七章 童话艺术发展

易让我们联想到女巫、精灵、魔法和奇幻世界，也更容易带我们进入新奇的童话语境中。

当代童话对于国外儿童文学作品句式、语篇的模仿和借鉴，或许不像名字词汇那样容易辨识，但它们也承担着类似的功能，尤其是在上述命名缺席的情况下。这类句式在人物独白和对话中出现得最为频繁。比如下面这段取自 2002 年发表的一篇童话中的动物角色对白：

"我这是跑步呢！怎么，你不打算和我一块儿锻炼身体吗？"

"哦，不，跑步使我很不舒服。"

"那么，再见！"

"等一等。我告诉你，老鼠刚刚跑过去，他可能也在练长跑。对了，他是到池塘那边去了。"

我们会发现，这段特意设计的口语对白在汉语的表达习惯中其实并不显得那么口语化，其中主谓宾结构完整的陈述句和问句、不是很符合汉语口语习惯的使动句式与断句方式，以及那句略显突兀的"对了"，与自然情况下的中文口语对白相去甚远。但这恰恰是我们经常从翻译儿童文学作品中读到的对白句式，也比较符合西文（尤其是英文）的口语表达习惯。再如近年来出现的一些呈现出典型的日本唯美童话特点的故事和语体风格的作品，其文本内缀有大量日语中常见的敬辞、叹词，如"请""啊""呀""吧""呢"，以及在铺叙中有意省略动作主语或把这一主语进行后置等。这些都是日本童话译文中常见的句式和段落，是作品借以营造类似的故事氛围、表达这类童话特有的情绪感觉的重要手段。

在新世纪以来的不少童话作品，尤其是年轻作家的创作中，上述外来名词、句式、语篇都或隐或显、或多或少地存在着，尤其明显地体现在近年来一部分年轻作者的创作中。这种运用有时贴切，有时则不怎么恰当，甚至容易造成叙事的生硬感。但进行这一借鉴的童话作品在整体的故事构思、角色塑造、情感表现等方面，的确显示出国外儿童文学作品所具有的某些特质，比如童年游戏精神的张扬、温暖而又奇巧的情节和细节设计、站在全部生命立场上的人文关怀，等等。在这些作品中，上述外来名词、句式、语篇形式的借鉴在把国外儿童文学作品的语体感觉带人文本的同时，也把与这一语体相伴随的童话美学策略和氛围植入了这些中文作品中。换句话说，对于外来词汇、句式等的自觉或不自觉的借用，其根本的动机在于从语体的层面来寻求当代童话美学的拓展与突围。

这一现象也提醒我们，当代童话创作也许正在默默地酝酿和经历着一场童话语体层面的蜕变。当代童话语言在总体上会运用愈来愈多明亮的、温暖的、幽默的、积极的以及与宇宙、自然相关的词汇和句式，重表现而不重判断、重时间推进的叙述而不重时间停滞的说理的语篇，其语体功能也不再受具体的现实隐喻、影射功能的限制，而更多地体现为较为纯粹的审美陶冶。对于儿童文学翻译作品语体的借鉴，也正是出于上述童话美学变革的需要。这种借鉴在初期略显生涩的摸索之后，正在不断走向成熟。而与此并行不悖的是，许多童话作家也不断探索着借助童话语体的本土创新来发展中国童话新美学的可能。从童话本土化发展的意义以及作家们的创作实践所产生的影响来看，后者的价值更值得我们予以关注。

第五节　童话艺术的多元发展

新世纪以来，童话艺术日益朝着多元的方向发展，各种观念、技巧、写法在创作中得到了丰富的试验。而从近年在各类期刊上发表的短篇童话来看，在这多元、自由的发展格局中，我们可以注意到三个引人注目的发展方向，它们分别指向本土幻想的创造、现代内涵的表达和低幼童话的经典化这三个重要的现代童话艺术追求。这里我们以近年的短篇童话创作为例，就这三个方面展开一些分析。

一、魔法童话：本土幻想的成色

中国童话先天缺乏一种鼓励人们作"怪力乱神"语的文明传统的滋养，当代童话因此不得不常常转向异域文化去借取更多幻想的火种。这种文化借力造成的一个结果，是今天我们的许多童话中充满了各种来自域外作品的意象，最典型的如仙子精灵、魔法巫术等。在近年的短篇童话中，我们再次见证了这类意象的密集出现。"不会魔法的小妖怪""骑士结婚记""橘子精灵"，这样一些童话题目就暗示了它与异域传统之间的隐在关联，其他分布文本各处的相关意象更不在少数。总体看来，原创童话对于上述异域资源的化用正愈来愈臻于熟练。看得出来，经过几十年的探索融合，这些最初主要是嫁接而来的幻想意象，现在已经成为原创童话中一个自然的枝条。

正是在这样的文化影响和吸收过程中，原创童话的本土幻想传统也在慢慢建立。目前看来，它主要表现为一种既吸纳了来自国外优秀童话的艺术营养，又贴近了本土童年和文化传统的幻想手法。就近年的短篇童话来说，汤汤的《我很蓝》、两色风景的《世界之钟》等作品，尤其体现了这样一种建构本土幻想的努力。

《我很蓝》并不是汤汤最好的童话，挑剔地看，它的想象还缺乏一种足够自然、简洁的成色，但它像汤汤的其他许多童话一样，智慧而又不露痕迹地完成了西方童话传统向着中国式幻想的某种蜕变。《我很蓝》中发生在"紫天堂"里的"国王"和"公主"的故事，处处映有西方童话若有若无的影子，但当"我"拒绝了父爱的诱惑和"公主"的名位，毅然回到那个只有一点点温暖的人间世界时，属于西方童话的一般幻想传统在这里被打断了，那瞬间弥漫开来的艰涩而又温暖的亲爱之情，不是任何遥远的异域风情，而是我们眼前熟悉不过的生活。

与借域外母题书写本土情感的《我很蓝》相反，童话《世界之钟》取用了中国传说中一个再古老不过的"神仙"意象，却为它注入了源自西方童话的游戏和幽默精神。作品用俏皮生动的现代童话语言来写前现代的幻想题材，两者的结合激发出许多诙谐的妙趣。整篇童话专心致力于游戏趣味的制造，而并不追求过多的题旨发挥，从而使得作品的幽默得以贯通一体，给阅读者以酣畅的快感。

不过，总体上看，近年的短篇童话还未能提供给我们更多关于本土幻想的想象。很多时候，我们看到的是作家，尤其是年轻作家如何轻易迷失在域外幻想的方阵中，许多作品甚至还没有从"嗯，哦？也许，可能，说真的，我也是猜的，谁知道呢？"这样一些别扭的西语翻译腔表达中走出来，很难说它们在想象力上可以实现多大的创意。显然，当代原创童话要建立自己成熟的幻想语法，还需要更多力气的琢磨。

二、现代童话：想象到现实的距离

近年的短篇童话中，有一部分带有浓郁的现实指涉气息的作品。

众所周知，当代童话曾经为摆脱现实桎梏的如影随形付出过巨大的努力。对于上述现实束缚的某种矫枉过正，近年来的一些童话创作在高擎想象力的旗帜的同时，越来越走向一种题材、思想和情感表现上的玄妙与空灵。考察前些年的短篇童话，此类风格的作品不但为数不少，艺术上也愈益精进。这些童话擅长构建梦幻般缥缈曼丽的场景和轻盈缱绻的情绪，它们的故事或高高地飘浮在生活的上方，完全沉浸于幻想的针织法中，或与生活发生轻微的触碰，但只停留在一种纤细、皮相的生命情绪上，比如某种被过于精巧化、装饰化了的亲情、友情或爱情的氛围。从童话的艺术生态来看，这类作品本身有其不可替代的文体和艺术存在价值，但如果童话文类的写作受到这一风格方向的过分影响，而松脱了它与日常生活和世界的根基性关联，放弃了朝着人间生活的深处发掘意义和问题的精神责任，这对它的发展来说则并不是一件可庆幸的事情。

因此，在近年的短篇童话中读到像李浩的《拉拉城的审判》、李东华的《多出一个昨天》、魏滨海的《奇怪的胸透片》这样的作品，我们会为当代童话在面对现实生活时所怀有的那样一份观察的敏锐和关切的智慧由衷地感到兴奋。《拉拉城的审判》不仅是一则儿童文学意义上的童话，它的意味深长的虚构和反讽，指向的是对于一种可能的现实的深刻讽喻。尽管这篇作品并没有设置多么紧凑的情节，却胜在内在的反讽趣味与批判力量上。从这个意义上说，它带上了某种"格列佛游记式"的夸张和嬉笑的深度。《多出一个昨天》以童话想象的荒诞触角试探当代儿童与成人世界相交时所产生的双重困境。作品并没有刻意美化儿童与成人的其中任何一个世界，正因为这样，它的一些字里行间所传达出的那样一份平淡的善意和美好才显得如此真实和令人怦然心动。《奇怪的胸透片》借童话的语法发明了这样一种特别的意象：当象征冰冷的机器时代的医学胸透片与一方温情脉脉的桃花源叠合在一起时，它们之间所生发出的城市与乡村、机器与土地、现代与传统、梦想与现实之间的多重矛盾，将我们带入了对于现代性的某种深切反思中——现代社会里，人要如何安置自己的诗意存在？这样的童话故事，不仅是写给孩子们看的，也是写给成人的。

阅读这些作品时，我们的脑海中盘桓着这样一个问题：童话在今天，可以并应该做些什么？作为一种古老的文体，童话的生命力穿越世纪而长盛不衰，这与童话本身面向每一时代的开放性和创造性有着至为紧要的关联。在工业文明全面兴盛的年代，金斯莱的《水孩子》、卡罗尔的《爱丽丝漫游奇境记》、格雷厄姆的《柳林风声》等作品开启了童话幻想对于现代人生存体验的独特书写，从而为古旧的童话文体在当代社会的艺术承续与拓展凿开了另一条宽阔的写作路径。新时期以来，我们的童话写作继承和发展了来自西方的现代童话幻想传统，却还没有足够宽裕的时间来思考和实践现代童话背后那个深厚的精神基底。这导致了原创童话在很快地熟悉了现代童话写作的基本门径之后，却长久地徘徊在幻想技法的反复演练上。以发表于 2011 年的短篇童话《影子艺人》（严晓驰）为例。这是一篇尽管借鉴了西方童话著名的"影子"原型，却在构思和语言上自成创意的童话作品，它所使用的"影子"意象，浓缩了对于现代人灵魂状态的丰富隐喻，因而有着极大的意义生发空间，很可惜，作者没有更好地利用和发掘这个意象所带来的意义增殖可能，最后还是把故事留在了幻想的虚空中。

在今天的一部分童话写作中，我们不难看到，随着童话的幻想被不断地精致化，它朝向现实的面孔也在不断地虚化，许多充满灵光的想象和语言却始终切不到我们生命和生活的深处。与此形成对照的是，现代人（包括现代儿童）的生活中遍布着等待言说的生存体验。上面举到的三个童话文本，其书写已经触及现代生活和现代性体验的一些方面，但这类体验仍然属于比较早的现代时间，至于另一些更当下的生存思考，则还很少进入原创童话的探索和表现视域。我想，故事和幻想固然是童话永不枯竭的灵感源泉，但对于这一文体的当代发展来说，如何以想象的文法来传达深刻、贴切的现实关怀，像米切尔·恩德那样，将童话的言说导引到现代人生活和生存体验的深处，必定会是一个无从绕开的话题。

三、低幼童话：朝向经典的过程

近年的短篇童话书写在总体上显示了较为合理的创作生态，其读者范围覆盖了从幼儿到青少年乃至成人的各个年龄段，且每一阶段都出现了若干可圈可点的作品。这其中特别值得一提的是低幼童话。某种意义上，低幼童话是短篇中的短篇，也因此是一种格外容易受到忽视的文体。通常情况下，以儿童和少年读者为对象的童话写作拥有比低幼童话宽广得多的幻想、情节和语言发挥的空间，而长期以来，童话创作和评论的主要力气也大多放在这些看上去更具"文字性"阐发可能的作品上。在这样的背景下，低幼童话迄今为止所取得的不少艺术成就，常常被不知不觉地低估了。

　　从近年的短篇童话来看，低幼童话的创作在其中占据了显要的位置。葛冰的《打哈欠》、萧袤的《小鸟和树》、李姗姗的《爱漂亮的风》、张秋生的《我的一份儿呢》、吕丽娜的《我的名字叫黄小丫》、沈习武的《捉迷藏》、今晓的《很多加很多等于几》等作品，一方面完全褪去了长期以来低幼儿童文学难以摆脱的狭隘教育的功利意图的影响，另一方面又绝不走向想象的空灵，而是自然贴紧幼儿真实生动的生活现实和情感内容。在此基础上，这些作品以清新简明的篇幅、结构和语言来表现精巧、温暖、朴素的童话创意，很好地承继和发扬了经典低幼童话的"极简"美学。例如，《打哈欠》表现的是幼儿家庭生活中一个普通的睡前场景。作者有意使用简短一致的口语句式来压缩语言表达的丰富性，而这一单纯、齐整、富于节奏感的语言形式恰与作品的表现内容互为呼应，传达出一种安宁、琐细、温暖的日常生活感觉和氛围。故事整体叙述显得从容不迫而又一气呵成，似乎无所用意，却又意味深远。《爱漂亮的风》在自然的物性逻辑与童话的拟人手法之间实现了恰到好处的平衡，从而使童话的悬念和情节推进显得既生动别致，又自然天成。《我的一份儿呢》属于常见的幼儿礼仪类教育童话，它的故事尽管包含了明确的生活教育意旨，却很好地实现了教育与生活的融合，从而体现了世界范围内优秀幼儿教育童话的共同旨趣。

　　当然，我们也不会不注意到，当代低幼童话的艺术发展从国外低幼童话的艺术借鉴中获益良多。今天，不少优秀的低幼童话都或多或少地含有与引进童话之间的互文关联。以上面提到的若干作品为例，童话《打哈欠》的题材和结构形式，会让我们不自觉地联想到美国图画书《打瞌睡的房子》；《我的名字叫黄小丫》对于自我认同主题的处理方式，与图画书《我的名字克丽桑丝美美菊花》相仿；《捉迷藏》的构思灵感则显然来自另一本名为《逃家小兔》的知名作品。毫无疑问，在低幼童话走向世界的艺术行程上，我们是怀着颇为理解和欣赏的心情来阅读这些从经典脱胎而来的作品的。但是，它同时也意味着，当代低幼童话进一步发展所面临的一大课题，是如何脱出笼罩于其上的经典的厚重影子，去探寻和创造自己的经典。

第六节　后现代的狂欢及其困境

在近年中国的文学创作和批评领域，从西方话语中移植过来的"后现代"一词已经成为一个重要的本土诗学术语，并日益影响着我们对当代文学的叙事创新、艺术精神等的理解。近年间，我们在一些文学刊物上读到了少量借鉴西方后现代文学手法的童话作品。尽管这些具有创作尝试性质的短篇作品还很难作为中国童话后现代艺术得以确立的标志，但显然，来自西方后现代童话的某些创作理念、方法，正开始转化为中国当代童话的艺术养分。

刘海栖的"扁镇"系列长篇童话在 2011 年的出版，让我们看到了中国童话后现代艺术的一次引人注目的出演尝试。这部作品对于西方儿童文学后现代叙事手法的密集、自觉的运用，既代表了中国当代童话的一次姿态鲜明的后现代转向尝试，也反映了这一尝试所需要思考、应对的诸多艺术问题。

一、"扁镇"：一个朝向"后现代"的写作个案

"扁镇的秘密"系列是作家刘海栖在出版界挥师鏖战多年之后回归作家身份创作的第一个长篇童话系列。在这部作品中，作家构想了一处子虚乌有但又与现实世界若即若离的所在——"扁镇"。扁镇实际上是一个贴在墙上的剪纸世界，但作家用独特的方式让这个世界摆脱了剪纸的二维空间与静止时间的限制。它不是一种普通的拟人。尽管作者大可以利用一般童话的拟人语境让扁镇的时空处理变得更容易一些，但他笔下的这个世界却始终被限定在一个没有任何现实厚度的平面里。令人意想不到的是，就在这样一个轻薄如纸的平面上，属于故事的某种立体的空间与流动的时间奇异地膨胀了起来。这有点像某些后现代主义绘画作品处理时空的方式，而这一时空存在状态的独特性在根本上构成了故事中扁镇所有"秘密"的来源。

然而扁镇的秘密显然不止于此。它以剪纸人物构造的这个世界不但让我们联想到某种具有后现代特质的童话时空，也以其"剪"与"贴"的基本动作语法暗合了后现代艺术至为重要的"拼贴""游戏"等范畴。如果我们仔细阅读文本，便会发现这样的联想并非一厢情愿的主观阐释。整部童话调用了如此之多带有后现代特征的叙事元素，以至于它可能对许多习惯于欣赏传统故事的眼睛构成了某种阅读上的挑战。事实上，"扁镇的秘密"系列是目前为止中国当代为数不多的运用后现代叙事技法的童话作品之一，它以其叙事革新的尝试，让我们看到了中国当代童话在相对稳定的叙事框架中突破这种框架的文学可能，也展示了这种突破需要应对的困境。

扁镇的故事是从一种恍如语词游戏般的絮叨中开场的：

说是世界上有一个小镇，名字叫作扁镇。

它并不只是名字叫扁镇，而真就是一个扁扁的小镇。

这个名字叫扁镇的小镇你在任何地图上都是找不到的。[1]

从《拯救行动》《狂欢的日子》到《三条尾巴的故事》，这种随意的、游戏的、念叨的叙述语言奠定了"扁镇"系列的整体叙事基调。单独地来看，它可能预示着两种截然不同的故事氛围走向。一种是传统民间故事的路径，是本雅明笔下那些遥远年代的"讲故事的人"在纺车的吱呀声中缓缓抽出的第一根故事的纱线，它像我们早已熟识的那个"很久很久以前"的标签那样，能够为读者准备好一种亲切的故事讲述的气氛。另一种走向恰好与之相反：像常见于欧美许多后现代童话的创作手法那样，熟悉的形式可能只是制造了一个古老故事的假象，它的实际功能是为一个充满现代色彩的语言和意义游戏提供一种技术上的铺垫。

答案的揭晓并不需要太多时间。顺着文本提供的线索，我们很快就可以追踪到一些有别于正统童话叙事的重要讯息。如果说故事起始两章尽管不无文字游戏的意味，但还保留着经典童话叙事的基本面貌，那么在第一部《拯救行动》的第三章，当叙述者开始讲述扁镇的来历时，一种常见于后现代童话的典型的拼贴游戏手法则开始毫无顾忌地在叙述中蔓延开来。在这一章里，作者将《迟到大王》《克丽桑丝美美菊花》《鳄鱼怕怕 牙医怕怕》《爷爷一定有办法》等多部经典儿童图画书的角色、情节等从原作的语境中剪切出来，犹如制作拼贴画一般嫁接到扁镇的故事中，大量互文文本的介入使得故事情节几乎淹没在了异文本的组合狂欢里，故事叙述也在很大程度上变成了一个文本拼贴的游戏。

这一技法在接下去的文本里被频繁征用，包括《好饿的毛毛虫》《母鸡萝丝去散步》《傻鹅皮杜妮》《生气汤》《一寸虫》《让路给小鸭子》《獾的礼物》《野兽国》《三个强盗》《蚯蚓的日记》《和甘伯伯去游河》《爱丽丝漫游奇境记》等在内的六十余种儿童文学作品的各种内容元素借此进入扁镇，在这里承担起重要程度不尽相同的叙事功能。这些剪裁自其他文本的内容被移置到新的文本语境中之后，构成了"对原文本的戏仿和变形"[2]，它使得整部童话犹如一件缀满各色文本补丁的长袍，散发着后现代童话特殊的幽默与反讽的游戏意味。

与此同时，我们也很快发现，故事起始处出现的那个看似熟悉的受述人称的"你"，其实是一个远远越出传统童话中常见的受述者指称的人称代词，它代表了"扁镇"系列童话另一个重要的后现代叙事元素。在作品中，这个"你"不但经常承担起故事听众的角色，更是一个可以随意进出故事并与叙述者展开对话的特殊存在者。只要叙述需要，"你"可以从故事的外面走到里面，与故事里的角色面对面地交流，还可以与故事的叙述者一道就情节逻辑问题展开讨论。这么一来，叙述者、受述者与叙述对象之间的一般界线被打破了，随之消失的还包括经典童话故事中那个总是设法做出一副客观表情的叙述人，取而代之的是另一个任性、张扬、毫不掩饰其主观意图的叙述声音。例如，在第二部《狂欢的日子》的第六章，作者有意安排"你"截断了叙述者的讲述，并对故事逻辑提出异议，由此导致了故事里一场发生在叙述者与受述者之间的特殊争论：

故事讲到这里你肯定会提出异议。

你会说："喂，写书的，有没有搞错，你写着写着把自己绕糊涂了对不对，扑克鼠杰克小子本来就是睡着的，还做着梦，他怎么可能在梦里面又睡着了呢？"

我说："是吗？但是为什么不能在梦里面又睡着了呢？"

我又说："他不但在梦里面又睡着了，说不定又在梦里面做起了梦呢，不信咱们走着瞧！"

借助于一个从未见诸传统童话故事的"你"的角色，这段话至少包含了后现代小说常用的元叙事手法的三种技巧：隐含读者介入叙事、隐含作者现身以及关于故事创作过程的自我指涉。类似的技法在文本内随处可见，它一方面打破了一般童话叙事的连贯性与统一性要求，另一方面也在文本内制造出一种话语和意义的游戏狂欢。这种与一般童话创作大异其趣的叙事手法，鲜明地体现了来自后现代文学叙事的影响。

与上述叙事特征形成呼应的是同样背离正统模式的童话主角。故事里，由鞋垫猫谢蒂尔、扑克鼠杰克和鼻涕猪毕提组成的"DM三人组"，其代号"DM"的意义是无定的，它可以随意解释为"多美""动脉""打猫""冬眠""倒霉""顶门""动漫""赌马""大米"等无数词语字首拼音的组合。这一所指无定的游戏性符号暗示着，作为三人组成员的谢蒂尔、杰克和毕提，其性格、遭际和最后的命运在某种程度上也是无定的。故事里的他们既不是世界的英雄，也不是自己的英雄，大多数时候，他们的行动缺乏一个有着确定意义的指向，也难以到达一个有意义的终点。谢蒂尔和毕提一度以为三人组拯救了扁镇，但实际上，扁镇的"灾难"与"拯救"都源自偶然，而他们的自我标榜也没有得到扁镇居民的认可。杰克在故事最后倒是成为扁镇的英雄，但其极具反讽性的发生过程使这一身份在建立的同时也被取消了它在童话中的严肃意义。

从情节角度来看，DM 三人组的行动基本是在一个离散和浮动的链条上次第发生的，没有核心事件的凝聚，也没有中心意义的产生。事实上，这似乎是扁镇所有角色的存在状态：一切变故都是偶然，也不会对故事的情节构架产生任何重要的影响。就像扁镇镇长毛毛虫在母鸡萝丝的一次散步中成为她的美食，这样的事件除了漂浮的情节链意义之外，丝毫不会影响故事能量的聚散。不论一个事件可能具有怎样的现实意义，童话的叙述只是如流水般漫过它，然后无所羁恋地继续向前。

这样重新回到童话的开头，我们一定会发现，正如童话的第三部中多次出现的"从此过上幸福生活"的反讽标签一样，那个形似民间传说的开头其实只是对于传统故事形式的一次戏仿。这样的戏仿实际上暗示了整部童话的叙事语法，它是对正统童话叙事语法的一次充满游戏意味的反叛，在它的全部文字间，弥散着一股浓重的后现代童话的美学气息。

二、寻找"后现代"的叙事能量

《扁镇的秘密》是目前为止中国当代罕见的一部具有典型的后现代叙事特征的长篇童话。尽管成人文学和西方童话界对于后现代叙事技法的创作关注与试验在几十年前便已开始，但是对中国童话界来说，除了在近年来极少数量的短篇童话中我们可以看到对于后现代叙事技法的若干有意识的运用之外，直至今天，来自经典文学传统的故事叙说方式仍然覆盖了几乎所有童话文本的写作。尽管 20 世纪 90 年代原创童话中出现了一些看似带有"消解深度""消解故事""消解整体"等后现代主义文学特征的童话作品，[3] 但其基本的叙事模式和精神仍然明显沿袭着传统童话的路子。在这样的背景下，"扁镇"系列故事的后现代叙事形态无疑展示了当代童话创作最前沿的艺术探索动向。

在欧美童话界，童话创作对于后现代叙事技法的吸收与消化得益于二战之后兴起的西方后现代文学思潮的影响。自 20 世纪 80 年代以来，如美国作家罗伯特·蒙什与加拿大插画家迈克尔·马钦科合作的《纸袋公主》[4]、爱尔兰作家马丁·韦德尔与英国插画家帕特里克·本森合作的《蛮公主》[5]、英国作家巴贝·柯尔的《灰王子》[6] 等一批借鉴后现代叙事技法的知名童话作品的出版，极大地丰富了欧美当代童话的艺术与精神面貌，并引发了人们对于当代童话美学及其价值关怀的重新关注。我们知道，与中文语境下的"童话"概念相比，英文 Fairytale（仙子故事）一词主要指向与传统民间故事有关的母题、题材等，其文类范围比中文的"童话"要狭窄许多。这种概念外延上的限制也在很大程度上导致了很长一段时间以来西方童话艺术发展的保守特征。长期以来，被称为"童话"的当代作品中充斥着大量沿袭或演绎自传统童话的角色、情节、场景、母题等，一些童话故事的情节尽管被移置到了现代的时空背景上，或者从现代小说、幻想故事等叙事类体裁中吸收了某些新的叙事元素，但始终难以挣脱捆绑在它身上的古旧的童话叙事模式与价值观念的绳索，由此对童话文类的当代艺术创新构成了深层次的束缚。

因此，西方当代童话界转向后现代叙事手法的艺术探索包含了这样一个重要的意图，即通过一场叙事上的艺术革新来为童话文类的当代艺术发展寻求突围的路径。而当"后现代童话"作为一个与传统童话相对的创作手法标签在简·约伦、安吉拉·卡特等作家的童话创作中得到实践时，它在为童话创作带来新的叙事技巧资源的同时，也拓展了童话的表现对象范围，增强了童话的当代言说能力。

从这一背景上来看"扁镇"系列的创作，其叙事革新的意义是不言而喻的。首先，它对于拼贴、戏仿、元叙事等对中国童话来说相对陌生的后现代叙事手法的密集和大篇幅的运用，为当代中国童话叙事技法的创新提供了一次具有示范性的创作演示。特别是作品对于某些后现代叙事手法的运用，尽管属于童话创作领域的新试验，在作品中却显得格外老到和成熟。以作品中肆意外露、夸张独断而又时常自我否定的叙述声音为例，这一从故事起始一直贯穿至结尾的奇特的故事讲述者的声音，以一种令人惊讶的散漫而又统一的方式被编织在二十多万字的作品之内。它时而出来透露叙事的方向，时而主动解释叙事的宗旨，时而进行自我标榜或展开自嘲，更常常与想象中的儿童受述人"你"展开对话或游戏。但无论看上去多么狂狷随意，这个声音总是与故事的情节推移及其叙述风格巧妙地衔合在一起，或者说，它本身就是故事与叙述的一个必不可少的构件。在许多地方，"扁镇"系列所展示的上述童话叙述技巧的实验，对中国当代童话的叙事创新来说不仅构成一次有益的探索，也成为一个相当成功的范例。

其次，借助于后现代叙事手法的运用，"扁镇"系列的叙事突破了当代童话的一般生活经验书写框架，而得以参与对当代人独特的"后现代"生活体验的描摹与表现中来。"扁镇"系列童话对于众多儿童文学文本的随意切割、粘贴以及对于亚历山大大帝、查尔斯一世、李逵、孙悟空、刘谦、武侠小说、侦探小说、上网、国脚、房价、神马、整容、选秀、iphone（苹果手机）、微博等古今中外历史、文学和文化文本的跨时空拼贴，在文本的游戏中传达了一种平面的、肆意的、纷乱的、狂欢式的当下生存体验。它在一定程度上具有巴赫金笔下狂欢文学的脱冕、降格与粗鄙化特征，但它对于英雄人物、中心情节、权威叙事等的消解又显然不同于《拉伯雷》这样的狂欢文学作品，而更表现出取消深度、打破整一、文本游戏等典型的后现代艺术的狂欢气质，它所对应的是当代人（包括儿童）在一个前所未有的社会生活、观念与文化的复杂旋涡中所产生的某种特殊的当下存在体验，面对这样一些体验，传统童话富于秩序感和整一性的叙事梳理往往显得无能为力。在关于扁镇的叙述中，似乎任何严肃的话题都可以被拿来调侃，任何角色的言行都带着一种与世界相游戏的轻佻，这种同时属于文本形式与精神的"后现代"式的玩世不恭造成了扁镇故事与一般娱乐童话在精神上的根本分野，也构成了故事文本特殊的美学意义。

再次，"扁镇"系列童话在后现代叙事技法的平台上，将汉语童话语言的特殊美学加以新的发掘，从而展示了中国童话在语言方面的艺术潜力。《扁镇的秘密》系列充分发挥了北方口语生动、幽默的表达效果，这令我们想起作家二十年前出版的另一部语言风格相仿的童话《灰颜色白影子》。然而在这部新作中，引人注目的不再仅仅是北方口语特有的幽默意味及其艺术张力，更是这种语言与常见于后现代叙事作品中的那个嘲弄世界也嘲弄自我的叙事声音相互结合而产生的独特叙事效果。在这里，急促的叙述节奏与缠绕的话语回环、故作夸张的权威声音与这个声音在调侃中的自我消解奇妙地融合在一起。它的嬉笑语调或许会令人们想起20世纪80年代曾被冠以"热闹派"头衔的某些新童话的风格，然而通过与后现代叙事技法的巧妙结合，"扁镇"系列使语言的幽默没有停留在语言的层面上，而是将它的能量同时转入叙事革新的层面，使之由一个传统的艺术手段转变为作品艺术反叛与创新的一部分。在这样的功能转换过程中，语言事实上也实现了其自我形式的一种革新。这将决定"扁镇"系列在中国当代童话发展史上的意义。

毋庸置疑，经过六十余年的发展，中国当代童话在题材内容、艺术手法、语言表现等方面都获得了显而易见的提升与丰富，尤其是近三十年来，在域外儿童文学作品持续、大量的引进与传播的背景下，童话创作的艺术面貌变得更加多元，表现手法变得更为多样，其艺术边界也在不断得到拓宽。但与此同时，我们也注意到，在当代文学与文化观念革新的大背景下，尽管不断有新的艺术内容进入童话的表现范域之内，然而就童话内部叙事层面的探索而言，它对于当下文学和文化思潮的回应是远远不够的。正是在这个意义上，"扁镇"系列以其充满爆破力的"后现代"叙事革新尝试，为当前的童话界注入了一股粗犷而又清新的艺术空气。

三、走出"后现代"的叙事迷宫

作为一部具有创作探索性质的童话作品，"扁镇"系列在将互文、反讽、元叙事等后现代文学的叙事手法发挥得淋漓尽致的同时，它对于这一形式狂欢游戏的某种迷恋，也导致了它成为一种文学创作行为的基本缺憾。

像当代西方许多后现代风格的童话作品那样，《扁镇的秘密》充分调用了互文式拼贴的叙事技法，但是在借用技法的同时，却未能充分考虑这一技法使用的文化语境问题。在整部童话的文本内，作者铺下了大量世界儿童文学作品的文本踪迹，其互文童书规模令熟悉相关文本的读者印象深刻。然而对于大部分国内读者来说，这一主要由近年引进的欧美图画书与童话作品构成的互文文本群落在很大程度上却是十分陌生的，在这样的情况下，它们在童话文本中的碎片式拼贴不但难以激发读者的理解默契，反而容易成为他们阅读过程中的知识障碍。显然，没有读过约翰·伯宁翰的图画书《迟到大王》的读者，对于故事中多次出现的"约翰帕特里克诺曼麦克亨尼西"的奇怪人名以及"戴博士帽的校长"被大猩猩抱着在教室里荡秋千等情节难免会感到莫名其妙；没有听说过图画书《打瞌睡的房子》的读者也体会不到故事中扑克鼠杰克走进那幢"打瞌睡的房子"之后发生的全部事情的童话情味；不熟悉图画书《獾的礼物》的读者更无从理解杰克几次走上的那条"老獾的长隧道"的意义。作家显然是对这种互文性的拼贴手法太情有独钟了，来自异文本的无数形象、情节被采来结缀在"扁镇"系列童话的叙事网络上，其中许多对象嵌入故事逻辑深处，成为童话阅读过程中不可逾越的意义结点，但它们同时也构成了对许多中国读者来说难以消除的意义障碍。

事实上，在西方当代后现代风格的童话创作中，运用互文技法的其中一个重要前提即是读者对互文文本的烂熟于心。例如英国儿童文学作家巴贝·柯尔的图画书《顽皮公主不出嫁》[7]，即是以西方民间童话中习见的王子与公主的故事模式为前文本的，在这样的前提下，西方读者无须任何阅读解释的帮助便能很快进入故事的互文意义中。而在美国作家约翰·席斯卡与插画家兰·史密斯合作的图画书《臭起司小子爆笑故事大集合》[8]中，被用作互文戏仿对象的《青蛙王子》

《杰克与豆茎》《豌豆公主》等作品，也是西方乃至中国儿童读者都熟悉不过的经典童话故事。这正如英国童书研究者克里斯蒂娜·威尔基·斯蒂布斯所说，在对于古老童话的互文引用中，"引文文本之所以明白易懂，是因为它们建立在另一时间发生于任何地方的根深蒂固的话语之上，它们是长久的民间话语记忆的一部分"[9]。同样，意大利插画家罗伯特·英诺森提与美国作家帕特里克·路易斯在其合作的图画书《最后的胜地》[10]中进行互文拼贴时所涉及的《堂吉诃德》《树上的男爵》《海的女儿》等文学作品，也无一不是西方知识阶层耳熟能详的传世经典。相比之下，以大量西方当代儿童图画书作为互文拼贴对象的《扁镇的秘密》对普通的中国读者来说，显然太过生涩了。

　　而更为关键的问题还在于，所有这些被征引的文本在童话中的分布大多是松散的，它们常常并列或者先后出现，却不分享任何共同的意义，其主要功能只是制造文本内的游戏感。这种意义指向的阙如当然可以视为承继自后现代艺术的特征之一，然而对于童话创作来说，仅仅放弃意义是不够的，相反，在颠覆惯常意义模式的同时，它还需要去建构另一种新的意义，来为故事的叙事提供一个基本的动作与意义的方向。事实上，即使是标榜取消意义的后现代文学或艺术作品，也有着其自身的意义旨归。在西方童话的后现代式写作中，消解意义并不等于取消意义，而是要以一种新的意义来取代长期以来为主流意识形态所规定的意义，这正是当代童话创作运用反讽、拼贴的互文手法所意欲达到的那个新的意义支点。例如美国作家约翰·席斯卡（即乔恩·谢斯卡）与插画家莱恩·史密斯合作的后现代童话《三只小猪的真实故事》[11]，作者对于童话"三只小猪"的颠覆式重写不仅制造了一出经典童话文本的后现代狂欢，也借此打断长久以来我们意识形态中的认知模式偏见，教给儿童一个看待世界的新的视角。可以说，所有成功的后现代童话在其颠覆意义的叙事行为中，都包含着对另一个新的意义的探寻。

因此，像美国学者杰克·齐普斯所说的那样，对于经典童话模式的后现代反叛不是简单地"将它们打碎的那些童话故事重新组合成新的整体"，而是"使我们认识到还存在着结构和看待这些故事的不同方式"，进而"提出能够改变我们生活的想象之道"。[12]换句话说，在改换了的叙事策略之下，包含着对于新的世界观、价值观与生活可能的呼唤与倡导。韦德尔的《蛮公主》、巴贝·柯尔的《顽皮公主不出嫁》等后现代童话，就是在王子与公主的经典爱情故事的互文文本背景上，通过颠覆故事中柔弱女性形象的塑造模式，来达到重写女性价值观的文化目的。同样，英诺森提与路易斯的《最后的胜地》尽管在情节、角色设置方面充满了超现实主义的散漫与晦昧，但被安排于其中的所有文本碎片并非如其形式所示的那样缺乏关联，在每一个碎片隐约的反光里，有一个共同的亮点引导着我们去重思现实，获得人生的某种领悟。

然而反观"扁镇"系列童话，除了游戏的快意之外，我们很难从其文本碎片中搜集起一个共同的意义。这并不是说作者没有试图在文本中进行某些意义的编码——作品针对大量儿童文学作品的互文拼贴显然包含了引导儿童阅读这些作品的良好意图，同时，作者也尝试借用后现代叙事技法的便利在童话的语境下介入对社会现象的批判，包括贵族学校、恐怖主义、环境保护、毒舌评委、人肉搜索、植入式广告、病毒式营销、抗生素喂大的鱼、猪皮熬成的胶等在内的当代各色社会文本都成为童话调侃的对象。但总体上看，它们所携带的仅仅是一些与被拼贴的意象一样浮在文本表层的意义，而在这个浮萍般的表层之下，缺乏一个能够将它们的能量聚合在一起的意义的根茎。这样，大量文学文本与社会文本的散点式分布由于缺乏一个相对集中的意义指向，其能量被轻易地耗散了，它使得上述叙事革新的效果在很大程度上停留在一种蓬勃的游戏狂欢精神之中，而未能实现进一步的意义升华。

这也是"扁镇"系列童话最为根本的一个艺术症结。从总体上看，这部童话有着十分成熟和可贵的现代叙事技巧与语言基底，其朝向后现代风格的叙事形式探索也具有重要的文体革新意义，但是由于缺乏对于这一叙事形式更为成熟、深入的理解，它们最终仍然停留在了语言和技巧的试验层面上，而没有能够抵达现代童话艺术精神的深处。

"扁镇"系列所展示的叙事革新代表了中国当代童话艺术革新的一个重要步骤。在当代童话寻求艺术创新的进程中，它那具有先锋性的后现代叙事探索包含了一份艺术上的早熟的灵慧，也为当代童话的艺术探求开辟了一片空旷的新地。但与此同时，它的早熟状态也暗含了其艺术上的某种难以避免的不成熟。面对这样一种对中国童话和整个儿童文学创作界来说都还显得过于新鲜的"后现代"的叙事技法，我们显然还需要一个很长的尝试、探索和思考的过程，来寻找和确定它在中国童话艺术创新中的合适位置。这是"扁镇"系列带给当代中国童话创作的艺术启示，也是它提出的一个重要的艺术课题。

第七节　当代童话的伦理限度

当代童话艺术的多元发展同时刷新着我们关于"童话可以写什么"和"童话可以怎么写"的看法。在这一写作题材和艺术手法的拓展中，有关童话写作的伦理限度的重新划定和思考，成为当代童话创作和出版需要应对的新问题。

一、关于"黑暗童话"的争论

2013 年夏天，一场关于"黑暗童话"的童书批判和争论引起了人们的关注。事件缘起于国内某些儿童读本中出现的对于经典童话的"黑色"改编之作，这其中被媒体引述最多的《一只丑小鸭的悲剧》，颠覆性地改写了安徒生笔下的著名童话《丑小鸭》：一只小鸭从鸭教授那儿听完丑小鸭变天鹅的故事后，固执地认定自己也是一只天鹅，并为此离家出走。他没有实现自己的天鹅梦，却被一个妇人抓住，做成了盘中餐。作品受到公众关注后，不少批评者表示不能接受其对经典的如此亵渎以及它对孩子造成的精神"污染"，但也有另一些人认为，此类童话在某种程度上向孩子道出了生活的现实，其实无伤大雅，或许还有一定的教益。

实际上，关于童书应该写什么、儿童应该读什么的问题，其争论并非今天才出现，它一直伴随着儿童读物的整个发展历史。因此，今天再来讨论这个问题，我们也有必要把它放到当代儿童文学的艺术发展和儿童阅读的语境之下，看一看这样的"黑暗童话"究竟是否以及以何种方式触动了当代儿童文学的艺术底线，冒犯了当代儿童阅读的基本伦理。同时，作为 21 世纪的开明读者（而不是 19 世纪狭隘意义上的道德清教徒），我们对此又该做何反应。我相信，这样的探讨有助于我们超越一般的道德论战，进入关于这一问题的性质与对策的更为成熟的思考中。

首先要说明的是，从安徒生的《丑小鸭》到《一只丑小鸭的悲剧》，类似的经典改写在当代童话中并非首创。例如，带有典型后现代风格的图画书《臭起司小子爆笑故事大集合》（初版于 1992 年），书中各则故事均为针对西方家喻户晓的经典童话（如《小红帽》《青蛙王子》等）的颠覆性改写。其中也有一则由安徒生的《丑小鸭》改写而来的作品，取名《真正的丑小鸭》：

> 从前，有一只鸭妈妈和一只鸭爸爸，他们生了七只小鸭子。其中六只都很正常，第七只却长得很丑。大家看到这七只小鸭子，都会说："多可爱的一群小鸭子啊——不，除了那一只！天哪，他真是丑得不得了！"
>
> 第七只小鸭子听到了，一点儿也不在乎。他想："哼，一群老土！没听过'丑小鸭'的故事吗？等我长大了，就会变成一只美丽的天鹅，等着瞧吧！"
>
> 可惜的是，这只小鸭子长大了以后，还是很丑。
>
> 他变成一只很丑很丑的大鸭子！

这本图画书的两位作者乔恩·谢斯卡和莱恩·史密斯，是美国当代颇有才华的童书作家和插画家，他们曾一起合作了另一本知名的图画书《三只小猪的真实故事》。有意与经典童话"作对"的《臭起司小子爆笑故事大集合》一书出版后，除获得包括《纽约时报》在内的多家媒体推荐外，也获得了美国著名的图画书奖项"凯迪克奖"提名。

这意味着，对于经典童话的颠覆性改写并不是刚刚发生的事情——在这些童话的母语产地，这样的改写早已不是一件值得大书特书的事情。此外，就这一颠覆性的写法本身而言，它属于现代文学和艺术中常用的"戏仿"手法。近年来，这一手法因其打破常规的想象和幽默而在西方童书界颇受青睐，也出现了一批代表性的知名作品，《臭起司小子爆笑故事大集合》只是其中之一。相比之下，《一只丑小鸭的悲剧》不过是一则很一般的经典童话改写作品而已。

这是不是意味着，我们可以坦然地接受这样的作品出现在儿童的故事书里呢？

答案并不简单。

二、当代童话艺术语境中的"黑暗童话"

以《一只丑小鸭的悲剧》为代表的若干颠覆经典的童话，在今年夏天的这场争论中被冠以了"黑暗童话"之名。这个在中文语境中主要被用作贬义的名词，大抵包含了对于这类作品有悖于童话应有的"光明"精神的指责。值得一提的是，在英语语境下，与该词对应的 Dark Fairytale 一词，却并未被赋予如此鲜明的批评意义，反而常常是指一种合法的当代艺术表现手法。

英语 Dark Fairytale 是 20 世纪后期兴起的当代童话改写潮中经常被提到的名词，它主要是指这样一类童话作品，其中出现了过去我们认为有悖于童话浪漫性质的那些黑暗元素，比如恐怖、暴力、无意义，等等。总之，与传统的文人童话颂扬真善美相反，它更倾向于向人们展示世界的假恶丑。但这一"黑暗童话"又是一个艺术所指很宽泛的名词，其"黑暗"程度依不同作品的写作旨趣和写作目的而大有差异。典型的黑暗童话，比如英国作家安吉拉·卡特的《焚舟纪》，实际上并非童话，而是一类借传统童话的手法来另类地书写现实的作品，因为有了它所颠覆的那些浪漫童话的背衬，它的另类现实就显得更令人惊心，与此相应地，这类作品的读者对象主要也是成人。在2013年夏天的这场讨论中，继《一只丑小鸭的悲剧》之后被媒体挖出来的颠覆版《睡美人》《豌豆公主》《小红帽》等作品，就属于这样的成人黑暗童话。而像《臭起司小子爆笑故事大集合》这样的作品，就其作为儿童图画书的性质而言，已经带有一定的"黑色"元素（许多评论者在谈及该书的故事和插图时，用到了 dark 一词），说它是 Dark Fairytale 也未尝不可，但它归根结底只是一个戏仿经典的幽默之作。美国学院出版公司（Scholastic）的阅读推广网站这样界定这本图画书的三个主题：机智、创造力、想象力。也就是说，它的主要目的不是告诉孩子现实生活的非浪漫性，而是教他们从不同的角度来认识生活、认识故事。与它所改写的那些经典童话相比，它或许有一点"黑色"，但并没有那么"黑暗"。

如果放到上述黑色童话的谱系中来看，像《一只丑小鸭的悲剧》这样的作品，尽管较之《臭起司小子爆笑故事大集合》中的改写之作口味重了些，但其"黑暗"度仍在一定的童书艺术表现范围内。例如，故事并没有渲染小鸭被宰的暴力场景。其实，要说类似的"黑暗"（比如故事中小鸭被宰掉的命运，以及它所喻指的过于冷峻的现实），在大量被我们认作"经典"的童话作品中也并不少见。例如，经典的意大利童话《木偶奇遇记》里，不听话的木偶皮诺曹就曾被狡猾的狐狸和瞎眼猫合谋"吊死"在阴暗的树林里，要不是小读者们极力要求科洛迪再写下去，作家原本是想把故事在这里结束的。而在老一辈儿童文学作家陈伯吹的童话代表作《一只想飞的猫》中，因为听了喜鹊讲的飞猫故事而做起白日梦的那只"想飞的猫"，最后的结果同样是摔得"四脚朝天，再也爬不起来了"。2006年，《一只想飞的猫》还被收入"百年百部中国儿童文学经典书系"的陈伯吹童话集内，并被用作了该集的书名。

相比之下，《一只丑小鸭的悲剧》在"黑暗"的程度上并未走得更远。实际上，像我们过去所熟悉的许多用来告诫孩子不要"做错事"的教育童话一样，它只是一则比较平庸的童话式寓言而已（这"平庸"包括其中被人们指摘的错别字），如果不是因为冒犯了安徒生的那个经典童话，它很可能仅仅被认作是一个用来恐吓和警示孩子的教育故事。对于这样的作品，我们不妨从艺术上对它进行有理的分析和批评，但还不至于在道德上对其做激烈的上纲上线的批评。毕竟，仅仅因为童话故事带有一定的"黑暗"内容，就完全否定它作为一种儿童故事样式存在的合理性，这也是对儿童文学艺术的狭隘理解。

三、童话读者的分级意识

《一只丑小鸭的悲剧》之类的童话创作，其根本问题不在于童话中涉及越出传统童话边界的"黑暗"内容，而在于这些内容所面向的读者对象的错位。如前所述，一些被冠以"黑暗"之名的童话作品并非完全不适合孩子阅读，但的确存在着适合哪个年龄段的孩子阅读的问题。譬如前面提到的《一只丑小鸭的悲剧》这样的颠覆经典童话之作，尽管可以进入少年读者的阅读视野，却并不宜作为低幼儿童的读物。原因很简单，许多由经典童话改写而来的"黑暗童话"，其颠覆原作的艺术价值和文化意义，往往是相对于它们所改写的那个童话文本而言的。像《真正的丑小鸭》这样的作品，只有读过安徒生那篇原作的读者才能领会其所传递的幽默和反讽的趣味；也只有在背靠原作的前提下，它的颠覆性的文学价值才能得以充分实现。

我们不能忽视这一点，因为这里面实际上包含了对于这类作品读者对象年龄段的暗示，亦即像《真正的丑小鸭》这样的作品，实际上是写给那些已经熟悉童话《丑小鸭》的儿童读者的。因此，在英语世界的许多阅读推荐中，对《臭起司小子爆笑故事大集合》一书给出的读者年级指数建议大多在三年级以上。在英语国家，这个年级的孩子一般说来早已读过安徒生的童话《丑小鸭》，同时也已具备了一定的阅读鉴别能力，他们不但可以在比较阅读中领会改写版故事的意义，而且可以根据自己的判断，在原故事和改写的故事之间进行选择性认同。例如，在美国弗吉尼亚州一所小学开展的阅读《真正的丑小鸭》的活动中，有孩子听完后即表示，他们更喜欢原来的丑小鸭故事。对于这些孩子来说，《真正的丑小鸭》不过是为孩子理解童话故事和现实生活提供了其中一种可能，它不是唯一的，而是可以比较和选择的。

相比之下，中国版的《一只丑小鸭的悲剧》在观念和故事上的颠覆程度显然远甚于《真正的丑小鸭》，但它却出现在了以低幼儿童为读者对象的注音读物中。我们知道，这个年龄的幼儿，往往由于缺乏对原作的阅读经验，以及尚未具备故事比较和选择的能力，很容易将眼前的叙事文本认同为唯一的生活逻辑，亦即在现实中，与"天鹅梦"相连的唯有令人沮丧的失望。这样，此类改写作品的积极意义非但得不到体现，其负面价值反而由此进一步凸显出来。至于网络上盛传的另一些反经典的《灰姑娘》《小红帽》《睡美人》等"黑暗童话"版本，实际上已经接近《焚舟纪》这样的成人文学范畴，更不能像它所颠覆的那些童话故事那样，用来作为低幼或少年儿童的读物。

对于这样的情况，如果学校和父母能够有一个相对可靠的童书阅读分级制度作为参考和指导，这类作品就可以被自觉隔离在低幼儿童的阅读视野之外。更进一步，如果再加上一个比较成熟的童书批评和选择体系的保障，类似的平庸之作也不会进入儿童阅读的主流书目之中（就"黑暗童话"的问题而言，只有那些充分体现了这一艺术手法在童书创作中的积极价值的作品，才有可能进入学校、家庭和图书馆的选择书目之中），这样，它们的出版就难以获得来自市场的回报。显然，这样的尝试有可能在童书出版与儿童阅读之间建立起一个有效的良性循环，从而保障和优化儿童的阅读环境。需要指出的是，这一方案本身也内含一定的弹性。比如，在方案的原则之下，教师、家长、图书馆员以及其他公众完全可以根据他们的童书理念和文学经验，对进入或排出书目的特定童书提出具有说服力的异议，从而保持上述方案的活力。我们也可以说，在这一体系内，推广一种有关童书阅读的质量的观念，比实施儿童阅读监管的方案本身更重要。实际上，也只有上述童书鉴赏素养的全民培育和普及，才能从根本上保障童书的生产与阅读尽量符合儿童身心发展的权益。这或许是有关"黑暗童话"的那场讨论带给我们的最有价值的文化启示。

注 释

[1] 本章关于"扁镇"系列童话的引文均出自刘海栖：《扁镇的秘密》，济南：明天出版社 2011 年版。

[2] 克里斯蒂娜·威尔基·斯蒂布斯：《互文性与少儿读者》，转引自彼得·亨利主编《理解儿童文学》，郭建玲等译，上海：少年儿童出版社 2010 年版，第 310 页。

[3] 吴其南：《转型期少儿文学思潮史》，上海：少年儿童出版社 1997 年版，第 205-215 页。

[4] Robert N.Munsch,Michael Marchenko.*The Paper Bag Princess*.Toronto:Annick Press,1980.

[5] Martin Waddell,Patrick Benson.*The Tough Princess*.New York:Philomel Books,1986.

[6] Babette Cole.*Prince Cinders*.New York:Putnam,1987.

[7] 巴贝·柯尔：《顽皮公主不出嫁》，吴燕凰译，台北：格林文化事业股份有限公司 1999 年版。该作品英文版初版于 1986 年。

[8] 约翰·席斯卡 / 文、兰·史密斯 / 图：《臭起司小子爆笑故事大集合》，管家琪译，杭州：浙江少年儿童出版社 2009 年版。该作品英文版初版于 1992 年，曾获纽约时报最佳图书奖。

[9] 克里斯蒂娜·威尔基·斯蒂布斯：《互文性与少儿读者》，转引自彼得·亨特主编《理解儿童文学》，郭建玲等译，上海：少年儿童出版社 2010 年版，第 310-311 页。

[10] 罗伯特·英诺森提 / 绘、J.帕特里克·路易斯 / 著：《最后的胜地》，李媛媛译，济南：明天出版社 2009 年版。该作品英文版初版于 2002 年。

[11] 乔恩·谢斯卡 / 文、莱恩·史密斯 / 图：《三只小猪的真实故事》，方素珍译，石家庄：河北教育出版社 2007 年版。该作品英文版初版于 1989 年。

[12] 杰克·齐普斯：《作为神话的童话 / 作为童话的神话》，赵霞译，上海：少年儿童出版社 2008 年版，第 162、157 页。

第八章　在世界的版图上

关于中国儿童文学如何走向世界的思考，既是关乎新世纪中国儿童文学艺术未来的一个重要命题，也是长期以来备受学界关注和思考的中国文学如何走出去这一问题的子命题之一。在这一"走出去"的路途上，中国儿童文学一方面要随同承担中国文学在其域外传播事业拓展的路途中所不得不面对的种种困难，另一方面也要思考在儿童文学的层面上，我们的文学"出行"还需要应对哪些特殊的困难，又是否存在着某些特殊的突围路径。

第一节　中国作家与国际安徒生奖

2012 年之前，每一年诺贝尔文学奖的公布总会在一定程度上引发一场中国当代文学焦虑症的集中性爆发。这些年来，针对这个奖项的中国文学反思涵盖了从文学本体到文化背景、语言翻译、文学体制、政治因素等各个方面的考量。在许多人眼里，"诺奖"引发的探讨远不仅仅关涉某个世界顶尖的文学奖项，而是有关中国文学的世界身份与艺术位置的集体焦虑的一部分。

中国儿童文学以自己的方式继承了这样一份特殊的焦虑，其对象是在业界有着"小诺贝尔奖"之称的国际安徒生奖。国际安徒生奖是

国际儿童读物联盟 (IBBY) 于 1956 年设立的国际性文学奖项，被视为世界童书创作领域的最高奖项。该奖每两年评选一届，最初只设作家奖，自 1966 年起，同时评选插画家奖。国际安徒生奖用以奖掖"以其全部作品为儿童文学做出持续贡献的在世作家与插画家"。至 2016 年，已有 32 位作家和 26 位插画家获此殊荣，其中不乏我们熟悉的经典作品的作家和插画家：林格伦、凯斯特纳、托芙·扬松、姜尼·罗大里、莫里斯·桑达克、安东尼·布朗、昆汀·布莱克……

这是世界儿童文学天空中一个闪亮的星系。国际安徒生奖给予了他们儿童文学领域最耀眼的荣誉坐标，而半个多世纪以来，这些闪亮的名字也在不断提升这一奖项的名声。在中国，获得国际安徒生奖的作家作品自然被纳入了当前域外儿童文学的译介大潮中。迄今为止，大部分国际安徒生奖获奖作家的代表作品均有中译本，从早期获奖的英国作家伊列娜·法吉恩的《小书房》《万花筒》、瑞典作家林格伦的《长袜子皮皮》《小飞人卡尔松》等一系列作品，到上届获奖的日本作家上桥菜穗子的《兽之奏者》、巴西插画家罗杰·米罗的图画书等。近年，安徽少年儿童出版社推出的"国际安徒生奖大奖书系"，更将一部分国际安徒生奖提名作家的优秀作品也纳入其中。

这些携有国际安徒生奖标签的作品，激起了中国读者极大的阅读热情。与此同时，中国儿童文学界对于国际安徒生奖的殷切期望，也在逐渐得到孕育。

2016 年 4 月，国际安徒生奖评委会在意大利博洛尼亚书展宣布了中国作家曹文轩获得这一世界儿童文学的最高荣誉的消息。当这个消息在第一时间传来，国内书业一片沸腾，它所激起的反响也超出了对于作家个人创作关注的层面。这些年来，身处"黄金时代"的中国儿童文学始终怀着"走出去"的焦虑，这是一种平衡域外影响的焦虑，也是一种自我艺术身份的焦虑。尽管近年中国儿童文学作家作品的对外译介不断，然而，在世界儿童文学的总体格局中赢得被业内人昵称为"小诺贝尔奖"的国际安徒生奖，才是其对外身份的一次重要建构。

曹文轩的儿童文学写作始于 20 世纪 70 年代末 80 年代初，《第十一根红布条》《红葫芦》等短篇代表作和《草房子》《根鸟》《山羊不吃天堂草》《青铜葵花》等长篇儿童小说，以作家本人的苏北童年生活记忆为基底，讲述了乡土少年的日常和传奇生活故事，其诗意中透着沧桑的力度，粗犷中又显出唯美的笔调。作为当代中国儿童文学界最具代表性的作家之一，曹文轩始终保持着活跃的写作状态，更在近年创作中完成了一系列新的艺术突破，这使他的创作进一步拥有了更为丰富、深厚的童年美学面貌与内涵。这些年来，引起读者和评论界关注的新作包括《青铜葵花》、"大王书"系列、"我的儿子皮卡"系列、"丁丁当当"系列、《火印》以及由他撰文的《羽毛》《夏天》等图画书。对于熟悉曹文轩此前作品的读者而言，其中的自我创作拓展意图显而易见：作品体裁方面，由儿童小说拓展至幻想小说、图画书；读者对象方面，由少年文学拓展至幼童文学（"我的儿子皮卡"系列、图画书）；写作题材方面，由标志性的乡土题材向着智障题材（"丁丁当当系列"）、战争题材（《火印》）等进一步开掘。但与此同时，在所有这些自我突破的创作尝试中，读者仍然清楚地看到了属于曹文轩的那种个性化的、独特的语言、叙事和思想的风貌。换言之，作家的文学思想、创作理念等在这样的突破和尝试中得到了更为丰富的演绎。我们会注意到，在目前两大国际儿童文学作家奖项——国际安徒生奖与林格伦纪念奖——的视野下，这种儿童文学创作的多面才华、贡献与影响，正是一位世界级儿童文学作家的重要特质。

与此同时，曹文轩在其自我创作观念的表述中，也开始突出一种更具世界性的"主题"意识。他在早年的创作思想中提出过一个引人注目的观点："儿童文学作家是未来民族性格的塑造者。"这一观点的思维和修辞方式带着它所属那个时代的文学话语特征。新世纪以来，他"将这个观念修正了一下"，提出"儿童文学的使命在于为人类提供良好的人性基础"。[1] 从民族到人类，从性格塑造到人性基础，作家对于儿童文学及其艺术功能的理解与表述经历了重要的转化。在近年的创作谈、媒体采访和文学评论中，曹文轩不止一次提到了"故事是中国的，主题是人类的"，其意图显然在于接通中国书写与世界文化、民族故事与人类精神的桥梁。

然而，所有这些朝向"世界性"的努力得以最终抵达其目标，还有一个基本的条件：它们需要以一种可见的方式进入世界儿童文学的视域与话域。国际安徒生奖不但是一个国际最高奖项对一位中国儿童文学作家的选择，也是全世界对中国儿童文学的一种注目。这些年来，为了赢得这一注目，许多机构、许多人做了许多努力，包括探讨、推进中国儿童文学的对外翻译，推动、促进中国儿童文学的对外交流等。这些努力持续建构着中国儿童文学在世界儿童文学"文化场"上的形象，也为中国儿童文学走出去提供了必要的文化推动力。

从这个意义上说，一个文学奖项辐射出的是一个更大的文化场。透过这个文化场的考察，我们将进一步看到曹文轩的获奖对中国儿童文学意味着什么，以及我们应当如何看待今天的中国儿童文学在其世界化进程中的位置。

第二节 作家、奖项与文化场

2004 年，经国际儿童读物联盟中国分会（CBBY）提名，曹文轩曾作为中国作家代表参与当年国际安徒生奖作家奖的世界角逐。但与 2016 年 3 月他杀入大奖短名单的消息传来时所激起的无限兴奋和想象相比，那一年的参奖几乎没有在评委席和公众领域激起多少波澜，尽管 2016 年国际安徒生奖评委会高度赞扬曹文轩的写作方式与艺术风格，称其在作家此时的创作中已经成熟。除《草房子》外，发表、出版于 20 世纪 90 年代和 21 世纪初的《山羊不吃天堂草》《红门》《细米》《根鸟》等长篇儿童小说以及《甜橙树》等一批中短篇儿童小说，以其乡土性的童年题材、个性化的优美文风以及易于辨识的叙事调式，引起读者和批评界广泛关注，也成就了曹文轩在中国当代儿童文学界的重要代表力和影响力。2002 年，作家出版社出版了九卷本《曹文轩文集》。2004 年，曹文轩的名字与来自多国 IBBY 分会的一大批提名儿童文学作家一样，悄然湮没在了当年国际安徒生奖的落选名单中。

那么，从 2004 到 2016，曹文轩的创作及其所处的那个文学场和文化场发生了哪些重要的变化？这些变化与曹文轩获得国际安徒生奖之间又有何种内外关联？

众所周知，在中国儿童文学与世界相遇的道路上，一直横亘着一个最基础的障碍，即因语言、历史、文化等原因造成的中国与域外儿童文学，尤其是西方主流儿童文学界的长期隔阂。这显然不是作家个人的创作努力可以穿越的屏障，它需要的是一个包含儿童文学作家、出版人、批评家、传媒人以及各类相关文化机构在内的更大文化场的支持。

人们一定还记得 2006 年 9 月在中国澳门召开的 IBBY 第 30 届世界大会。在中国儿童文学与世界同行集体相会的路上，这次会议的举办或可视作上述大文化场建构的起点。IBBY 同时也是国际安徒生奖的设立和评审机构，为了配合大会的举办，其官方出版物《书鸟》杂志特别策划、出版了一辑介绍中国作家与插画家的专刊。会间，中国儿童文学作家、批评家、出版人的声音也借主场优势得到空前的表达与关注。

如果说在此次会上，来自世界各地的儿童文学人士还是怀着不无新奇的心情打量着中国儿童文学的陌生面孔，那么此后近十年间，随着中外儿童文学创作、出版和专业交流的迅速扩大加深，这种好奇的倾听正越来越发展为一种趋于常态的交流与合作。对中国儿童文学来说，一方面是被许多业内人士称为"黄金时代"的中国儿童文学蓬勃发展期的不断深化，另一方面则是国内儿童文学对外交流、译介和传播事业的持续推进。这一双重进程强有力地重塑着中国儿童文学的内外文化场。在内，受到市场、读者、批评的全面激励，中国儿童文学的艺术自信在不断得到培育；在外，得益于交流平台的拓展、专业合作的深化以及对外译介的加强，中国儿童文学的对外发声力以及它在世界儿童文学格局中的席次，也在不断得到关注。在此过程中，有关"中国儿童文学如何走出去"的思考和讨论日渐成为业界普遍关注的话题，并迅速转化为相应的实践努力。

回到国际安徒生奖的话题。虽然地域因素并不在国际安徒生奖的评审考虑之列，但从近年来中国当代儿童文学在它所代表语种范围内的庞大覆盖力和影响力来看，从它在世界童书领域日益得到关注的现实来看，某种程度上，国际安徒生奖太需要一个来自中国的名字了。2015 年 4 月，国际安徒生奖评委会吸收了首位中国评委——北京外国语大学教授吴青。虽然国内媒体并未过度渲染这一消息，但对于许多关心中国儿童文学的人而言，这无疑是一个引人遐想的火花。人们的联想更多地并非来自一位评委可能对奖项结果的影响，而是来自它所传递出的那个文化场讯号：在世界儿童文学的圆桌上，人们已经关注到了属于中国儿童文学的一席之位，现在，这个席位或许正期待着一位中国作家的莅临。

目前为止，曹文轩可能是中国当代儿童文学作家中最为深入地受到上述文化场浸润和塑造的一个中国形象。近十余年来，他既成为国内最重要的童书畅销作家之一，同时也成为中国儿童文学对外翻译和传播的重要作家对象。在近年博洛尼亚书展等全球性的国际交流平台上，曹文轩作为当代中国儿童文学代表作家的身份和形象得到了引人注目的塑造与凸显，其作品也在进一步走向国际化。除了代表作的持续外译输出，2013 年，他与巴西插画家罗杰·米罗合作创作的图画书《羽毛》在博洛尼亚书展专题活动中引起域外出版人关注，这一合作因 2014 年罗杰·米罗获得国际安徒生奖插画家奖而更受瞩目。在 2014 年博洛尼亚书展上，他的智障题材儿童小说"丁丁当当"系列获得 IBBY 残障青少年优秀童书奖。2016 年 4 月，中国少年儿童出版社策划出版了《曹文轩作品精选集》（包括《草房子》《青铜葵花》《细米》三册），分别约请来自德国、西班牙和俄罗斯的当代童书插画家绘制插图。三位西方绘者的精美插图给这套中国乡土童年题材的作品带来了异域视觉解读与诠释的独特气息。在前述文化场的基本背景下，所有这些事件和因素有力地参与建构着一位日益国际化的当代中国优秀儿童文学作家的形象。

曹文轩本人在获奖后接受媒体采访，多次提到了自己立身于上的中国文化和中国文学的平台。他坦率地说，"我不可能出现在 50 年代、60 年代，甚至不可能出现在 70 年代"，当中国文学的大平台"升到了让世界可以看到的高度"，"其中一两个人，因为角度的原因让世界看到了他们的面孔，而我就是其中一个"，"我对这个平台要感恩，我要感谢中国文学界，中国儿童文学界的兄弟姐妹们"。这里面当然有作家的谦逊，但同时也道出了一种实情。近十余年来，中国儿童文学在其走向世界的路上迈出了一些重要的步伐。这种迈进是全方位的，从日益广泛的专业交流与机构合作到日益深入的对外译介和作品传播，它极大地促进了域外世界对中国儿童文学的基本认识，也极大地描深了中国儿童文学在世界版图上的基本轮廓。我们可以确定地说，没有这一整体平台和文化场的支撑，中国儿童文学作家抵达国际安徒生奖，还将有一段遥远的路程。

第三节　走向经典的国际化

中国作家获得国际安徒生奖，对于这些年来承受着"走出去"焦虑的原创儿童文学来说，无疑是一次对文化自信的重要而及时的激励。据相关报道，目前曹文轩的作品已被翻译成 14 种语言出版，包括英、法、德、意、日、韩、希伯来语等，作品版权输出到50 余个国家。对于当前中国的一些畅销儿童文学作家而言，这样的外译正在逐渐成为一种常态。

然而，在关于曹文轩作品外译的本土介绍和报道中，一些令人玩味的细节被略过了。2006 年，他的代表作《草房子》出版过两个英语译本，一是长河出版社（Long River Press）的版本，二是夏威夷大学出版社（University of Hawaii Press）的版本。值得注意的是这两个版本的性质。长河出版社是 2002 年中国外文局（现为中国国际出版集团）收购美国的中国书刊社后成立的一家出版社，也是中国在美国本土注册成立的首家出版机构，其宗旨是"与国内出版机构广泛合作，以多种形式向世界介绍中国，为真正实现中国出版'走出去'发挥作用"。夏威夷大学出版社则是一家致力于促进和传播亚太地区文化的美国出版社，此版本是一个汉英对照的节选本。两版封面除了中英文书名，均印有中英文"文化中国"字样，显然都是一种中国立场的文化输出。

不过，2015 年，当曹文轩的《青铜葵花》由沃克出版公司（Walker Books）引进英文版权时，情形显然有了变化。沃克是国际知名的独立童书出版机构，旗下童书颇受市场和书评界关注。出版社方面为《青铜葵花》约请的译者 Helen Wang 是一位经验丰富的中英翻译，曾英译马原、叶兆言、张辛欣、范小青等中国作家的作品。在沃克公司的网站上，可以搜索到《青铜葵花》英文版的资讯，简介中的作者部分已及时更新了曹文轩获国际安徒生奖的最新消息，简介后附有摘自英语报刊及网页的六句简短评论。笔者设法找到了这些评论摘录的原文。其中较长的两篇均与译者有关，分别发表在英国两家个人童书评论博客上。一是《青铜葵花》英译者的访谈（发表于 Playing By the Book），二是对《青铜葵花》的评论（发表于 A Year of Reading the World），系博主从译者处获知该书出版消息后所作。此外，"爱尔兰童书组织"（CBI）在其年度阅读指引和网站上介绍了这部作品，英国《独立报》2015 年圣诞推荐书目也提及此书，后文作者丹尼尔·哈恩（Daniel Hahn）是英国作家、编辑，《牛津儿童文学手册》的作者，同时也是一位翻译家。我们从中不难看到英语世界对《青铜葵花》这样一部中国儿童小说的关注。尽管篇幅都不长，但这些评论对于小说艺术面貌、美学风格等的把握与中文原作基本一致，文中提到的"悲剧"（tragedy）、"优美"（beauty of the writing）、"诗意"（lyrical）、"人性"（humanity）等特质，正是中国读者熟悉的曹文轩作品的艺术标签。同时，其关注也是多面的。比如，A Year of Reading the World 在将《青铜葵花》作为当月推荐童书进行评论时，不但介绍了作品的主要内容、风格、艺术长处，也谈到了其中的女性角色问题及其矛盾的话语方式导致的读者对象模糊问题。显然，这种建立在细致阅读基础上的真诚批评不是对作品的轻视，而恰是对它最大的尊重。

我们看到的是，中国原创儿童文学正在步入西方主流童书评论界的视野，尽管步伐缓慢，却令人鼓舞。它带来了中国儿童文学国际化进程中的某种质变。曹文轩获得国际安徒生奖，或许是这一质变发出的一个重要讯号。

然而，更理性地看，对于整个中国儿童文学的国际化进程而言，来自世界主流儿童文学出版机构与评论界的关注和接纳固然是一个飞跃性的跨步，但它仍是一个基础性的跨步。中国儿童文学要实现更高的国际化目标，还须经历后两个阶段的跨越：一是能否在全球儿童读者大众（包括一部分成人读者）的日常阅读生活中获得普遍的接受与认可；二是在此基础上，能否为世界儿童文学贡献一部或更多家喻户晓的经典作品。这两个问题是双位一体的。我们知道，儿童文学经典与成人文学的一个根本区别在于，任何儿童文学作品要真正进入世界经典的队列，在创作、出版、专业批评乃至文学奖项的环节之外，还须经过普通受众的通道。历史上，从来没有一部仅从批评的书斋或评选的奖坛上产生的世界儿童文学名著。因此，现在要追问的是，中国的儿童文学在引起世人关注的同时，是否也在走进全世界儿童（包括成人）大众的阅读视野？在中国儿童文学作品中，有没有可能出现像英国的《彼得·潘》、法国的《小王子》、意大利的《木偶奇遇记》、瑞典的《长袜子皮皮》、德国的《永远讲不完的故事》、美国的《绿野仙踪》、加拿大的《绿山墙的安妮》等这样在全世界儿童与成人读者生命中留下永久烙印的经典作品？

这一进程显然还需要更长时间。在知名的国际购书网站 www.amazon.com 输入曹文轩的名字，显示作品共占 21 页，除去大量中文作品，目前能够看到的三个外文版本，一是沃克出版公司的《青铜葵花》英译版，二是夏威夷大学出版社的《草房子》英译版，三是国内海豚出版社的《甜橙树》英译版。三部作品的读者评论均显示为零。在号称最全球化的购书网站、位于英国的 www.bookdepository.com 重复同一探索，结果相类。这与国内网络购书平台上读者针对曹文轩作品的热情反馈形成了鲜明对比，而这在中国作家的外译出版中并非个案。2008 年哈珀·柯林斯集团高调引进出版的中国畅销童书作家杨红樱的代表作"淘气包马小跳"系列，2012 年埃格蒙特集团（Egmont）引进出版的另一位畅销童书作家沈石溪的动物小说《红豺》（与《青铜葵花》同一译者），在前述网站均无读者评论，尽管这些作家作品也已引起英语评论和研究界的关注。作为参照，2014年国际安徒生奖作家奖得主、日本作家上桥菜穗子的"精灵守护者"两册英译版，显示有71条读者评论。或许，我们还需要等待本届国际安徒生奖的读者效应。不过，这种效应也并未显现在所有获奖作家身上，比如阿根廷作家玛丽亚·特蕾莎·安德鲁埃托于2012年获国际安徒生奖作家奖后，迄今为止，其作品在非母语世界并未实现太广泛的阅读流通。这意味着，从世界奖项到世界儿童文学经典，开启的是又一段新的征程。

也许可以这样说，曹文轩的获奖让我们看到了中国儿童文学国际化进程的一个新节点：在此之前，我们关心中国儿童文学作家何时能够获得国际安徒生奖，因为那关系着中国儿童文学在全世界眼中的位置；而至此之后，我们也将开始关心中国作品何时能够真正进入世界儿童阅读经典的序列，因为那将为中国儿童文学赢得它在全世界灵魂里的位置。

第四节　翻译、交流与批评的推动

中国儿童文学进一步走向世界，离不开以下三个要素的推动：一是翻译，二是交流，三是批评。

与成人文学界一样，翻译正在成为当代中国儿童文学解决"走出去"问题备受关注的一个视点。对于一向缺乏翻译人才的当代中国儿童文学界来说，它也的确是一个不容小觑的问题。几乎所有读书人都能感觉到，国内的文学翻译和出版生态长期存在着"文化人超"的现象，文学作品译入与译出之间在数量和投入上的巨大失衡被关注多时却始终难以改善。而在儿童文学领域，这一问题的表现或许更甚。近十年间，国外各类童书基本上是以一种规模上日渐庞大、时效上愈益迅捷、数量上极为密集的方式出现在中国读者面前的。以明天出版社的"漂流瓶丛书"、河北少年儿童出版社的"国际安徒生奖获奖书系"、新蕾出版社的"国际大奖小说"系列、安徽少年儿童出版社的"国际安徒生奖大奖书系"等为代表的大规模系列童书译介构成了国内儿童文学出版市场的一大景观。先不论这种短期内的大规模引进规划所带来的翻译质量问题，一个公认的事实是，大量海外佳作的译介对于推动国内儿童文学创作和研究事业的发展起到了无可替代的重要作用，也对当代原创儿童文学的精神和艺术面貌产生着日益深刻的影响。但与此同时，当我们的读者越来越熟悉来自世界各国的重要作家与作品时，中国儿童文学留在域外的足迹却显得稀少而又轻薄。

作为目前世界范围内最大的国际儿童文学馆，德国慕尼黑国际青少年图书馆自 20 世纪 80 年代以来一直主持着一年一度的世界优秀童书选目编集工作。本世纪以来，这份以"白乌鸦"命名的书目包括了世界范围内六个主要语系（同时包含该六大语系外的部分零星语种）共六十余个独立国家的儿童读物选目介绍，其宗旨之一是为世界范围内的童书出版商提供一个外语儿童文学作品引进参考的平台。慕尼黑国际青少年图书馆为这项工作的持续完善投入了大量的人力和物力，但很长一段时间以来，由于包括语言障碍在内的各方面原因，中国书目部分始终是其软肋。以

2008年的"白乌鸦"书目为例，在该书单东亚部分的中国条目下，我们只看到了一部由中国少年儿童出版社于2007年出版的插画版《西游记》。在2008年的意大利博洛尼亚童书展上，这部成书于四百多年前的、并非当代意义上的儿童文学的古典名著作为近两年间中国优秀童书选目的代表，出现在"白乌鸦"书目的展区中。

面对这样的事实，许多人的感觉都是复杂的。中国当代童书出版界丝毫不缺乏对内引介国外优秀童书的热情，但一些海外出版商却告诉我们，在他们的国度，外来作品的翻译出版若无确定的市场保证，很少能够进入出版社的规划，更何况受到汉语作品翻译难度的限制。据美国翻译家白睿文介绍，2009年，全美国只出版了8本中国小说，仅占美国外国文学出版总数的4%（《理智看待中国文学走向世界》）；遑论儿童文学作品。与此同时，国外也缺乏愿意亲事儿童文学翻译的汉语专家。所有这些都构成了中国儿童文学走出去的技术瓶颈。应该看到，对外版权的出售及其作品的海外出版正在逐渐进入当代一部分儿童文学作家的创作履历，但迄今为止，我们还没有发现一部被国外同行视为经典的中国当代童书或译本。如果说仰仗海外出版社自觉的文化传播意识与汉语翻译力量远不足以解决汉语儿童文学对外翻译的难题，那么目前看来，当代中国儿童文学的对外译介只能是留给中国儿童文学自己的难题。

翻译涉及翻译人才与资金问题，资金又涉及政府和民间力量的支持问题，如此环环相扣，问题就变得十分复杂。作家邱华栋曾介绍20世纪六七十年代，日本政府在国力崛起之时，曾出资聘请最好的世界主要语种的翻译家来翻译川端康城和三岛由纪夫的全部作品（《实录：邱华栋谈中国文学走向世界的必要条件》）。今天，在市场经济的大背景下，要复制日本的这一经验似乎困难重重。假使真如英国伦敦大学汉学家蓝诗玲所言，"中国文学走向世界，只是一个时间和投资问题"（《海外译介难进主流市场　中国文学何时走向世界》），那么对中国的儿童文学对外翻译事业来说，解决这一"时间和投资问题"的起点在哪里，仍然是充满悬念的。

与对外翻译相关的另一个问题是对外学术交流。仍以上面提及的2008年度"白乌鸦"书目为例，就在中国书目的上方，是长达四页之余、一共包括17个书目介绍的2006—2007年度日本童书选目。这当然与国际青少年图书馆语言专家部日籍研究者的工作努力不无关联，但与此同时，我们也应当看到近几十年间日本儿童文学界在对外交流中的活跃身影。例如，日本儿童文学前辈鸟越信先生早在几十年前就曾赴慕尼黑国际青少年图书馆访学交流，同时，不少当代日本儿童文学研究者都是国际儿童文学协会的资深会员，并活跃于儿童文学的一些世界大会。长期以来，日本相关童书机构也在积极承办包括国际安徒生奖书展在内的国际性童书展览。几十年持续努力的结果是，相比于中国，日本当代的儿童文学创作在西方获得了更多的关注与认同。1980年，日本画家赤羽末吉获得国际安徒生奖插画家奖，成为亚洲第一位获得国际安徒生奖的画家；1984、1994和2014年，日本作家窗道雄、画家安野光雅、作家上桥菜穗子分别获得当年度的国际安徒生作家奖或插画家奖。这其中，作品本身的质量当然是第一位的，但整个日本儿童文学界、童书出版界，包括官方和民间机构为推动日本儿童文学的对外交流所做出的努力，同样是不能忽视的。

除了前面提到的翻译交流因素外，与儿童文学经典的产生密切相关、同时又容易被忽视的另一个因素，是儿童文学的研究批评。它又包括两方面内容，一是通过富于艺术洞察力的学术研究和批评活动，为原创儿童文学的艺术进步提供认识上的借鉴与启蒙；二是通过在研究中发现和发掘本土儿童文学的经典文本，从而参与原创儿童文学经典的塑造和传播工作。

事实上，许多年来，当众多异域儿童文学经典的名字被深深刻写在无数中国读者的阅读记忆中时，我们并不常常记得这样一个事实：在西方，《小红帽》《海的女儿》《爱丽丝漫游奇境记》《地海传奇》等许多儿童文学作品的经典性不仅仅是由它们的读者塑造出来的，也是由它们的研究者"发掘"出来的。欧美历史上几乎每一位重要的儿童文学作家及其作品都得到过系统、深入、多层面的学术关注。一部《小红帽》的传播史，是这一基础文本本身被不断复制、改写、再创作的过程，也是研究界从民间文学、原型理论、精神分析、文化研究等角度对其母题、内容不断进行生发和重读的过程。同样，如果不是那么多部从不同研究视角切入的学术著作的先后问世，鲍姆本人及其"奥芝"系列在美国乃至世界儿童文学史上的意义，或许也难以获得如此充分的阐发。尽管理论本身也可以拥有自足的存在意义，但在当代中国的儿童文学和文化语境下，理论有必要担负起这样一个职责，即通过它的持久、负责而又充满活力的批评行为，为中国儿童文学走向世界提供一份必要的动力。

第五节　回到艺术本体

一种文学的对外传播及其国际影响的确立，从来不仅仅是翻译与交流的事情。毕竟，单纯的翻译与传播并不能在实质上提升文学自身的品质。思考中国儿童文学如何走出去，归根结底仍然要回到艺术本体的探讨上来。也只有在回到艺术本体的前提下，谈论原创儿童文学走向世界的另一些"技术性"问题，才是有意义的。

世界知名的跨国出版商企鹅中国公司总经理乔·拉斯比在谈到中国文学的译介难题时曾指出，"中国作家是在为中国读者写作，写的也是中国"，这样的情况极不利于这些作品的西方接受，因为"对西方读者来说，需要太多的背景知识，才能像中国读者读它们时一样感到享受"。[2]包含在这一论断当中的一个潜在的假设是，中国作家的写作从一开始就应当考虑到国外读者的理解能力与接受趣味，以方便作品成书后的对外传播。从文学作为一种生产行为的性质来看，这样的看法不无合理性。问题在于，当一种文学首先未能处理好自己母语范围内的写作困境时，这类急功近利的"世界意识"只会折损而非增益其作品的价值。

理解这样的问题，我们需要换一个思维的方向：不是一味地以"走出去"的目标来规约我们的创作和出版，而是更多地把"走出去"作为一个进行自我比照和反思的契机，站在世界性的角度来考察和思索我们自己的写作。这样，"走出去"的焦虑就有可能转变成一种反观自己的勇气，而这份勇气及其实践将在真正意义上把我们的文学带向更高的海拔。

今天，中国原创儿童文学正在慢慢学习一种世界性的大气和丰富，一种有广度的体验与关怀。比如中国台湾作家王淑芬 2009 年在大陆出版的智障题材小说《我是白痴》，从整部作品的人文关怀、情节设计、叙述语言和细节把握来看，已经达到一个相当的艺术高度。我们甚至认为，这部作品毫不逊色于 1986 年国际安徒生奖作家奖获得者、澳大利亚作家帕特里夏·赖特森的相近题材儿童小说《我有一个跑马场》的作品。《我是白痴》是一部除了语言上的成功之外（语言当然很重要），真正能够给予我们一种深刻的感动的作品，而在今天的中国原创儿童文学里，这样有深度的感动还太少了。

需要格外说明的是，这里所说的"深度"并不必然是一个反思性的理性用词。儿童文学当然可以充满思考的灵光，但某种意义上说，在儿童文学的接受中，我更强调一种感性的"深度"，一种可以直抵我们心灵的温柔而有力的精神撞击。在今天，不少作家对儿童文学的幻想、对儿童文学的游戏性存在普遍的误解，将它们过多地等同于一种漫无边际、奇巧花哨的想象，却很少思考在所有优秀的儿童幻想文学和游戏文学中，总有一种支撑着它们的深厚饱满的情感内容。林格伦不仅写了《长袜子皮皮》《小飞人卡尔松》这样充满游戏精神的作品，也写了《米欧，我的米欧》《狮心兄弟》这样带着辽远深沉的人间之爱的小说。即便在她的《长袜子皮皮》这样的作品里，一种辩说不清却意味深长的情感关怀也不时出没于个中许多幽默的细节。再比如当代美国幻想小说作家尼尔·盖曼获得 2009 年纽伯瑞金奖的《坟场之书》，讲述一群幽灵收养一个孤儿的故事，小说充满了幻想、悬疑、侦探、恐怖等通俗文学的元素。但如果这些通俗小说元素没有在孤儿诺伯蒂与收养他的各色幽灵之间于感激、误解和摩擦中日益结成的情感联结里得到聚集，如果它们不是共同致力于编织一种从日常生活中提炼出来的深挚而难以言尽的真情，很难想象该作会成为一部如此与众不同的幻想小说。正因为这样，小说最打动我们的地方并不是临近结尾处诺伯蒂战胜所有杀手的情景（也即单纯情节上的元素），而是故事最后获得自由的他不得不永远地离开那些看护过他的童年的幽灵们时，那种成长的庄重与爱的告别相交会时的甜蜜的忧愁。

同时，也有一部分作家对上述情感的语言表现存在误解，把内在情感的细致刻画等同于语言表达上的细致雕琢。然而，在优秀的儿童文学作品里，一种情感的生动表现远不等于对于这种情感内容的细致描绘。当我们用"细腻"这样的词来修饰文学中的情感表现的时候，它的意思不是指试图用尽可能精致、细巧的语言把一种复杂情感的多方面内涵描写出来——这样的尝试对文学来说很可能是做作和失败的。相反，文学中真正和真实的细腻是一种语言只说了一个行为，但在这个行为中，某种属于生活的真实的情感被毫无阻隔地传达了出来。它具有一种像德国美学家西奥多·阿多诺所说的谜语般的结构，在这里，没有一个字应当提及谜底，但同时又没有一个字不关乎谜底。就像在丹麦作家金·弗珀兹·艾克松的《爷爷变成了幽灵》这样的故事里，在突然失去爷爷的艾斯本的生活中，所有的文字仿佛都忘了提及艾斯本的悲伤，忘了解说艾斯本与爷爷之间的深情，但所有的文字又无不指向着那莫可言说的悲伤与深不及底的爱的深情。这就是文学语言的智慧，也是它独一无二的魅力。

从 1956 年国际安徒生奖作家奖第一次颁给英国作家伊列娜·法吉恩开始到今天，写在这个奖项名单上的作家和插画家的名字构成了一场属于世界儿童文学的不停歇的艺术探索的接力，同时也是对于儿童文学独特的、又无时不在自我超越中的美学面貌的持续建构。现在，中国作家也开始参与到这一接力和建构的事业中。我们为此感到振奋。但与此同时，一种理性、深入的艺术反思的精神，在这样一个时刻或许也显得尤为重要。来自市场的迷思有时会遮蔽这种反思的必要性与价值，但是如果我们不能有效地将它坚持下去，那么中国当代儿童文学继续走出去的事业，也将失去一个最坚实的依托。

注 释

[1] 曹文轩：《文学应该给孩子什么》，《文艺报》2005 年 6 月 2 日第 4 版。

[2]《中国文学始终未能走向世界 "禁书" 往往成卖点》，《中华读书报》2009 年 5 月 4 日。

下 编 批评与展望

第九章 新世纪儿童文学的文化问题

新世纪前后，在整个文学界对于文学"边缘化"命运的集体焦虑中，当代儿童文学却迎来了它迄今为止最为兴盛的一个写作和出版时期。一方面，在儿童受众群体内，儿童文学的阅读量迅速增加，儿童文学的传播圈也在迅速扩大；另一方面，在图书市场上，各类销售数据统计一再确证了儿童文学在其中占据的显赫位置。儿童文学的这一勃兴势头体现在其创作、出版、接受、传播等各个环节，同时，这一文类的艺术手法、观念等事实上也获得了许多重要的拓展。因此，无论就外在的阅读接受，还是内在的艺术探求而言，可以说，当下的中国儿童文学都处在一个空前利好的发展时期。

但是，它显然不是当代儿童文学最好的发展阶段。尽管近年来，得益于多方面的原因，国内儿童文学创作在童年观念、故事构架、叙事能力等方面都有新的提升乃至突破，然而，在基本观念和操作技法的问题得到普遍重视和反复演练的同时，另一个基础性的问题却未能在儿童文学的写作中得到应有的关注和落实——我把它称为当代儿童文学的文化问题。这个问题所指向的是儿童文学的艺术探索在文化层面所达到的程度。应该承认，在当代儿童文学艺术谱系的建构过程中，文化的因素也许并不是第一位的，很多时候，对于一般的儿童文学写作而言，技法意义要比文化问题显得更加迫切。然而，我们也认为，一个儿童文学文本的艺术探求越是有"野心"，文化因素在其中所发挥的重要性也就越发突出。甚至，在写作的技艺达到一定程度之后，文化层面的思考和突破将成为儿童文学作品能否完成其下一步艺术蜕变的决定性因素。而这正是当下中国儿童文学的艺术发展所面临的重要瓶颈之一。在今天，缺乏文化，或者说，缺乏有穿透力的文化思考和有厚度的文化内容，已经成为中国当代儿童文学的一个致命症结。

第一节　儿童文学写作的文化缺失

新世纪以来蓬勃发展的儿童图书市场给作家带来了显而易见的创作刺激。也许，正是在市场的导引下，最受儿童读者青睐的两类儿童文学作品逐渐聚集起了很高的写作人气，并促成了当前儿童文学写作的两个主要趋向。一类是以最当下的儿童现实生活为主要表现对象的叙事作品，其中尤以风靡童书市场的儿童校园小说为代表，其最大的特点是从当代儿童的立场和视角出发，以轻快幽默的方式来书写他们的日常生活和情感内容。另一类是采用幻想题材的叙事作品，它往往借幻想的世界来编织超越现实的童年故事。这两个写作趋向的当代形成有其历史的逻辑。从儿童读者的角度来看，这两类作品对中国儿童长期以来未能得到充分关注的身体和心灵给予了充分的认可、肯定，极大地满足了特定时期儿童读者的阅读需求；从中国儿童文学艺术发展的脉络来看，这两类作品的风行则在一定程度上反映了本土儿童文学作品对于长久以来被压抑的游戏精神和自由想象力的渴求。它们对于当代儿童文学艺术发展的积极意义，也从这两个方面得到了较为充分的体现。

然而，随着儿童文学的写作力量持续地注入这两种文学类型，其总体的文学质量却并没有出现预料之中的突破。相反地，在这两个领域分别产生了两种既相互对立又互有关联的美学问题。在以校园小说为主要代表的写实类叙事作品领域，许多作品在寻求贴近儿童现实生活的同时，越来越受制于纷繁的生活形象本身，也越来越沉溺于制造生活的琐屑趣味。如果我们留意观察近十年间涌现的大量校园生活题材的儿童小说，便不难发现，许多作品所仰仗的写作技法大抵有二：一是对于当下儿童日常生活、愿望、想法等的越来越"零距离"的呈现；二是通过在上述内容中发掘或制造童年生活的喜剧感，以此来达成作品的幽默效果。从这个意义上说，这类作品很像当前热播的一些生活情景喜剧，它们对于童年生活细节的不无夸张的表现，尽管在很多时候的确是真实甚至是传神的，但也往往是平面的、琐碎的、缺乏更深厚的思考意义的。我一点也不否认情景剧式的写作作为儿童文学的一种艺术样式和艺术生态存在的合理性，也不否认它无可替代的文学意义，但是，当儿童生活的书写被过多地情景剧化之后，儿童文学的艺术也变得日益轻飘起来。从表面上看，这些专注于童年日常生活表象的作品的确使儿童文学的艺术面孔变得越来越平易、亲切和轻巧了。然而，随着儿童文学的写作越来越流连于童年生活的快照式复写，儿童文学的艺术翅膀也在不知不觉中被生活的尘土所黏滞，从而失去飞翔拍击的能力。在最令人失望的情况下，这样的写作是在童年的生活中爬行，而无法把童年带到有关现实生活的更开阔的想象和体验之中。

在另一类幻想题材的儿童文学写作中，情形看上去似乎正好相反。由于这类作品往往通过构想出一个有别于人类社会的异世界或异空间来施展幻想的笔墨，在许多作品中，现实生活的空气正在变得越来越稀薄。尽管许多幻想题材的儿童文学作品声称自己是借幻想的故事来写童年的现实，但不可否认的是，在近年出版的大量幻想文学作品中，作家所看重的并非幻想投在现实中的影子，而是幻想如何能够成为弥补和替代现实的幻象。儿童文学的写作专注于表现想象力的幻化，本来是无可厚非的，我们甚至不妨说，幻想本身就是儿童文学固有的特质。况且，在儿童文学领域，纯粹的幻想演绎也有可能成为一种经典的写作，比如德国作家瓦尔特·莫尔斯的《蓝熊船长的 13 条半命》，其魅力几乎完全由作品瑰丽奇特的想象而来。不过在当前国内的许多幻想类儿童文学写作中，我们既看不到真正能够体现创造性的原创性幻想，也看不到幻想与现实之间的丰富关联，许多作品仅仅完成了在现实生活之外为儿童开辟一个不无新奇的阅读娱乐空间的任务。如果说娱乐对于童年的重要性不应当被低估，那么当这样一类幻象性的娱乐过度占据了童年的阅读视野时，它的弥补或宣泄现实的娱乐功能也开始变得十分消极。在这样的情形下，作品的幻想延伸得越远，它的意义也就越虚无缥缈。

一个是无限地朝着儿童的现实生活向下降落，一个是无限地越过儿童的现实生活向上飞升，对于当代儿童文学的发展来说，两种写作姿态各有其不可替代的美学意义，但又在各自的书写领域出现了比较严重的问题。这问题可以追溯至一个共同的源头：不论是表现现实生活还是描绘幻想的世界，作家的文字始终缺乏穿越它们所正在指称的现实或者幻想的能力。或者说，许多写作者对于他们所选取的现实或者幻想题材的把握，仍然是十分浅层的，从他们所叙写的故事里，我们读不到一种能够使现实或者幻想的世界变得丰富、饱满、厚实的意义，而这种缺乏又反过来阻碍了故事美学的进一步提升。也就是说，问题并不出在对于现实或幻想题材的选取上，而是对于这种现实和幻想的文学驾驭。这本身是一个综合性的问题，它的形成与许多方面的原因有关，但随着近年来儿童文学创作在故事、语言能力方面的整体提升，写作者自身及其作品的文化缺失已经成为其中最突出的一个问题。

在当代语境下谈论"文化"问题无疑是一桩吃力的事情，因为在不同的历史时期、不同的现实语境下，"文化"一词的所指往往不尽相同。匈牙利学者阿格尼丝·赫勒曾区分出文化的三种概念：一是作为高级文化的文化概念，它主要是指人类历史上那些伟大的发现、发明和创造；二是作为文化话语的文化概念，它是指人们能够以一种"文化"的方式来谈论各种事务；三是人类学的文化概念，这个概念的外延最为宽泛，可以指任何人类群体的全部社会现象。[1] 这三个概念的交织构成了一个复杂的文化理解的网络。事实上，我们今天对于文化的理解通常是包含普遍文化、高级文化和文化话语在内的一个整体，个体的文化育成过程则表现为对于这三者的同时吸收、判断、选择和运用，它最后形成个体的一种综合性的文化知识、素养和情怀。

从这个意义上说，当代儿童文学的文化缺失是全方位的。

首先，儿童文学写作在专注于表现童年文化的同时，不自觉地倾向于告别人类的大文化，使儿童文学作品仅仅成为狭隘的儿童文化的演绎场所。儿童文学在其早期的发展阶段里，曾经历过一个被过多的文化责任感所负累的时期，在几个世纪的努力之后，它才从这样的负累中逐渐挣脱出来，开始致力于关注和表现儿童自己的文化。因此，当代儿童文学对于童年自身文化的专注，在某种程度上是儿童文学文类解放的一个结果。然而，仅从贴近和迎合童年的方向来理解童年文化，本身就是狭隘的，它未能真正认识到童年与人类全部文化之间的深层关联，也未能从人类文化的视点深入地思考童年文化的表现问题。这导致形成当代儿童文学写作的一种轻浮美学。今天的儿童文学写作在追寻童年所青睐的幽默、趣味、游戏和想象美学的道路上前进得很快，如果仅仅是出于吸引儿童读者的目的，它并不需要为自己添加过多文化的重量。事实上，在抛却文化的重负之后，它的行走也变得更为轻快和迅疾了。然而，在这样的写作中，儿童文学对于童年生活和想象的叙写也变得越来越失去重量。

其次，由于缺乏大文化的素养，儿童文学写作在面对或处理一些话题时，其判断和思考往往难以探入话题深处，也难以就此提供更具深度的精神内容。在这样的情况下，不论是书写儿童的生活现实还是童年的幻想世界，作家的写作都只能停留在一般的童年趣味表现上，而不能把儿童文学的艺术表现带上一个更高的美学层级。例如，近年来出版的大量儿童小说都触及对于当代儿童教育现象的反思和批判，然而，这种反思和批判通常仅表现为对于现行教育体制表层形式的直接抨击，并借此过程给予现实生活中受到压抑的儿童以虚幻的宣泄和满足。至于儿童文学如何以自己的方式触及教育真正的灵魂，以及如何透过童年独有的美学来完成对于这种教育压迫的内在抵抗，像法国儿童小说"小淘气尼古拉的故事"系列那样，不是去回避无处不在的真实的教育压迫，而是以童年的看似无害却又极其有力的方式巧妙地对这种压迫做出还击，对于中国当代儿童文学来说，还是亟待思考的课题。

再次，当代儿童文学总体上缺乏大文化的情怀，也因此缺乏一种浑厚的生命温情。儿童文学从不缺乏甜腻的温情，但近年来的儿童文学写作一直在努力摆脱这种做作的情感表达方式，寻求一种更为清新自然的美学风貌。这种努力的成效是显而易见的，从当代的许多儿童文学作品中，童年的亲情、友情等被还原到真实的日常生活情境下，透过日常生活的粗粝外表所传达出的这些情感的细腻和温暖，常令人有发自肺腑的感动。然而，在这一类生活情感之外，我们却很难看到儿童文学对于全部生命世界的更开阔、更深透的感受和思考，以及对于生命自身的内在道德要求与人文关怀。或者说，当代儿童文学在一些小情怀的表现上确实达到了较高的创作水平，却十分缺乏大情怀的力量。

第二节　作为艺术内核的文化问题

探讨儿童文学的艺术发展，为什么要谈论文化的问题？在儿童文学的审美体系中，这会不会只是一种"外部"的探讨，而并不触及儿童文学的艺术内核？

显然，儿童文学的形态可以是多种多样的。小文化、小思考、小情怀，也是儿童文学合理的艺术常态，这类写作的价值丝毫不容否认。然而，结合当前儿童文学的创作现状，从这一文类的基本精神和当代儿童文学的艺术发展要求出发，对于当代儿童文学文化问题的反思已经显得刻不容缓。

从辞源学上看，文化首先意味着人的育成，这一指向恰好呼应了儿童文学的一个基本特质。我们可以说，在最根本的意义上，"文化"就是儿童文学的基本精神。儿童文学有别于一般文学的一个重要性质便在于，自它诞生之日起，便天然地背负着化成儿童的文化责任。这种化成属于广义的教育，它意味着，有关儿童文学艺术的理解可以有许多面向，但所有的面向必然围绕着这一广义的教化功能展开。即便是以纯粹的娱乐性取胜的游戏作品，对于儿童来说也包含了一种重要的情感教育。这种广义的教育性使得儿童文学从来不能像成人文学那样撇清自己对于读者的责任。

儿童文学的这种责任感从未离开过当代儿童文学写作的视线，但也似乎正在离我们远去。在前面所提到的两种儿童文学的主要写作趋向中，占据主导地位的是对于创作题材和创作手法的趣味性发掘，文化上的储备和打磨则越来越退居其次。在当代儿童的日常生活中，这类强调"游戏精神"的儿童文学作品在宣泄儿童情感、丰富儿童体验、激励儿童想象、补偿儿童生活等方面所具有的价值不容低估，然而，从作为一个成长过程的童年来看，单纯的游戏远不是儿童生活的全部，与游戏同样重要的是由外向内的童年身体和心灵的"吸收"，是班马所说的"学习大于欣赏"[2]。儿童的年龄越是增长，他吸收的内容越是增多，对于吸收对象的要求也越是提高。但当代儿童文学的情况却有向相反方向发展的趋势，亦即在低幼儿童文学作品中往往自觉地包含了对于幼儿的各种初级文化启蒙，而随着儿童年龄的增长，相应的儿童文学文本的文化浓度反而变得稀薄起来。综观近年来出版的大量以少年和青少年读者为对象的文学作品，在写实类作品中，除了被尽可能游戏化、艺术化了的儿童当下生活外，很少见到有重量的文化内容；而在幻想类作品中，那些游戏化的幻想空间所承载的文化含量往往更为稀少，尤其是一部分在形式、结构、意象上均模仿西方当代幻想文学而来的叙事作品，甚至连幻想和游戏的文化也未能很好地接手。这样的儿童文学作品能够为成长中的儿童读者提供的新的"吸收物"自然也十分有限。

当然，在当代文学的创作语境下，仅从文化责任的角度来谈论儿童文学的文化问题，坦率地说，其现实说服力是不够的。事实上，我并不主张过分强调一部儿童文学作品的文化功能，而且对儿童文学来说，文化的位置从来不高于文学。或者说，在这里，我们不能越过文学来谈论文化的话题。如果文化的问题对于文学本身实际上并无损伤，那么上述有关文化责任的论证仍然是立不住脚的。

然而，问题恰恰在于，在文化未能得到充分关注的情况下，文学自身的艺术操作同样存在问题。例如，自风靡全球的幻想小说"哈利·波特"系列引进国内之后，近年间，儿童文学界先后出现了不少在基本题材和创作风格上模仿这一系列的小说作品，其中比较受到读者关注的如出版于 2008 年的四册"魔界"系列（汤萍著），以及 2009 至 2011 年间连续出版的八册"萝铃的魔力"系列（陈柳环著）。这两个系列的出版既在一部分国内少儿读者中激起了极大的阅读热情，同时也引来了另一部分读者的质疑，后者主要是针对两部作品中存在的大量与"哈利·波特"系列相关的模仿嫌疑而发。一些细心的哈利·波特迷还特别统计了两部作品中模仿自"哈利·波特"的角色、情节、魔法物件等。应该说,在一种文学样式的早期发展阶段,创作上的某种模仿是可以理解的,而且,如果我们仔细阅读这两部作品,尤其是"萝铃的魔力"系列,还是能够看出作家本人的创作能力和文学才华的。就"萝铃的魔力"系列来说,这部作品最大的问题并不在于它对"哈利·波特"系列的写作题材和故事方式的部分模仿,而在于它对它所借鉴的那个源文学文本背后的文化文本的生硬挪移。

"哈利·波特"系列所构想的魔法世界并非空穴来风,其中大量内容是从年代久远的欧洲历史、神话、童话、民间文化等文学和艺术经典的传统中吸收和幻化而来。作者 J.K. 罗琳本人既生活在这一文化传统诞生的土壤之中,又曾花费心力深入探究这一传统,这是"哈利·波特"系列诞生的基本文化语境。美国学者戴维·科尔伯特所著的《哈利·波特的魔法世界》一书,解释了该系列中一些魔法事物、意象、情节等在欧洲传统文化中的根源。可以说,"哈利·波特"系列的风行不仅仅是这部写给儿童的幻想小说的成功,也是文化祛魅时代里人们对于传统文化热情的一次高调复兴。小说中的许多情节、形象乃至看似虚构的小细节并不只是作家想象的产物,而是同时浸透了文化重量的书写。而这一点显然还没有引起国内仿写者的充分关注。在中国当代的同类幻想作品中,魔法、巫术、咒语、精灵等主要来自西方幻想文学的元素被随意地移植到中文的语境中,并与另一些中国式的童话想象以及文化元素发生奇怪的结合,进而被呈现在往往并不熟悉欧洲传统文化的中国读者面前。在这样的转换嫁接中,源文本所具有的丰富的文化内容失落了,仅留下魔法和幻想的游戏狂欢。这使得这一类幻想故事完全成为作家空想的产物，在看似奇幻曲折的情节之下，它的文字和叙事是单薄、干瘪、缺乏意义层次的。因此，对于本土的幻想小说创作而言，模仿与否只是表面的问题，文化的贫血以及与此相关的文学原创力的匮乏，才是更为根本的症结。

文化的因素不仅影响着儿童文学艺术世界的宽度与层级，也以其特殊的方式作用于具体的儿童文学写作技法。近二三十年来，在见证原创儿童文学的上述艺术发展现实的同时，我们也发现，随着写作技艺的持续精进，儿童文学的艺术表达能力反而开始停步不前。以当代儿童文学写作所普遍器重的幽默手法为例，20世纪80年代，幽默还是中国儿童文学界并不十分擅长的一种表现手法，但是进入新世纪以来，一大批儿童文学作家——尤其是年轻的儿童文学写作者——都开始自觉地将幽默手法的运用作为其创作技法的一个重要方面，儿童文学作品的幽默艺术也变得越来越自然圆熟。就形式本身的文化内涵而言，儿童文学的幽默常常是儿童渴望控制外部世界的愿望的一种疏导和传达，以及他们用来抵抗成人世界压迫力量的一种外化。当代儿童文学充分利用了幽默这一形式的意义。那些倾向于以幽默的方式来呈现童年眼中的世界、叙说童年生活体验的作品，本身就传达了童年文化的一种特殊蕴含。但是，在许多儿童文学作品中，童年的幽默往往只停留在最朴素的形式愉悦之中，比如个中角色之间的玩笑、逗趣、拌嘴和斗智等，而很少能够就童年的生活、文化及其现实命运展开更进一步的思考。在幽默的愉悦之外，似乎缺乏一种力量把儿童文学的书写导向现象的更深处。在这样的情况下，对于幽默的形式追求越是频繁地重复自身，便越是显出其技艺上的问题，以至于幽默手法本身竟不幸地成为当代儿童文学写作的一种新的陈规。

显然，文学的幽默本身还有着远为丰富的文化内涵，它是生之渺小对于世界之广袤的一种穿透，是生命在与外部世界的交锋中所展示的积极力量。同时，幽默的根本底色不是尖刻的讽刺，而是温暖的扶持。从世界上最优秀的儿童文学作品中，我们总是可以看到透过幽默所传达出的这样一份生命的温暖和力量。相比之下，许多当代儿童文学作品对于童年幽默的理解显然还缺乏更深厚的文化底蕴，这也是它们的幽默很少能够出示更丰富的美学内涵的一个重要原因。

而这不是单纯专注于技法本身就可以解决的问题。我们看到，在技法达到一定的成熟度之后，它的运用并没有能够继续带来儿童文学艺术性的提升，相反地，自我重复的技法本身倒容易退化为一种便宜的写作策略，比如校园小说对于语言设计上的幽默桥段的偏好，以及幻想小说对于各种异想天开的魔法元素的青睐等。就此而言，作品的技艺打磨越是精细，其艺术上的某种内在缺陷反而越是明显。如果不能着手解决文化的问题，当代儿童文学写作接下去的艺术推进也就无从谈起。

第三节　文化内涵与文化情怀

当代儿童文学的文化问题，首先对儿童文学写作者的文化素养提出了要求。这样的话题大概属于老生常谈，但仍然意义重大。当代儿文学总体上的文化缺失反映的是当前儿童文学作家集体性的文化缺钙。一方面是作家自身文化素养的欠缺和文化视野的限制，另一方面则是写作者越来越不情愿在文化的层面耗费心力，这两者之间相互作用，进一步加剧了当前儿童文学写作的文化贫血问题。显然，任何一种探向文化深处的书写都需要长时间的准备、积累、思考和积淀，而在目前的童书市场上，这样的时间损耗并不见得会从读者那儿得到即时的回报。结果是儿童文学的写作越来越变成了一件与文化无关的事情。当下童书市场热卖的许多写实类或者幻想类的儿童文学作品，如果拨去一般的游戏和想象的浮沫，可以萃取的文化汁液往往少之又少。很多时候，如果我们把一部作品最表层的故事过程提取出来，这个文本的容纳物就被基本抽干了，不会剩下更多可供消化的食物。

当代儿童文学在尝试摆脱这种文化贫血的状态。21世纪之初，美国著名的Scholastic出版社策划了一套由多位知名童书作家合作创作的名为"39条线索"的系列儿童小说，自2008年起开始陆续出版。这是一套有意尝试将历史、地理、考古等领域的丰富文化知识与充满悬念的儿童文学故事相结合的叙事作品。故事中，将追踪者带向"世界上最为重要的宝藏"的"39条线索"首先是作家想象的产物，但它也同时被赋予了厚重的人类历史文化内容。这些线索彼此勾连，其痕迹先后埋藏在五个大洲几十个国家的相关城市里，解开线索的过程则与每个城市和曾经生活于其中的特定文化人物的生活、命运以及一些不为人知的历史细节密切相关，后者又与人类的整个文明史内在相连。这样，故事里孩子们九死一生的冒险经历，同时也成为他们了解、体验和探知这些文化的过程，这使这部带有浓郁侦探风格的儿童小说同时充满了文化的魅力。据称，该系列故事基本框架的设计者以及第一册和第十一册的作者雷克·莱尔顿接受出版社写作邀约的初衷之一，便是期望通过这样一种方式来向儿童读者传授历史文化。

当然，并不是一部儿童文学作品只要敲上文化的印章，就能证明其艺术上的分量。从目前已经引进国内的六册《39条线索》来看，如果文化的元素没有很好地成为故事本身的一部分，那么这种写作并不会因为这些文化知识的参与而具有更高的美学意义。而对于这样一部儿童文学作品来说，比文化知识和故事构思更为重要的，是作家在处理相关历史话题时所显示出的开阔的文化视野和人文情怀，这种视野和情怀会在小说叙事的细节中自然而然地流露出来。例如，该系列第二册《致命音符》所集中讲述的故事的第二条线索，看似与奥地利音乐家莫扎特有关，实际上更关乎莫扎特的姐姐娜奈尔·莫扎特，"她跟莫扎特一样有天分，但因为她是女孩，所以从来没机会接受训练或崭露头角"[3]。小说中这个看上去是为更强烈的悬念效果而做出的情节安排以及故事主角之间不经意的日常对话，包含了对于人类历史上女性的命运及其文化现实的丰富指涉。在另一条线索的追踪过程中，作为故事主角的姐弟俩误入宾馆房间的暗室，在那里意外而又自豪地见证了自己家族所做出的"蒸汽船""轧棉机""自行车""缝纫机"等"改变了历史"的发明。然而与此同时，他们也不得不面对这样的事实：自己所继承的是一部既辉煌又肮脏的历史，在这部历史上，同样是来自上面这个伟大家族的成员"发明了能杀死上百万人的毒气输送系统"，并造出了"具有毁灭性的原子弹"。[4]类似的细节在作品中多处可见，这其中所体现出的文化识见和反思精神，在当前的中国儿童文学写作中几乎是看不到的。不过，由于这是一部多人合作完成的系列儿童小说，写到后面，其角色塑造、情节安排上的前后疏漏也开始显现，特别是第一部的出版获得商业成功后，在续写的第二部中，写作者们不得不把原本设计中倾向于闭合的情节链重新打开，加入新的故事元素。在这个过程中，尽管各种文化内容对于推动故事情节发展仍然起着重要作用，但作品前几册所透露出的那种细腻而深刻、轻巧而厚重的文化关怀，却越来越稀少了。这使得该系列越是写到后来，其艺术感觉反而在不断下滑。这也从另一面说明了，仅仅是文化知识本身，远不足以支撑起一种有质量的儿童文学文化写作。

真正见出一部儿童文学作品文化底蕴的，不是客观的文化知识，而是建构于知识之上的文化视野和情怀。当代的一部分儿童文学写作或许不缺乏对文化知识的关注，却很少能够真正从人类文化的高度来书写这些文化。这导致了儿童文学写作中的"伪文化"现象。一些作品也热衷于将有关的人类文化知识纳入儿童故事的写作之中，但这些知识虽然成了故事情节的一部分，有时甚至是推动故事情节发展的必要契机，却始终缺乏丰富、生动的文化理解支撑，而更像是人为地嵌入故事中作为辅助衔接之用的知识螺丝。这方面的典型例子之一，是近年来流行于国内童书市场的奥地利儿童小说《冒险小虎队》系列。这套侦探体的作品系列依据其各册故事场景和题材的不同，会不时在文本内设置来自人文、地理、物理、化学、生物等领域的知识性线索，并随书配有能够使线索答案"显影"的"解密卡"。但是很明显，这些文化知识只是添加在文学故事之上的佐料，我们既看不到它们与故事之间的内在精神关联，也看不到故事自身的文化力量。事实上，这套作品对于儿童读者的魅力主要来自作品中富于操作性的解密游戏，与作品的文学品位如何并无太大关联。

2011 年起，模仿《冒险小虎队》的故事和操作设计，国内出版社开始推出一套名为《查理九世》的系列儿童小说。在这套小说中，一些文化知识也扮演了类似的工具性角色。然而，尽管相比于一般的儿童生活或者幻想故事，这部作品似乎承载了更多的文化讯息，但它对于这些文化内容的狭隘处理，反而从另一面说明了这类儿童文学写作中的文化匮乏。这样的作品或许可以提供不错的儿童游戏文本，却难以成为优秀的儿童文学文本，它可以说是儿童文学其中的一种艺术生态，却很难说是一种值得期待的儿童文学的艺术样式。

近年来，一些中国儿童文学作家也在有意识地尝试和坚持一种文化姿态的写作，并陆续出版了一批富于文化含量的作品，如涉及历史战争题材的《赤色小子》（张品成著）、《1937·少年夏之秋》（殷健灵著）、《福官》（毛芦芦著）、《满山打鬼子》（薛涛著），涉及民族历史题材的"5 个 8 岁"系列（黄蓓佳著）、《木棉·流年》（李秋沅著），涉及中国传统文化题材的《千雯之舞》（张之路著），涉及现实灾难题材的《云裳》（秦文君著）、《那个黑色的下午》（杨红樱著）等。比之一般的儿童生活小说和幻想故事，这类写作从前期的准备积累到具体的写作过程，都需要耗费作家大量的时间和精力。同时，相比于更早时期的同类创作，一些作品也体现了对于历史、传统的更深入的洞察和思考。在童书快餐市场的进逼下，作家能够选择和坚持这样一种写作姿态，这本身就是一种价值的体现。但是，对于这类写作来说，"伪文化"的问题有时是更需要加以警惕的。也就是说，题材本身所携带的文化内容，并不必然能够强化儿童文学写作的文化内涵。例如，有的儿童故事（如《笑猫日记 那个黑色的下午》）是直接从既有的历史或者现实的文化叙说中取来题材装入文本，文化内容与故事本身的结合显得有些牵强。更进一步看，即便某一富于文化内涵的题材本身在作品的叙事层面得到了艺术性较高的演绎，也不必然就能提升作品的文化层次。以涉及历史战争题材的写作为例，进入这一领域的不少当代儿童文学作家都在试图挣脱传统战争意识形态的规约，从童年的独特视角来发掘和呈现战争年代更丰富、更细部也更真实的那部分历史面貌。然而，是不是有了与童年相关的许多生动的趣味、情感，设计了一些更复杂的战争矛盾关系——比如发生在儿童身上的"敌我之间的友情"，这类儿童文学书写就具备了更高的文学表现力？显然不是。要真正深入童年与战争、与历史的关系，解读童年身处其中的文化命运，需要一种超越童年也超越一场战争的更为开阔的历史意识和文化情怀。

因此，儿童文学的文化问题最关乎的不是文化的内容，而是文化的见识，这见识的深度决定了儿童文学写作的厚度。理解和实践儿童文学写作的文化维度，必须同时理解文化穿透文学的这种方式。

可以说，当代儿童文学的艺术发展已经走到了这样一个门槛上：如果不启动有关文化问题的思考，那么留给这一文类的艺术提升空间已经显得十分有限。这不仅仅是当代中国儿童文学的艺术问题，也是当前世界儿童文学写作者共同面临的艺术课题。不过，相比于世界儿童文学在文化底蕴和文化思考的层面所达到的最高位置，中国儿童文学还远远地落在后面。我们甚至可以说，目前中国儿童文学与世界优秀儿童文学的最大艺术距离，不是文学的距离，而是文化的距离。

当然，这样的说法容易造成误解，似乎文学与文化是儿童文学写作的两个不同维度，并且后者是从文本之外加诸作品的一个要求。事实上，文化本来就在文学的血脉之中，或者说，它本身就是文学艺术的一部分。文化所牵动的是文学的整个艺术格局。一种有文化的写作和一种文化缺失的写作，它们之间的区别绝对不是单纯文化层面的，而是作品整体艺术的质的差异。从这个意义上说，谈论当代儿童文学的艺术未来并不存在单独的文化话题。相反，触动它，就是触动儿童文学的整个艺术世界；进入它，也就是进入儿童文学的全部艺术生命问题。

第四节　儿童文学作家的思想与文化视野

某种程度上，今天的儿童文学创作所面临的已经不仅仅是一个写的问题。从当代原创儿童文学的现状来看，与几十年前相比，大量作品都显示了当代作家们在文学语言、故事写作等方面更高的天赋或者能力。但与此同时，今天的许多写作行为也在透支着这样一份天赋和能力。由于缺乏一个开阔、深厚的视野和思想的支撑，一些时候，这份天赋在促生了若干有新意的作品之后，便很快导向了语言、故事、观念上的自我重复和彼此重复。我们知道，在文学创作到达一定的技术水准之后，其艺术境界的提升便取决于作家对于世界、人生、人性的洞察力和穿透力；对儿童文学来说，还要加上作家对于童年生命和童年文化的洞见。但在今天的原创儿童文学作品中，我们很少能够看到这些洞见的痕迹。大多数情况下，我们快的时候太多，而慢的时候太少；写的时候太多，而想的时候太少。

在这样一个追求速度和生产效率的时代，我们的儿童文学作家亟须通过扎实、耐心的学习，来拓展思想与文化视野，提升对于童年现象进行判断、批判、表现和思考的能力。我在这里所说的学习，其对象远不仅仅是优秀的世界儿童文学作品，也不仅指经典的成人文学作品，更是指那些看上去并不与儿童文学的写作直接相关、却以某种格外深刻的方式触及童年的思想资源。

一、儿童文学作家的童年观视野

现代儿童文学是在现代童年观的精神滋养下不断发展起来的，与此同时，它自身也以文学的独特方式参与着特定时代的童年观建构。许多经典的儿童文学作品不但诠释和反映了人们对童年的普遍观念，也塑造乃至改变着这些观念。比如林格伦的《长袜子皮皮》《小飞人卡尔松》等作品所表现的狂野自由的童年精神，在当时构成了对于传统的浪漫主义童年观的有力冲击，它促使我们更加关注儿童真实的生活期待，观察他们自在的生命感觉，以及思考他们对世界的独特体验。这使得林格伦这些作品的意义不仅仅停留在一般儿童故事的层面上，而是包含了对于现代童年特性的丰富理解和深入思考。

近三十年间，不论在中国还是欧美，伴随着整体社会环境与儿童生存环境的巨大变迁，现代童年观的许多方面已经不能诠释今天的许多童年问题。20世纪中期，在欧美儿童文学界发起的现实主义创作潮流，正是为了应对既有童年观和儿童文学在当代童年现实面前日益减弱的诠释效力，而试图将儿童文学的写作带上一个新的更具活力的表现平台。一些作家试图冲破传统的童年观和儿童文学观的规约，将童年生活中不可避免地存在着的一些阴暗的角落，包括恐惧、暴力、犯罪、性等，也纳入儿童文学的表现范围，并以儿童文学特有的方式来帮助孩子们直面和思考这些问题。尽管这样的写作方式本身也还存在着很大的探讨空间，但它至少提醒我们，童年的生活无时不在变化，儿童文学的写作也需要时常检查自己的童年观是否脱离了不断丰富的童年现实。

20 世纪后期以来，当代童年的情况变得愈发复杂。20 世纪 80 年代初，美国传媒学者和文化批评家尼尔·波兹曼出版了著名的《童年的消逝》一书。这是一本对于自 20 世纪六七十年代起出现在美国文化中的"童年危机"现象展开批判性论述的著作。作者提出，在一个由娱乐文化占据主导的社会，由于儿童与成人共同沉浸在以视觉消费为主的娱乐文化中，当代儿童所接受的文化训练也越来越趋于娱乐化，从而导致今天的儿童已经不像"儿童"。他就此提出了"儿童的成人化"和"成人的儿童化"问题。波兹曼所说的这些现象，也正在今天的中国社会蔓延。如果说时隔三十年，我们越来越看到了波兹曼上述论断中过于保守的成分，那么对于他所提出的当代童年的生存危机问题，我们也还没有能够发现一个确定的答案。今天的孩子究竟怎么了？今天的童年正在走向何处？是童年出了问题，还是我们对童年的判断出了问题，抑或两者兼而有之？站在全部人类文明的立场上来看，我们应该向当代童年期待些什么，又能够为它做些什么？严格说来，所有这些问题都是当代儿童文学写作无法绕过的。

与此同时，儿童文学创作要面对的，还不仅仅是对童年生存现状的贴近理解和真实描绘，还要向人们提供有关当代童年命运的思考。一个优秀的儿童文学作家，在童年观的问题上，不但要善于观察和把握童年的当下现实，而且要深入这一现实的内部，去琢磨它的内涵，思考它的意义，同时也发现它的问题。就这一点而言，真实地描写、表现当代儿童生活的情状只是其中的第一步，它可以促成生动的儿童文学作品，却还不足以产生真正优秀的儿童文学作品。对于后者来说，一种富于远见和洞察力的童年观的导引，是必不可少的内容。

诚如波兹曼所说，"儿童是我们发送给一个我们所看不见的时代的活生生的信息"[5]，这意味着，童年的事情，是一桩与整个人类文明相关的事情，童年的问题，也在一定程度上映射出了文明自身的问题。毫无疑问，从这一精神基点出发的对于童年观的历史、内涵、意义及其当代变革的深刻理解，将为我们更具批判性地理解和书写当前正在发生的各种童年文化现象提供重要的思想支持。

二、儿童文学作家的教育学视野

从教育的最广泛意义来说，一切文学都指向教育。而由于儿童文学读者对象的特殊性，这一文类天然地带上了比一般文学作品更为明显的教育意旨，这其中既包括知识、情感和行为方式的初级启蒙，也包括通常意义上的艺术和精神陶冶。然而，尽管在儿童文学中，有一部分是直接向孩子传授生活中的知识名目和见闻道理的，但任何优秀的儿童文学作品都不会仅仅以一般的"载道"为终点，它所实践的始终是教育的最初也是最根本的意义，也就是"人"的塑造，是对于"人"这一特殊存在的关怀。

儿童文学能否做到这一点，决定了儿童文学能否达到一定的精神高度，而这又与儿童文学作家对于教育的认识程度有关。不是每个教育家都能成为称职的儿童文学作家，但一个真正对儿童教育怀有热情和洞见的教育工作者，当他拿起笔来为儿童写下些什么的时候，他的儿童文学写作通常会具有一个非常高的艺术起点。比如苏联教育家苏霍姆林斯基的儿童教育故事，尽管是在一个十分严苛的政治语境和十分有限的话语空间里写出来的，其中不少作品也烙有当时国家意识形态的鲜明印迹，但我们能够不时看到一位教育家对于儿童教育的深刻理解是如何使文学突破意识形态话语的束缚，达到一种高远的人文情怀。苏霍姆林斯基的《所有的墓都是人类共有的》《为什么要说"谢谢"》《面对小夜莺感到羞愧》等短篇作品，是从人类文化和精神的最高处进入儿童文学的写作，以简单的儿童生活故事来传达深刻的"人"的道理，它在最朴素也最深切的层面上实践了"教育"一词的真实意义。

每个优秀的儿童文学写作者，必定同时是一个对儿童教育怀有敏锐、深刻见解之人。但是，这样的见解不是通过对各种儿童教育理论、方法的机械学习就能实现的，也不是现代学校教育体制下儿童教育实践的普通经验可以达到的，而是我们的思想真正深入人性和人类生活的历史与现实的一个结果，它使我们认识到教育首先不是一种制度或程序，而是一种以"人"的完善为目的的生活方式。有这样的见解之人对现代教育的现实往往怀有激烈的批判精神，但同时也对改善现实的行动怀有坚定的信心。

美国学者丹尼尔·科顿姆属于有这样见解的人之一。他的《教育为何是无用的》是一部既声色俱厉地斥责当代教育的现实问题，同时又对教育和人的未来怀有温暖的希望的思想著作。只需看一看作者在序言中对于教育的"无用性"所做出的充满悖谬的"指控"，我们也能够察觉到本书作者对于作为一个特殊的人类事业的"教育"所怀有的深刻见解："教育无用，因为它让我们脱离实用性""教育无用，因为它让我们脱离理想""教育无用，因为它让我们意志消沉""教育无用，因为它让我们的身体变得虚弱""教育无用，因为它让我们沦为奴仆""教育无用，因为它让我们变得叛逆""教育无用，因为它让我们成为乐观主义者""教育无用，因为它让我们成为悲观主义者""教育无用，因为它导致教条主义""教育无用，因为它导致怀疑""教育无用，因为它让我们置身现实生活之外""教育无用，因为它让我们陷入现实生活的困境中""教育无用，因为它让我们成为骗子""教育无用，因为它让我们成为书呆子"……这些从人类迄今为止的教育现实中提取出来的充满矛盾的思想，促使我们抛却对于教育的沿袭观点，去思考教育的本质和基本问题。

科顿姆的著作提出了这样一种对教育的深刻的理解：教育并非解决人类文化问题的一个一劳永逸的途径，相反地，它本身即意味着一种绝望的希望——教育的现实充满了缺陷和悖谬，并且始终无法顺利带我们抵达我们所期望的某个功利性的终点，从这个意义上说，它是"无用的"，它的"核心是由令人十分苦恼的无用性组成的"[6]；然而，教育的这种"无用性"正是它的价值所在，对于它的"无用性"的认识将把我们带出围绕着"有用"而展开的各种充满功利性的社会期待，并进而把我们带入关于"人"自身价值的终极思考中。只有在最深层的意义上领会了教育对于人类发展的这种"无用性"，我们才能真正履行"教育"的义务。毫无疑问，科顿姆所提出的有关人类教育的这样一种深刻的理解，对于我们在儿童文学写作中理解和践行广义上的童年教育，同样有着重要的提醒、警示和启发的意义。

三、儿童文学作家的文化视野

童年观和教育的问题，归根结底是文化的问题。

一个儿童文学写作者的文化视野，会直接反映在他对于童年和儿童教育问题的见解上，继而影响他本人的儿童文学创作观。20 世纪德国著名的儿童文学作家凯斯特纳，曾经是魏玛共和国知名的诗人、剧评家、专栏作家和青年知识分子，德国新务实主义运动的领袖人物。该运动倡导以一种严肃、客观、有距离的文体来针砭时弊，著名作家赫尔曼·黑塞、托马斯·曼也是其中的主要参与者。20 世纪 30 年代末，凯斯特纳转向儿童文学的写作时，正是带着这样一个文化批评者的身份，他的很大一个目的是希望重塑未来德国儿童的精神。因此，凯斯特纳的《小不点和安东》《飞翔的教室》《动物会议》等儿童小说和童话，除了生动的人物和精彩的故事之外，也包含了作家对于那个时代不同社会阶层孩子的生存状况以及他们在成长中所面临的各种烦恼的倾心关注，并传达了作家对于社会现实的深入批判和对于人类未来的深切期许。当然，在为孩子们呈现这些内容和思想时，凯斯特纳的笔法从来不显沉重，他很清楚如何让作品用儿童故事自己的方式说话，同时，他也在作品中给予孩子充分的行动能量。他的儿童小说《两个小洛特》，讲述的是一对双胞胎姐妹如何以她们的自信和智慧拯救一个破裂家庭的故事。从这里，我们看到了作家对于童年的充分信任和期待。

与此同时，许多著名的作家、学者对于童年、儿童教育和儿童文学问题的关注与思考，也让我们看到了儿童文学背靠的那个深厚的文化基底。1859年起，已经写出《哥萨克》等小说并在俄国声名鹊起的列夫·托尔斯泰从内心感到，要改变俄国农村的现状，首先要改变这里的孩子。为此，他在自己的庄园内专为农民的子女们开办了一所学校。除了亲身授课之外，他也带领孩子们一起参与劳动，与他们一道谈话和散步。同时，他还遵从自己"多年的理想"，为孩子们编写了适合他们阅读的课本。托尔斯泰对课本中的作品字斟句酌，其目的是向孩子们提供一种以朴素、开阔的思想情感为表现对象的通俗、生动、富于情趣的儿童阅读材料，以及一种准确、真诚、精练、富于表达力的语言。为此，他甚至付出了比写作小说更多的辛劳，尽管这些作品所表现的不过是孩子们身边的寻常生活。从这一语言和文体追求的背后，我们看到了儿童文学所具有的不容忽视的文化意义——在这里，童年时期的学习和阅读远远超越了一般的社会生存技能训练，而指向个体、民族以及全部人类健康的精神成长。然而，很多时候，当我们频繁地引用托尔斯泰重视儿童文学的例子来说明这一文学门类的重要性时，却往往看不到这位文学大师是如何以自己的视野、思想、才华和智慧，来使儿童文学真正显得重要起来的。

所有这些提醒我们，有分量的儿童文学写作不是出于任何闲适的情致而绣在我们文化边缘的一串怡人的花边，而是夯入我们文化深处的一个意义重大的事业，它向作家要求一种十分宽阔的文化视野以及与之相随的开阔的人文情怀和深透的社会思考。也只有这样，儿童文学的写作者在面对任何一种素材和现象时，才能穿越对现象的单薄描绘，抵达那不同寻常的意义终点。

近年来，我们亲见了儿童文学创作对于当代童年生活的愈益仔细和贴近的观察，但我们也看到，很多情况下，由于缺乏深厚的文化思考的支撑，儿童文学恰恰迷失在了这样一种平面观察的习惯里。近年在童书市场上风靡一时的许多校园幽默儿童小说，其主要症结即在于此。这类作品大多十分擅长表现某些当下化的儿童生活情绪，捕捉他们真实的日常生活细节，以及呈现这一群体鲜活的语言面貌。但是在许多这样的作品中，我们往往看不到关于上述儿童生活的某种有力的判断。写儿童的日常生活，写童年的幽默趣味，这些都没有问题，但就像一切优秀的文学表现一样，对于优秀的儿童文学写作来说，生活和趣味的花是开在思想的根茎上的。从根本上说，生活本身不存在轻重的伦理，对儿童而言，普通的校园生活和艰涩的苦难经历，各有各的幸福和痛楚，也各有各的重量。因此，被责备的不应当是题材，而是我们进入和处理题材的能力、方式，而后者恰恰与我们的思想视野和思考积淀紧密相关。

对儿童文学写作来说，童年观、教育和文化的三重视野构成了其思想的眼界。应该说，当代原创儿童文学格外需要这样一种眼界的拓展。在过去的若干年时间里，我始终认为原创儿童文学缺乏足够令人心动的"故事"，而"故事"不只是一个技术层面的问题。写出好的儿童文学故事需要智慧，它不仅是儿童文学艺术的智慧，也是对于童年和人生之透彻理解的智慧。成为一名优秀的儿童文学作家当然离不开才情，但才情之外，如果没有开阔的思想文化视野和深入的生命思考的支撑，实现卓越的儿童文学写作仍然是不可能的。从中国儿童文学的发展现状来看，思想与文化视野的拓展或许比文学技巧的历练显得更为重要和必要。

近二十年的艺术和产业发展使得今天的中国儿童文学界已经可以开始很严肃、很有底气地谈论中国儿童文学如何"走出去"的话题。然而，针对"走出去"的话题，除了语言翻译上的难度外，近年发展迅速的原创儿童文学在艺术上似乎也缺乏接近经典的那"一口气"。这口"气"不是单纯的文学技法训练可以解决的，而是需要我们的儿童文学作家潜下心来，自觉地以一个人文价值生产者的身份，持续拓展自己的文化视野，开阔自己的精神视域，以此来给予自己的儿童文学创作以真正丰厚的、世界性的文化营养。

对于大多数作家来说，要实现这一视野的拓展，在现实人生的阅历之外，必须借助于大量的阅读。而阅读需要时间。也就是说，儿童文学作家们除了写作之外，还需要匀出足够的时间，来有意识地选择和阅读一些具有思想和文化分量的著作。我相信，在许多优秀作家的文学生活中，这种阅读和吸收常常是比写作更为重要的事情。我也相信，中国儿童文学更高远的艺术未来，与这样一种思想与文化视野的建构，一定有着必然的关联。

注　释

[1] 阿格尼丝·赫勒：《现代性理论》，李瑞华译，北京：商务印书馆 2005 年版，第 163-197 页。

[2] 班马：《中国儿童文学理论批评与构想》，武汉：湖北少年儿童出版社 1990 年版，第 73-76 页。

[3] 高登·卡尔曼：《致命音符》，张颖译，杭州：浙江少年儿童出版社，贵阳：贵州人民出版社 2011 年版，第 21 页。

[4] 朱蒂·沃森:《古墓奇符》，李玲译，杭州：浙江少年儿童出版社，贵阳：贵州人民出版社2012年版，第39页。

[5] 尼尔·波兹曼:《童年的消逝·引言》，吴燕莛译，桂林：广西师范大学出版社2004年版。

[6] 丹尼尔·科顿姆:《教育为何是无用的》，仇蓓玲、卫鑫译，南京：江苏人民出版社2005年版，第249页。

第十章　新世纪儿童文学的童年美学问题

随着新世纪原创儿童文学写作和出版事业在社会环境、写作力量等各方面条件的支持下得以迅速发展，这一文类对于童年的艺术理解和表现一方面实现了许多新的拓展与提升，另一方面也蓄积着一些深重的美学问题。目前看来，在所有问题中，童年美学的问题可能是最首要、也最为重要，却尚未引起创作和评论界充分关注的问题。

我们知道，童年构成了一切儿童文学艺术活动的逻辑起点与美学内核。换句话说，儿童文学创作都以特定的方式指涉着一种有关童年的叙事——这里所说的"叙事"是一个广义的概念，它不但指传统的文学叙事理论中最受关注的叙事技法，更指向着文学艺术表现的内在精神，亦即作为一种童年叙事形态的儿童文学总是以特定的话语方式，传递并建构着我们关于童年的立场、视角、思维和价值取向等。正是在童年叙事的后一种意义上，对于当代儿童小说的童年美学批判成为一个重要和必要的话题。考察当前原创儿童文学写作，我们会发现，对于童年生命、权利、价值的隔膜、偏见和误读，导致了原创儿童文学中童年叙事的诸多盲误和破绽。这类问题关涉的是童年最根本的生命精神与文化价值，因而属于儿童文学领域基础性的美学命题，但也正是这个缘故，它们往往容易被掩盖在题材、技法、观念等可见的童年叙事表象之下，从而未能引起人们应有的关注。

这里讨论的三部近些年出版的长篇小说，分别出自三位知名的当代儿童文学作家之手。它们都获得过中国作家协会颁发的"全国优秀儿童文学奖"，并陆续获得了其他一些重要的奖项。本章希望通过一种源初性的哲学和美学意义上的"辨正"和对具体作品的分析与探讨，将原创儿童文学的童年美学坐标，调整到一个更具童年美学生长性的方位上来。

第一节　童年感觉与成长体验的错位

彭学军出版于 2008 年的小说《腰门》，以第一人称叙事讲述了名为沙吉的女孩在六岁至十三岁之间由父母寄养在一个边远小城的生活经历。被寄养在云婆婆家的这些年里，"我"经历了许多事情，也从一个懵懂的小女孩逐渐长大起来，眼角眉间有了少女的美丽和忧郁。作为第八届"全国优秀儿童文学奖"小说类获奖作品之一，《腰门》获得了这样的评语："《腰门》以细腻、润泽的笔墨，表现少女的心理世界，勾画出了人物的心灵成长轨迹。作为动用童年经验的小说，作者智慧地采用了'儿童—成人'这一双重叙述视角，探求着儿童文学丰富的可能性，使作品获得了充盈的艺术张力。"[1]

在当代儿童文学界，彭学军的名字代表了一种童年写作的姿态和风格。自 20 世纪 90 年代以来，彭学军以一种颇易辨识的富于"女性主义"色彩的笔法，为主要是少女的群体书写着她们的青春时光和成长体验。需要强调的是，她写的是尚在成长中的少女，用的却是大女性主义的底子，后者使得这些书写看似总未脱出少女生活的简单墙篱，却并未将女孩的世界局限在狭小的自我感觉中，而是自然地表现着她们与周围世界之间的生命关联。她的小说和童话笔法诗化，笔触细腻，擅长把握和描摹青春期婉约的少女情思。彭学军的从不流于粗疏的文字质感，也以其自己的方式坚持并传达着对于儿童文学纯艺术创造的某种坚守。

不过，《腰门》是彭学军写作中鲜有的一次从幼年女孩的生活经验起笔的尝试。小说的叙事保持着作家一贯的诗意笔法和精致文风，它浓郁的湘西文化色彩进一步为小说增添了一缕文化的魅力。但在实践上述诗性文学追寻的同时，作者却未能很好地将她所惯于书写的少女的身心感觉准确地迁移到一个六岁孩子的感知方式中。这导致了小说前半部分对于年仅六七岁的小女孩沙吉的感觉和心理表现，不时会发生一些"偏差"和"错位"。例如，小说起首处便以六岁沙吉的独白来表现她玩沙子游戏的感觉：

> 我喜欢对着太阳做这个游戏。眯起眼睛，看着一粒一粒的沙子重重地砸断了太阳的金线，阳光和沙砾搅在一起，闪闪烁烁的，像一幅华丽而炫目的织锦。
>
> 有时，我不厌其烦地将沙子捧起，又任其漏下，只为欣赏那瞬间的美丽。[2]

"我"的神态庄重严肃，像一个七八十岁的老妪在做某种祭祀。

毫无疑问，这段"自述"的修辞感觉大大地溢出了六岁女孩真实的感官边界，它很难让我们联想到这是一个年仅六岁的普通小女孩对身边物事的日常感受，而是透着青春期少女特有的精细与敏感。尽管小说开篇即言明"我从小就是一个有点自闭的孩子"，但类似的敏感对于一个"有点自闭"的小女孩来说，仍然显得太过脱节。与此同时，它也难以被理解为成人视角与儿童视角相交叠的产物。我们知道，在许多采用"儿童—成人"双重叙述视角的童年回忆类叙事作品中，尽管文本之下无时不存在着儿童和成人两重叙述视角，乃至两个叙述声音，但在正常情况下，能够支配特定叙述片段的始终只是其中一种视角或声音。大多数时候，如果成人视角要加入对于相关童年回忆的后设叙述或评论中来，就应当有相应的叙述语言作为铺垫或提示，在这类叙述提示缺席的情况下，我们只能将它认同为童年视角的产物。因此，说《腰门》"智慧地采用了'儿童—成人'这一双重叙述视角"，恰恰是对小说中并未能得到准确把握和呈现的童年叙述视角的一种错位的褒饰。

　　熟悉彭学军的读者都知道，她的儿童小说格外擅长把握青春期少女对于"美"的特殊敏感，而在《腰门》中，这种趋于精致、复杂的少女美感经验，也多次出现在了六七岁的沙吉的叙述语言中：

　　　　门口的一棵树挡住了我的视线，那棵快枯死的树在夕阳中熠熠生辉，有着无比瑰丽的色彩。[3]

　　　　……

　　　　夕阳透过一溜雕花木窗落在灰白的地板上，依着花纹的形状，刻镂出形形色色的图形，斑驳的地板便有了几许别致的华丽。[4]

　　　　……

　　　　叶子已被岁月淘干了水分，镂空了，只剩下丝一般细细的、柔韧的叶脉，疏密有致，贴在地砖上，如剪纸一般，有一种装饰性的美丽。[5]

　　从《腰门》前半部分的叙述中，我们可以找到许多类似的段落。这些文字令我们不时对沙吉的身份产生一种错觉，它不但影响了小说叙事的自然感、真实感，更阻碍着小说意图表现的"成长"主题的深入实现。从《腰门》的整体人物塑造和心理描写来看，沙吉从六岁到十三岁的感觉和心理，缺乏儿童成长过程中本来应有的变化和发展，或者说，作者将主人公的心灵历程做了扁平化和单一化的处理。与沙吉逐渐增长的年龄相比，她的生活经验的确有了较大的丰富，但她的感觉和心理方式却似乎并未发生多大变化。这导致了小说中这一段贯穿始终的"六岁到十三岁"的成长，看上去仅仅成了一种形式上的长大。

这当然并非作者的初衷。事实上，随着主人公沙吉慢慢长成十三岁的少女，小说的叙述也开始有意无意地触及"成长"的话题。当十三岁的"我"走进梧桐巷的木雕店，意外地与六岁时相识的"小大人"重逢时，作家为这两个有着忘年之交的朋友安排了一场特殊的对话。"我"告诉了"小大人""这些年来我攒下的故事和从我身边走过的人"，在默默地听完这一切后，已经长成大人的"小大人"这样说道："我明白了，沙吉，你就是这样长大的。"[6]就在同一天，作者以少女初潮的降临为这段成长的岁月画上了一个标志性的记号。然而，在这里，有关"长大"的领悟是借小说中的人物之口直接"说"出来的，而不是我们从七年来沙吉的生活经历中自然而然地感受到的。对于一个成长中的女孩而言，"七年"的时间可能意味着巨大的身心变化，但这种变化感在《腰门》的叙事中恰恰未能得到充分的表现和展开。小说中，作者用她擅长的敏感、多情、多思的少女心理描绘，替代了对主人公从幼年到少年时代心理和情感世界的长度和过程的描绘。

这一文本事实提醒我们，童年生命在生理或文化上的"长大"过程，并不如其外表所显现的那样易于描摹。在现实的童年生活中，儿童的成长是伴随着个体年龄的变化自然发生的，但在儿童文学的艺术世界里，仅仅是年龄的增长以及伴随而来的生活见闻的变化，尚不足以构成成长的充分条件。相反，儿童文学所表现的真正意义上的成长体验，恰恰不是由简单的年龄或生活变迁来标记的。

　　彭学军本人的另一篇题为《十一岁的雨季》的短篇儿童小说，可以作为这方面很好的例证。《十一岁的雨季》在书写和表现少女的成长感觉和成长体悟方面达到了某种令人称道的高度。小名驼驼的体校长跑运动员出于青春期少女对身体美的敏感而暗怀着一份体操情结。在训练场上奔跑和休息的她总会不由自主地将目光投向体操区，在那里，少女邵佳慧优雅的体操动作莫名地吸引着她全部的注意力和激情。当她得知对于体操运动来说，自己已经"太老了"的时候，身体里的某种美妙的东西好像随着这个梦想的破灭而消失了，直到有一天，她从邵佳慧口中意外地听到了她对于跑道上的自己的由衷赞美。[7] 透过两个少女远远地彼此观看和欣赏的目光交错，属于少女时代的那种如微电流般敏锐、精细而又捉摸不定的青春情感脉动，在小说的文字间得到了充分、生动和妥帖的呈现。小说只是截取了十一岁少女生活的某一段落，其时间跨度并不明显，个中角色的生活内容甚至没有发生什么变化，但这些"不变"的因素丝毫不影响作品成长题旨的表现。小说中，成长的意义在根本上不取决于童年生活环境的变迁，而是表现为生命意识的一种内在的感性顿悟与提升。在领悟到"我"和邵佳慧之间的彼此对望意味着什么的一刹那，少女生活中某个幽暗的角落忽然被点亮了。这样一种打开生命的光亮感，才是童年成长美学的核心精神所在。

　　这并不是说童年成长的美学表现与时间无关。《腰门》表现时间的变化，这不是问题；问题是，在时间的变化中，我们却看不到童年自身的内在变化，因为从一开始，作者实际上就不自觉地将主人公的童年感觉定格在了青春期少女的视角上，而这一视角原本在作家笔下可能获得的表现深度，又在这样的感觉错位中遭到了消解。这才是这部小说所存在的最大的艺术问题。

多年来，我们对彭学军儿童小说的总体艺术品质一直怀有充分的信任，但实事求是地讲，《腰门》在童年感觉和成长体验书写方面的上述缺憾，使它在彭学军的作品序列中算不得一部成功的作品，这与近年来它从相关评奖机构和评论界获得的诸多肯定、赞誉形成了另一种事实上的错位关系。这些赞誉大多集中在对于作品个性化的童年题材、独特的文化背景和诗化的叙事笔法的肯定上，却未能关注到其叙事展开在童年美学层面的深刻问题。这种错位，同时也传达出了当前原创儿童文学写作和批评在童年美学判断方面的双重缺失。

第二节　童年苦难及其诗意的再思考

与显然带有童年回忆性质的《腰门》相比，曹文轩长篇儿童小说《青铜葵花》的写作包含了明确得多的童年精神书写的审美意图。在题为"美丽的痛苦"的代后记中，作者强调了儿童文学写作直面童年的苦难以及表现童年生命如何理解和承担这类苦难的精神意义与价值。作家的这一立场具有鲜明的现实针对性和批判性，他严词批判当下流行的"儿童文学就是给孩子带来快乐的文学"的狭隘创作观念，认

310 | 311

为"为那些不能承担正常苦难的孩子鸣冤叫屈，然后一味地为他们制造快乐的天堂"，同样是对童年不负责任的一种文化态度。他进而指出，在儿童文学能够提供给孩子的阅读快感中，理应包含另一种与苦难相关的"悲剧快感"，它比那类肤浅偏狭的快乐主义更能够丰富童年的生活体验，深化他们对于生命之真"美"的认识。《青铜葵花》的写作"要告诉孩子们的，大概就是这个意思"。[8]

这一富于现实批判意义的创作立场，代表了一种鲜明的童年理解的精神姿态。无论是从当下童年的生存现实还是儿童文学的艺术追求来看，这一姿态的积极意义都是毋庸置疑的。不过在这里，苦难本身是一个具有高度概括性的名词，落实到文学表达的实践中，这一苦难的所指究竟为何，关于它的书写又以何种方式在儿童文学的文本内部得到确立，这才是我们得以确认苦难之于童年和儿童文学写作之意义的根本依据。

在《青铜葵花》中，曹文轩为他笔下的童年角色安排的"苦难"经历，大抵集中在两个层面，一是贫穷的生活，二是不幸的变故，二者以典型的天灾人祸的方式先后降临在童年生活中。小女孩葵花跟随知青父亲下乡，不料父亲意外溺亡，葵花成了孤儿。举目无亲的时候，收养她的是大麦地最贫穷的一户人家，这家里另一个同样不幸的孩子青铜，幼年时因高烧成了哑巴，再不能开口说话。两个孩子与家人在艰难的生活中相依为命，却又先后遭逢水灾、蝗灾，不但刚刚积蓄起来的一丁点儿生活的期待成了泡影，更要忍受饥饿、病痛和死亡的威胁。在所有这一切生存的现实"苦难"中，照亮青铜和葵花的生命的，是他们彼此间患难与共的兄妹情谊，以及一家人之间毫无计较的相互爱护、关怀、理解和温暖。

《青铜葵花》对于童年苦难事件的上述集中书写和呈现，足以使它成为童年苦难母题在当代儿童文学写作中的重要代言作品。然而，这样一种密集、"典型"的童年苦难叙事，与其说是对于那个特殊年代童年生活苦难的自然呈现，不如说透着更多人为的文学安排痕迹。这并不是指那时的孩子所经历的苦难不见得这样深重，而是指小说对于其中某些显然被界定为苦难对象的事件的文学叙写，似乎不自觉地离开了现实生活的自然逻辑，甚至赋予了它们某种脱尘出世的非现实感。这方面最典型的例子之一，是小说对于死亡意象的浪漫处理。例如，葵花的父亲，一位热爱葵花的雕塑家，是因在一次意外的舟行中落水而辞世的。对于女孩葵花来说，深爱着她的父亲的离去，是她在大麦地所遭逢的生活悲剧的幕起。然而，从小说的这部分叙述段落来看，雕塑家的溺亡更像是一场浪漫的"自决"。当其时，他手中的一叠葵花画稿被旋风卷到空中，继而又飘落在水面上：

> 说来也真是不可思议，那些画稿飘落在水面上时，竟然没有一张是背面朝上的。一朵朵葵花在碧波荡漾的水波上，令人心醉神迷地开放着。
>
> 当时的天空，一轮太阳，光芒万丈。[9]

这样一幅犹如天谕般的景象，使雕塑家如着魔般"忘记了自己是在一只小船上，忘记了自己是一个不习水性的人，蹲了下去，伸出手向前竭力地倾着身体，企图去够一张离小船最近的葵花，小船一下倾覆了……"[10] 如此浪漫的意外很难使我们联想到与真实苦难相关的任何身体和精神上的强力压迫，反而像是一次超越生活的艺术表演。

事实上，这种对于"苦难"事件的浪漫呈现，是贯穿整部小说的一个基本手法。当老槐树下成为孤女的葵花面临着无依无着的命运时，青铜一家的出现令人恍惚感到了某种浪漫的侠士气息。

"在奶奶眼里，挎着小包袱向她慢慢走过来的小闺女，就是她的嫡亲孙女——这孙女早几年走了别处，现在，在奶奶的万般思念里，回家了。"[11]尽管叙述者反复渲染这是一个多么贫苦的家庭，但一家人对这个陌生女孩的无条件的疼爱，使这种贫苦的艰难远远地退到了叙述的远景处。当家里只能供养一个孩子上学时，青铜一家以善意的谎言把葵花送进了学校，聪慧的葵花又私下教会了青铜识字写字。家里的房子被大雨冲垮后，为了节省灯油，葵花不得不跑去同学家里借人家的灯光做作业。青铜别出心裁地把捉来的萤火虫放进南瓜花苞里，做成了十盏"南瓜花灯"，让这些"大麦地最亮、最美丽的灯"照亮了简陋的临时窝棚。[12]新年将至，漂亮、懂事、功课"全班第一"、又是"大麦地小学文艺宣传队骨干"的葵花被选中为学校的新年演出报幕，由于葵花借不到同学的银项链，青铜就敲碎冰凌，用芦苇管在几十颗小冰凌上吹出小孔，拿红线把它们串在一起。演出当晚，挂在葵花脖子上的这一串"闪着美丽的、纯净的、神秘而华贵的亮光"的"冰项链"，"镇住了所有在场的人"。[13]

读到这样一些情节，我们分明感到，尽管生活的现实艰辛一刻也不曾离开青铜和葵花的生活，但因此就说他们生活在苦难之中，实在有些偏离小说叙事真正传递出来的审美经验。这里的意思不是说，从苦难中还体验得到幸福的生活就不是苦难了。我们一点儿也不否认儿童文学对于苦难的书写，其终点不是叙说苦情，而正是要借助于某些与童年有关的力量来穿透苦难，抵达童年和生命的某种审美本质。然而，小说的不少情节留给我们这样的印象：并非青铜与葵花一家的善良和温情穿透了苦难，而是苦难本身就主要被设置为叙事展开的某种衬托，它并不与叙事的内容紧密地结合在一起。或者说，那种属于日常生活的真实切肤的苦难感，在小说的叙述中并不明显。我们对于青铜一家艰难生活的想象，常常是从叙述者的叙述语言中直接得到的。例如，大水过后，家里得重盖房子，"可要花一大笔钱"，于是，"没有几天的工夫，爸爸的头发就变得灰白，妈妈脸上的皱纹又增添了许多"。[14]这样的叙述，本身即是一种生活现实和感觉的间接呈现，它陈述了某种与艰难生活有关的事实，却并未传递出个体对于这种生活的切肤经验。与此同时，小说中人物的情感和精神，有时也是透过第三人称叙述声音得到诠释的。例如，青铜跟随父亲出远门刈茅草，眼见同伴青狗家的三垛茅草在火焰中化为灰烬，当他和父亲扯起风帆回家时，青狗父子不得不继续留在海边从头开始忙碌。"这一刻，他忽然明白了，原来他是这个世界上最幸福的一个孩子，一个运气很好的孩子。"[15]这样的间接诠释同样越过了具体生活细节的经验感觉，而成为一种多少有些游离的抒情。

这一切使得我们不能如此草率地将《青铜葵花》界定为一个童年苦难叙事的样本，换句话说，我们不应将艰难生活的题材简单地认同为童年的苦难。这就涉及我们如何在童年的美学视域内理解苦难的问题。对于童年而言，作为一个审美范畴的苦难究竟意味着什么？显然，苦难本身不应该成为被美化的浪漫对象，真正有意义的是包括童年在内的个体从这一苦难生存中感受到的充满审美力的生命意志与精神力量，它在根本上不来自跌宕起伏的生活变故，而来自最真实、最朴素的生活细节。

在这一点上，《青铜葵花》与曹文轩的另一部儿童小说《草房子》相比，显然是有落差的。《草房子》的一些故事，并没有刻意瞄准苦难的话题展开叙事，却以其对于油麻地人生活细

314 | 315

节的某些真实而又质朴的书写，让我们看到了童年的精神如何以它自己的方式穿透苦难，映照出人性最朴素的光华。小说中有关男孩细马的故事，讲述细马如何被家底殷实却没有孩子的邱二爷夫妇领养，如何在男孩自尊心的驱动下策划着返回老家，又如何在邱二爷因遭遇天灾而家道中落的时候，从回家的途中无言地折返，回到养父母身边，默默承担起了支撑一个破败家庭的重担。作家一点也不避讳艰难的乡间生活同时在大人小孩身上养成的势利习气。邱二妈不喜欢细马，因为她原本指望着丈夫领回来一个更大些的男孩，"小的还得花钱养活他""我们把他养大，然后再把这份家产都留给他。我们又图个什么？"[16] 这是一个从贫穷中闯荡出来的乡间妇人真实的计较。对此，细马的回应也充满了一个乡间男孩真实的负气，他偷偷地攒起钱来，预备回到老家去。在与邱二妈的又一次冲突后，细马回家成了确定下来的事情。然而，就在成行前夕，邱二爷的家产被大水冲毁。原本一心想要回家的细马，从出发的车站默默地又回到了油麻地。小说并未以叙述者的语言过多渲染一家子在这样的情形下重聚的感觉，而是以邱二妈反反复复的一句"你回来干吗？"，以"第二天，邱二妈看着随时都可能坍塌的房子，对邱二爷说：'还是让他回去吧？'"这样简单而又蕴含张力的生活细节，传神地写出了这位要强的乡村妇人既无比爱重养子的归来、又因为这爱重而开始将孩子的生活考虑放在自己之上的细微情感变化。而"细马听到了，拿了根树枝，将羊赶到田野上去了"。[17] 无须叙述人代为抒情表意，在这样一个无比简单的生活行动的回应中，我们同样感受到了男孩沉默而深重的情义。

相比之下，《青铜葵花》对于童年苦难经历的呈现显然缺乏这样一些微小而又厚重的真实生活细节的支撑，这使得它的文学浪漫和诗意很多时候停留在了对于苦难生活的某种艺术美化上，而最终没有越过苦难，揭示出生命和人性更深处的复杂而微妙的自我克服和升华的力量。小说中，作为养女的葵花与青铜一家之间的彼此"牺牲"几乎是无条件地超越于现实生活的艰辛之上的，从小说开始到结束，这份仿佛不食人间烟火的情感一直保留着最初的状态和强度。从它的表现方式来看，这份情感是现实生活的一部分，但从它与生活之间缺乏彼此孕生关系的事实来看，这两者之间又是绝缘的。这使得作家所倡导的"面对苦难时的那种处变不惊的优雅风度"[18]，在小说中更像是一种优雅的艺术表演。

毫无疑问，苦难的话题对于日趋"娱乐化"的当下儿童文学创作来说，具有重要的现实和艺术意义，但苦难题材本身尚不足以构成一种有意义的审美价值的理由。在原创儿童文学的当代语境下，除了关注童年生活的真实"痛苦"之外，如何更深入地理解作为一种文学表现对象的童年苦难意象，以及如何在这一意象的叙写中凸显童年日常生活和生命的审美内涵，还是一个有待进一步思考的艺术问题。

第三节　"现实"的童年生活境遇与"真实"的童年生命关怀

原创儿童文学在 20 世纪 80 年代以来的艺术发展，是伴随着童年表现题材的迅速拓展同时发生的。在新的社会文化中得以孕生或被推到公共视野下的现实童年的各种生活境遇，从不同的方向激发着新时期儿童文学作家们的创作热情。乡土的、城市的，校园的、家庭的，男孩的、女孩的，不同社会文化背景和不同年龄层次的，等等，这些多角度的童年生活表现既建构着当代儿童文学丰富的写作面貌，也传递着人们对于童年现象的一种更为宽广的文化理解与生存关怀。

从这个意义上说，黄蓓佳以一个罹患唐氏综合征的智障孩子为主角的儿童小说《你是我的宝贝》，代表了当代儿童文学在上述童年理解和关怀层面的一次重要的创作拓展。而我更看重的是，在创作动机上，作家并未将这一写作定位于"弱势群体关怀"这样一个带有自上而下的文化同情色彩的一般命题，而是有意要借助一种特殊的童年视角，来尝试拓展儿童小说的艺术表达形式与表达能力，而这种表达的目的，最终又落实在一种更为普遍的生命关怀上。"我写这样的一本书，不是为了'关注弱势群体'。绝对不是。我没有任何资格站在某种位置上'关注'这些孩子们。我对他们只有喜爱，像喜爱我自己的孩子一样。我对他们更有尊重，因为他们生活的姿态是如此放松和祥和。"[19] 这意味着，小说写作的第一出发点不是任何社会性的功利意图，而就是小说自身的艺术考虑。换句话说，作者之所以采用这样一个特殊的题材和视点，乃是为了实现另一些独特的艺术表现目的。

概括地看，《你是我的宝贝》讲述了这么一个不同寻常的故事：六十岁的奶奶与患有唐氏综合征的小孙子贝贝相依为命。为了让孙子今后能够胜任一个人的生活，奶奶想在有生之年努力培养起他基本的日常生活自理能力。这个过程无疑充满了艰辛，希望看起来也十分渺茫，但奶奶的这份自尊换来了小区周围人们的敬重，善良的贝贝也成为大家乐于随时照顾和关心的对象。奶奶因突发心脏病过世后，贝贝先是被送进福利院，后又由素不相识的舅舅、舅妈带回奶奶的房子生活。在这个过程中，贝贝既遭到亲戚的苛待，又得到了包括自力更生的"富二代"吴大勇等人在内的成人朋友的帮助，并最终以他的善良、宽容感化了舅舅一家。小说因此有了一个"顺风顺水"的团圆结局。

看得出来，作家在贝贝这个角色身上的确倾注了由衷的喜爱之情，这份情感无时不寄托和融化在小说中那些发自内心地关心和帮助贝贝、同时也被孩子深深打动着的成年人的身影中。然而，这份"喜爱"显然是太过浓重了，以至于叙述者在小说中不惜以文学想象的方式来为贝贝小心地"规划"出一个合宜的生活环境。这方面最典型的体现之一，是在小说中，贝贝周围的人群基本上只有两类，一类是关心、照顾和帮助他的多数人，另一类则是轻视、利用或欺负他的少数人，而后一类人最后又融入了前一类的队列中。从这个意义上说，小说处理童年生存环境的方式显然带有简单化的嫌疑，在这里，童年生活本有的复杂性，以及童年生命与其生活之间的复杂互动，都被一种观念化的童年关怀意图"清洗"掉了。这一意图在作者的一段创作自述中得到了较为明确的揭示：

> 一个智障的儿童，就是一块透明的玻璃，一面光亮的镜子，会把我们生活中种种的肮脏和丑陋照得原形毕露。在纯洁如水晶的灵魂面前，人不能虚伪，不能自私，不能狭隘，更不能起任何恶念。善和恶本来是相对的东西，一旦"善良"变成绝对，"恶"也就分崩离析，因为它无处藏身。[20]

这段话中的一系列"不能"被表述为一种绝对的道德命令，它意味着，童年的这种纯洁和善良是以绝对的姿态超越人性与生活之恶的。这样一种被过于简单地理想化了的童年观念，在小说中造成了一些显然不那么真实的现实场景。很多时候，作家笔下的整个世界仿佛都自然而然地迷醉在了贝贝的"善良"中。例如，小说第一章这样表现贝贝捕捉蝴蝶的场景："在屏住呼吸的花店老板看起来，不是小男孩在捕蝶，是蝴蝶要自投罗网，它心甘情愿被贝贝捉住，跟他回家，成为标本。"与此同时，被捕的蝴蝶也是十分配合地"落在网中，仰面跌倒，一副舒适闲散的姿态"[21]。在这样的叙述中，童年自身被表现为一种近于佛陀般的存在，它的主要意义在于感化世界，而不在于实现它自己。小说中，承担全知视角的叙述人不时发出这样情不自禁的抒情："这个让人心疼的小东西""对于如此纯洁和简单的孩子，任何的欺骗都是亵渎""碰上这么善良的孩子，恶魔也要收了身上的邪劲儿"[22]……类似的过度抒情出现在小说的叙述语脉中，其表意能力显然是十分单薄的。

这种对于童年生活的简单化理解，也体现在作品对于智障孩子教育方式的理解和表现上。例如，小说中有一段文字，叙述培智学校的程校长如何顺当地"收服"一个个让父母们感到无比棘手的智障孩子的情景。在其中一个场景里，名叫吴小雨的智障女孩由于辫子上的蝴蝶结落到地上并被同学不小心踩污，开始狂怒地揪打她的母亲：

程校长走过去，从背后别住小女孩的手："我看看这是谁呀？谁在做坏事？一定不是我们学校的吴小雨。"

叫小雨的女孩子手不能动了，就原地跺着双脚，口齿不清地叫："辫子！辫子！"

程校长笑眯眯地："好，老师来给你扎辫子。小雨要扎个什么花样？还珠格格那样的，还是白雪公主那样的？"

女孩子破涕为笑，一头扎到程校长怀里撒起了娇："要还珠格格啊！"

程校长趁势教育她："还珠格格从来不打人，吴小雨也不应该打妈妈。"

吴小雨立刻就认错："妈妈，对不起。"[23]

通过类似的一系列场景赋写，作者的本意在于凸显小说中理解并懂得如何与智障孩子相处的程校长作为成人典范的形象，以及来自成人世界的这种理解对于智障孩子的生活意义。但从小说的叙述事实来看，这些场景本身显然带有某种缺乏真实感的"公开课"性质，也因此难以给予我们内心深处的触动。深入地看，程校长的教育方式还包含了隐在的居高临下的权威感，她处理孩子们的问题的姿态，更多地表现为一个做出亲切神态的教育者驯服学生的样子，而不是大人与孩子之间真诚的交流。

另一方面，尽管小说所表现的智障童年关怀显然缺少现实生活内容与关系的丰富依托，但这种关怀的目的，却又似乎局限于现实生活功利的层面。或者说，人们关心和帮助贝贝这样的孩子的最终目的，是让他们在生活能力上尽可能地向正常人靠近。为此，小说着意渲染了贝贝在生活中所面临的普通人难以想象的各种现实艰难，进而表现了贝贝周围的人们一心想要帮助他克服这些困难的努力。譬如奶奶在世时的主要生活内容，除了照顾贝贝，就是训练贝贝。为了让贝贝学会数字，她要求孩子在吃包子前，必须先准确地说出包子的数目：

曾有一次，居委会主任洪阿姨到贝贝家里送份人口登记表，亲眼看见了奶奶训练孩子的过程。那时候贝贝还小，还没有上学校，被奶奶圈在餐椅上，一边颠三倒四地数数字，一边瞄着桌上的小笼包，抓头发，咬手指，憋红了脸，蹲起来又坐下去，烦躁得像一头关进笼子好几天的小狼崽。

　　洪阿姨于心不忍地想：马戏团里驯狗熊识数字，怕也没有这么难吧？[24]

　　尽管这一系列训练的苦心无疑饱含了老人对贝贝的爱，以及她内心深处不愿让贝贝将来成为别人负担的"刚强"与"自尊"，但对于一个智障孩子来说，以这样的方式来表现他的生活障碍和"尊严"感，到底是不是一种合适的做法？由生活向孩子提出的各种学习要求，当然是智障童年无时不面临着的困难，但在这些艺术表现中，是不是还存在着另一些比功利性的生存预备更有价值的审美内容？优秀的儿童文学作品不仅仅是以特定的方式反映着现实中的童年，也是对于现实童年的一种哲学、美学上的提升。这并不意味着关于童年的文学表现与童年的生活现实之间是彼此分离的，而是说，在诚实地书写童年现实的基础上，我们还需要思考，这一现实中最能打动我们的生活之美，到底在哪里？

　　我们认为，它是在童年生活的日常精神对于这现实的某种审美提升和照亮中。正如黄蓓佳在她的另一部长篇儿童小说《星星索》中，写出了在 20 世纪 60 年代的特殊政治环境下，童年游戏和欢乐的日常精神如何自然而然地越过政治生活的现实，传递出那个年代里唯一真实却被压抑着的普通生活的温情。小说的叙事没有落笔于那时同样充斥各处的童年的仇恨、恐慌与苦难之上，却以童年的单纯对生活苦痛的天然过滤，以及童年的"小视角"对细碎的日常生活的自然凸显，将一种珍贵的生活暖意赋予那个缺乏温度的年代。[25] 这是童年对于现实的一种重要的审美意义，是童年自身成为一种具有独特价值的审美对象的基本前提。

然而，这种童年立场与生活现实之间彼此的审美提升，在《你是我的宝贝》中并未得到很好的实践。小说中，智障童年的生活一方面被表现为一种游离于现实的脆弱的"至善"状态，另一方面又受限于现实生活向这些孩子提出的功利要求，而未能写出这一真实的童年生命状态相对于真实生活的诗性价值——这份价值才是我们向这些特殊的孩子表达"喜爱"与"尊重"的最好方式。因此，尽管作者的初衷是要超越"弱势群体"的文化主题，创作出一个视角独特的童年艺术文本，但严格说来，小说确乎只是在"弱势群体关怀"的层面上，完成了一次有价值的文学尝试。

第四节　童年美学问题与儿童文学的艺术可能

从童年美学的视角针对以上三部儿童小说展开的讨论，让我们看到了原创儿童文学写作应该进一步关注的童年美学问题。这个问题关系到儿童文学写作对于童年生命的审美认识、价值判断以及对童年命运的理解究竟是否真实地体现了童年自身作为一种独立的生命和文化存在的"尊严"，以及在此基础上，它是否真实地传达出了童年内在的审美精神。对于这一审美精神的文学表现，既是一个技术层面的问题，同时也超越了文学的技法，而指向着童年写作最根本的审美关怀。

童年美学的话题已经成为原创儿童文学实现新的艺术突围和提升所不得不予以郑重考虑的基本问题。从 20 世纪初中国现代儿童文学诞生至今，在文学自身的规律尚能获得一定尊重的时代里，儿童文学界对于童年的审美理解也随着这一文类的艺术发展而得到持续的推进。尤其是 20 世纪 80 年代以来，原创儿童文学在童年美学层面实现了诸多富有价值的探索与拓展。然而，从总体上看，尽管许多当代儿童文学作品旗帜鲜明地以童年作为其审美表现的核心，但在对于童年的生活、文化及其命运的审美理解、呈现和诠释上，这些写作却并未进入童年感觉、生命和关怀的最深处。很多时候，童年看似成了一部作品中毫无异议的艺术主体与标识，实际上却仍然是服务于特定的故事叙述和观念诠释的一个中介。这并不意味着这些作品不关心童年，而是更进一步，意味着它们对于童年的文学关切最终并未真正落在童年的审美本体之上。

这让我们想起法国童书作家艾姿碧塔曾发出的感悟："我认为有必要区别以下这两种情况：一是把自己当作孩子，来为其创造一个想象的情境；二是相反的，用孩子也能运用的通过媒介工具捕捉真相的方式来和他接触。"[26] 在前一种情况下，写作者的任务只是为孩子们提供在其感知和话语能力范围内的想象作品，而在后一种情况下，这种想象不只关系到童年的内容，还关系到世界和存在的"真相"。艾姿碧塔肯定的是第二种创作姿态。这里，"真相"的所指，是一种通过儿童文学的媒介方式得到传达、却与一切优秀的文学作品一样触及我们的生活与人性深处的审美素质。这种透过童年来书写人性与生命的"真相"的能力的欠缺，或许也正是目前原创儿童文学所普遍面临的一个艺术瓶颈。

迄今为止，原创儿童文学的童年美学问题尚未引起批评界的足够关注，这种关注缺乏的表征之一，即是批评界对于儿童文学作品中各种显在的童年美学问题的忽视。这里选择分析的三部儿童小说均获得过一系列重要的儿童文学奖项。如果说在今天的文化语境下，文学奖项本身并不必然决定和代言着作品的艺术层级，那么它至少构成了对于作品艺术的某种公共范围内的机构性认定。这就向这一认定行为本身提出了艺术判断方面的要求。对于童年写作的实践而言，这种认定不应当只局限于单纯的文学主题、题材、技法等因素，而应该包含对于作品童年美学问题的充分考量。也就是说，除了艺术的语言、个性的题材、趣味的故事之外，一部儿童文学作品的优秀程度，同样多地取决于它所表现出来的童年美学立场和姿态。实际上，我们更想说的是，这一童年美学理解不是外在于技法的存在，它本身就参与建构和塑造着儿童文学作品的语言、题材和故事；它的美学层级，内在地决定着作品的艺术层级。

在这个意义上，有关原创儿童文学童年美学问题的关注与探讨，应该成为新世纪儿童文学艺术思考的一个核心命题。

注 释

[1] 中国作家协会主办：《作家通讯》2010 年第 6 期，第 31 页。

[2] 彭学军：《腰门》，南昌：二十一世纪出版社 2008 年版，第 6 页。

[3] 彭学军：《腰门》，南昌：二十一世纪出版社 2008 年版，第 9 页。

[4] 彭学军：《腰门》，南昌：二十一世纪出版社 2008 年版，第 54 页。

[5] 彭学军：《腰门》，南昌：二十一世纪出版社 2008 年版，第 62 页。

[6] 彭学军：《腰门》，南昌：二十一世纪出版社 2008 年版，第 202-203 页。

[7] 彭学军：《十一岁的雨季》，《读友》2009 年第 7 期。

[8] 曹文轩：《青铜葵花·美丽的痛苦（代后记）》，南京：江苏少年儿童出版社 2005 年版，第 245-246 页。

[9][10] 曹文轩：《青铜葵花》，南京：江苏少年儿童出版社 2005 年版，第 38 页。

[11] 曹文轩：《青铜葵花》，南京：江苏少年儿童出版社 2005 年版，第 60 页。

[12] 曹文轩：《青铜葵花》，南京：江苏少年儿童出版社 2005 年版，第 103 页。

[13] 曹文轩：《青铜葵花》，南京：江苏少年儿童出版社 2005 年版，第 146 页。

[14] 曹文轩：《青铜葵花》，南京：江苏少年儿童出版社 2005 年版，第 97 页。

[15] 曹文轩：《青铜葵花》，南京：江苏少年儿童出版社 2005 年版，第 112 页。

[16] 曹文轩：《草房子》，北京：作家出版社 2003 年版，第 174-175 页。

[17] 曹文轩：《草房子》，北京：作家出版社 2003 年版，第 196 页。

[18] 曹文轩：《青铜葵花·美丽的痛苦（代后记）》，南京：江苏少年儿童出版社 2005 年版，第 245-246 页。

[19] 黄蓓佳：《你是我的宝贝·后记 每一个孩子都是我们的宝贝》，南京：江苏少年儿童出版社 2008 年版，第 252-253 页。

[20] 黄蓓佳：《你是我的宝贝·后记 每一个孩子都是我们的宝贝》，南京：江苏少年儿童出版社 2008 年版，第 253 页。

[21] 黄蓓佳：《你是我的宝贝》，南京：江苏少年儿童出版社 2008 年版，第 16 页。

[22] 黄蓓佳：《你是我的宝贝》，南京：江苏少年儿童出版社 2008 年版，第 28、129、194 页。

[23] 黄蓓佳：《你是我的宝贝》，南京：江苏少年儿童出版社 2008 年版，第 56 页。

[24] 黄蓓佳：《你是我的宝贝》，南京：江苏少年儿童出版社 2008 年版，第 32 页。

[25] 黄蓓佳：《星星索》，南京：江苏人民出版社 2010 年版。

[26] 艾姿碧塔：《艺术的童年》，林徽玲译，合肥：安徽教育出版社 2005 年版，第 183 页。

第十一章 中国式童年的书写及其超越

中国当代社会生活与文化的复杂性，分化出了中国当代童年生存境况的复杂性。在短短三十余年的时间里，我们的孩子们从一个相对单纯的生长年代进入另一种充满复杂性和变数的社会生活环境中。这个环境的若干显性表征包括：中国独特的现代化进程对当代城市和农村儿童生活及其精神面貌的持续影响和重塑；主要由经济方式变迁导致的中国社会分层和流动对于传统童年生活方式的根本性改变；迅速发展变更中的新媒介文化施加于儿童群体和个体的日益广泛的影响；所有这些因素之间的交互影响和协同作用导致的更为复杂的各种当代童年生存问题。

中国当代儿童文学亟须对这些独属于中国童年的新现象和新命题做出回应。或者说，对于中国式当代童年的关注和思考，应该成为中国儿童文学的一个核心艺术话题。这一话题不只是关于中国儿童文学应该写什么的问题的思考，它也衍生出对中国当代儿童文学艺术发展而言具有重大意义的新的美学问题。可以想见，这样的思考和实践不只是拓宽中国儿童文学艺术表现的疆域，更将提升这一表现的艺术层级。

第一节　儿童文学与童年生活的"新现实"

我们在上一章谈到了当前儿童文学写作的两个主要趋向：一是童年现实的书写，二是幻想题材的创作。这里所说的童年现实，在当代儿童文学的书写中又常表现为一种比较狭隘的现实，它实际上是以一批当代畅销童书为代表、以轻松怡人的城市中产阶层儿童生活为主要对象的现实。在这些作品中，一大批儿童和他们的生存现状被遗忘在了儿童文学艺术世界的边缘。

也许可以说，当代儿童文学总体上缺乏一种深厚的现实主义精神。20世纪70年代末80年代初，受到中国社会文化转型思潮的影响，中国儿童文学也曾经历过一次面向儿童生存现实的创作转型。《谁是未来的中队长》《祭蛇》等一批在当时引发热议的作品的面世，表达了儿童文学想要在真实的社会情境中书写儿童生存的状况、想要思考与当代童年成长休戚相关的现实问题及其出路的愿望。这一富于文化责任感的愿望在童书创作和出版高度市场化的今天，已经很难再成为作家们的一致追求。很多时候，儿童文学作家们选择书写的现实，往往不是对当代孩子来说最具普遍性和最重要的现实，而是最受市场认可和读者欢迎的一类现实。由此形成的创作与市场间的彼此循环，进一步加剧了这一文学生态的单一化趋向。我从未否定商业和市场经济因素在现代儿童文学艺术拓展进程中发挥的积极作用，但我认为，童书市场经济发展到今天，作为其重要构成乃至支撑力量的儿童文学，正亟须一次新的现实主义的洗礼，以使其超越市场化的狭隘现实，走向更为开阔、深远、脚踏实地的中国童年现实。

这一现实应该包括：约 1.6 亿中国当代农村儿童的生活现实，逾 6000 万农村留守孩子的生存现实，超过 3500 万中国城乡流动儿童的生存境遇与状况，等等（相关数据参见全国妇联 2013 年发布的《我国农村留守儿童、城乡流动儿童状况研究报告》）。这些数量庞大的儿童群落分布在中国城市和乡村的各个角落，却是儿童文学中远未受到充分关注的群体。2012 年 11 月发生在贵州毕节的流浪儿童死亡事件，2014 年 5 月发生在北京奶西村的留守儿童恶意欺凌与被欺凌事件，2014 年 6 月发生在河北蔚县的留守儿童遭围殴致死事件，以及近年频发于城乡各地的留守或流动儿童校园被虐事件，这样一些新闻事件所指向的当代童年生存现实，不仅远远超出了当下儿童文学笔墨的表现范围，也挑战着我们对童年现实的既有期望和理解。对儿童文学来说，它们揭示的不仅仅是关于儿童生存的某种特殊现实，更是一个尚未被触及、关注和理解的当代中国儿童的现实世界。

但儿童文学面对的"新现实"也不能被狭隘地理解为处境不利于儿童的生活现实。当代童年生活的内外变迁是全方位的。例如，除了迅速告别传统童年成长模式的农村儿童外，城市儿童的生活也经历着同样巨大的变迁。中国特殊的城市化进程迅速改写着城市生活的传统面貌，也改变着城市儿童的生活观念及日常文化。一方面，他们有着自己明确的亚文化圈，这些圈子对成人来说是空前陌生、前卫和独立的。另一方面，他们又以孩子特有的能力快速接收和消化着都市成人世界的各种生活方式，其生活边界因而越来越与成人世界相接壤。尽管我们今天拥有大量描写都市童年生活的儿童文学作品，但真正切入这一生活的内在肌理并包含了对它的总体观察和深入思考的作品，则并不多见。因此，发生在当代都市环境下的各种新兴的童年生活现象，在儿童文学领域还存在着有待填补的巨大写作空间。此外，城市与农村儿童、城市不同阶层儿童之间特殊的生活交会与碰撞，也构成了上述"新现实"的重要内容。

所有这些"新现实"为当代儿童文学提供了大量新的写作素材和艺术话题，这些素材和话题烙有显在的中国印记；而如何以文学的方式处理这些现实，则显然缺乏可以直接借鉴的艺术先例。这或许是导致这类现实在儿童文学写作中较少受到关注的重要原因之一。需要说明的是，这里所说的"较少受到关注"，不仅仅是指我们的儿童文学作品中缺乏相应的文学笔墨或文学形象来指涉这些现实。以留守和流动儿童为例，实际上，近年来，这些儿童的生活也在陆续进入一些儿童文学作家的写作视野，在不少长短篇儿童小说中也都可看到这些中国式童年的身影。例如，翻阅 2009 年至 2013 年漓江出版社出版的"中国年度儿童文学"系列，其中涉及农村留守儿童或城乡流动儿童形象及其生活的作品几乎从未缺席。

不过，迄今为止，这些孩子的文学形象和他们的日常生活还没有给读者留下过特别深刻的印象。谈到儿童文学作品中的都市儿童，我们会很容易联想到秦文君笔下的贾里、贾梅，杨红樱笔下的马小跳等。谈到过去的乡村童年，则有曹文轩的《草房子》这样的作品。而在当代留守和流动儿童生活的书写中，还没有出现令人过目难忘的文学形象或生活故事。在一些作品中，这类形象是应小说表现"另一种"生活的观念需要并作为次要角色被安排入故事进程的。这些孩子的性格往往是单薄的（普遍的自卑与沉默寡言），他们的形象则大多是模式化的（衣着落后，举止过时，总是被他人轻视、误解，性格中因此带有某种"问题"倾向）。在另一些作品里，这些孩子虽然成为小说的主角，但他们的故事在记录一种特殊的童年生活的同时，却往往缺乏能够打动我们的文学力量。很多时候，这样的写作主要是作为一种文化承担的姿态和责任，而不是作为一种艺术上引人注目的拓展和突破，得到作家、出版者和读者的共同关注。

然而，对于当代儿童文学的艺术思考而言，中国式童年的话题关系到的不只是对于当下中国儿童特殊生存现实的关注，更是如何以儿童文学的独特艺术方式来思考和呈现这些现实。因为唯有这样的思考和呈现，才能赋予它们所关注的童年现实以独特的文学质感和强大的艺术力量，从而真正把我们带进关于这些中国孩子及其生活的深度认识、体验、关切和思索中。

第二节　有关"新现实"的写作思考

文学应当反映生活的现实，这是一个古老的艺术命题。然而，在纷繁多样的生活版图中，一种文学创作活动选择表现什么样的现实，则取决于写作者本人的文学观念和艺术趣味，当然，它也在一定程度上关系到这一写作行为本身的价值。在当代中国儿童文学的艺术语境中，选择那些尚未受到充分关注、却代表了当代中国孩子基本生存状况的童年生活现实作为书写对象，本身即包含了一份值得肯定的童年关怀与忧思。在当下，这样的写作无疑有其不可替代的价值。

然而，进一步看文学的规律，这一现实素材的选择其实还只是写作的起点。在文学反映生活的理念背后，还有一个隐含的命题，即文学乃是以"文学自己的方式"来反映生活，它使文学在根本上有别于同样具有叙事性的新闻、历史等语言作品。文学是以虚构的叙事来书写现实，尽管这一虚构建立在现实生活的基础之上，却需要对这一素材进行文学化的处理，以使其具备文学作品特有的感染力和洞察力。因此，对于文学创作来说，最后起决定作用的不是作家选择哪一类现实作为写作表现的对象，而是面对这些现实，作家能够通过什么样的文学表现途径和方法来思考、书写和呈现。正是这一点体现了文学作品有别于其他叙事文体的独特艺术价值。

这样，我们实际上回到了另一个古老的文学命题中，即对于文学创作而言，最重要的不只是写什么的问题，更是怎么写的问题。或者说，文学作品所采用的艺术手法比它的表现内容更决定着作品的表现力和艺术价值。今天，人们的思考进一步超越这一简单的"二分法"，认为文学的"怎么写"其实不是游离于"写什么"之外的艺术命题，它就是文学"写什么"的必要构成部件。也就是说，对于文学而言，仅仅谈论它的现实生活摹本还远没有解决它"写什么"的任务——文学作品"怎么写"，最终也决定着它将写出什么。

就此而言，当代儿童文学缺乏的其实不是对童年生活现实的关注，而是对这一现实的合适而成熟的艺术表达方式，后者能够赋予作家笔下的现实——比如留守儿童的生活——以文学生动的表现力和深刻的感染力，并且是以这样的文学表现力和感染力，而不是某种道德或伦理的理性要求，引发人们对这一童年群体生存现状及命运的关切和理解。举例说，在关注农村留守儿童生活题材的儿童文学写作中，能否出现一部真正从文学表现力的层面征服读者的作品，比关注这一现实素材的作品数量的增长，或许具有更重大的意义。

乍看之下，"怎么写"首先是一个文学技法的问题，它包含怎么构思作品、怎么谋划结构、怎么塑造角色、怎么讲述故事、怎么安排语言等一系列问题。尤其对于儿童文学的写作来说，这些技法的因素往往在很大程度上影响着作品的可读性。假使一个儿童文学作品能够把一则童年生活故事真正讲得生动流畅又跌宕有致、引人入胜，它所表现的那种童年生活也就自然而然易于引起人们的兴趣和注意。然而，一个通常并不被言明的事实或许是，对于那些以较少受到关注的儿童生活为表现对象的儿童文学作品，我们很可能出于对其写作素材价值的认同而在潜意识中放低了对它们的文学技法要求。或者说，面对这样的作品，我们的期待主要放在题材本身还鲜有人关注这一事实上，从而不自觉地倾向于对它们采取艺术上的宽容态度。这样的作品最易于在各类儿童文学评奖中得到特别的关注。至于出版后，究竟有多少读者阅读它，传播它，受到它的感染和影响，则并不在上述考量的范围之内。

当然，这里面有一个很大的现实困难，那就是面对当代中国独特的童年生活现实，我们的儿童文学写作越来越发现自己缺乏可资借鉴的艺术经验。新时期以来为中国儿童文学发展提供了丰富而重要的艺术营养的 19 世纪、20 世纪西方经典儿童文学传统，主要是一个属于相对富足的中产阶层童年的艺术表现传统。在商业时代中国儿童文学的美学突破和转型中，这一艺术传统发挥了显而易见的启蒙功能。巴里笔下没心没肺的彼得·潘，林格伦笔下埃米尔式的淘气包，凯斯特纳笔下聪慧机灵的小侦探等，这些童年文学形象的艺术趣味及其美学内涵被迅速吸收纳入中国当代儿童文学的表现框架，并催生出一批受到小读者青睐的活泼、机敏、富于创造力的中国式中产阶层儿童形象。

但这样的趣味、蕴涵以及由此形成的一套文学表现技法似乎并不属于这一群体之外的童年。例如，一旦进入当代乡村留守或城乡流动儿童的生活书写（不包括传统乡村童年生活题材的作品），这样的轻盈、流畅、称手的感觉就不见了，不少作品从形象、故事到语言都变得凝滞无比。面对另一种往往充满沉重感的童年生活现实，作家手中的笔就像他们笔下的儿童形象一样，难以冲破生活笼罩于其上的那张无形的经济之网。这其中，大部分作品主要完成的是图解生活的初步任务，它们以作家所观察或听闻到的现实为摹本，致力于表现特定儿童群体生活的现实艰难乃至苦难。正如一位作家在自己的一个以留守儿童生活为题材的短篇小说创作感言中所说："说起来，这篇作品的创作冲动，缘于我在某报纸上看到的一张新闻照片：一群孩子，大概七八个吧，正在高楼大厦的背景下，被一群衣衫不整的大人紧紧地搂在怀里，泪流满面。下面的说明是：在某商家的赞助下，一群农村的留守儿童正和他们在城市打工的父母相聚……看到这里，我脑子里不由自主就想起我农村老家的那些孩子们，他们的父母也多是在城市打工的……假如某商家也能想到他们，也能给他们提供一次这样的机会，他们确实是很难见到他们的父母的。"[1] 实际上，这些作品在诞生之初往往就带着一个明确而单纯的目的，即要把这些不被关注的儿童的生活呈现在世人面前，并使其他人（尤其是优裕生活条件下的孩子）知晓他们的苦难，"世界上总有一些人，他们身上集中了全人类的苦难，是最最不幸的一个群体"[2]。至于如何使这些孩子以及他们的生活同样富于文学表现的力量，或者，追溯到更初始的源头，如何发现、书写这些孩子以及他们童年生活中最独特、最打动人的艺术趣味，则尚未成为这类儿童文学写作的自觉追求。

而这已经不是单纯的文学技法可以解决的问题了。

第三节　从"现实"的童年到"真实"的童年

我们已经谈到，如果儿童文学作家仅仅把反映某种童年生活的现实作为写作的基本目标，而未能就这一现实的文学表现技法展开成熟的思考和有效的实践，相应的作品自然就缺乏优秀作品应有的艺术品质，进而也就体现不出其作品作为关于当代童年的文学而非纪实的独特价值。反过来，文学作品运用什么样的技法，在某种程度上也取决于作品所面对的现实，或者，更确切地说，取决于作家对这一现实的观察和理解。例如，如果作家仅仅把留守孩子的童年理解为一种有别于正常童年的不幸的社会现实，继而，仅仅把这一现实的书写理解为一种别样生活的呈现，他的书写自然难以越出镜像表现的限制、传达出属于这一童年现实的独特而深刻的美学蕴涵。

因此，当代儿童文学要在上述新现实书写的文学技法上有所突破，还需要带着文学的目光来重新反观它所面对的现实。我们要看到，最优秀的文学作品不仅是以文学的方式叙说一种现实，它还应当带我们穿越现实生活的迷障，发现比"现实"更透彻、深刻的生活的真谛；或者说，优秀的文学作品应当能够带我们从生活的"现实"进入生活的"真实"。这一看似有些饶舌的表述，实际上关乎文学作品内在的真理性价值——文学不是对现实的客观摹写，它的核心价值在于穿透现实的表象，发现其中内藏的有关现实的真理判断。当亚里士多德说"诗比历史更真实"时，他所强调的正是文学艺术的这一真理性意义。相对于那些如实记录生活的文字作品，包括文学在内的艺术作品还告诉我们生活应该是什么样的，这个"应该"揭示了唯有人类精神才具有的认识能力和价值维度。

在英语中，"现实"与"真实"的区分较汉语更为清楚。与"现实"对应的 real / reality 一词，是指生活中发生过或正在发生的客观事件，它强调的是特定事实的客观存在性；而与"真实"对应的 true / truth 一词，则明确包含了对于特定事实的对错判断，它强调的是事实本身内含的客观价值。举个例子。机会主义是商业时代普遍存在的一种行为取向，我们得承认它在当代社会是一种客观的"现实"存在，但从价值评判的维度来看，它显然不应该被认为是一种具有真理性的价值。它具有 real 的事实特征，却并不具备 true 的价值特性。就文学而言，它当然要关注客观的"现实"，但它更需要在对现实的思考、把握中，发现和呈现对生活来说最"真实"的价值。我们不妨借德国哲学家本雅明对于"经验"的反思来进一步理解"现实"与"真实"的上述区别。他这样说道："假如至今我们所有的考虑都是错误的，那么真理还是客观存在；或者说，假如至今的我们谁都是不诚实的，那么诚实这个品质，还是应该守卫的。我们不能把这意志奉献给经验。"[3] 本雅明所暗示的"经验"与"真理"的区别，也正是"现实"与"真实"的区别。它让我们看到，现实的不一定是对的，客观的不一定是真实的；越过客观的"现实"，走向内在的"真实"，才体现了文学之为文学的最大价值。

落实到儿童文学的问题上，我们也有必要区分"现实"的童年和"真实"的童年之分。简单地说，"现实"的童年是指我们眼中见到的童年生活的模样；"真实"的童年则是指我们看到一种童年生活现在的模样，同时更从中发现它最"应该"是的模样，进而从它的"现在"中写出"应该"，从它的"现实"中写出"真实"。这"真实"揭示的是对儿童和儿童文学来说最重要、最有价值的童年精神。

　　为了更具体地说明这一问题，我们仍以留守或流动儿童的童年生活题材为例，来看一看"现实"的童年与"真实"的童年在儿童文学写作中的不同表现层级。在现实生活中，这些身处弱势的孩子面临的首先是一种经济上的不利处境，他们在生活中承受的各种超越一般孩子耐受力的委屈、压迫和不幸，主要也由这一经济的主因衍生而来。对此，我们的不少儿童文学作品往往倾向于将关注和表现的重心放在其生活中各种处境不利的事实，以及孩子如何艰难然而懂事地应对这些生活不利状况的过程上。如果我们观察这些作品中的儿童主角，往往会发现他们身上有着与其年龄不相宜的自卑（或自尊）和早熟，它是特定生活境遇塑造下童年的特殊面貌。这固然是这些孩子中的许多人生活于其中的现实，但是，对于儿童文学的艺术而言，写出这样的现实就足够了吗？我们应该看到，童年最"真实"的精神内涵之一，在于儿童生命天性中拥有的一种永不被现实所束缚的自由精神。即便在最沉重的生活之下，童年的生命都想要突破它的囚笼，在想象中追寻自由的梦想，除非童年自身被过早地结束。这是童年有别于成年的独特美学，也是儿童有别于成人的独特生命体验。然而，阅读上述类型的作品，我们会强烈地感觉到个中孩子为生活的重负所累的沉重，却很少看到童年的精神如何冲破生活的网罟，向我们展示童年生命独特的应对、驾驭进而飞越现实的力量。很多时候，作品中的这些孩子实际上被描写为早熟的"小大人"，受生活所迫，他们过早获得了与成人差不多的生活观念和能力，并带着这些观念和能力，过早地进入一种成人式的生活。

这并不是说，这类写作可以不顾现实自身的逻辑，为了童年的飞翔而把生活的沉重远远地抛在身后，而是说，当童年生命与这样的现实相遇时，它对此做出回应的方式，应该体现属于它自己的最独特的生命美学。我想举一个具体作品的例子，它所书写的童年生活有别于我们谈论的这些中国式童年，但它写到的童年如何以自己的方式化解生活的痛楚，如何在对苦难的敏感中仍然凭着天性飞翔的精神，对我们的写作或许有着一定的借鉴和启示价值。

它是巴西作家若泽·毛罗·德瓦斯康塞洛斯的自传体小说《我亲爱的甜橙树》。小说中的男孩泽泽生在一个巴西贫民家庭，父母拼命工作仍难以维持家中日用，圣诞节更买不起给孩子们的小礼物。像许多贫苦家庭的孩子一样，泽泽的生活中充满了穷困潦倒的艰辛、挨揍受罚的泪水以及各种各样令人难过的误解和失望。小说毫不回避这一艰难的生活现实对泽泽的压迫，以及它在这个天性顽劣的孩子身上造成的贫穷家庭孩子特有的生活敏感。然而，再苦难的生活都没能吞没童年精神的自由，窘困中的泽泽总能发现属于他自己的快乐。他拥有一棵可以和他对话、游戏的甜橙树明基诺，拥有一个随时能够变成动物园或野性亚马孙丛林的后院，而这一切都是他用想象力为自己造出的世界。他生活得如此沉重，却又玩得如此洒脱而尽兴，这两者的结合赋予小说的叙事一种奇妙的韵味。它是沉重的，同时又是轻盈的；是引人落泪的，同时又是令人微笑的。在经历了无数打骂之后，一次莫名其妙的委屈挨揍看上去成了压垮泽泽的"最后一根稻草"，并促使他萌生了撞火车"自杀"的念头。他带着这个念头去和唯一的好朋友老葡道别："真的，你看，我一无是处，我已经受够了挨板子、揪耳朵，我再也不当吃闲饭的了……今天晚上，我要躺到'曼加拉迪巴'号下面去。"简单的话语传达出一个敏感孩子对生活的彻底失望。老葡试着安慰他，并告诉他，自己准备星期六带他去钓鱼，这时，"我的眼睛一下亮起来"，"我们笑着，把不开心的事情全都丢到了九霄云外"。最后，作为大人的老葡带着成人的关切和细心看似不经意地顺便问道："那件事，你不会再想了吧？"作为孩子的泽泽的回答却令人忍俊不禁："那件什么事？"[4] 他曾经那么认真地咀嚼过的悲伤，现在又被完完全全的欢乐所取代。这是一个孩子真实的世界，他对生活的苦难怀着最深切的敏感，也对生活中微小的幸福报以最灿烂的笑容，后者使童年的生命拥有了一种超出我们想象的承载力。读着泽泽的故事，我们会由衷地感到，生活这样充满不幸，童年却在深深领受这不幸的同时，创造和吸收着属于它自己的生命欢乐与温情！直到驾着汽车的老葡在"曼加拉迪巴"事故中过世，对泽泽来说，生活的苦难才终结了这童年独有的欢乐。一场大病过后，他的想象力消逝了，明基诺也离他而去，只留下无言的甜橙树。泽泽的童年结束了。但我们知道，他的确曾经拥有一个童年，那些悲伤而甜美的记忆，是童年时代留给生命最宝贵的礼物。

有意思的是，泽泽的故事结束的地方，恰恰是我们许多关于现实童年的叙事刚刚开始的地方。这些作品里的孩子被过早地投入到了一种成人式的生活忧思和劳烦中，孩子自己的世界、童年自己的精神则被生活重重地扼制住了。从这些作品里，我们经常读到类似的"小大人"形象："在学校里，他不仅是个品学兼优的三好生，还是班里的学习委员呢；在家里，他是个勤快懂事的好孩子，小小年纪，就已经能做许多只有大人们才能做的事情了。"[5] 这虽然也反映了儿童正在经历的一种现实生活，却没有真正进入童年独特的感官和它真实的精神中去，也就没有写出童年生命带给我们的最重要的审美力量。阅读这样的作品，我们往往更多地感受着一种居高临下的怜悯心和同情感（实际上，这种同情的唤起，在很多时候也成了作家创作这类作品的主要目的），却不像阅读泽泽的故事那样，为孩子独特的生活感觉和蓬勃的生命力量所全然迷住。

毫无疑问，中国当代儿童有着属于他们自己的生活现实，这现实带着中国社会和文化的特殊烙印，也因此区别于其他任何文化圈内的童年。但对于儿童文学的美学表现而言，有一点是相通的：中国儿童文学对于中国式童年的关注，不应只停留在某类童年生活的现实表象层面，而需要进入这一表象内部，去发现和揭示童年最独特的生命精神，书写和呈现童年最真实的审美内涵。在这里，儿童不是作为早熟的大人，而是作为儿童自己，向我们展示唯有童年时代才拥有的看待世界、拥抱生活的姿态和力量。做到了这一点，关于中国式童年的文学书写将不再仅仅是关于中国当代童年生活现状的记录，也将最终创造出可以走向世界的中国式童年的独特美学。

最后，我想说，儿童文学不但书写着童年的现实，更塑造着这一现实。我们选择用什么样的方式表现童年，不但意味着我们想要把一种什么样的童年生活告诉孩子，也意味着我们想要把一种什么样的童年精神传递给这些孩子。如果书写童年仅仅停留在现实记录的层面上，孩子从阅读中接收到的主要也是一种生活现状的描述，而看不到童年以自己的方式超越这一现实的可能（相反，他们能做的唯有屈从于现实，即成为现实要求他们成为的样子，比如早熟的大人）。而如果能够从现实的把握中进一步写出童年真实的精神，写出幼小的生命在被现实生活驯化之前的独特力量和美感，则孩子们通过这样的阅读，也将获得一种真正能够提升他们自己生命感觉的力量，进而通过这最初的文学塑造，走向一种更美好、更有力量的童年。

这不正是我们对一切儿童文学书写怀有的最高期望吗？

注 释

[1] 胡继风：《想去天堂的孩子》，转引自高洪波、方卫平主编《2008 中国年度儿童文学》，桂林：漓江出版社 2009 年版，第 15-16 页。

[2] 黄蓓佳：《平安夜》，南京：江苏人民出版社 2010 年版，第 121 页。

[3] 瓦尔特·本雅明：《本雅明论教育》，徐维东译，长春：吉林出版集团有限责任公司 2011 年版，第 12 页。

[4] 若泽·毛罗·德瓦斯康塞洛斯：《我亲爱的甜橙树》，蔚玲译，北京：天天出版社 2010 年版，第 204-207 页。

[5] 胡继风：《想去天堂的孩子》，转引自高洪波、方卫平主编《2008 中国年度儿童文学》，桂林：漓江出版社 2009 年版，第 2 页。

第十二章　学术研究走向

对于一个时代的儿童文学而言，理论研究虽不直接参与其创作艺术的建构，却构成了其思想成果与文化精神的一个重要内容。在完成新世纪儿童文学艺术发展进程的总体梳理和考察后，本章将就新世纪以来儿童文学学术研究的基本状况与可能走向展开掠影式的考察与探讨。

回溯 20 世纪 80 年代，那是中国当代儿童文学学术研究的一个黄金时期。在这个时间段里，受到整个文学和文化界学术生气与激情的濡染和带动，一批经受了新时期以来最早的高校专业训练的青年研究者在儿童文学研究领域所倾注的学术热情与智慧，极大地推动了本土儿童文学理论建构的进程。这一时期推出的一大批重要的儿童文学理论与批评著作，为其后二三十年里中国儿童文学研究提供了一批基础性的批评术语、理论模式、研究方法等，并通过这一时期日益扩张的高校儿童文学专业教学，影响了一大批更年轻的儿童文学研究者。

时至今日，由这一现象所带来的中国当代儿童文学理论成果的自我消化过程正趋于结束，而与此相应地，面对新的文学现象和国外儿童文学研究成果的持续引入，新的本土儿童文学理论和研究方法建构的紧迫性与必要性再次得到了突显。新世纪的第二个十年已经展开，本土儿童文学的研究将何去何从？对于今天所有从事本土儿童文学研究的人们来说，关于这一学术研究自身走向的思考也已经成为一个无从回避的研究话题。

关于当代中国儿童文学研究走向的思考，一方面须以近年儿童文学研究发展的基本事实为出发点，另一方面也迫切需要一种具有当代性的国际视野的参照。在此基础上，我们将会发现，当前儿童文学在历史研究、当下研究和本土化研究三个基本的话题领域，都显示了其研究拓展的丰富空间。

第一节 历史研究

在近年公布的国家社科基金项目中，一个题为"从晚清到'五四'：传教士与中国儿童文学的现代转型"的研究项目一度引起部分儿童文学研究者的关注和兴趣。尽管晚清与"五四"时段作为中国现代儿童文学的萌蘖期，早已进入儿童文学研究的学术视野之中，但这样一个角度新颖、切入别致的论题，仍然令许多专业研究者充满了兴奋和期待。

或许，更为意味深长的是，该选题的负责人宋莉华是一位主攻明清、近代文学与文化研究的学者。对儿童文学界来说，这是一个颇为陌生的名字。这位具有古代文学学科背景的研究者此前曾陆续发表过一系列以明清、近代小说及传教士中文写作现象为研究对象的论文，看得出，正是这些看似与儿童文学相距甚远的研究积累，为上述课题的思考展开提供了重要而又独特的学术支点。在 2008 年第 6 期的《文学遗产》上，我们读到了与这个研究有关的第一篇厚重的学术论文：《从晚清到"五四"：传教士与中国现代儿童文学的萌蘖》[1]。该文以晚清到"五四"期间的中国近代社会为背景，探讨了这一时期在华传教士的儿童小说创作、翻译以及寓言、童话的译介工作对于中国现代儿童文学的发端以及现代儿童观的形成所产生的深刻影响。论文涉及诸多翔实的历史与文学史料，具体而又概括地呈现了 19 世纪中后期至 20 世纪初传教士怀着特定的文化意图参与近代中文儿童文学的写作、译介事业的历史过程。这也是儿童文学研究在一个与其专业领域并无直接关联的重要学术刊物上展露的一次显然并不那么常见的身影。

但这又是一个我们盼望已久的身影。这样一篇谈论近现代传教士活动与中国现代儿童文学关系的论文，除了它所探讨的学术话题本身的价值以及它所展示的儿童文学研究的视野、密度与厚度之外，它所选择的这一独特而又切中现实的史学研究视点，也为中国当代儿童文学研究提供了丰富而充满意味的启示。

宋莉华从中国近代社会所出现的特殊的传教士现象出发来考察中国现代儿童文学的发生，这样一个具体、生动的剖面，构成了对中国近现代儿童文学史叙述的一次极富意义的补充。2015 年，宋莉华出版了《近代来华传教士与儿童文学的译介》一书，该书对于中国现代儿童文学发生期这一特定译介现象的史料扎实的研究，为现代儿童文学史的考察、研究与叙说提供了更丰富的视角，而它本身也是一次对相关史料的重要的搜集与整理。

应该说，有关儿童文学的史学考察一直是儿童文学研究的重要内容。但很多时候，我们所看到的史学论文或著作大多是以普遍的社会、经济、政治、文化背景为参照，来描述和编织儿童文学发展的一般历史经纬的。在历史细节方面，我们的许多研究所关心的，也大多是直接与儿童相关的某些历史、社会和文化事件，而较少从历史的细部去发现一些与儿童文学相关的、却尚未被充分注意到的特殊现象。

在这一点上，当代欧美儿童文学历史研究的动向及其理论成果，或许提供了有益的参照。以美国儿童文学界为例，在它近四十年的发展历程中，朝向历史研究方向的努力催生了一批最引人注目的成果。这些研究主要关注两个方面的问题：一是循着历史的踪迹，去重新发现儿童文学发展史上那些被丢失的历史细节；二是以今天的历史眼光去重新考量已逝的历史，揭示其"当代"面貌。对欧洲儿童文学发生、发展史的研究，对儿童文学发展重要历史时段的研究，对特殊时段的社会、政治文化与相应儿童文学史的关系研究等，成了儿童文学专业相当数量的论文与学术著作的论题。以 2008 至 2009 年间为例，出版于这一时间段的里奥纳德·马库斯的《在意虚构的人们：理想家、企业家与美国儿童文学的形成》[2]、埃丽卡·哈特莉的《儿童文学中的莎士比亚：性别与文化资本》[3]、伊丽莎白·特尔的《家庭幻想曲：19 世纪儿童文学与理想家庭的神话》[4]、莫妮卡·艾尔伯特的《规划孩子：19 世纪美国儿童文学中的社会价值观与文化植入》[5] 四部著作，分别就童书出版商与美国儿童文学发展史、莎士比亚传统中的男性至上主义儿童文学史、19 世纪家庭观与儿童文学史、19 世纪美国儿童文学与社会文化之间的关系，展开了系统的探讨和论述。这期间，美国斯坦福大学、明尼苏达大学、伊利诺斯大学、哈佛大学等高校的一部分儿童文学方向博士学位论文也将研究聚焦在了特定的历史专题上。

毫无疑问，中国儿童文学的历史研究还有着非常大的开拓空间，而这空间与它所得到的有限的当代关注相比，显得尚不成比例。正由于此，近年发表的包括《从"黎锦晖现象"谈中国儿童文学研究》（陈恩黎）[6]、《上海少年儿童报刊发展概述》（简平）[7] 等在内的关注"史"的研究的论文，读后令人颇为惊喜。这是两篇研究路数上正好形成互补的文章，如果说后者重在史料的搜集和梳理，那么前者则更关注对一段既往儿童文学史的重新解读。上海作为中国现当代儿童文学创作、出版的重镇之一，其少儿报刊在推动中国儿童文学整体发展方面起到了举足轻重的作用。对这些报刊资料展开系统的搜集和整理，本身就具有不一般的史料价值。而陈恩黎的文章选择"黎锦晖现象"这样一个具体的历史事件，重新拨开中国现代儿童文学史的茂密丛林，去发现那里早已生长起来、却常常为人忽略的"通俗文学"的灌木。《从"黎锦晖现象"谈中国儿童文学研究》是作者所负责的 2007 年度国家社科基金项目"大众文化视域中的中国儿童文学"的阶段性研究成果。2010 年，简平的《上海少年儿童报刊简史》一书出版，这是首部从少儿报刊视角梳理中国现当代儿童文学史的专著。2013 年，陈恩黎的《大众文化视域中的中国儿童文学》一书出版，该书在大众文化的视域内重审中国儿童文学的发展进程，在梳理史料的同时，也提出了不少富于新意的理论见解。

史料扎实、立意新颖、视野开阔、构架系统的历史研究工作，对于丰富儿童文学研究的当代面貌，提升其理论的高度与厚重感，具有十分重要的意义。而历史也正是在这样一个不断被重新发现、认识和描述的过程中，变得更为生动、复杂和丰富起来。需要说明的是，宏观的历史研究并不必然与具体的作家、作品研究形成对立。恰恰相反，在今天，一部分文学治史者放弃了时间与事件、作家与作品的线性罗列，而选择从特定的代表作品（包括理论）出发，通过细致、精微、深入的文本内外分析，来把脉、呈现一段文学发展的历史过程。这样，对于文学史的分析和把握有了更切近文本的论述依托，而文学史也因此更具有可以触摸的温度和细节。近年这方面具有代表性和开拓性的研究成果，一是刘绪源的专著《中国儿童文学史略（一九一六——一九七七）》，二是吴其南的专著《20世纪中国儿童文学的文化阐释》。前者以"细读"和"重读"的视角展开关于中国现当代儿童文学史"纯文学"脉络的重新观察与叙说，在社会、政治和文化变革的大背景下，以特定代表作家及其作品文本的文学与文化分析为中心，提出了关于现当代儿童文学的许多别具洞察而又富于深度的见解。后者"从文化的角度对20世纪的中国儿童文学进行讲解和批评"[8]，是当代儿童文学文化研究的一部力作。从"文化阐释"的立场出发，作者就中国现当代儿童文学史上的重要思潮、创作观念、艺术现象等提出了独到的立论与阐说。

新世纪以来历史研究方面取得的具有代表性的成果，还包括朱自强的《中国儿童文学与现代化进程》（2000）、李利芳的《中国发生期儿童文学理论本土化进程研究》（2007）、张心科的《清末民国儿童文学教育发展史论》（2011）、赵霞的《思想的旅程——当代英语儿童文学理论观察与研究》（2015）等。

第二节　当下研究

近年来，中国当代儿童文学研究十分关注自身的话语实践与当下文学现象之间的对接。它对于当代环境下儿童文学内外所发生着的各种变化显得愈益敏感，对于相关现象与话题的批评反应也愈加迅速，与此同时，它的内部理论话语也在这一过程中变得更为成熟和多元起来。

近年来，儿童图画书、儿童文学与新媒介、儿童文学的当代美学、儿童文学与小学语文教育等当下话题一直为儿童文学理论界所关注。2009 年，以推动中文原创图画书创作为宗旨的首届"丰子恺图画书奖"的评奖、颁奖以及"信谊图画书奖"的设立与启动，为原创图画书的发展提供了切实的动力。这两个奖项真正的影响力与公众效力还有待时间的证明，但显然，它们带来的将不仅仅是两个属于中文图画书自己的奖项。可以预见的是，它们的评奖标准与比较尺度，它们的评奖结果所反映的对于中文图画书现状的艺术评判及其未来发展的艺术期待，以及它们所引发的各种探讨与论争，都将成为推动原创图画书发展与变革的力量。近年来，国内出版了多部图画书研究著作，较有代表性的如彭懿的《图画书：阅读与经典》（2006）、陈晖的《图画书的讲读艺术》（2010）等。

对于当下的儿童文学批评来说，新媒介已经不是一个陌生的话题，具有代表性的研究有《论新媒介与当代儿童文学的发展》[9]等论文，胡丽娜的《大众传媒视阈下中国当代儿童文学转型研究》、崔昕平的《出版传播视域中的儿童文学》等专著。当代艺术论方面，已出版的有李学斌的《儿童文学与游戏精神》（2011）、钱淑英的《雅努斯的面孔——魔幻与儿童文学》（2012）、王晶的《经典化与迪士尼化——跨媒介视域中的〈宝葫芦的秘密〉》（2012）等专著。儿童文学与小学语文教育方面，朱自强的《小学语文儿童文学教学法》（2015）是国内首部由儿童文学研究者撰写的、探讨儿童文学教学在小学语文教学中的应用实践的专著，具有儿童文学与小学语文教学研究的双重价值。

而我们关心的并不仅仅是这样一些研究话题的选择，也是儿童文学研究如何将一个当下的文学话题转化为一个学术命题的问题。换句话说，研究当下并不是当下研究的全部，它还必须包含对于研究方式的思考。应该说，当代儿童文学研究对于"现象"的敏感与把握能力都在不断加强，但很多时候，我们的批评展开所运用的常常是一种更多地具有评价性而非论述性的理论话语，它是一种判断，却不是一种论证。相对来说，评价性的理论话语，其意义往往随话语同时产生和中止；论述性的理论话语则在话语中止后，仍有着开启另一个新的理论空间的意义。从儿童文学批评生态来看，评价性话语与论述性话语都是批评话语不可或缺的构件，但从儿童文学理论积淀与建构的角度来看，当下儿童文学批评还迫切需要更多论述性的理论话语。

当然，从科学论述的角度切入儿童文学当下话题的研究，存在着两个方面的难度。一是现象的当下性本身使得对这一现象的学术把握具有相当的难度，二是儿童文学理论园地的限制使得不少儿童文学批评不得不借助于篇幅较短的书评形式，以适应一些报刊版面的要求。然而，儿童文学批评愈是认同这样一种自我展示的难度，愈是接受这样一种自我存在的方式，便愈是陷入批评的某种肤浅和尴尬中，愈是难以实现足够的自我提升来达到与主流学术话语的对接。

这是一个儿童文学理论的怪圈，仅仅归咎于外在的原因并不能将它打破。即使是在儿童文学研究相对较为发达的美英两国，儿童文学论文也难以避开这样一种自我学术提升的困境。但在这样的前提下，英美儿童文学界在自我理论提升方面，显然付出了更多的努力，也因此得到了更多的认同。看一看他们中的一些学者是如何就儿童文学的当代话题展开广泛、深入、系统的研究，或许会对我们有所启示。2009 年，一部题为《跨界小说：当代儿童小说及其成人阅读现象》[10] 的学术著作以 280 页的长度，探讨了当代儿童文学所引发的成人阅读现象，从 20 世纪 90 年代起出现的跨界阅读现象及其历史、社会、文化成因开始，以包括 J.K. 罗琳、菲利普·普尔曼、马克·哈登、C.S. 刘易斯等作家的风格各异的作品为例，援引精神分析等相关理论资源，探讨了催生这一当代阅读现象的文学、艺术以及心理方面的原因。同一年里，另一本同样论题的长达 360 页的专著《全球和历史视野下的跨界小说》[11]，则以包括北美国家、英国乃至整个欧洲、日本、南非、拉丁美洲国家以及澳大利亚等地域为背景，以全球儿童文学史为时间线索，结合具体作品梳理了在当下引起普遍关注的儿童小说"跨界"现象的时空脉络。除此之外，这一年还出现了《当代青少年小说中的死亡、性别与性》[12]《非洲题材儿童文学中的新殖民主义》[13] 等就儿童文学的当下话题展开论述的专著。这些研究以其深入、系统而又贴近当下的理论分析与建构尝试，拓展了当代欧美儿童文学研究的格局。

近年来，在社会、文化环境等各方面因素的推动下，中国儿童文学形成了前所未有的发展速度和规模，而这种来势迅猛的发展也带来了许多新的理论话题。其中一些话题引起了学界的敏感和关注，对于它们的思考常常在一些即时性的报刊上得到最早的传递和反映，但也因为它们抵达批评的这样一种迅捷姿态，使之常常是以一种未及淬火的方式进入批评话语的锻打中，而大多数报刊因篇幅有限，使这一锻打常常显得过于仓促。于是，我们看到的是，当下儿童文学的一些热点话题在报纸上频频出现，系统的、翔实的、周密的研究论文却很少能够看到，更别说相关的学术专著。面对一个重要的当代话题，即时性的关注与探讨当然必要，这也是文学批评的一个重要功能，但如果缺乏后续的思考积淀与提升，这些话题所提供的当代理论契机便永远如同滑动在水面上的浮冰，无法凝成坚实的理论冰山。而儿童文学批评也会在这样轻浅的滑动中，日益损耗着自身的理论能量。

第三节　国际视野与本土化问题

今天，中国当代儿童文学研究更需要一种国际化的学术视野。

与向来重视理论引进、转化、吸收的成人文学界相比，中西儿童文学界的学术交流至今处在一个尚待破冰的状态。这是一种隔水相向的无奈，它有包括语言在内的多方面原因。事实上，近三十年来，中国儿童文学界对于欧美当代儿童文学理论一直怀有浓厚的兴趣。20 世纪 80 年代中后期，当时的四川外国语学院外国儿童文学研究所曾先后编撰过三辑《外国儿童文学研究》（其中一、二两辑为内部印行），所收论文旨在反映国外儿童文学的发展与研究状况，其中也包括一部分对欧美当代儿童文学理论成果的介绍。这三辑刊物引起了当时许多儿童文学研究者的关注，也频频出现在不少研究论文的索引目录中。但许多年来，我们一直未能在中国看到相关的欧美儿童文学研究专著的译介。2008 年年底，一套由浙江师范大学儿童文化研究院主持引进的《风信子儿童文学理论译丛》（少年儿童出版社 2008 年 12 月出版）引起了国内研究者的普遍关注。该译丛包括《儿童文学的乐趣》第三版（佩里·诺德曼、梅维丝·雷默）、《理解儿童文学》（彼得·亨特）、《作为神话的童话／作为童话的神话》（杰克·齐普斯）、《你只年轻两回——儿童文学与电影》（蒂姆·莫里斯）四本著作，各册作者均为西方当代儿童文学界的代表性学者。主编在译丛序言中就国外儿童文学理论资源对于中国当代儿童文学研究发展的重要意义做了阐发。值得一提的是，这也是1949年以来中国儿童文学理论界首次系统引进、译介的一批欧美研究成果。

而这套《外国儿童文学译丛》的出现不仅构成了当代中国儿童文学理论发展进程中的一个文学事件，也是一个值得注意的讯号。它意味着，中国当代儿童文学研究正式开启了朝向欧美同行的学术窗口。这样一股理论输入的热情将被承续下来，而它带给当代儿童文学学术界的冲击与影响、思考与提升，将延伸到更远的时空中。

考察英美当代儿童文学研究的发展过程，我们会发现，尽管英美童书出版、服务事业自18世纪就开始了它浩荡的行程，其儿童文学的学术研究迄今却不过近四十年的发展历史。20世纪60年代末70年代初，当英美儿童文学界几乎同时启动儿童文学专业研究的步伐时，它们的理论基础还停留在十分粗浅的层面上。出现在这两个地区的代表性儿童文学学术刊物《讯号：童书研究方法》（英国）、《儿童文学》（美国）、《儿童文学学会季刊》（美国）上的文章大多以短小、感性的书评或作家评介、访谈文字为主，偶有话题较为深入的研究文章，在理论展开方面也并不成熟。然而，就在短短十余年的时间里，以佩里·诺德曼、杰克·齐普斯、约翰·斯蒂芬斯等为代表的一批带着大文学理论的背景进入儿童文学理论场域的英美学者，在取用一般文学理论资源分析儿童文学现象以及从儿童文学提炼出该学科的专业理论方面，连续提供了一批代表性的研究成果，提出了一些重要的理论观点和命题。这些观点往往先是以论文形式出现在刊物上，其后由作者扩充形成专著。诺德曼的《儿童文学的乐趣》（1992、1998、2003 合）、《隐藏的成人：定义儿童文学》（2008）、约翰·斯蒂芬斯的《儿童小说中的语言与意识形态》（1992）、杰克·齐普斯的《作为神话的童话 / 作为童话的神话》（1994）、《童话何以挥之不去：一种文类的演进及其意义》（2006）、彼得·霍林代尔的《童书中的儿童性》（1997）等，都是在这一过程中出现的代表性著作。

欧美当代儿童文学学术界常常从成人文学理论中获取思考的灵感。他们重视儿童文学理论视野的拓展，在将精神分析、女性主义、文化研究、后现代文学观、殖民主义等契合历史和当代儿童文学现象的理论与方法应用于儿童文学研究方面，极富吸收与创新的激情。美国儿童文学学会会刊《儿童文学》自创刊起就表达了对于从跨学科的角度展开儿童文学研究的呼吁和强调，它与该学会的另一份学术刊物《儿童文学学会季刊》（以下简称《季刊》），除了刊发跨学科的儿童文学研究论文外，也一直坚持在"书评"栏目中关注文学、文化研究成果中对儿童、童年、童书研究有所启发的内容。例如，2009 年的《儿童文学》年刊与《季刊》第 2 期上便介绍了《假小子：一段文学与文化史》（2008）、《火线之下：战争阴影中的童年》（2008）、《摩登时代：世纪之交的美国文化与青少年的发明》（2008）等童年研究著作。此外，诺德曼曾在《季刊》上专门开辟运用成人文学理论解读儿童文学的论文专栏，在他的代表作《儿童文学的乐趣》一书中，他更是专辟一章，将 20 世纪六种代表性文学理论在儿童文学研究中的运用尽可能扼要地演练了一遍。

2009 年，爱尔兰学者南茜·沃特森出版了她的研究专著《爱尔兰儿童文学中的政治与诗学》[14]，结合后殖民主义、女性主义、身份认同等理论方法解读 20 世纪中后期的爱尔兰儿童文学创作。该书由都柏林大学教授德克兰·凯伯德作序，在序中，这位爱尔兰知名批评家表达了对作者所完成的这样一次富于启示性的理论阐发工作的赞赏。

相比之下，中国当代儿童文学学术研究的专业起步并不算晚。中国当代第一份专业性的儿童文学研究丛刊《儿童文学研究》创办于 20 世纪 50 年代后期，经过"文化大革命"期间十年停刊后，于 1979 年 1 月复刊。从这一时期发表的论文来看，尽管 70 年代末的美国儿童文学学术界经过了近十年的初期发展，已经积累起一定的理论基础，但两者之间的学术差距并不悬殊。尤其是 80 年代初、中期，一批在当时看来具有先锋气质和思想锐意的中青年学者陆续加入这一研究队伍中，从整体上提升了中国儿童文学研究的理论高度与素养。这一期间，以班马等为突出代表的几位重要学者提出的一些儿童文学的基本理论命题，从同一时期的世界儿童文学研究范围来看，都具有相当重要的理论创新意义。但与此同时，我们更应当看到，在英美儿童文学界以极快的速度走过了理论习步的阶段，并愈益成熟地进入对当下文学、文化现象的把握以及新的理论借鉴与创新工作中时，中国儿童文学的一大部分学术力量却以一种不容易察觉的方式，逐渐耗散在了一种偏于封闭式、概论式、书评式的批评倾向中。

这是一种警示，也是一种提醒。它让我们不仅仅注意到理论在当代所遭遇的普遍尴尬，也注意到当代儿童文学理论自身发展所存在的症结，进而去寻求另一次新的突围。而要实现这一突围，除了研究视野的打开、理论资源的丰富以外，我们还需要去发现属于自己的本土理论话题和话语。在《论"分化期"的中国儿童文学及其学科发展》[15]一文中，朱自强针对中国儿童文学在"分化期"所出现的"纷繁复杂、混沌多元"的现象，提出了五个需要着力解决的理论问题，分别关乎"通俗儿童文学理论""儿童文学的文化产业研究""儿童文学的儿童阅读理论""语文教育的儿童文学研究"，以及"图画书理论"的进一步建构。这是针对当下中国儿童文学发展现状所提出的五个十分具有现实意义和研究价值的理论话题，它们也已经开始引起一部分研究者的关注。此外，关于文化交融大背景下汉语儿童文学中的民族身份认同，关于西方文学与文化影响下的当代儿童文学的内容、语体变革，关于儿童文学中的当代童年精神危机与身份认同，关于现代战争在中国儿童文学中的历史呈现，等等，都是具有较大研究空间的本土理论命题。

第四节　重新发现中国儿童文学

在有关中国儿童文学研究的历史、当下与本土化维度的反思中，近年开始出现在人们视野中的"重新发现中国儿童文学"的研究思考，或许构成了一个可供探讨的研究方向和值得发掘的学术课题。

一、重新发现：从"事件的历史"到"述说的历史"

1909 年，孙毓修在商务印书馆开始编辑并主撰、出版《童话》

丛书。这是中国近现代出版史上第一套大型的专门性的儿童文学丛书。以此为标志，现代意义上的中国儿童文学发展已经走过了上百年的历史。

"历史"一词的多义性，使得史学家们在自己的论述中常常同时在不同含义的基础上轮流使用它。不过，正如波兰史学家托波尔斯基说的那样，"历史"一词经过若干世纪，最终取得了两种基本意思：过去的事情；关于过去事情的陈述。

由此我们可以推知，所谓"儿童文学史"，其实也包含了两层含义：其一是指儿童文学的"事件的历史"；其二是指儿童文学的"述说的历史"。首先，"事件的历史"包括了历史上曾经真实地出现、存在过的一切围绕儿童文学所发生的创作、出版、接受、批评等事件及其相关文学生活的历时性总体。这个总体曾经"不中断"地以它的全部客观实在性、生动性、丰富性构成了儿童文学发展的动态景观，并把儿童文学的"今天"不可抗拒地推出来。这是儿童文学史的自在的、原生态的历史，是真正的初始意义上的"历史"，也是作为一门学科的"儿童文学史"研究的操作对象和认识客体。

其次，一旦我们在"学科"的意义上来谈论儿童文学史，我们所说的实际上是儿童文学的"述说的历史"，换言之，文学史研究中所说的尊重客观的儿童文学发展历程，是在本体论的意义上说的。一旦进入认识论的层次，作为客体的儿童文学发展历程本身就同作为研究者的认识主体之间处在一种复杂的、动态的联系之中。作为一门学科的儿童文学史研究，就是研究者以自己的观念结构和对材料的独特理解角度、方式、深度，对遗留态文学史料进行取舍、选择和重组的过程，而经过研究者加工的"儿童文学史"其实已经是一个主观化了的"客观"图景，

是在陈述中完成的一种"评价态的历史"。^[16]

因此，既有的文学史言说，都是一定文学语境和学术生活的产物，都是一种带有主观性的"述说"。当代儿童文学史的历史"述说"同样如此。

早在 20 世纪 80 年代初，当人们通过既有的"述说的历史"来了解中国儿童文学的"事件的历史"时候，就被告知了：鲁迅对中国儿童文学的贡献；中国现代最重要的儿童文学作家及其作品是叶圣陶及其童话《稻草人》、冰心及其书信体散文《寄小读者》、张天翼及其童话《大林和小林》；中国当代（80年代之前）最重要的儿童文学作家是陈伯吹、贺宜、高士其、严文井、金近、郭风、包蕾、黄庆云、叶君健、任溶溶、袁鹰、柯岩、鲁兵、圣野、洪汛涛、葛翠琳、刘真、杲向真、胡奇、任大星、任大霖、孙幼军、郑文光、叶永烈、萧平、邱勋，等等。这样一份截止到 20 世纪 80 年代初期的儿童文学作家的历史名录的形成和呈现，历史地看，显然有它的道理和合理性。它们是那个时代的历史氛围、审美眼光和研究者集团共同判断、选择、描述的结果，而这种结果也构成了我以及和我一样的后来者最初的儿童文学历史认知和知识起点。

历史语境中的儿童文学作家、作品及其所显示的文学史位阶和重要性，或者说，业已形成的儿童文学史图景，是由许多复杂的学术和非学术因素所决定的。例如，在既有的儿童文学史知识体系以及相关的知识普及系统（如长久以来的中等、高等院校的儿童文学课程、教材）中，特定作家、作品等文学史要件被提及的频率、所占据的篇幅、被做出的文学史判定；作家本人在文学体制或社会生活中的地位及其占有资源的便利性、丰富性；作品被普及，公众被告知和认同、接受的程度；

还有很重要的是，特定的意识形态背景和权力话语对作家作品的喜好、拣选或遮蔽，等等。因此，所有的文学史图景及其描述，都是具体的、当下的，而所有既定的文学史叙事，又总是会构成后来者接触、认识儿童文学历史知识的一种"前理解"或"前结构"。随着时间的推移和审美趣味、判断标准的丰富和改变，已有文学史图景的重新勾勒和解读，就是很自然的一件事情了。

对于中国儿童文学来说，近二十年来童年观和儿童文学观所经历的许多变迁，使得我们在回顾 20 世纪 80 年代以降关于整个中国现当代儿童文学的历史叙述时，越来越意识到其中存在的诸多有关童年与儿童文学的价值认定问题，也由此越来越感受到对它做某种重新叙述和评说的必要。

首先，我们对于童年作为一个特殊人生阶段的存在意义、儿童作为一个特殊个体的生命价值，以及童年生存形态的多样性等的认识，与二十年前甚至十年前相比，都发生了重要的变化。儿童文学界正在愈益深刻地认识和体会到，童年是一个具有终极而非过渡意义的人生阶段，同样，儿童也应当被看作一个充分独立的、有尊严的生命个体，他在持有自己独特的感受、思维和想象方式的同时，也体现了作为"人"的全部完整的哲学意义。对于这一点的认识使我们超越了将儿童视为特定的社会事业、人生目的之实现通道的功利性的现实主义童年观。与此同时，这个自主自为的生命个体又是向着具有绵延性的时间和具有广延性的世界完全敞开的，是处于时空之流中的具体无比的生命，因此，他的生命的自足、自由、尊严等，也是发生在具体生活情境中的具体内容。在这个意义上，它又超越了将儿童与童年在精神的真空中完全加以理想化的浪漫主义童年观。在这样的背景上，我们一方面充分承认童年生命形态多元化的合理性，另一方面也坚持在关于童年价值的判断中，存在着某些不可妥协的立场，那就是对于儿童作为一个最普遍意义上的世界"人"的"人性"的充分理解和尊重。显然，当我们以这样的童年观来审视中国现当代儿童文学的发展历史时，对于其中许多作品作为"儿童文学"的意义，都将产生全新的认识。

其次，人们对于儿童生命意义的认知在很大程度上决定了他们对于作为一个文类的儿童文学的基本态度。尽管我们在任何时候都不能否认儿童文学具有从审美到实用的多重功能，但从当代童年观的立场出发，这一文学首先应当是对不同生活环境中童年本真的生命尊严、力量与价值的肯定、发现和张扬。同时，这一儿童文学观也要求儿童文学进行一种既面朝"儿童"，又真正符合"文学"要求的创作，或者说，它将对儿童文学的纯粹的审美要求提到了十分突出的位置上。与此相比照，在现有的大量儿童文学史叙述中，这一艺术性的考虑恰恰是过分缺失的。因此，从这一"文学性"的视角展开对中国儿童文学史的重新整理和评价，既显得十分必要，也将为文学史的反思与重构提供重要的素材。

如果我们以上述童年观和儿童文学观的变迁为观照，仔细重读许多在传统儿童文学史的书写中被奉为经典的作品，便会发现，那些传统的、深入作家艺术骨髓的儿童文学创作理念和文化习性对中国儿童文学发展造成了怎样的历史影响甚至伤害。例如，许多作品，包括名家笔下的儿童文学作品中不时出现的暴力、杀戮、侵害等情节和元素，成了这些作品一种本能的叙事构成，而作家和一些选家对此可能浑然不觉。又如，不少作品怀着教育儿童的动机和"自信"，总是把儿童设定为一个被质疑、被否定的对象，作品中所潜藏、体现的童年观，也总是表现出一种否定性的而非建设性的价值判断和情感取向——"与童年为敌"，这是历史上许多原创儿童文学作品所呈现给我们的一种基本的文化姿态。这样的现实意味着，在今天，以新的文学史视野和审美观念来重新编织和呈现中国儿童文学的历史图景，"重新解读"中国儿童文学的历史文本，已经成为一个可以并应当予以关注的理论话题。

二、重新发现的难度

面向中国儿童文学史的"重新发现"，包含了这样两个方面的操作内涵：第一，它是站在今天的童年观立场上反观历史上的儿童文学文本，继而在童年精神价值的层面上对它们进行重新评估；第二，它试图以演进至今天的关于儿童文学艺术性的认识，来重新考察和评判历史儿童文学作品的文学价值。这一从"童年性"与"文学性"立场出发的文本反思恰好切中了旧有儿童文学史评价体系存在的两个基本问题。然而，从面向儿童文学文本的"重新发现"到面向文学史的"重新发现"，还不仅仅是一个简单的研究迁移的问题。当"重新发现"作为一个文学史问题（而不只是文学鉴赏的问题）在儿童文学领域被提出来的时候，它所面临的许多困难显然并非直接的阅读经验可以解决。这或许也是 20 世纪 80 年代末，当来自一般文学界的许多理论资源在儿童文学界被迅速转化为相应的批评操练时，引人注目的"重写文学史"话题却并未在儿童文学理论界引发应有的关注热情的隐在原因之一。在儿童文学领域，对于既成文学史的重新梳理、评价和判断始终面临着来自现实环境、文献保存、研究传统以及自身批判精神等各方面因素的阻滞。

从儿童文学作为一个文类的特殊性质及其发展的现实语境来看，在20世纪以来的中国历史进程中，它通常是最容易被主流意识形态收编的文类。事实上，不论在西方还是中国，儿童文学的最初诞生都是一个与统治阶层意识形态的流播意图密切相关的事件，而其艺术发展也一直自愿或者被迫地受到意识形态的紧密钳制。这使得在很长一段历史时间里，儿童文学的创作很难在主导性的意识形态之外寻找到更多自由的艺术缝隙。例如，在20世纪30至60年代的中国儿童文学史上，除了《呼兰河传》等一部分徘徊于成人文学与儿童文学边界处的作品之外，那些出于自觉的儿童文学创作意识而产生的作品中，很少出现偏离正统意识形态而以艺术性为第一要素的文本。显然，政治性的压力也难以在这一惯于服膺的文体内部催生出类似成人文学界的"潜在写作"现象。这样，对于某段儿童文学史的"重新发现"所指向的或许只是与这一文类的历史境遇相关的某种无所发现的尴尬。这意味着，如果要对迄今为止的儿童文学史进行新的叙事编排，挪用成人文学界的理论成果并不见得是一个完全有效的操作方法。换句话说，对中国儿童文学的"重新发现"的尝试，也需要一种建立在对其历史的全面、深入、审慎的把握与思考基础上的方法论创新。这显然是有难度的。

当然，如果我们愿意对一个多世纪以来的中国儿童文学作品进行细致的梳理和重读，一定会获得另一些不同于既成文学史定论的发现。然而与此相关的另一个问题在于，这种"重新发现"中国儿童文学的研究尝试需要来自足够数量的文本考察对象的支持，但是相比于西方儿童文学界从其文化传统中继承的完善的文献保存与建档制度，我们对于早期儿童文学书籍的保存意识向来十分淡漠，再加上历次文化运动的影响，近一个世纪儿童文学作品的佚失状况难以想象。这就增加了对特定历史阶段的儿童文学史进行相对完整意义上的重新考察的难度。在英语世界，儿童文学史研究的持续推进是以分布在不同地区的丰富、多元的专业童书收藏为研究支撑的。例如，据美国儿童图书馆服务协会统计，至 2007 年夏天，美国各个高校与地方图书馆的专业研究性童书书库就有近三十个，其中包括美国长岛大学收藏的专供儿童文学研究之用的 1910 至 1960 年间北美儿童文学读物专库，普林斯顿大学的收藏有 15 世纪以降的珍本儿童文学书籍、手稿等的考特森儿童图书馆等。相比之下，中国儿童文学界自觉的历史图书收藏意识还无从谈起，很多时候，对于特定文学进程的历史认知反过来要依赖现有的文学通史著述，更谈不上对其历史叙事展开反思。

假使不过多顾虑上述历史现实和文献条件的不利因素，对既有中国儿童文学史进行重审的便宜策略之一，是参照当下的童年观、儿童文学观和文学史观，对传统儿童文学史上的重要作家及其作品重新展开系统的研读与批评。就"重新发现"的目标而言，它要求作史者从某个坚实的现代童年观和文学观的立场出发，将特定作家的创作放置在开阔的文学史层面上进行考察，继而对其作品提出有依据、有见地的重新分析和判断。显然，文学史所关注的不仅是文学的时间发生问题，而且是处在时间中的特定文学思想、情感与艺术性的建构问题。既然"一切历史都是当代史"，那么对于研究者来说，一种深具当代性的对于历史过程的重新认知和评判，在历史叙述中就是不可或缺的。然而在现当代儿童文学史上关于一些代表性作家作品的历史叙述中，这种一以贯之的思想的"当代性"恰恰是缺失的。事实上，即使在当下的许多儿童文学作家作品研究中，上述由深刻的历史意识与历史理解而生的对于童年与儿童文学的"现代性"和"当代性"的认识，也是难以看见的。大量儿童文学作品的评论往往集中在一些非语境化的文本剖析上，而缺乏一种更为开阔的文学时空意识。

这一历史意识深度的缺失，直接影响了中国儿童文学在其历史叙事反思中可能抵达的批判高度。一直以来，儿童文学界或许是整个文学批评界最为虔诚地保持着对于历史经典作品的尊崇感与信仰感的领域，也是对作家的各类创作活动秉持着比较包容的理解态度的领域。这本身不是一件坏事。然而，在具体的文学研究中，这种对于经典的尊奉和对于创作的宽容也常常容易削弱文学分析的锐意，遮蔽文学批判的锋芒，继而衍化为某种批评上的乡愿。在一团和气的批评氛围中，没有人愿意去撼动那些已经在一般文学史上被树立起来的经典的界碑，或者也很少有人感到有这样的必要。这种批判精神的总体缺乏，导致了长期以来属于中国儿童文学发展进程的另一些被遮蔽了的历史面貌始终不曾被揭示出来，而文学史自身的丰富性也未能得到足够的发掘。事实上，从今天我们所获得的对于童年和儿童文学美学的理解出发重读历史，既有的文学史序列及其对于具体作家作品的评判已经开始暴露出某些积重的文学问题，也由此突显了重读、重评历史的必要性与可行性。而显然，这一"重新发现"不仅仅是对文学史叙述本身提出的要求，也是对儿童文学研究的批判精神提出的要求。

因此，"重新发现"中国儿童文学的课题本身指向着一个充满难度的抉择，而在关于这一"重新发现"的思考中，对于它所要应对的困难的充分估计包含了这样的意义：在指出这一课题的可行性难度的同时，它也为我们揭示了在上述难度限制下展开努力的某些可以选择的路径。例如，关于儿童文学特殊的文类性质与生存环境的思考促使我们意识到对于这一文类历史的叙述反思虽然可以借鉴文学界"重写文学史"的某些操作经验，但也需要另一些更贴合对象的方法论思考；关于儿童文学历史文献保存现状的思考虽然不能立即改变已有的状况，但至少可以提醒我们在"重新发现"的起点上开始关注到这一问题，并在可能的情况下启动相关文献资料库的建设；关于中国儿童文学当下研究与批判传统的批判，则让我们看到了在"重新发现"的客观制约之外，我们最有能力去改变的那些主观条件。综合考虑上述因素，在当前语境下对中国儿童文学实施"重新发现"的最为可行的一条道路，就是从既存儿童文学史与文学作品的现实出发，怀着对现代童年生命与儿童文学美学内涵的深刻体认和真切体验，进入对这些作品的负责任的重读与重评中，继而通过对上述重读、重评"发现"的研究的提炼和概括，为儿童文学史的版图提供另一些新的、有价值的历史讯息。

三、"重新发现"的限度

2007 年秋天，我们曾参与一部多人合作的中国儿童文学史著作的校读工作。令人印象深刻的是，在文学史叙述经历了从各种单一的他律秩序下寻求突围的当代尝试之后，关于 20 世纪中国儿童文学的历史叙事仍然如此自觉地行走在高度政治化的文学时间和充满功利性的诗学标准之下。这意味着从今天的童年文化和美学立场出发，对一个多世纪以来的中国现当代儿童文学史进行"重新"梳理，对历史上的儿童文学作家、作品进行"重新"解读，很可能存在着无数有待"发现"和填补的叙事空白。从这个意义上说，"重新发现中国儿童文学"的命题本身指向着一个充满潜能的研究规划，它或将促成对于中国现代和当代儿童文学历史进程的一次穿越式的重新照亮。

这毫无疑问是一个令人兴奋的想法，它的推行有可能极大地改变中国儿童文学界历史研究的沉滞现状。然而我们也要小心，在实际研究中，对于"重新发现"的激情很容易淹没最初的富于反思精神的理性思考，即我们为什么需要"重新发现"，而这一"发现"的根本意义又在哪里。

关于"重新发现"的思索首先是这样一种不满情绪的结果：从现有的儿童文学史叙事和历史文本分析中，我们一方面难以寻觅到一条真正属于儿童文学自身的连续的"文学性"脉络，另一方面也隐约察觉到了这一脉络的存在被不断切断和遮蔽的过程。因此，我们要尝试恢复儿童文学作为一种"儿童"的"文学"所携带的基础性的艺术基因密码，并通过以这一基因为参照的历史文本再解读，重新确认作品对象本身的文学史意义。显然，这样一次具有儿童文学艺术本体意义的对于历史的"重新发现"，正是目前中国儿童文学所迫切需要的。但与此同时，它也并不能就此取代另一些曾在历史上产生过重要作用的儿童文学评判标准的存在。毋宁说，它构成了对于传统儿童文学史叙述方式的一次重要的丰富和更正，但并不就此取消传统叙述所包含的另一些叙事路径的合法性。

这提醒我们"重新发现中国儿童文学"之"新"所需要把持的限度。新世纪初，在成人文学界的文学史"重写"潮兴起十余年后，有学者用"'重写文学史'的终结"（旷新年）来表达对于一种必要的文学研究范式反拨的思考。随着"重写"所包含的文学观越来越走向另一个狭隘、独断的极端，关于"文学历史化"与"社会语境化"的思考重新回到了人们关注的视野中。对儿童文学来说，这一来自成人文学界的研究参照为其"重新发现"的实践提供了某种珍贵的后设经验，它揭示了隐藏在"重写"话题中的危险的思想陷阱，并促使我们在聚焦于作为一个艺术自足体的儿童文学文本的同时，也尽可能充分地考虑到那丰富复杂而又无处不在的"文学场"的因素。

当然，"重新发现中国儿童文学"的规划在许多方面都不构成与成人文学界"重写文学史"话题的对等。如果说这两种思考都源于对既有文学史评判体系与文学作品解读现状的某种不满，那么与"重写文学史"口号所怀有的重新制定文学史叙事机制的宏大意图相比，对于中国儿童文学的"重新发现"所指向的主要还是一种朴素的文学史反思。事实上，它并不寻求对既有的儿童文学史叙述造成某种基础性的颠扑，而是试图通过对于一部分儿童文学现象以及作家、作品的细致、贴近的文学式阅读，来重新"发现"一些被传统文学史误解或遗忘的角落。比如，对于经典儿童文学作品中存在的童年观问题与艺术问题的重新审视与反思，对于那些远离主流文学史叙述的关注重心，却代表了那个时代儿童文学艺术性高度的作家作品的重新发现与评价，以及对于某些文学史现象、思潮的重新梳理和解读。在这个过程中，它所做的主要是一项文学史的补缀而非重绘工作，是意图将长期以来在儿童文学史叙述中被压抑的童年价值与文学性的纯粹维度恢复和突显出来。同时，它也试图通过这样的历史文本重读，重新实践关于这一文类艺术性的某种当代启蒙。

因此，"重新发现中国儿童文学"的精神核心并不在于求"新"，而在于以新的视野、眼光、认识等进入中国儿童文学的历史现场，去探寻关于一个多世纪以来中国儿童文学发展进程的更为丰富的历史细节，以及关于这一时期中国儿童文学艺术沿革的更为细致的历史图谱。假使在未来的时间里，这一命题有可能衍生出一系列儿童文学史研究领域的具体规划，那么我们应当尽可能避免使它们陷入某种有关"发现"的追新逐异的研究歧途中。相反，通往"发现"的操作路径可以是大胆和富于创造性的，但它同时也必须是严谨而富于反思性的，而且脚踏实地。这意味着，对于中国儿童文学的每一次"重新发现"的尝试，归根结底应以一种贴近真实史料和作品文本的真诚的阅读体验为基础，而不是观念上的某种架空演绎。这样，我们的讨论再次回到了起初的意思，亦即与作品面对面的直接相遇对于"重新发现"的特殊意义。既然"重新发现中国儿童文学"的思考是从最真实的当下文本阅读体验中首先发生的，那么在承继和发展这一思考的同时，我们也有责任将它仍然落实在文本经验的坚实基底之上。这一直接抵近历史的文本意识，正是有关"重新发现"的儿童文学研究规划最终能够求得任何有意义的研究实值的前提。

注 释

[1] 宋莉华：《从晚清到"五四"：传教士与中国现代儿童文学的萌蘖》，《文学遗产》2008 年第 6 期。

[2] Leonard S. Marcus. *Minders of Make-Believe:Idealists,Entrepreneurs,and*

the Shaping of American Children's Literature.New York:Houghton Mifflin，2008.

[3]Erica Hateley.*Shakespeare in Children's Literature:Gender and Cultural Capital.* New York:Routledge,2009.

[4]Elizabeth Thiel.*The Fantasy of Family:Nineteenth-Century Children's Literature and the Myth of the Domestic Ideal.*New York:Routledge,2008.

[5]Monika Elbert. Ed. *Enterprising Youth:Social Values and Acculturation in Nineteenth-Century American Children's Literature.*New York:Routledge,2008

[6]陈恩黎：《从"黎锦晖现象"谈中国儿童文学研究》，转引自《中国儿童文化》总第5辑，杭州：浙江少年儿童出版社 2009 年版。

[7]简平：《上海少年儿童报刊发展概述》，《中国儿童文学》2009 年第 2 期。

[8]吴其南：《20 世纪中国儿童文学的文化阐释》，北京：中国社会科学出版社 2012 年版，第1页。

[9]方卫平、赵霞：《论新媒介与当代儿童文学的发展》，《文艺争鸣》2009 年第 6 期。

[10]Rachel Falconer.*The Crossover Novel:Contemporary Children's Fiction and Its Adult Readership.*New York and London:Routledge,2009.

[11]Sandra L. Beckett.*Crossover Fiction:Global and Historical Perspectives.*New York:Routledge,2009.

[12]Kathryn James.*Death,Gender and Sexuality in Contemporary Adolescent Literature.*New York:Routledge,2009.

[13]Yulisa Amadu Maddy & Donnarae MacCann.*Neo-Imperialism in Children's Literature About Africa:A Study of Contemporary Fiction.*New York: Routledge,2009.

[14]Nancy Watson.*The Politics and Poetics of Irish Children's Literature.*Dublin:Irish Academic Press,2009.

[15]朱自强：《论"分化期"的中国儿童文学及其学科发展》，《南方文坛》2009 年第 4 期。

[16]关于历史的"原生态""遗留态""评价态"的论述，参见崔文华《历史——历史学系统的结构——兼评若干传统历史学观念》，《史学理论》1989 年第 1 期。

后 记

　　本书系我们承担的教育部人文社会科学研究规划基金项目《新世纪儿童文学艺术发展研究》（项目批准号：11YJA751013；结项证书编号：2016JXZ1821）的最终成果。

　　本书的阶段性成果曾以论文形式先后发表于《文艺报》《南方文坛》《东岳论丛》《文艺争鸣》《当代作家评论》《上海师范大学学报》《文学报》《人民日报》《光明日报》等报刊，其中若干篇文字曾分别被《新华文摘》《中国社会科学文摘》等转载或论点摘编。谨向这些报刊的编辑衷心致谢！

　　感谢安徽少年儿童出版社接纳、出版本书，感谢责任编辑阮征、张怡女士为本书出版所做的十分专业的工作及付出的宝贵心血！

方卫平　赵霞

2017 年 10 月 26 日于浙江师范大学丽泽湖畔